Segredos Divididos

Da Autora:

Simplesmente Jane

Fern Michaels

Segredos Divididos

Tradução

Dayse Batista

BERTRAND BRASIL

Publicado mediante contrato com Atria Books, an Imprint of Simon & Schuster, Inc.

Título original: *Late Bloomer*

Capa: Leonardo Carvalho

Editoração: DFL

2005
Impresso no Brasil
Printed in Brazil

CIP-Brasil. Catalogação-na-fonte
Sindicato Nacional dos Editores de Livros, RJ

M569s Michaels, Fern
Segredos divididos/Fern Michaels; tradução de Dayse Batista.
— Rio de Janeiro: Bertrand Brasil, 2005.
350p.

Tradução de: Late bloomer
ISBN 85-286-1096-9

1. Romance americano. I. Batista, Dayse. II. Título.

CDD – 813
04-0086 CDU – 821.111 (73)-3

EDITORA BERTRAND BRASIL LTDA.
Rua Argentina, 171 — 1º andar — São Cristóvão
20921-380 — Rio de Janeiro — RJ
Tel.: (0xx21) 2585-2070 — Fax: (0xx21) 2585-2087

Para Sara e Bob Schwager, sem os quais
este livro não poderia ser escrito.

Prólogo

Indigo Valley, Pensilvânia: 1981

Cady Jordan, dez anos, sentou-se no balanço no alpendre e abraçou os joelhos enquanto via os pertences de sua família serem colocados em um grande caminhão amarelo com as palavras MAYFLOWER MUDANÇAS E GUARDA-MÓVEIS pintadas na lateral. Virou-se levemente no balanço, tentando descobrir se sua bicicleta cor-de-rosa ainda estava atrás do arbusto de azeviche ao lado da casa, onde a escondera horas antes.

Lá estava.

Seu coração batia forte, enquanto imaginava um modo de convencer sua mãe a deixá-la dar uma última volta até o Bosque da Olaia* para despedir-se dos amigos. Cady repassou mentalmente as prováveis objeções de sua mãe: ela se sujaria e teria de tomar banho, mas sabonete e toalhas já estavam embalados, de modo que teria de permanecer limpa até a hora do jantar na igreja, com sua rodada final de despedidas. A segunda objeção teria a ver com os perigos de um lugar como aquele. A seguir, a mãe lhe diria que não se importava nem um

---

* Olaia, árvore de porte médio com folhas verdes lustrosas em formato de coração e produção intensa de flores rosadas na primavera, símbolo do estado norte-americano de Oklahoma. (N.T.)

pouquinho com os gêmeos Hollister. A verdade era que a mãe não gostava da sra. Hollister porque ela usava roupas sumárias *e* muita maquiagem. Além disso, certa vez vira o sr. Hollister beliscando o traseiro da esposa na frente de todo mundo, durante o piquenique da igreja. A quarta objeção, e talvez a pior, dizia respeito a seu pai. Por algum motivo, ele detestava o Bosque da Olaia, como as crianças chamavam o lugar. Seu rosto tornava-se rubro e seus olhos adquiriam um brilho malvado sempre que aquele local era mencionado.

Alguém chamou seu nome. Ela olhou para o relógio de pulso de Mickey Mouse que ganhara de sua avó e estremeceu. Se queria mesmo ir, era melhor se apressar, ou os outros já teriam ido embora. Precisava estar lá. Simplesmente precisava. Mesmo se pedalasse com o máximo de energia, sabia que lhe restava pouco tempo.

— Estou no balanço, mãe!

— Acho que você está tramando algo que seu pai não aprovaria. Estou certa, Cady? — perguntou Agnes Jordan, surgindo no alpendre.

Cady sacudiu a cabeça.

— Mãe, o que significa "san-tir-ro-na"?

— Nossa, Cady, onde você ouviu uma palavra difícil como esta? — A mãe quis saber. Cady desejou ver um sorriso em seu rosto, no qual nunca havia um. Sua mãe praticamente nunca sorria, nem quando lhe dava o beijo de boa-noite na cama, todos os dias. No rosto de seu pai ela nunca, mas nunca vira um sorriso... A avó, por outro lado, sorria o tempo todo.

— O senhor e a senhora Hollister disseram que você é "santirrona". A sra. Hollister falou que o bolo de passas que você fez para o chá beneficente da semana passada pesava tanto que poderia ser usado como peso para manter portas abertas.

— Bom, eu nunca... — sua mãe balbuciou, atrapalhada, enquanto entrava.

— Não se preocupe, mãe, eu gosto do seu bolo de passas. Cheguei a dizer isso à sra. Hollister. — Cady pulou do balanço e desceu correndo a pequena escada. — Vou dar uma volta de bicicleta, mas volto a tempo de trocar de roupa para o jantar na igreja.

Cady pedalou a bicicleta com toda a rapidez que conseguia, adernando nas esquinas e tirando os pés dos pedais ladeira abaixo, voltando a pedalar depois em uma estrada reta que levava ao Bosque da Olaia, nas cercanias de Indigo Valley. Este era seu lugar preferido no mundo inteiro.

O grupinho que a esperava agiu como todas as crianças de dez anos, saltitando, assoviando e saudando-a com batidas breves de mãos.

— Nossa, achamos que você nem viria — disse Andy Hollister, enfiando seu braço no de Cady. — Não tenha medo. Eu já fui, e tudo o que senti foi o coração disparando, até chegar ao outro lado. Hoje é a vez de Pete, com os refrigerantes e biscoitos. Você quer comer primeiro e *fazer logo aquilo*, ou o contrário?

Cady podia sentir suas entranhas revirando-se ao encarar os amigos. Talvez fosse melhor fazer logo aquilo e acabar depressa com todo o drama. Ponderou sobre o problema imediato por alguns instantes. Logo iria embora da cidade e provavelmente nunca mais veria seus amigos novamente — então por que precisava subir até o alto da colina e descer pela tirolesa? A tirolesa era uma geringonça feita com um cabo telefônico velho. Uma de suas pontas estava presa a um carvalho robusto no alto da colina e a outra havia sido amarrada lá embaixo, em um carvalho menor, no outro lado do lago. O objetivo daquilo tudo era escorregar pelo cabo esticado, sobre a queda de dez metros, passar acima do lago e, então, frear no outro lado, sem molhar-se. Se não fizesse isso, sairia dali com o rabinho entre as pernas e todos a chamariam de covarde. Era melhor nem pensar no que seus pais diriam se descobrissem que estivera no Bosque da Olaia e deslizara pela tirolesa. Conhecendo seu pai, sabia que este não a deixaria ver a luz do dia por uns trinta e cinco anos, talvez mais. E sua mãe não interviria em seu favor.

— Pronta, Cady? — perguntou Pete.

Pete Danson era um garoto bonzinho, melhor do que os gêmeos Hollister. Os três eram seus amigos desde os tempos da escola bíblica, à qual haviam comparecido juntos aos quatro anos. Pete sabia que ela estava com medo. Todos sabiam. Mas com ou sem medo, precisava fazer aquilo. Pelo menos seus torturadores não estavam ali para atormentá-la. Verbalizou este pensamento, enquanto imaginava o que haveria no saco de papel que Pete segurava e parecia pesado.

— Eles estiveram aqui, mais ou menos uma hora atrás. Fingimos que estávamos indo embora e eles também foram — disse Andy. — Lembre-se de não fechar os olhos. É preciso mantê-los abertos para não dar de cara em uma das árvores. Você consegue, Cady. Estaremos esperando no outro lado do lago. Amy trouxe a câmera fotográfica. Mandaremos a foto para seu novo endereço, está bem? Só não vá mostrar para seus pais. Se fizer isso, sua mãe ligará para as nossas e todos saberão que estivemos aqui. Prometa.

— Tudo bem, prometo — disse, fazendo um gesto solene com a mão sobre o coração. Ela já vira fotos de outros, tiradas enquanto chegavam no meio da linha esticada. Todos se orgulhavam muito dessas fotos, porque Amy conseguia capturar os olhares de terror, excitação e desafio quando estavam bem no meio do lago, a dez metros acima da água. Era preciso ter coragem e ousadia para escorregar naquele cabo. Ela queria ter sua própria foto, para poder mostrá-la a seus novos amigo em Vermont.

Cady subiu a colina, escorregando e tropeçando até chegar ao alto, onde o arvoredo, incluindo o Bosque da Olaia, sobressaía naquele ponto escarpado. Seu coração batia forte quando observou o cabo esticado que os garotos haviam montado ali, cerca de um ano antes. Eles o haviam conseguido no ferro-velho, e as alças de madeira que usavam na descida vinham de uma sacola de compras da mãe de Pete. O cabo era verificado todos os dias, e a cada dia proclamavam sua segurança, embora a maior de todas as árvores, a olaia, que se destacava sobre todas as outras, agora apresentasse ferimentos profundos em seu tronco. Quem teve a idéia de mudar o cabo da olaia, para o carvalho foi Amy, porque este era mais alto e aumentava a emoção da aventura. Pete havia concordado, mas não porque desejasse mais emoção e sim porque se preocupava com o dano causado à olaia.

— Quando você quiser! — gritou o sardento Andy. — Espere a contagem de cinco. Contaremos juntos. Você pode nos ouvir?

— Posso, mas, espere aí, Andy Hollister. Eu vou descer. Dê-me tempo para subir na árvore e chegar ao galho.

Cady tinha certeza de que seu medo era muito evidente. Sabia também que podia simplesmente ir para casa e deixar que pensassem o que bem entendessem. Em algumas horas, estaria a caminho de Vermont e nunca mais os veria.

Sentiu um tremor interno. Olhou para o lago e sequer uma ondinha agitava a superfície da água. Seu olhar pousou no cabo fixado na maior árvore do bosque. O que a assustava não era o salto. Para saltar, teria de abandonar a segurança do galho, pular desprotegida no ar e agarrar a alça de madeira que lhe permitiria descer pelo cabo. Se não saltasse do modo certo, cairia de dez metros de altura no lago. Entretanto, o que a assustava não era a altura, mas a queda na água, já que não sabia nadar.

Cinco minutos depois, no alto da árvore e rastejando pelo galho grosso, ela se virou ao ouvir um ruído sibilante. Seus braços paralisaram-se no galho quando ouviu o grito de alerta de Pete Danson:

— São *eles*!

Ela virou-se um pouco e viu Jeff King e Boomer Ward na árvore mais próxima. Seu estômago agitou-se enquanto tentava rastejar para trás. Não se importava mais se a chamassem de covarde. Tudo o que desejava era ir para casa e sentar no balanço.

— Desça, Cady, saia daí! — berraram os três lá embaixo.

— Não consigo! Meu macacão ficou preso em alguma coisa! — ela gritou. Arriscou-se a espiar sobre o ombro bem no momento em que Jeff King deu um salto ao estilo de Tarzan até a árvore na qual ela estava.

— Depressa, saia agora, antes que ele a empurre! — Os três no chão gritavam ao mesmo tempo. — Depressa! Ele está quase aí!

Em pânico, Cady fechou os olhos. Talvez aquilo fosse um pesadelo e ela pudesse acordar. Ouviu seus amigos gritando uns para os outros, sugerindo que jogassem pedras no valentão que subia no galho, atrás dela. Cady arriscou-se a abrir os olhos e viu pedras de todos os tamanhos voando pelo ar. Uma atingiu seu tornozelo, mas ela mal sentiu a dor. Amy Hollister era a melhor lançadora em Indigo Valley, melhor até que os meninos.

Todos berravam agora.

— Vá! Rápido! Ele está bem atrás de você! Boomer não subiu na árvore. Vá, Cady, vá! — gritou Pete.

Cady retorceu-se e se contorceu o suficiente para ver que Jeff King quase podia alcançá-la.

— Nem se atreva a subir neste galho, seu nojento!

— E como você pode me impedir? — O garoto malvado desafiou-a. Pelos cantos dos olhos, Cady percebeu um movimento. Certamente Boomer Ward estava fazendo algo com o cabo da tirolesa. Um medo diferente de tudo o que já sentira consumiu-a, mas ela estendeu a mão para segurar a alça de madeira. Depois, fez exatamente o que seus amigos haviam recomendado que *não* fizesse, fechou os olhos com força. Sentiu Jeff às suas costas e as mãos do garoto em sua blusa, ele dizia coisas bem junto de seu ouvido que ela não desejava ouvir. Ele a segurava com força e Cady não conseguia soltar-se. Uma pedra veio zunindo pelo ar e ela sentiu a dor.

— Não! Não! — os meninos no lado oposto do lago gritaram.

— Não faça isso, Jeff! O cabo não suporta vocês dois! — exclamou Boomer.

Seu alerta veio tarde demais, enquanto a alça de madeira deslizava pelo cabo esticado e Jeff King agarrava-se à sua camiseta amarela e curta. Ela sentiu o tecido rasgando e as mãos dele que ainda tentavam segurar-se nela. Ouviu os gritos, o barulho da água na queda e, então, sentiu-se imersa na água. A dor ricocheteava para cima e para baixo em seu corpo. Queria gritar, mas não conseguia mover-se.

— *Eles estão mortos!* Olhe todo esse sangue na cabeça de Jeff. Uma de nossas pedras pegou-o de jeito. Cady também não está se mexendo. Precisamos de ajuda! Pete, corra até a cidade e busque socorro! — gritou Andy, com terror e medo estampados no rosto.

— Vão pôr a culpa em nós. Se contarmos, todos nos culparão. Seremos enviados para um daqueles lugares em que as pessoas são trancadas. Se não contarmos, jamais saberão. Não podemos fazer mais nada, porque já estão mortos, mesmo, e mortos não se levantam. É melhor irmos até a praça e fingirmos que passamos a tarde inteira lá — disse Amy.

— Onde está Boomer? — perguntou Andy. — Eu o vi mexendo no cabo e aposto que o desamarrou. Ele tem *treze* anos e bem poderia fazer isso.

— Vi quando fugiu correndo — respondeu-lhe Amy. — Ele também não quer que o culpem. Ah, vamos embora! Precisamos sair daqui. Se o pai da Cady descobrir que a fizemos deslizar no cabo, nos fará arder no fogo do inferno! Sendo pastor, acho que é capaz disso.

— Não é melhor prometermos que não contaremos a ninguém? — indagou Pete Danson. Os gêmeos assentiram. — Então, corram — disse Pete, já partindo às carreiras com o saco de papel ainda nas mãos e os gêmeos logo atrás.

No momento em que os três sumiram de vista, Boomer Ward esgueirou-se para fora dos arbustos nos quais se escondera e cruzou o lago. Ele sabia que Jeff King estava morto, porque podia ver pedaços de seu cérebro, mas não tinha certeza quanto a Cady Jordan. Puxou-a e a empurrou até tirá-la completamente da água. Pousou a mão no peito da menina, para verificar se seu coração ainda batia. Já vira médicos fazendo isso na televisão. Quase desmaiou de alívio quando percebeu os batimentos.

— Vou buscar ajuda. Não fiz nada com o cabo. Só estava tentando garantir que poderia agüentar vocês dois. Chamarei alguém para ajudá-la. Não chore, Cady!

Boomer correu até o alto da colina. Olhou novamente para a olaia e sentiu náuseas, mas não parou para pensar. Rapidamente, desfez o nó que prendia o cabo ao tronco do carvalho menor, arrancou a outra ponta que estava amarrada no carvalho maior e, então, lançou o cabo dentro do lago. Refez seu caminho, gritando para Cady agüentar firme. Depois, montou em sua bicicleta e voltou para casa. Sentia-se tão tonto pela ansiedade que quase desmaiou quando percebeu que sua mãe havia saído. Consultando o número da polícia na lista de telefones de emergência fixada com adesivo na geladeira, ele o discou. Falou no tom mais grave possível, tentando disfarçar sua voz.

Depois, correu até o depósito de ferramentas, onde se agachou e se escondeu atrás do cortador de grama. Boomer orou, recitando todas as preces que aprendera em suas aulas de catecismo.

Um

Brentwood, Califórnia
Vinte Anos Depois

Cady Jordan sentia náuseas e não sabia muito bem por quê. Ela olhou para a pizza que comia, como se a incriminasse. Quatro fatias já haviam sido consumidas. Duas teriam bastado. Ela nem se lembrava de algum dia ter comido quatro fatias, menos ainda cinco. Assim, deixou cair o triângulo de pizza que segurava dentro da caixa. O que a afligia não era apenas um mal-estar na boca do estômago. Também estava inquieta e seu olho direito tremia, algo que acontecia apenas quando estava sob tensão. Cady suspirou, enquanto tomava com vontade a Coca-Cola na lata. Exatamente do que precisava, cafeína para seus nervos já perturbados.

Enfiou sua camiseta amarela para dentro da calça jeans surrada e desbotada, a sua preferida e com pelo menos dez anos de idade, buracos nos dois joelhos e há muito sem os bolsos traseiros. Ela jamais abandonaria sua calça, porque era como uma velha amiga. Como Pete, Andy e Amy. Decidiu dar um toque *fashion* em sua aparência e atou uma fita amarela que puxou da maçaneta em torno de seu rabo-de-cavalo. Agora estava pronta.

O barulho feito pelos homens da mudança parecia excepcionalmente alto. Talvez fosse essa a explicação para seu nervosismo.

Ninguém gosta de encaixotar tudo e partir. Ela pensou em todas as horas que passara empacotando seus pertences, embrulhando pratos e copos com um cuidado especial. Seus livros, a maior parte deles romances de capa dura e obras de referência, haviam consumido vinte e cinco caixas. Brentwood, na Califórnia, era muito longe de Indigo Valley, Pensilvânia, onde sua avó havia crescido e voltado a viver depois de tanto tempo.

Os gemidos e resmungos dos homens da mudança na sala fizeram-na lembrar que ainda precisava embalar algumas coisas antes de eles saírem. Levantou-se e retirou o último dos eletrodomésticos da despensa.

Sua presença era desejada — ou, pelo menos, isso era o que sua mãe deixara entrever nas entrelinhas. Não que ela prestasse muita atenção ao que a mãe dissesse atualmente. Depois, pensou na idade e na recente internação hospitalar da avó. Só isso já era motivo suficiente para preocupar-se. Era hora de devolver um pouco de todas as coisas maravilhosas que recebera dela. A avó sempre lhe estendera a mão, deixando de viver sua própria vida para cuidar dela, após o acidente. Agora era hora de adiar um pouco sua vida, se é que havia uma para ser adiada. Como poderia não voltar à Pensilvânia para ajudá-la no que pudesse?

Se não houvesse necessidade, Cady provavelmente permaneceria bem ali onde estava, pelo resto de sua vida. Conhecer novas pessoas e novos lugares era algo que a intimidava. Ao comprar a casa em Brentwood, cinco anos antes, julgara que estava fixando raízes. O que fizera, na verdade, fora escolher um cantinho seguro, onde poderia trabalhar em seu próprio ritmo e não precisar envolver-se com tantas pessoas. A redação de manuais técnicos para a Integrated Circuits, Inc., em meio período, permitia-lhe a liberdade de fazer seus próprios horários e ainda permanecer independente de seus pais e avó. Talvez sua idéia original fosse a de criar raízes, mas o que podia saber acerca desse processo? Ela jamais fixara raízes em qualquer lugar, enquanto crescia, porque os pais sempre haviam vivido como ciganos, mudando-se de uma para outra cidade, pregando a palavra de Deus, segundo Asa Jordan.

Em seu décimo oitavo aniversário, quando os pais anunciaram uma nova mudança pouco depois de sua formatura no ensino médio, Cady tomara a decisão de ficar onde estava, conseguir um emprego e trabalhar para pagar seus estudos universitários. Conseguira formar-se na Universidade da Califórnia com mestrado em língua inglesa e dali a alguns meses poderia conquistar o doutorado. Agora, teria de adiar esta realização.

Pelo menos não teria de abandonar seu trabalho. Embora a redação de manuais técnicos para uma empresa de eletrônica com sede em Los Angeles não fosse a carreira literária de seus sonhos, era isso que pagava suas contas.

Um dos rapazes da empresa de mudanças espiou para dentro da cozinha e lhe disse:

— Acabamos com as caixas que estavam na sala. Há mais alguma coisa para levarmos pro caminhão?

— Apenas aquele banquinho e algumas caixas perto da despensa. Acho que vejo vocês novamente daqui a uma semana, em Indigo Valley. Já lhes dei o número do telefone de minha avó, não? E o nome e endereço do guarda-móveis para onde minha mudança deve ir?

O jovem assentiu e ela estendeu-lhe um cheque e aguardou, enquanto o motorista anotava seu próprio nome e registrava o número e a quantia de seu cheque, destacando depois uma via amarela do bloco e lhe entregando. Cady enfiou-a na bolsa.

As lágrimas presas ardiam em seus olhos ao fechar a porta depois que o homem da transportadora saiu. Tudo parecia tão vazio! Se gritasse, as palavras ecoariam pela casa toda. Mudanças eram algo muito triste. Ela enxugou os olhos com a manga da blusa antes de jogar a lata vazia de refrigerante dentro da caixa de pizza que jogaria na lixeira assim que fechasse a porta de sua casa pela última vez.

A casa, um bangalô californiano típico da década de 1930, estava pronta para seu novo proprietário, um jovem professor e sua esposa. Ela tivera sorte ao colocar o anúncio no mural da universidade, e conseguira vender a casa sem precisar dos serviços de uma imobiliária. Além disso, conseguira um bom lucro no negócio.

Era hora de ir. Hora de entrar no carro e cruzar o país. Seria bom ter um cachorro como companhia. Sempre prometia a si mesma que compraria um cachorro quando fosse o momento certo. Muitas coisas poderiam acontecer a uma mulher jovem viajando sozinha por tantos caminhos. Um calafrio percorreu seu corpo. O medo era uma sensação horrível. Ela sabia, já que o sentira durante a vida inteira.

O medo não entrara em sua vida aos poucos, mas a capturara totalmente e para sempre ao despertar no hospital com uma dor desesperadora, sem recordar o que lhe acontecera. O medo permanecera durante os três anos seguintes, enquanto lutava para aprender a caminhar novamente. Poderia ter tido uma chance de dominar seus temores, se tivesse ficado com a avó que amava, mas isso não lhe fora permitido. No dia em que os médicos lhe deram alta, seus pais a levaram embora.

E agora estava prestes a voltar à cidade em que tivera o acidente que não conseguia recordar. Este simples pensamento deixou-a inquieta e nervosa. Ou será que o pavor estava voltando com força total?

Cady ficou parada na porta, olhando para os cômodos vazios. Não recebera muitos convidados enquanto vivera ali; por sua própria culpa, já que não tinha amigos verdadeiros e fiéis. Havia alguém com quem corria, às vezes, outra amiga com quem jogava tênis e outra com quem saía para jantar ocasionalmente. A verdade pura e simples era que preferia sua própria companhia a ter de falar sobre trivialidades ou fingir que se interessava pela vida de outros, que era tão entediante quanto a sua. Quanto a namorados, tivera alguns, mas nenhum com quem desejasse passar pela nave central de uma igreja.

Será que não desejava realmente manter relacionamentos ou sentia medo de fazer isso? Na juventude, tivera amizades com alguns garotos e isso a levara ao hospital, com amnésia. Quando seus pensamentos voltavam a essas lembranças remotas, ela forçava-se a parar de pensar no assunto e se convencia de que estava satisfeita com sua própria companhia. Por que precisaria esforçar-se para repelir os eventuais interessados, escutar os planos de suas conhecidas e imaginar como roubar um namorado de uma amiga inocente apenas para perder os dois no fim? Gostava de sua vida como estava, muito obrigada.

Cady olhou para seu relógio. Se desejasse, poderia ir até o abrigo de animais e adotar um cachorro. Tentou convencer-se a fazer isso, sem certeza de que esse era o melhor momento para tal decisão. E se o cão ficasse doente no carro? E se os hotéis de beira de estrada nos quais pernoitaria não permitissem a presença de animais? Eram tantos "e se"! Uma amiga que adorava animais falara, em uma palestra, sobre o grande número de cães e gatos que eram eliminados no abrigo a cada ano, porque seus donos os perdiam ou simplesmente os abandonavam.

Ela não era o tipo de pessoa idealista ou que se envolvia com grandes causas. Sua vida transcorria mais ou menos sem grandes acontecimentos desde o acidente, já que cuidava apenas de seus próprios assuntos e não se envolvia com ninguém. De repente, porém, a idéia de *salvar* um cão da morte parecia muito atraente.

Cadwell Sophia Jordan, cujo nome era uma homenagem às avós materna e paterna, tomava decisões somente depois de pensar no assunto exaustivamente, fazer esquemas e, finalmente, pendurá-la em um mastro invisível para ver se valeria a pena fazer continência a ela. Era sempre melhor errar por ser cautelosa, não o contrário. A previsibilidade era sua filosofia. E tudo, no final, resumia-se a uma só palavra: *medo*.

Cadwell Sophia Jordan, ou simplesmente Cady Jordan, ignorou sua própria filosofia de vida pela primeira vez ao entrar em seu Mercury Montaineer, tendo o abrigo de animais como destino.

Trinta e cinco minutos depois, ela fitava os olhos escuros de um pastor alemão magrelo, sujo e sarnento chamado Atlas.

— Quero este.

— Boa escolha. Ele tem uns três anos de idade. Foi recolhido na rua. Usava uma coleira em farrapos e a etiqueta com seu nome estava emaranhada em seus pêlos. Por isso sabemos que se chama Atlas. É um bom cachorro — disse o rapazinho. — Depois que estiver limpo e passar por um exame médico, acho que você poderá dizer que conseguiu um belo animal. Dê-lhe uma boa vida e ele a amará para sempre. São quinze dólares pela corrente e cinco dólares pelo cão.

Cady entregou-lhe uma nota de vinte dólares. O cachorro encolheu-se quando estendeu a mão para tocá-lo. Ela colocou-se de joelhos e sussurrou, com carinho:

— Sei como se sente. Se confiar em mim, nos daremos muito bem. Só quero colocar esta coleira e a corrente em você e levá-lo a um veterinário que conheço. Está tudo bem, Atlas. Nunca irei machucá-lo.

— Moça, ele tem algumas cicatrizes no lombo. Tenho a impressão de que alguém o maltratou durante algum tempo. Boa comida, algumas vitaminas e toneladas de amor o deixarão em forma.

— Entendi.

"Abuso físico, abuso mental... qual era a diferença?", pensou. Abuso era abuso.

— Desculpe-nos se não o entregamos com a coleira. Não podemos sequer lhe dar um pouco de ração, já que está escassa por aqui. Penso que você sabe que dependemos de doações. — Sua voz parecia esperançosa.

— Sei sim. Acho que não estava percebendo a situação. Gostaria de oferecer um donativo. Será que duzentos dólares poderão ajudá-los?

— Duzentos dólares ajudariam muito. Podemos comprar muita ração e desinfetante com todo esse dinheiro.

Cady preencheu o cheque e o entregou. Há muito não se sentia tão bem.

— Tudo bem, Atlas, é hora de começar vida nova! Talvez possamos fazer isso juntos. Vamos para Indigo Valley, depois de passarmos no Burger King, no veterinário e na loja de rações.

Atlas ajeitou o seu esqueleto no lado do carona do Mercury Montaineer. O cão parecia cansado e assustado enquanto deitava a cabeça sobre as patas, e apenas animou-se um pouco quando ela fez a curva e entrou na pista do *drive-through* do Burger King. O aroma de hambúrgueres permeava o ar. Cady pediu cinco cheesebúrgueres duplos, uma Coca-Cola em copo grande, uma garrafa de água e um copo vazio.

— Muito bem, vou estacionar e comeremos aqui.

Por alguma razão, ela esperava que o cão devorasse a comida, mas isso não aconteceu. Atlas alimentou-se lenta e metodicamente e bebeu quase toda a garrafa de água. Depois, começou a gemer.

— Entendi, entendi. Você precisa dar uma voltinha. Escute, Atlas, nunca tive um cachorro, de modo que vou precisar de sua ajuda. É melhor você latir, uivar, algo assim. Sei que teremos alguns acidentes de percurso, mas acabaremos nos entendendo. Cuidado aí, é preciso dar um pulinho até o chão. Faça o que tem de fazer — disse ela, soltando a correia retrátil para que o cão pudesse andar à vontade, o que ele fez. Depois, ele andou até a porta do carro e esperou até que Cady a abrisse. Então, saltou para dentro, ajeitou-se e pegou no sono.

Duas horas depois, Atlas, descontente, entrou de novo no carro. Desta vez, estava exausto por ter sido banhado e escovado e por sua ida à loja de animais, onde Cady comprou-lhe tudo o que a vendedora considerava útil. Ela comprou até mesmo um cinto de segurança, que Atlas detestou. Contudo, depois que ganhou cosquinhas na barriga e ouviu a voz calma de sua nova dona, o cão aquietou-se. Em determinado momento, ele lambeu a mão que o acariciava, em agradecimento. Lágrimas turvavam a visão de Cady quando ligou o veículo.

Conseguir um cão era a primeira coisa não planejada e fortuita que ela já havia feito desde que era criança, em Indigo Valley. Decidiu que gostava daquela sensação. Talvez fosse hora de fazer outras coisas ao sabor do momento, com mais espontaneidade.

— Acho que podemos dirigir durante umas cinco horas, antes de parar. Vou ligar o rádio para ter companhia, já que você vai acabar dormindo. — O cachorro abriu um olho sonolento, depois o fechou, sabendo que estava em segurança.

Seis dias depois, Cady estacionou no acostamento e desdobrou seu mapa. Tinha de conhecer aquela área. Afinal, vivera ali durante *dez* anos enquanto crescia, mas tudo parecia muito diferente, com pequenos agrupamentos de novos condomínios, pontos de fast-food ao longo do caminho e novas estradas. Ela buscou marcos familiares, mas a única coisa que reconheceu foi a praça central da cidade e a igreja de São Paulo. Ela ergueu o olhar do mapa e viu Atlas batendo no vidro da janela do carro com as patas.

— Vinte anos atrás, esta era minha cidade. Não sei se a amo ou detesto. Eu deveria sentir algo, mas não sinto nada — resmungou para si mesma.

Onde estava a casa da avó? Sua mãe lhe dissera para procurar a única casa em uma rua chamada Indigo Place, cujo nome fora dado por Lola quando construíra ali sua residência. Ela pensou no quanto isto era estranho e, então, percebeu um fiapo de rua, quase escondido atrás de um empreendimento imobiliário ambicioso. O aviso dizia que ali era uma propriedade particular. Cady dirigiu devagar, prestando atenção aos nomes das ruas.

Surpresa, ela respirou fundo e prendeu o ar. Aquilo não era uma casa. Provavelmente deveria ser chamada de "propriedade rural". Ou, talvez, de "uma obra artística". Fosse como fosse, tinha tudo a ver com Lola Jor Dan.

— É isso aí, Atlas. Nossa nova casa. Eu já lhe contei sobre Lola, durante nossa longa viagem. Ela foi uma estrela de cinema bela e atrevida, no auge da fama. Era vista como símbolo sexual, mesmo naquela época. Teve seis maridos e sobreviveu a todos. Meu pai tinha tanta vergonha dela que jamais dizia que era sua mãe. Minha mãe fingia que Lola não existia, mas apenas para agradar papai. Acho que, no fundo, admirava Lola. Papai dizia que ela era uma desgraça para o nome Jordan, e por isso Lola mudou-o para Jor Dan. Amei minha avó. Ainda a amo.

Atlas latiu, demonstrando que a entendia.

Cady inclinou-se para coçar as orelhas do animal. Fazia pouco mais de seis dias que o tinha adquirido, mas já estavam apegados um ao outro, desde aquela primeira noite em que dormiram juntos no bagageiro da caminhonete. Ele engordara um pouco e seus olhos agora estavam brilhantes e alertas. Adoravam um ao outro em igual medida.

Ela estacionou na frente de portões enormes, verdes, de ferro forjado.

— Acho que devemos tocar a campainha, para que alguém abra esses imensos portões. Menino, se este lugar é tão grande quanto parece, você vai ter um monte de espaço para se divertir!

— Sim? — Uma voz inexpressiva de mulher fez-se ouvir, através de um interfone na parede de pedra próxima do portão.

— Sou Cady Jordan. Estou aqui para ver minha avó.

Dentro da casa, Mandy Ebersole, dublê aposentada e amiga de toda uma vida de Lola Jor Dan, olhou para Anthony Borellie, outro velho amigo de Lola, e sorriu amplamente:

— Ela está aqui! Acho que isso animará Lola um pouquinho, não é?

O diretor de cinema aposentado devolveu-lhe o sorriso e assentiu:

— Sangue jovem é tudo do que precisamos por aqui. Vejamos se a criaturinha tem fibra.

— Você marcou hora? — a voz sem entonação indagou.

— Não. Precisava?

— Sim. A sra. Jor Dan não recebe sem hora marcada. Está aposentada e gosta de sua privacidade.

Cady achou que a mulher fungava com desprezo depois de lhe falar.

— Pois a mim ela recebe. Diga-lhe que se não abrirem o portão eu o derrubo. Agora, venha já até aqui. Meu cachorro está ficando nervoso — exigiu Cady, com mais coragem do que sentia. Esta era a segunda coisa mais impensada que já fizera.

— Cachorro? — Dentro da casa, os dois conspiradores olharam-se. — Ela tem a quem puxar. Lola vai adorá-la, você não acha?

O diretor assentiu, com algum desconforto.

— Ca-chor-ro! Cão. Rima com bobão, babão ou cascão. Por favor, diga à minha avó que estou aqui. Vou lhe dar cinco minutos e, depois, derrubar o portão.

Atlas latiu, concordando.

— Acho que fui convincente, não? Mas não pretendo derrubar coisa nenhuma — sussurrou Cady. Atlas latiu novamente, exatamente quando os portões abriam-se.

Cady dirigiu por quase dois quilômetros por uma estrada sinuosa ladeada por álamos. Os jardins eram viçosos e bem-cuidados, com o que pareciam ser acres e mais acres de flores e trabalhos cuidadosos de topiaria. Seu queixo caiu. Exceto em filmes, jamais vira algo tão belo. À sua direita, notou uma quadra de tênis e uma piscina que mais parecia uma gruta. Será que sua avó, de oitenta e dois anos, jogava tênis e nadava? Talvez na juventude. Assim, quem desfrutava de tal suntuosidade? Por que a avó precisava de uma garagem para seis carros? Quem vivia nas duas cabanas em estilo alemão, nos fundos? Tantas perguntas!

O carro parou com um solavanco na frente da casa. Ela esticou o pescoço para observar as colunas brancas e imponentes e se lembrou das fotografias de Tara. Lola sempre fora vidrada em qualquer coisa que lembrasse ... *E o vento levou*. Sua avó lhe contara que perdera o papel de Scarlett porque o estúdio não a liberou de seu contrato. Lola sempre tinha uma história para contar.

O coração de Cady acelerou enquanto saía do carro. Certamente sua mãe avisara Lola sobre sua chegada. Por outro lado, Agnes Jordan bem poderia ter achado que tal anúncio era dever de seu marido. Se a coisa tivesse ficado sob responsabilidade de Asa Jordan, então esta visita seria uma surpresa completa para a avó.

Lola adorava surpresas. Cady esperava que gostasse desta, então. Durante algum tempo, pensara em ligar para a avó e sempre acabara convencendo-se de que era melhor não fazer isso, já que ela tentaria fazê-la desistir da viagem. Cady imaginou que, se vendesse a casa, fizesse as malas e se pusesse a caminho, Lola precisaria deixá-la ficar para cuidar dela. Se havia algo que sabia sobre sua avó, era que adorava sua independência. Portanto, era melhor fazer surpresa. Lola nunca a mandaria embora. Nunca.

Desejou saber mais sobre a saúde da avó. Tudo com que contava vinha do telefonema que recebera da mãe. Isso, em si mesmo, já era motivo de alarme, porque a mãe *nunca* lhe telefonava. Ao indagar qual era o problema com Lola, a mãe lhe dissera que o problema era velhice e que na velhice tudo desandava. A voz parecera tão controlada e agourenta que Cady sentira o medo subindo por seus braços. Ela soube, naquela fração de segundos que precisava ver a avó. Se fosse um erro, que fosse.

Cady abriu a porta para Atlas, prendeu a correia em sua coleira e subiu os quatro degraus que levavam à ampla varanda. As grandes portas duplas abriram-se quando chegava ao quarto degrau. Ela parou e puxou Atlas para que este se colocasse ao seu lado.

— Sou Cady Jordan, neta de Lola.

— Sim, você já disse isso quando estava lá na rua. Entre. Seria melhor ter ligado antes, Cady. Lola não gosta de surpresas.

— Achei que minha mãe ou meu pai havia ligado. Acho que esqueceram — desculpou-se, sem jeito. — Minha avó está bem?

— Depende do que "bem" significa para você. Mas não fique aí parada, entre. Esse seu cachorro é uma desgraça de tão feio. Não o deixe fazer sujeira dentro de casa.

— Espere aí, quem quer que você seja. Pode dizer o que quiser sobre mim, mas deixe meu cão em paz! Ele foi espancado e passou fome antes de ser adotado por mim. Agora está bem, graças aos meus cuidados. Minha avó gosta de cachorros. Quem é você?

— Sou Mandy, a governanta, dama de companhia e secretária, além de muitas outras coisas. Você é apenas uma visitante, de modo que não deveria fazer perguntas. Você é sempre assim?

Um homem gorducho estava de pé atrás da governanta e seus olhos brilhavam enquanto escutava aquele intercâmbio verbal.

A governanta tinha de ser tão velha ou quase tão velha quanto sua avó e se parecia um pouco com esta.

— Agora estou lembrando. Você era dublê de Lola. Ela me falou a seu respeito. Dizia que você foi a maior dublê feminina de Hollywood e que jamais teria sido a atriz que foi sem sua ajuda. — Cady estendeu a mão. — Muito prazer em conhecê-la. E você deve ser Anthony, o diretor de Lola. Ela me contava que ninguém, exceto você, podia dirigi-la. É um prazer conhecê-lo também.

Sem querer ficar para trás, Atlas latiu e levantou a pata.

— Ela disse *realmente* isso a nosso respeito?

A mulher e o homem pareciam evidentemente lisonjeados com o cumprimento de Cady. Mandy pareceu debater algo em seu íntimo, antes de finalmente falar:

— Há mais de um ano você não vê Lola. Ela não está muito bem, mas mente e diz que nunca esteve tão bem. Ela pode caminhar, mas na maior parte do tempo contenta-se em ficar na cadeira de rodas. Parte disso deve-se à teimosia e a um pouco de preguiça. A osteoporose debilitou-a. Vi os raios X. Além disso, está com problemas cardíacos. Nada disso representa uma ameaça à sua vida neste momento. Ela diz que está preparada para a morte, mas isso também é uma mentira. Qual é o nome do seu cachorro?

— Atlas. Existem remédios contra a osteoporose. A esposa de um de meus professores sofre disso, e me lembro de ouvi-la mencionar os medicamentos.

— Você poderia conversar *a esse respeito* com sua avó. Lola está no solário. Eu lhe disse que você estava aqui, e isso a animou. Não a vejo tão animada desde que nos mudamos para cá, dez anos atrás. Por favor, tente parecer alegre e não demonstre choque com a aparência de sua avó.

Com uma sensação de medo instalando-se, Cady avançou, levando Atlas.

Ela sabia que o solário era bonito, porque Lola apreciava coisas belas. Depois, quando seu espanto passasse, gostaria de olhar a casa toda. Neste momento, porém, tudo o que podia ver era sua avó, no passado tão linda, encolhida em sua cadeira de rodas, com uma peruca patética semelhante aos cabelos de Dolly Parton em sua pequena cabeça. Estava maquiada, mas sempre a vira assim, e Lola sempre alardeara que nenhum de seus seis maridos jamais a vira sem pintura. Agora, porém, a maquiagem cara e teatral apenas a tornava mais espectral e assustadora. Seus olhos verdes estavam brilhantes e alertas quando sorriu para a neta.

— Que surpresa adorável! Como está minha preciosa? Se tivesse ligado, avisando de sua chegada, eu teria desenrolado o tapete vermelho para recebê-la. É maravilhoso vê-la, Cady.

— Estou bem, Lola — disse Cady, abraçando-a. — Então você não sabia que eu estava a caminho? Segundo mamãe, alguém do hospital telefonou e lhe disse que você precisava de sua família. Papai não está muito bem, e mamãe já se ocupa o suficiente com ele. Assim, decidi vir. Vendi minha casa, arranjei este cachorro e cruzei o país inteiro dirigindo meu carro. Ainda nem consigo acreditar que fui capaz disso. Mas estou aqui, e isso é o que importa.

— Então Asa não podia dar-se ao trabalho de vir e nem pensou em me ligar...

Cady encolheu os ombros. Aquela indisposição perpétua entre seu pai e sua avó já era lendária.

— Tirei-o de meu testamento. Ele não me merece como sua mãe. Aquela sua mãe não é muito melhor. Ainda não entendo como *você* saiu-se tão bem sendo filha deles. Se descontarmos aquele episódio de sua infância. Estou feliz por tê-la aqui, minha criança, muito feliz, mas para responder à sua pergunta, não. Eu não sabia que você estava a caminho. Os hospitais ligam para nossos familiares porque acham... Bem, seja lá o que achem, eu lhes pedi para não ligarem, mas obviamente não me deram ouvidos.

— Posso alugar um apartamento na cidade, já que tenho o Atlas agora.

— Isso é um absurdo. Esta casa tem dezessete cômodos, e cada uma das cabanas nos fundos tem cinco cômodos. O que não falta é espaço. Se eu não pareço muito entusiasmada é porque estou chocada por vê-la. Senti falta de minhas idas a Los Angeles no ano passado porque optei por ir à Europa. Achei que podiam ter alguma solução para meus problemas de saúde. Exceto transplante ósseo, não podiam fazer nada por mim.

— Eu deveria ter vindo antes. Não sabia que você estava com problemas, Lola. Pensei que estava apenas ocupada demais para me visitar. Por que não me contou? Eu já teria vindo.

— Você é jovem, não é preciso sobrecarregá-la com meus males. Não quero ser uma carga para ninguém. Você tem sua própria vida e a está vivendo, não é? Ah, não me diga que ainda está hibernando e morando naquela pequena comunidade porque é segura e nada acontece lá. Há alguém importante em sua vida?

— Claro que sim — respondeu Cady com um grande sorriso, apontando para Atlas.

— Então você ainda não superou seu passado... Cady, Cady, quando é que pretende começar a viver? Desde aquele acidente, você nunca mais foi a mesma. Acho que teria sido diferente se seus pais a tivessem deixado comigo. Mas, não, eles vieram e a levaram para todas aquelas cidades... em quantos estados diferentes?, antes de finalmente fixarem residência em Vermont. Durante os três anos de sua reabilitação, servi muito bem para eles, mas, depois, passei a ser apenas uma velha estrela de cinema que já fez plásticas demais e lhes causava vergonha. Achei que iria morrer no dia em que a levaram embora. Seu choro me partiu o coração.

— Não vamos falar sobre mamãe, papai ou... *aquela época.* Falemos a seu respeito. Quero saber como isso tudo aconteceu e o que posso fazer para ajudá-la.

Lola fez uma careta.

— Acho que a causa do que tenho são anos de vida decadente. A doença é irreversível, de modo que não devemos perder tempo falando nisso. Eu tive uma vida ótima e, se precisasse, repetiria tudo novamente. *Vivi* cada minuto de minha existência. Quanto ao que você pode fazer... Bem, poderia ajudar-me com minhas memórias. Mandy disse que possui muitos talentos, mas escrever não é um deles. Cheguei a pensar em falar em um gravador e lhe enviar as fitas, mas isso foi tempos atrás. Depois, decidi que ninguém se interessaria o suficiente por uma antiga artista de cinema para comprar meu livro. Sobrevivi a todos que incluiria em meu livro, de modo que não haveria ninguém para me processar se eu fosse em frente e decidisse escrevê-lo. O que você acha?

— Acho que é uma excelente idéia se você contar *tudo.* Está preparada para isso? — perguntou Cady, sorridente.

— Seu pai provavelmente cavará um buraco para se enterrar se eu seguir sua sugestão. Como conseguiu sobreviver, com santarrões lhe falando besteiras o tempo todo? Ei, o que houve? Você está branca como um fantasma.

— O quê... O que você acabou de dizer?

— Mandy, pegue algo bem forte para esta menina. Acabei de dizer que seu pai cavaria um buraco, com vergonha de mim. Faria isso, você sabe. É meu filho, mas me detesta. Eu também não me importo muito com ele. A verdade é que ele não gosta de ninguém, nem de sua mãe.

— Não, não, você disse mais alguma coisa. Disse... disse "santarrões"... Eu conheço essa palavra. Tem algum significado para mim.

— Creio que você *tem* de conhecê-la, vivendo com *aqueles dois*. — Lola inclinou-se para a frente na cadeira, com os olhares verdes presos no de Cady. — Ou você quer dizer que a palavra tem algo a ver com aquele episódio de sua vida que você não consegue recordar?

Cady tremeu, com o sofrimento transbordando do olhar. Atlas aproximou-se de sua perna, e ela acariciou as orelhas dele.

— Sabe o que penso, Lola? Acho que estou apenas cansada de minha longa viagem. Fiquei muito nervosa com a mudança. De repente, senti como se houvesse uma ameaça sobre minha cabeça, e ainda estou com essa sensação. Não consigo livrar-me dela.

— Nunca tente forçar coisa alguma. Talvez, por estar de volta depois de todos esses anos, você finalmente consiga recordar tudo. Dizem que o passado não volta, mas isso não é verdade. Eu voltei para Indigo Valley e agora você também está aqui. Quando parti, havia quatro lojas e dezesseis casas na área urbana da cidade. Acho que a população total estava em torno de trezentas pessoas. Agora, o vilarejo é uma cidade de quarenta mil pessoas. Imagino que mudou ainda mais durante os vinte anos em que você esteve ausente.

"Cady, querida, já falamos sobre isso no passado e sei como se sente sobre Indigo Valley. Sei por que nunca desejou voltar, e por achar que estava certa é que sempre a visitei na Califórnia. Eu sabia que seria traumático voltar, e agora você voltou. Talvez eu sempre soubesse que você acabaria voltando, mas não sabia quando. Comentei com Mandy e Anthony que, um dia, você desejaria explorar seu passado. Acho que a hora chegou. Estou contente demais por tê-la comigo.

"Mandy, mostre o quarto a Cady. É hora de meu cochilo também. Dê-lhe a suíte Ginger Rogers. O jantar é às sete e meia. Gostaria que Mandy preparasse algo especial para seu cachorro? Ele precisa mesmo comer."

— Atlas come qualquer coisa que eu lhe dê. Tentei dar-lhe ração, mas recusou. — Cady ajoelhou-se na frente da cadeira de rodas da avó. — Gostaria que você tivesse dito que não estava bem. Nada me prendia à Califórnia. Posso estudar e fazer meu trabalho em qualquer lugar. Só porque mamãe e papai...

— Shhh. — Lola pousou o dedo sobre seus lábios. — Está tudo bem. Para ser franca, não fui a melhor mãe do mundo. Não fui sequer uma *boa* mãe. Ah, bem, isso é passado. Que felicidade tê-la aqui, Cady!

— Também estou feliz, vovó.

— Nada dessa coisa de "vovó", comigo. Você sempre me chamou de Lola, desde que aprendeu a falar. Não mude agora. Não preciso sentir-me mais velha ainda do que já sou. Vá, tome um bom banho e tire um cochilo. Podemos conversar a noite inteira, se você quiser.

Cady beijou sua face enrugada, espantada com a magreza dos ombros da velha senhora. Sentiu lágrimas queimando seus olhos. Deveria ter vindo antes. Muito antes.

— Esta é a suíte Ginger Rogers — Mandy anunciou, abrindo a porta e dando passagem a Cady. — Pedirei que tragam suas malas. Se você quiser ou precisar de algo, toque o interfone. Está bem ali; não há como errar.

— Obrigada. Ficaremos bem.

Enquanto Atlas perambulava pelos cômodos da suíte, cheirando e rosnando, Cady verificou o ambiente. Além de um par de sapatilhas de bailarina prateadas, de cetim, não havia nenhuma outra indicação de que Ginger Rogers algum dia dormira ou sequer tivesse visitado aquele quarto. Sentiu desapontamento.

O quarto era vistoso, parecendo ter saído direto da prancheta de um decorador. Ela fungou, tentando identificar aquele odor estranho.

Cola de papel de parede, pensou. Tudo parecia novo, sem uso e incrivelmente caro. O carpete era espesso e lhe chegava à altura dos tornozelos. As cortinas eram de seda pura e brocado, para combinarem com os edredons feitos sob encomenda que viu na imensa cama com quatro colunas e dossel rendado. Chegou a imaginar se Ginger teria se sentido confortável em uma cama na qual se precisava de uma escadinha para poder alcançá-la.

Ginger teria adorado o tom de champanhe, já que todo o quarto era decorado em nuanças delicadas de branco e ouro. Uma poltrona cor de champanhe com almofadas cor-de-vinho atraiu seu olhar. Fred Astaire teria amado aquele móvel. Deixou-se afundar nela, contente, e balançou as pernas sobre um dos braços. De onde estava, podia ver a sala de estar e o que provavelmente era um closet. O mesmo carpete, as mesmas cortinas, algumas cadeiras.

Ela saltou da poltrona para examinar o banheiro e descobriu que era totalmente branco. *Tudo* ali era branco. Piscou, desejando um par de óculos escuros diante do branco ofuscante. Pegou uma toalha e surpreendeu-se com seu peso e espessura. Sem falar que parecia ter custado uma fortuna.

Lola sempre apreciara coisas finas e caras. Sorriu ao lembrar-se de alguns presentes que a avó lhe enviara naqueles anos. Coisas feitas para serem admiradas, não para serem usadas. Como bonecas raras de porcelana, leques com jóias incrustadas vindos do Oriente, um quimono com um dragão nas costas cuspindo fogo, bordado com linha dourada, jóias de prata vindas da África, escovas de cabelo adornadas com pedrinhas, um chapéu e luvas de zibelina vindos da Rússia. E depois, havia também os livros maravilhosos, seu primeiro kit de maquiagem, os primeiros suéteres elegantes de casimira, as bolsas de grife, luvas de couro verdadeiro, e jóias e perfumes finos. Em uma ocasião, um caminhão estacionara na frente de sua casa, trazendo-lhe um pônei chamado Edgar. Tudo, até mesmo Edgar, lhe fora confiscado pelo pai. Ela nunca contou isso a Lola, porque não desejava magoá-la. Limitara-se a enviar-lhe longas cartas de agradecimento.

Imaginou onde estariam todas aquelas coisas maravilhosas agora. Se pelo menos pudesse recordar aquele acidente, ocorrido tanto tempo atrás. Atlas lamuriou-se aos seus pés ao ouvi-la suspirar. Ela agachou-se para acariciá-lo.

— Preciso ligar para minha mãe para lhe dizer que cheguei bem.

Cady pegou o telefone celular em sua bolsa e ligou para a casa dos pais. Sua mãe atendeu no terceiro toque, arfando.

— Mãe, sou eu, Cady. Só liguei para dizer que cheguei bem.

— Eu sabia que nada lhe aconteceria. Você é muito prudente na direção. Não tinha certeza se você ligaria.

— Avisei que ligaria. Arranjei um cachorro para mim, antes de partir. Ele foi um ótimo companheiro de viagem. Mãe, onde estão todos os presentes que Lola me deu quando eu era criança?

A voz de sua mãe adquiriu um tom gélido.

— Doamos alguns para crianças menos afortunadas e vendemos o resto. Eram todos decadentes, nada apropriados para uma criança como você.

— Você chegou a me perguntar se eu concordava em vender ou doar?

— Não, acho que não, mas importava? Não me diga que Lola os quer de volta.

— Não, ela não os quer. Eu só queria saber onde estavam. Por alguma razão, pensei que você poderia tê-los guardado. Sobrou alguma coisa dos meus brinquedos?

— Não... Mudávamos com freqüência e por isso precisávamos nos livrar de tudo o que não fosse necessário.

— Não vai perguntar por Lola? Você disse que papai ligaria para ela para avisar de minha chegada. Ninguém ligou. Senti-me como uma idiota, chegando assim, sem aviso. Ele poderia ter ligado, não?

Cady não sabia que a voz da mãe poderia tornar-se ainda mais fria, mas descobriu que sim.

— Obviamente Lola está bem, ou você teria me dito logo. Não sou hipócrita. Não gosto dela e ela não gosta de mim. Seu pai disse que iria ligar. Eu gostaria de dizer que ele tentou, mas ninguém atendeu, mas não posso fazer isso, porque não tenho certeza. Se ele teve um dia ruim, provavelmente nem chegou a tentar novamente. Estou com um bolo no forno, Cady, e seu pai está me chamando. Preciso desligar.

Cady ignorou-a e continuou falando:

— Como ele está?

— Na mesma. Não melhora da doença de Parkinson; só piora. Alguns dias são muito ruins, outros nem tanto. Ele ora muito. Por algum motivo, parece que Deus não responde às suas preces.

— Talvez seja porque Deus sabe que meu pai é um pecador. Ele é, e você sabe. Veja como trata sua própria mãe. Sem esquecermos como tratou *a mim* quando voltei para casa após o acidente. Eu gostaria de ter ficado com Lola.

— Chega dessa conversa. Preciso desligar agora, Cady.

Cady desligou o telefone, antes de jogar o aparelho na cama. Saiu da poltrona e sentou-se perto de Atlas.

— São meus pais e nem mesmo gosto deles. Acho que também não gostam de mim. Sabe de uma coisa, Atlas? Não dou a mínima para isso. Algum dia, lembrarei tudo o que aconteceu naquela época e, então, terei respostas para muitas de minhas perguntas. Pelo menos isso é o que espero. Venha, vamos dar uma volta pelo jardim e ver se descobrimos um lugar onde você possa cavar alguns buracos.

Dois

O cheiro alertou-a de que este era o quarto de alguém doente, a tal ponto que hesitou quando viu a avó aninhada entre muitos travesseiros e cobertores e sua mesinha-de-cabeceira lotada de frascos. Havia também um tanque de oxigênio portátil próximo à mesa.

— Você mentiu para mim — disse Cady, com a voz trêmula de medo. — Por que não me contou antes sobre a gravidade de sua doença? Eu teria abandonado tudo e voado para cá. Por quê? Por que continuou enviando cartas alegres, dizendo que estava tudo bem? Nesses últimos dez dias você se matou de cansaço, tentando convencer-me de que está simplesmente ótima. Agora, percebo o que esse esforço lhe custou. Mas que droga, eu precisava saber. Detesto segredos, realmente detesto! Já tive o suficiente deles para uma vida inteira.

— Morrer é algo asqueroso, minha querida. Eu não queria que você tivesse essa experiência assim que chegou. Entretanto, quero que meu filho passe por isso. Por alguma razão maluca, achei que seus pais viriam aqui, no mínimo para esperar que eu batesse as botas e pudessem levar meus bens. Meus planos saíram pela culatra. O que uma ex-estrela de cinema pode fazer? Tenho dias bons e dias ruins. Hoje é um dia ruim. Amanhã, talvez eu possa pular corda. Nesta casa, vivemos um dia de cada vez.

— O que eu puder fazer para ajudá-la, farei. Estou aqui e não irei embora.

— Isso me conforta muito, Cady. Tudo o que realmente desejo é que crie alguma coragem e se torne um pouquinho mais audaciosa. Recupere sua memória e comece a viver, menina. Pare de se esconder. O mundo é um lugar mágico, e a vida é maravilhosa. Durante todos esses anos, tive medo uma ou duas vezes, mas aprendi a domá-lo, por necessidade. Você permite que ele a consuma, e Asa e Agnes permitiram isso. Por interesse próprio, eu creio. Desculpe-me se não pude fazer mais por você. Deus sabe que tentei.

Cady sentou-se na beira da cama.

— Há muitos anos eu vivo sem a recordação daquele acidente. Tudo o que sei é o que outras pessoas me contam. Isso não importa mais, agora. Quero a verdade, Lola. Qual é seu estado?

— Totalmente incerto. Os médicos dizem que posso viver mais vinte anos, se me cuidar. Ou talvez não chegue a vinte anos. Não é só essa coisa nos ossos. Meu coração... Bem, digamos que meu coração já amou demais. O velho tolo sugeriu que eu arranjasse alguns passatempos interessantes, mas não quero falar sobre isso. Quero falar sobre o que importa na vida. Mandy a ajudará, mas, por enquanto, quero que escute o que tenho a lhe dizer. Fiz um testamento que talvez deva ser atualizado. Mandy está cuidando disso. Onde está seu cachorro?

— Esperando no lado de fora da porta. Achei que você não o queria aqui.

— Que bobagem! Nessa altura, por que isso importaria? Chame-o. Deixe que sente sobre a cama conosco enquanto conversamos. Sinto falta de um animal. Quando meu último cachorro morreu, sofri demais e jurei que nunca mais teria um bicho. Juro que lamentei mais pela perda daquele animal do que por qualquer dos meus seis maridos.

Cady assoviou. Atlas levantou-se, olhou à sua volta, depois entrou no quarto e se colocou ao lado de Cady.

— Venha, menino, Lola disse que você pode subir na cama.

O pastor alemão deu alguns passos para trás e saltou para a frente, aterrissando graciosamente no pé da cama. Olhou a mulher frágil e, depois, rastejou sobre ela até deitar-se sobre seu peito. Lola estendeu a mão ossuda e fez uma carícia em sua cabeça. O cachorro emitiu um som de lamento e deitou a cabeça em seu ombro.

— Ele sabe. É incrível como os cães percebem quando alguém está doente e não lhe resta muito tempo. Tenho observado Atlas desde que você chegou com ele. Acho que nunca vi um cão tão protetor e dedicado quanto este. Tive muitos cachorros, você sabe, de modo que sei do que estou falando. — Ela continuou fazendo carinho na grande cabeça do animal. — Ele entra aqui no meio da noite. Você não sabia disso, sabia?

Cady balançou a cabeça, em negativa.

— Ah, sim, nós conversamos durante horas. Eu nunca durmo. Tiro cochilos esporádicos. Bem, eu falo e ele escuta. É ótimo ouvinte. Acho que compreendeu tudo o que lhe contei. Se não, também não importa. Agora, vamos ao que interessa. Na gaveta de cima de minha escrivaninha há uma pasta amarela. Adoro a cor amarela. Quando eu for enterrada, quero meu caixão coberto de girassóis. Traga a pasta até aqui, Cady.

Cady sentia-se tão chocada que achou melhor não dizer nada, para não ser traída por sua voz. Assim, apenas levou a pasta até a cama e a entregou à avó. Lola parou de acariciar Atlas o suficiente para retirar da pasta uma única folha de papel. Cady ficou olhando os cômodos luxuosos da suíte, enquanto a avó fingia ler o conteúdo da folha que certamente já devia ter decorado.

Embora tivesse viajado pelo mundo inteiro, Lola parecia gostar de coisas com um sabor do Oriente Médio. Havia tapetes persas, tapeçarias de parede bordadas com seda, lençóis com mais rendas do que tecido, e uma colcha com galos muito coloridos no centro. As mesas ornamentadas e as quinquilharias, junto com grandes vasos de bronze que continham folhagens viçosas, eram a única concessão ao estilo ocidental. Metros de delicada seda caíam dos varões dourados por sobre as janelas. Um enorme sofá otomano redondo, com padrão de listras pretas e brancas, ocupava todo um canto, e um cavalo de latão com cerca de um metro de altura ocupava outro. O aroma de incenso permeava o ambiente. O odor não era desagradável.

— Está mais ou menos finalizado — disse Lola. — Tudo vai para você. Há contas com corretores de ações, todos os tipos de fideicomissos para que você não se afogue em impostos sobre transmissão de herança, seguros, propriedades e, é claro, minhas jóias. Tudo está no cofre. Quando me mudei para cá, dez anos atrás, fiz um novo testamento. Mitchell, meu advogado, faleceu enquanto eu estava na Europa, esperando encontrar uma cura para meu problema ósseo, mas seu filho, que era seu sócio na Agulera, assumiu meus negócios. Nunca o vi, mas isso não importa. Tudo está em ordem. Não tenho certeza, e você terá de verificar com Mandy, mas acho que uma nova firma comprou a Agulera. Parece que teve algo a ver com o fato de o filho não querer mais advogar. Creio que não haverá problemas com a nova firma. Um advogado é um advogado, se é que me entende. Você terá de lidar com isso quando chegar o momento. Para seu pai, meu filho, deixei dez dólares. Eu não queria deixar nada, mas Mitchell instruiu-me a fazê-lo, de modo que dez dólares pareceu-me uma boa quantia. Imagino que ele tentará contestar, mas não conseguirá. Se chegasse a colocar as mãos no meu dinheiro, fundaria uma daquelas seitas, e não suportarei isso, nem nesta nem em outra vida. Bem, não vai perguntar quanto lhe deixei?

— Não. Não me importo com isso, Lola. Não quero seu dinheiro. Quero você. Vim até aqui pensando que poderíamos voltar àquela intimidade que tínhamos quando eu era criança. Minha mãe disse apenas que você estava com problemas de saúde e havia sido hospitalizada. Ela levou-me a crer que seu problema era artrite, nada mais grave. Ah, eu sei que você me visitava quatro ou cinco vezes por ano, mas, nessas ocasiões, apenas nos divertíamos. Nunca tínhamos tempo para conversar ou apenas conviver uma com a outra. Acho que nos ocupávamos o tempo inteiro durante aquelas visitas, para não termos tempo de relembrar o passado. Eu não queria reviver o acidente e você sabia disso. Não gosto de pensar sobre aquela época, e detesto esse assunto. Você me disse, uma vez, que eu falaria quando estivesse pronta. Talvez agora seja a hora, mas posso estar enganada. Seria ótimo recuperar a memória, mas, se isso não acontecer, para mim está tudo bem — desabafou Cady, suspirando.

— Sempre guardarei aquelas visitas entre os momentos mais preciosos da minha vida — continuou, com expressão mais leve. — Lembra-se de quando fomos patinar no gelo e aquele fotógrafo mal podia acreditar que era mesmo você lá comigo? Rolei de rir quando você me enviou o exemplar daquele mês com a foto na capa da *Variety*. Lá estava Lola Jor Dan, com joelheiras e capacete! Emoldurei aquela capa, mas o melhor de tudo, para mim, foi quando fizemos aquela caminhada nas montanhas e tive de içá-la boa parte do caminho, porque suas botas de grife eram bonitas, mas inúteis para esportes, e você torceu o tornozelo. Todos gostariam de ter uma avó como você. Caso ninguém lhe tenha dito, eu a amo imensamente.

Lola sorriu, compartilhando aquelas recordações e, depois, disse:

— Bem, pelo amor de Deus, Cady, não estou muito ansiosa para partir deste mundo, mas essa decisão não está sob meu controle. Vai me ajudar a escrever minhas memórias? Estou lhe deixando sessenta e cinco milhões.

— De dólares? — indagou Cady, boquiaberta.

— Então, posso contar com sua ajuda?

— Sim, se isso a faz feliz — disse Cady, tentando absorver a notícia de que havia herdado sessenta e cinco milhões de dólares.

— Você terá de abandonar aquele trabalho seguro e enfadonho que tem e dedicar todo o seu tempo a mim. Bem, não *todo* o seu tempo. Quero que continue trabalhando em sua dissertação. Está disposta a isso? Ah, você também precisará ir a vários lugares e fazer muitas coisas, o que significará que terá de começar a viver.

Um misto de emoções atordoava a mente de Cady. Será que estava realmente disposta a fazer tudo isso? Será que não acabaria por decepcionar Lola?

— Sim, farei exatamente o que deseja. Enviarei minha demissão por fax ainda hoje, mas não sei muito bem como escreverei suas memórias. Escrever memórias e uma dissertação são coisas muito diferentes. Minha dissertação é sobre o medo, nas obras de Joseph Conrad, e estou tendo muitas dificuldades para escrevê-la. Podemos falar nisso em outro momento, Lola. Quando você gostaria de começar? — perguntou, com um sorriso.

— Você estudou para ser uma redatora técnica, de modo que talvez tenhamos alguns problemas. Podemos começar amanhã, se for possível. Acho que vou tirar um cochilo agora. Peça a Mandy para mostrar-lhe onde estão meus álbuns de recortes. Sei que estão em algum lugar na biblioteca, mas não os vejo há anos. Talvez seja melhor você dar uma olhadinha neles antes de começarmos. Já foi ao lago, Cady?

— Não, preciso reunir coragem para isso.

— E quanto à casa em que morou, naquela época?

— Não, também preciso tomar coragem.

— E já foi ao cemitério onde aquele menino foi enterrado?

— Não sei se algum dia poderei ir até lá, Lola. Gostaria de poder chamá-la de vovó. Parece falta de respeito chamá-la pelo nome. Talvez eu... Talvez vá até *lá*, um dia desses. Mas esse dia também pode nunca chegar.

— Vai ligar para seus antigos amigos, pelo menos? — Lola deu um longo bocejo.

— Pensei nisso, mas... Talvez mais tarde. Não há pressa. Vou até a biblioteca enquanto você descansa. Quer que Atlas lhe faça companhia?

— Sim, eu adoraria — respondeu a velha senhora, fechando os olhos.

— Fique com Lola, Atlas. Vou até a biblioteca. Vá até lá e me avise se ela despertar.

O grande cão aproximou-se mais da frágil idosa. Cady poderia jurar que ele assentira, entendendo o que lhe fora dito.

A biblioteca parecia-se com a biblioteca pessoal de Winston Churchill, que Cady vira em um livro quando estava na universidade. Ela puxou uma cadeira de couro atrás de uma escrivaninha e sentou-se, sentindo o odor pungente do couro. Ao percorrer a sala com o olhar, uma ruga formou-se entre suas sobrancelhas enquanto olhava para as prateleiras de parede a parede, abarrotadas. Lola não conseguia permanecer sentada o suficiente para ler um livro. Sabia que as lombadas intactas de todas aquelas obras mostravam que nunca haviam sido lidas. Para comprovar sua intuição, levantou-se e foi até o que parecia ser uma prateleira cheia de best-sellers recentes. Puxou alguns, ao acaso, e constatou que pareciam ser recém-saídos da livraria. Até mesmo os clássicos, com suas capas de couro, pareciam novos e intocados. Assim, para quem eram todos aqueles livros? Decidiu que serviam apenas para fins decorativos.

O terceiro marido de Lola era um leitor voraz. Ela lembrava-se de Lola contando-lhe que ele tivera um problema de visão, chamado de degeneração da mácula, alguns anos antes de morrer, e Lola então lhe servira de leitora.

Mandy apareceu na porta.

— Acho que se poderia dizer que esta biblioteca é uma homenagem ao terceiro marido de Lola, mas ela nunca entra aqui. Na verdade, nunca entra na maioria dos aposentos da casa. Ela os examinou quando o decorador terminou seu trabalho, mas ficou por isso mesmo. Há um quarto no segundo piso chamado de "sala dos troféus de caça". O quarto marido de Lola era um ótimo caçador, mas morreu lutando com um jacaré na Amazônia. Lola presenciou tudo. Na época, ela possuía um conjunto de malas de pele de crocodilo, mas, depois do acidente, jogou-as fora — contou-lhe Mandy, baixinho.

— Oh! — foi tudo o que Cady teve condições de dizer. — Mandy, você sabe alguma coisa sobre meu avô? Nesses anos todos já perguntei isso várias vezes a Lola, mas tudo o que ela sempre me disse foi que ele era um homem comum. Não sei muito a seu respeito, exceto que era muito mais velho do que Lola e morreu dormindo. Parece-me que deve haver mais a dizer sobre um homem, além de ter sido alguém muito comum.

— Se isso é tudo o que há para dizer, o que mais pode ser dito? Ele tinha uma aparência comum. Vestia-se como qualquer outro, de modo que não se destacava. Vendia móveis e, de tempos em tempos, decorava a casa de um cliente, mas não era decorador profissional. Agora, se você quiser vê-la inventando algo adequado *às suas fantasias*, tenho certeza de que é capaz disso. Para dizer-lhe a verdade, acho que ela nem mesmo se lembra dele, porque...

Cady sorriu:

— Porque era totalmente comum. Está bem, já entendi.

— Todos os álbuns de recortes estão nesses armários. Rotulei-os por ano, de modo que você não terá nenhum problema para seguir a vida e a carreira de Lola.

— Quem foi o grande amor da vida de minha avó? Você sabe?

Mandy retorceu uma ponta de seu avental, nervosa.

— Claro que sim, mas não cabe a mim lhe contar. Se ela quiser, lhe contará.

— Por que você não me telefonou, Mandy?

— Porque ela mesma pediu-me para não fazer isso. Se eu tivesse ligado, seria posta para fora desta casa a pontapés. Conheço meu lugar, e Anthony também. Só por isso estamos aqui há tanto tempo. Sua avó consegue ser teimosa como uma mula. Será que você não conseguiria trazer seu pai até aqui? Não me parece correto vê-la assim e ele nem se importar. Embora Lola diga que não liga, sei que isso lhe pesa no coração.

— Ele não está bem. De acordo com minha mãe, meu pai recebeu o diagnóstico de doença de Parkinson, mas ela jamais menciona uma ida ao médico. Pessoalmente, acho que meu pai pensa que é isso o que tem. Está em uma cadeira de rodas e toma um monte de remédios sem prescrição. Pelo menos isso foi o que eu soube. A cadeira de rodas é um modo de chamar atenção, mas essa também é apenas minha opinião...

Mandy retorceu o nariz e começou a puxar os álbuns de recortes dos armários.

— Há todo um álbum dedicado a seu pai, mas apenas até o décimo sexto aniversário dele. Há outro somente para o dia de seu... acidente. Eu mesma o fiz, porque Lola não queria assumir a tarefa. Era doloroso demais. Eu o ofereci a seus pais, e eles recusaram. Você pretende continuar por aqui... *depois*? Quando... acontecer? Não sei se

Anthony e eu ficaremos se ela se for — disse Mandy, retorcendo as mãos agora.

— Vocês dois ficarão bem aqui, isso sim. Esta é sua casa. Tenho certeza de que Lola providenciou algo nesse sentido.

— Não é pelo dinheiro. Ela já nos pagou dez vezes aquilo que deveria, durante todos esses anos. Está tudo investido. Nós dois sempre cuidamos dela e não saberemos o que fazer quando se for.

— Podem cuidar de mim e de Atlas, mas isso ainda levará muito tempo. Parece que terei de ficar.

Mandy secou os olhos com a bainha de seu avental.

— Ela a ama tanto. Achei que teria um colapso nervoso quando seus pais a levaram embora. Depois de sua partida, jamais foi a mesma. Nunca esquecerei aquele dia. Você também não queria ir e chorava com o mesmo desespero de Lola. Ela pensou que você voltaria para cá depois de terminar a faculdade e por isso construiu esta casa enorme. A quadra de tênis, a piscina, os cômodos elegantes, todos os livros da biblioteca, era tudo para você, mas o desejo era que sua vinda fosse espontânea, pois Lola não queria pedir ou suplicar. Disse que se você viesse era porque desejava, não porque havia sido pressionada a isso.

— Eu não estava preparada para voltar e ela sabia disso. Mandy, o medo faz coisas horríveis com as pessoas. Ainda não me sinto à vontade aqui. Amo Lola mais do que qualquer coisa no mundo, você sabe. Se não achasse que ela precisava de mim, talvez não teria voltado. Acho que ela nunca precisou antes. Posso estar enganada, mas penso que não.

Mandy assentiu.

— Estou fazendo um cozido de moelas, frango, arroz e vegetais para Atlas. Lola sempre deu isso aos cães, e todos tiveram vida longa e saudável. Tenho dado a seu cachorro óleo de fígado de bacalhau e seu pêlo está ficando mais brilhante. Ele engordou um pouquinho desde que chegou. Parece que adorou a comida daqui.

— É verdade, e adora brincar com aquela meia com o sinete dentro, que você lhe fez. Nunca deve ter tido um brinquedo. É um cachorro bonzinho, não acha?

— É sim. Quer um café, Cady?

— Adoraria. Quanto tempo duram os cochilos de Lola?

— Ela não está dormindo. Está apenas deitada, conversando com o cachorro. Tem medo de dormir e morrer, e ainda não está pronta para isso. É quase como se esperasse por algo, mas, seja o que for, não quis compartilhar comigo.

— Será que espera por meu pai?

— Não. No fundo, já desistiu. Talvez esteja esperando que você recupere a memória. Agora que está aqui, acho que ela pensa que um dia desses você vai acordar e recordar tudo, em um passe de mágica.

— Aquele dia foi apagado de minha vida. Tentei recordar, mas não consegui. A última coisa que me lembro é de estar sentada no alpendre, enquanto os homens da transportadora colocavam nossos móveis no caminhão. Depois daquilo, lembro-me de tudo. De despertar no hospital e todo o resto, mas não me recordo daquele dia.

— Se ficar trancada nesta casa, sua memória jamais voltará. É preciso procurá-la. Essa é minha opinião. Sou apenas uma velha, posso estar falando besteira. É melhor buscar seu café.

Cady cruzou os braços na frente do corpo, como se para proteger-se de um calafrio, e se recostou na cadeira giratória de couro. Um instante depois, teve um ataque de riso ao olhar novamente para as paredes. Winston Churchill a olhava. Provavelmente havia alguma história ligada àquele quadro, mas, no momento, ela não queria conhecê-la. Olhou a pilha de álbuns de recortes no chão. Tinha o resto do dia e a noite inteira para folheá-los.

Estava procurando um catálogo telefônico nas gavetas da escrivaninha quando Mandy voltou com uma bandeja de prata que continha um serviço refinado de prata, para café. Xícara e pires de louça delicada estavam pousados sobre um guardanapo de linho.

— Meu Deus, Mandy, uma caneca com um guardanapo de papel já estaria ótimo. Sou uma pessoa simples, não estou acostumada com... isso tudo — disse, apontando para a bandeja elegante e seu conteúdo. — Geralmente uso uma caneca bem comum para tomar café.

— Lola gosta de coisas refinadas. Na verdade, insiste que seja assim. Aqui, é isso o que está procurando — disse ela, segurando uma folha de papel com números de telefone próximos a uma coluna com nomes. — O catálogo telefônico está na cozinha. Tome seu café. Eu mesma gosto de moer os grãos. Lola quase me enlouquece com exigências quanto a seu café, que é importado do Havaí.

Cady assentiu enquanto seu olhar percorria a folha de papel. Tantos nomes.

Andy Hollister, Amy Hollister Chambers. Amy devia estar casada. Fred e Alma Hollister. Os pais dos gêmeos. Peter Danson. Susan e Peter Danson, o pai. Maxwell (Boomer) Ward. Albert e Victoria Ward. Cyrus e Maxine King, pais de Jeff.

Cady tomou um pequeno gole do café. Poderia ligar, neste momento mesmo, para qualquer um dos números da lista. Isto é, se quisesse.

Embora não conseguisse recordar o acidente, lembrava-se dos amigos. Imaginou o que seriam agora e o que teriam feito de suas vidas. Será que ficariam contentes por vê-la? Ou melhor, será que *queriam* vê-la?

Talvez precisasse dar uma olhada no álbum sobre o acidente. Nunca lera nenhum dos artigos de jornal na época. Quando estava mais velha, pedira à mãe para vê-los, mas os pais teimaram em negar que tivessem qualquer uma das matérias cobrindo o acidente. Até mesmo Lola lhe dissera que só poderia vê-los quando estivesse preparada. A hora, então, parecia ser *agora*.

Cady inspirou fundo enquanto pegava o álbum que contava tudo sobre aquele acidente que a deixara parcialmente paralisada por quase três anos. Empertigou-se ao ler a manchete em letras garrafais e negras do *Sentinela de Indigo Valley*, que anunciava: *ADOLESCENTE MORRE EM INDIGO VALLEY*. Cady folheou as páginas, percebendo que as manchetes tornavam-se cada vez mais terríveis. Sua testa brilhava com gotinhas de suor.

MISTÉRIO ENVOLVENDO MORTE DE ADOLESCENTE.

PAIS CULPAM CRIANÇA DE DEZ ANOS PELA MORTE DO FILHO.

NENHUMA TESTEMUNHA EM MORTE MISTERIOSA.

MENINA DE DEZ ANOS SOFRE AMNÉSIA E PARALISIA PARCIAL.

Cady engoliu o resto do café. Sentia-se tonta e suada. Então os pais de Jeff King a culpavam pela morte do filho. Apertou os olhos enquanto tentava visualizar o menino naquela época. Ele e Boomer Ward eram três anos mais velhos do que ela e seus amigos. Os dois eram grandes para a idade. Jeff sempre tivera uma queda para maldades, aterrorizando-a e a seus amigos. Por algum motivo, sempre preferia atacá-la primeiro. Naquele tempo, ela jamais conseguira saber por que a detestava mais do que aos outros. Certa vez, conseguira agarrá-la e lhe cuspira palavras horrendas, mas agora não conseguia mais lembrar-se do que ouvira.

Os quatro haviam passado horas e horas tentando imaginar maneiras de escaparem de Jeff e Boomer. Este sempre fora gentil com ela, quando Jeff não estava por perto. Cady não sabia por quê.

Precisava ler aqueles artigos. Precisava, sem dúvida.

Um nariz gelado e úmido tocou seu tornozelo. Atlas entrara na biblioteca. Isso certamente significava que Lola estava acordada.

— Esses artigos dizem que matei Jeff King. Embora eu não consiga recordar o acidente, me lembraria de algo tão horrível assim, não acha? Não sou assassina. Jamais mataria alguém.

Sentindo-se tonta, ela se levantou em um salto e correu para fora da biblioteca, passando pelo corredor e pelas portas duplas que levavam ao jardim. Sentou-se em um banco, abaixou-se e, com a cabeça entre as pernas, tentou puxar grandes sorvos de ar para seus pulmões contraídos.

— Eu nunca faria algo assim. É pecado tirar uma vida. Eu não gostava de Jeff King, mas também não o odiava o suficiente para matá-lo! Eles dizem que eu caí daquele cabo de telefone esticado. Eu nunca andei naquela coisa, porque tinha medo! Se ninguém estava lá, como sabem o que fiz ou não?

Saltando do banco, Cady começou a correr, sendo seguida por Atlas a seu lado. Correu até colidir com um arbusto gigantesco de lilases em plena floração. O aroma dos cachos de flores era tão intenso que quase lhe causou um desmaio.

— Não sou assassina! Não sou! — berrou, tão alto quanto podia. Atlas empertigou-se, com a cauda levantada. Vendo que o assustara, Cady puxou-o e soluçou em seu pescoço. Ele ganiu, incapaz de ajudar sua dona.

— Eu deveria ter ficado na Califórnia. Deveria ter feito muitas coisas, mas não fiz. Por que não fiz? Por quê? — indagou a si mesma, com a voz entrecortada pelo choro.

— Acho que ela está começando a enfrentar as coisas, como você vive dizendo que é preciso, Lola — disse Mandy, de onde estava, junto à janela. — Cady está chorando como um bebê e, se não parar agora mesmo, acabará matando o cachorro, pelo jeito como o sufoca no abraço. Detesto dizer isso, mas essa jovenzinha não se parece em nada com quem era na infância. Lembro-me dela como uma diabrete, uma coisinha esperta e atrevida com aquele longo rabo-de-cavalo balançando nas costas. Voava naquela bicicleta que você lhe deu como se fizesse parte de seu corpo. Era melhor em "manobras radicais", ou seja lá como os garotos as chamam, do que os meninos. Agora é uma mulher soturna, tão voltada para seu íntimo que mal consigo lidar com isso.

Lola balançou a cabeça.

— Jamais entenderei seus pais. Eles disseram que essa menininha frágil teria assassinado aquele tinhoso do Jeff King. Sei que Asa adulava os King e adorava fazer isso. Uma vez que ele e Agnes jamais tiveram uma idéia original, devem ter aceitado apenas a versão dos King sobre aquilo que *acham* que ocorreu. Minha opinião é de que exatamente o contrário aconteceu, de que aquele provocador provavelmente tentou machucar Cady, mas ninguém liga para o que digo. Cady não precisa esquecer o passado apenas porque seus pais acham melhor não recordar. A única coisa que as autoridades tinham era a insistência dos King de que de algum modo Cady matara o menino.

— Precisamos fazer alguma coisa. Ela deve estar desesperada por descobrir que as pessoas a culpam pela morte do garoto — disse Mandy.

Anthony pousou as mãos nos ombros de Lola, para acalmá-la, e iniciou uma massagem suave em seu pescoço. Ela só faltou ronronar.

— Sim, Mandy — disse Anthony —, mas ela se fortalecerá. Saiu a Lola, é forte e corajosa.

— Nós estamos fazendo alguma coisa. Estamos esperando. Plantamos as sementes, e elas brotarão. Agora Cady tem um cachorro e isso lhe dá um pouco de confiança. Apesar de desejarmos que isso ocorra da noite para o dia, as coisas não são bem assim. Vocês espalharam a notícia de seu retorno na cidade? — indagou Lola.

— Fui ao correio para recolher a correspondência dela e pedir que, de agora em diante, entreguem tudo neste endereço. Miriam Terwilliger é a maior fofoqueira da cidade e contará para todo mundo. Parei na loja de animais e comprei uma guia mais forte para Atlas, e falei que sua neta estava de volta, com um cachorro *enorme*. Talvez devesse tê-lo chamado de *cão assassino*. Grandes cães assassinos não são comuns por aqui. Acho que entenderam minha mensagem. Depois, fui à padaria e comprei uma dúzia de bombas de creme para sua neta. Betty Donovan quase ganha de Miriam como fofoqueira. Suponho que agora todos já sabem que Cady voltou.

— É estranho que nenhum de seus antigos amigos tenha ligado. Isso é meio preocupante — comentou o rotundo Anthony.

— Não tenho tempo para me preocupar, Anthony, só para agir. Agora, é melhor pensarmos em um jeito de sacudir um pouco esse pessoal. Talvez eu devesse conceder aquela entrevista que o *Sentinela de Indigo Valley* vive pedindo. Eu poderia apresentar Cady ao jornalista, pedir-lhes que a fotografassem, esse tipo de coisa. Diremos que ela está me ajudando com minhas memórias e que estou estudando um papel em um filme. Ainda sou dona daquela produtora de cinema, não sou?

— Sim, e ainda paga os impostos todos os anos.

— Bom, então não estarei mentindo. Diremos que as memórias cobrirão toda a minha vida até o presente, e envolverão o acidente de Cady e nossa investigação vigorosa sobre o que aconteceu naquele dia. Teremos de dar um jeito em minha aparência, para que eu não pareça tão... *moribunda*. Podemos fazer isso, não podemos, Mandy?

— Claro que sim. Conhecemos todos os truques de maquiagem de Hollywood. Para quando você quer marcar a entrevista?

— Depois de amanhã. Contaremos a Cady apenas no último minuto. Meu Deus, preciso pensar no que vestirei. Tem alguma idéia, Mandy?

A governanta sorriu. Sua amiga e patroa parecia mais excitada do que nunca.

— Depende. Não sei se você quer parecer uma avó, uma reclusa murcha e seca ou uma estrela de cinema. Por que não marcamos para o fim da tarde e servimos chá ao estilo inglês?

— Prefiro aparecer como uma estrela de cinema. E chá inglês será maravilhoso. Há muito tempo não fazemos bolinhos e nem mesmo sei por quê. Você sabe, Anthony?

Anthony e Mandy alternavam-se na cozinha, mas os conhecimentos de culinária dele superavam muito os de Mandy. Conseqüentemente, era ele quem mais cozinhava.

— Você nem gosta de bolinhos, Lola, mas adora bolo inglês com geléia de uva e seu chá *descafeinado*.

Lola se contorceu em seu ninho de edredons.

— Eu não imaginava que ficar velho fosse tão doloroso. Tenho medo, Mandy. Estou ficando como Cady. Entendo o medo. Há tanto que não fiz, tanto que ainda quero fazer. Por que isso me aconteceu? Ainda não estou preparada. Achei que conseguiria lidar com isso, mas não consigo. Se lhe contar um segredo, promete que jamais, jamais dirá a alguém?

— Certamente, Lola — prometeu Mandy, sentando-se na cama, enquanto tomava a mão de Lola e a apertava gentilmente.

— Você também pode ouvir, Anthony. Achei que, quando chegasse a hora, meu filho viria, ficaria ao meu lado e oraria comigo. Isso não acontecerá, porque ele é um maldito charlatão. Não quero que fique ao meu lado cuspindo besteiras que retirou de algum livro ridículo. Achei que ele conheceria todas as palavras para me confortar. Sempre acontece assim, nos filmes. Depois, no fim, vemos uma luz brilhante e todos sabem que estamos em paz. Não há ninguém para me dizer essas palavras.

— Posso chamar o pastor da igreja de São Paulo para você. Eu conheço muitas dessas palavras, Lola. Posso pegar uma Bíblia e podemos ler juntas — sugeriu Mandy, com o desespero transparecendo em sua voz, enquanto Anthony retorcia as mãos e olhava para todos os lados, menos para as duas.

— Não seria a mesma coisa. Deveria ser meu filho dizendo essas palavras para mim. Isso não acontecerá, de modo que precisamos ir em frente — disse Lola, com o olhar preso ao da amiga.

— Você quer levantar-se agora? Está um belo dia lá fora. Pode sentar-se no terraço por algum tempo. Podemos tomar gim-tônica e fingir que voltamos aos bons tempos.

— Sim, vamos fazer isso. O que ela está fazendo agora?

Mandy foi até a janela.

— Não está mais lá. Deve estar andando pelo jardim, ou entrou. O que você gostaria de vestir? Vamos escolher algo alegre? Posso ajudá-la a ir até o banheiro e pegar sua roupa.

— O que eu faria sem sua ajuda, Mandy?

— Você ficaria bem, tenho certeza. Não falemos mais nisso hoje. Você não estava falando sério sobre os bolinhos, não é?

— Ah, não! É melhor bolo inglês com geléia. Talvez Cady e Atlas possam se juntar a nós. Tem razão, está um belo dia.

Lola esticou o pescoço para enxergar o terraço do terceiro andar, onde espreguiçadeiras coloridas e vasos alegres de flores podiam ser vistos junto ao parapeito gradeado. Ela adorava sentar-se no terraço nas noites quentes de verão, com suas recordações e com os vaga-lumes. Imaginou se conseguiria resistir até o verão. *Por favor, permita que eu viva mais um verão,* orou, em silêncio. *Só mais uma vez.*

Amy Hollister Chambers abriu a porta da padaria e escutou o som delicado do pequeno sino suspenso. Adorava aquele pequeno estabelecimento, com as cortinas xadrez verdes e pequenas mesas com toalhas na mesma estampa. O aroma de pão fresco era a melhor coisa do mundo em sua opinião. Em alguns dias, especialmente quando estava de dieta, ela parava ali apenas para sentir aquele cheiro bom ou conversar com Julie Ambrose, uma antiga colega de escola e coproprietária da padaria, com Betty Donovan.

— Ei, garota, você está atrasada hoje. Todas as gostosuras já foram vendidas. Só temos pão — disse-lhe, sorridente, Julie, enxugando as mãos em seu avental borrifado de farinha. — Quer uma xícara de café?

— Parece boa idéia. Tem certeza que não sobrou nenhuma bomba? Atrasei-me hoje e não tive tempo de fazer sobremesas. Minhas crianças terão um ataque se não comerem algo doce depois do jantar. Especialmente hoje, já que teremos fígado e cebolas. Arnie adora fígado e de vez em quando preciso fazer para alegrá-lo. Só preciso de três... — disse ela, em tom de adulação.

— Desculpe-me, Amy. Você terá de fazer pudim instantâneo. Sirva com alguns bolinhos de baunilha e todos ficarão contentes. Pete Danson comprou as últimas seis bombas meia hora atrás. Disse que iria comê-las sozinho. Achei isso bem estranho, já que pediu apenas pão, ao entrar.

Amy Chambers viu seu reflexo na vitrine da padaria. Precisava emagrecer um pouco. Além disso, também precisava tratar seus cabelos rebeldes. Talvez devesse arranjar um emprego, mesmo se apenas de meio expediente. Algo com que ocupar seu tempo enquanto as crianças estavam na escola. Mas, se conseguisse um emprego, suas amigas pensariam que Arnie não estava cumprindo seu papel como homem da casa... Talvez fosse melhor aumentar seus trabalhos voluntários, já que pelo menos esses davam liberdade para ela fazer só o que lhe agradava.

— Você soube das últimas novidades?

— Será que aconteceu algo excitante? — quis saber Amy, enquanto ajeitava uma mecha de cabelos para trás da orelha, esperando que ficasse ali.

— Suponho que depende do que você considera "excitante". Cady Jordan voltou à cidade. Ela não era sua melhor amiga quando eram crianças?

— Cady voltou! Quando? Você a viu? Não, eu não sabia. Nós... brincávamos juntas, mas não sei se poderia dizer que era minha melhor amiga.

Julie Ambrose riu.

— Você está parecendo Pete Danson quando soube da novidade. Depois que lhe contei, ele comprou as seis bombas. Nunca acreditei que aquela menina havia matado Jeff King, nem por um minuto. E você, Amy?

— Isso foi há muito tempo, mal consigo lembrar. O que recordo é que seu pai era um daqueles pregadores fanáticos. Do tipo que prega o fogo do inferno, a danação eterna, coisas assim. Acho que afirmava que falava com os anjos, mas Andy diz que era pura baboseira o que ele pregava.

— Mas isso é *muito* esquisito, porque Pete Danson disse quase exatamente o mesmo, incluindo o fogo do inferno e a danação. Onde estou com a cabeça hoje? Tenho mais notícias. Boomer Ward também voltou à cidade. Parece que foi "roubado" no Departamento de Polícia de Pittsburgh. Minha mãe diz que o pessoal daqui votou para pagar-lhe o dobro do que ganhava lá. Homer Logan está se aposentando como delegado e parece que Boomer assumirá o cargo. Ele esteve na cidade na semana passada, mas não sei se já se mudou oficialmente. Donna Little diz que Boomer está bonitão e ainda está solteiro, imagine. Se eu puder, tentarei fazê-lo me notar.

— Não vi nada a esse respeito no *Sentinela de Indigo Valley*, e o li de capa a capa — disse Amy, com o suor brotando em sua testa.

— Estará no jornal de amanhã. Na primeira página. Betty me disse que tiraram uma foto dele com seu cão policial. Ela me contou que Erwin Potter foi o fotógrafo. Delegado aos trinta e três anos. Isso é impressionante. Donna Little disse que ele se formou em direito penal na faculdade e está por dentro das últimas técnicas de investigação. Chegou a trabalhar no FBI por alguns anos. O crime diminuirá muito por aqui. E então, quer pão ou não? Nem chegou a beber seu café, Amy Chambers!

— Sim, quero o pão. Acho que já bebi café demais por hoje. Meus nervos estão à flor da pele. Nossa, estou atrasada! Tenho de pegar as crianças na casa de Joellen. — Ela contou um dólar e cinqüenta cents e deixou o dinheiro sobre o balcão. — Até mais, Julie.

Com o estômago revirando-se e uma dor latejante na cabeça, Amy entrou em seu carro. Em vez de seguir até a casa da amiga, porém, virou na esquina, dirigiu pela avenida Central, cruzou a Exeter e estacionou na frente da seguradora Hollister. Buzinou brevemente quando viu seu irmão gêmeo saindo do prédio. Ele sorriu e veio em sua direção, enquanto Amy baixava o vidro.

— Entre, Andy.

— Nossa, você parece assustada. Tudo bem com as crianças? O que houve?

— Cady Jordan voltou à cidade, é isso que está errado. Parei na padaria e Julie me contou. Ela também me disse que nosso novo delegado será Boomer Ward. Pelo amor de Deus, Andy, diga algo.

— O que posso dizer?! Sempre soubemos que isso poderia acontecer. Imagino se Pete já sabe...

— Ah, sabe sim, Julie disse que ele esteve na padaria meia hora antes de mim. Ela também lhe contou as novidades. Boomer sabe que estávamos lá — disse Amy, entre os dentes.

— Mas ele também estava lá. Ainda acredito que foi ele quem chamou a polícia naquele dia. Pete disse que não fez isso. Você e eu também não, então resta apenas Boomer. Ah, meu Deus, ele era tenente de polícia em Pittsburgh e agora está vindo para cá. Isso não é nada bom.

— E se ela ligar para um de nós? Meu Deus, Andy, Cady voltou!

— Escute, preciso ir. Estava saindo para ir ao escritório do juiz. Ele não está satisfeito com seu seguro em grupo e quer que eu lhe ofereça algo melhor. Ligo para você à noite e para Pete também. Relaxe, Amy. A culpa está estampada em seu rosto.

— É porque me sinto culpada, assim como você, Pete e Boomer são. Jamais pensei que Cady voltaria. Nunca imaginei essa possibilidade. Nunca, nunca.

— Vá para casa, beba algo. Passarei lá ou telefonarei, à noite.

"Vá para casa e beba algo", pensou ela. Como se isto pudesse mudar alguma coisa.

Três

O aroma adocicado dos lilases permeava o ar na rua Ribbonmaker. A noite estava clara, com estrelas brilhantes piscando. As lâmpadas nas varandas das casas transmitiam a sensação de aconchego, e a distância um cão latia de tempos em tempos.

A rua Ribbonmaker situava-se em um bairro calmo, com casas de dois pisos no estilo Tudor e jardins bem-cuidados. Flores de primavera em canteiros caprichados não podiam ser vistas na escuridão, mas estavam lá, fruto do trabalho de esposas e mães que plantavam seus bulbos de tulipa no outono, para que as entradas de suas casas se parecessem com arco-íris quando a primavera finalmente chegasse.

O empreendimento imobiliário, conhecido como Indigo Grove, era dividido em três níveis: casas de luxo no estilo Tudor, com um acre de terreno e belas piscinas; casas medianas de estilo colonial em terrenos de meio acre e outras, menores e sem segundo piso, que ocupavam um quarto de acre. Amy Chambers morava na parte mais abastada de Indigo Grove, assim como seu irmão Andy e a esposa. Pete Danson residia com uma governanta em uma das casas coloniais e mantinha seu escritório de advocacia em um prédio separado, atrás da casa principal, com entrada independente.

Os três amigos de infância olharam-se enquanto se ajeitavam em cadeiras de vime na pequena varanda lateral de Amy. Uma bandeja com três garrafas de cerveja e uma tigela de *pretzels* fora colocada no meio de uma pequena mesa. Ninguém parecia disposto a comer. Há muito não se reuniam. A época de diversão que haviam compartilhado quando crianças fora praticamente esquecida.

— Pensei que as crianças não dormiriam nunca. Ainda bem que Arnie teve de voltar ao escritório. Precisamos conversar e providenciar uma solução antes de seu retorno — disse Amy. — O que vamos fazer? Ela já deveria ter ligado para algum de nós. Por que não fez isso?

Pete Danson levantou-se e enfiou as mãos nos bolsos. Olhando para os dois amigos, disse:

— Em seu lugar, você nos ligaria? Acho que não. Então, sobre o que precisamos conversar?

Amy levantou o pescoço para poder enxergar Pete, que media quase um metro e noventa. Ela adorava particularmente seus cabelos louros e encaracolados. Durante a vida toda fora apaixonada por ele, mas Pete parecia interessar-se apenas por Cady. Desejara casar-se com Pete, mas nunca recebera mais do que amizade daquele homem. Assim, casara-se com Arnold Chambers, mas sempre que estava na companhia do amigo de infância seu coração batia um pouco mais acelerado. Achou-o muito atraente, com suas calças justas cáqui e camiseta Izod, parecendo descontraído e pronto para qualquer coisa. Oitenta e dois quilos de virilidade. Ele exercitava-se religiosamente na academia e era conhecido como o melhor partido da cidade. Que mulher não se sentiria atraída pelo advogado bonito e bem-sucedido? Amy engoliu em seco. Arnie tinha uma barriguinha de cerveja que começava a dependurar-se para fora do cinto. O mais próximo que o marido já chegara de uma academia era passando por ela a pé, a caminho do carro estacionado. Ainda assim, era excelente chefe de família e isso significava muito.

— Ouvi dizer que você comprou o escritório de advocacia de Ken Agulera, Pete. Como isso aconteceu? — perguntou Andy. Por algum motivo, sua voz parecia hostil, até mesmo para seus próprios ouvidos.

Pete levantou as sobrancelhas, mas decidiu ignorar o tom do amigo.

— Pode-se dizer que o negócio quase que caiu no meu colo. Ken veio me procurar na quadra de tênis algum tempo atrás e disse que estava vendendo a banca de seu pai. Ele agüentou durante um ano após a morte do pai, mas jamais gostou de advogar. Pegou sua herança e o dinheiro da venda do escritório e agora participa de corridas de automóveis. Espero que não acabe se matando um dia desses. E aí vai uma bomba: aposto que nenhum de vocês imagina quem é minha maior cliente. Ninguém menos do que Lola Jor Dan. Eu a herdei de Ken. Ontem, recebi um telefonema pedindo que vá à sua casa para discutir algumas questões legais. Isto foi antes de saber que Cady havia voltado. Marquei para sábado à tarde. Seria ótimo se um de vocês falasse alguma coisa — disse Pete, arrastando as palavras e saboreando a expressão de perplexidade nos rostos dos gêmeos.

Amy mordeu o lábio inferior enquanto observava um enxame de vaga-lumes passando diante de seus olhos. Pete era solteiro, assim como Cady. Pelo menos, ela achava que a antiga amiga ainda estaria solteira. Pete a veria no sábado.

— Quer que nos ajoelhemos? — perguntou ela, em tom ácido.

— Eu só estava lhes contando as novidades, Amy. Olhe, vim até aqui porque você me chamou. Estou aqui. Agora, vamos ao que interessa, seja lá o que for. — Ele voltou-se para Andy. — Nunca o vi sem palavras. Diga algo, pelo amor de Deus.

— Bem, que tal isso para começar, então? Cady Jordan está de volta, vinte anos após o fato. E se resolver revirar todo o lixo do passado? Como responderemos? Se isso ocorrer, o que o povo desta cidade que sustenta nossos negócios pensará sobre nós? Não acha que é bem esquisito ela ainda não ter ligado para nenhum de nós? Éramos bem chegados, se não estou enganado. Esta é minha contribuição para esta conversa — foi sua resposta mal-humorada.

— Você é advogado, Pete. O que pode nos acontecer? — indagou Amy enquanto se levantava e começava a andar a esmo pela pequena varanda. — Eu deveria ter ligado para Boomer. Se soubesse como, teria ligado para ele, já que está no mesmo barco que nós. O que você acha?

— O crime de assassinato não prescreve, Amy. Um de nós matou Jeff com aquelas pedras que jogamos. Deixamos que todos acreditassem que Cady havia feito aquilo. Fomos covardes e deixamos que a culpassem. A verdade é que merecemos o que nos acontecer. Não sei se você pensou nisso ou não, mas talvez ela nunca tenha recuperado a memória em relação ao acidente. Se esse for o caso, explicaria por que não telefonou a nenhum de nós. Pensem nisso: neste estágio, seríamos como estranhos para Cady.

— Ah, Pete! — exclamou Andy. — Nós a deixamos lá para morrer! Ela também poderia ter morrido. Não me venha dizer o contrário. Não importa se *pensávamos* que estava morta ou não. Estava viva quando saímos de lá, e sabíamos disso. Foi um milagre ela não ter morrido. Pense naqueles três anos durante os quais ela teve paralisia parcial, como nós soubemos. Deve nos odiar por isso. Eu, em seu lugar, odiaria.

As palavras de Andy eram tão rápidas e atrapalhadas que a saliva respingava para todas as direções. Pete manteve o tom paciente:

— Em termos legais, o que aconteceu com Jeff seria chamado de homicídio acidental. Não existe pena para isso. Se isso lhes fizer algum bem, podemos ir à delegacia e confessar. Se vocês dois concordarem, vou junto. A grande pergunta é: antes ou depois que Boomer assumir? Também podemos esperar para ver o que Cady fará. — Pete olhou-os e aguardou, sabendo exatamente o que diriam, e Andy confirmou sua impressão.

— Está louco? Não confesso coisa nenhuma. Foi um acidente. Estávamos jogando aquelas pedras para afastar Jeff de Cady. Para o caso de você ter esquecido, estávamos tentando *ajudar* Cady. — Seu olhar afastou-se dos dois, fixando-se na escuridão da noite.

— Lembro-me de tudo daquele dia. Além disso, penso no que aconteceu todos os dias. Tiramos uma vida, não importando se foi acidente ou não, e nos mantivemos calados — disse Pete.

— Esse é um resumo brilhante vindo de um advogado. Acha que é o único que pensa naquilo? Jesus, eu nem consigo passar de carro por aquele lugar sem me sentir enjoado. Faço um desvio de cinco quilômetros só para evitá-lo — comentou Andy.

— Não quero falar sobre isso. Precisamos decidir o que diremos se e quando Cady entrar em contato conosco. O que faremos? — perguntou Amy, preocupada.

Pete estendeu a mão para que um vaga-lume pousasse em seu dedo.

— Será que isso não depende de Cady recuperar ou não a memória? Lembram-se de como costumávamos capturar vaga-lumes para colocá-los em vidros fechados? Naquela época isso não parecia cruel, mas agora sim. Pensem em como deve ser horrível ficar trancado em um lugar pequeno. Mesmo se o lugar é sua mente. Acho que vou para casa. Tenho compromisso de manhã cedo. Se tiverem alguma idéia, me liguem — disse Pete.

Andy pegou uma das garrafas de cerveja na bandeja. Tomou um longo gole, olhou para a garrafa e terminou com o resto.

— Ele não parecia muito preocupado.

— Talvez porque acredite que um de nós dois jogou a pedra que matou Jeff e, nesse caso, tem certeza de sua inocência. Achei que ficaria bem chateado com tudo isso, e o que me preocupa é o fato de *não* estar. Só de olhar para você percebo que está tão preocupado quanto eu. — Amy pegou uma das garrafas de cerveja e engoliu seu conteúdo rapidamente.

— Talvez ele pense que pode ser beneficiado agora que Lola Jor Dan é sua cliente. Está ficando tarde, preciso ir para casa. Jill passa horas me dando sermões quando saio à noite, mesmo se é um chamado de negócios.

Amy sentou-se e esticou as pernas.

— Pete estava certo. Nunca deveríamos ter colocado aqueles vaga-lumes dentro dos vidros. Por que fizemos algo tão estúpido? Jamais permitirei que meus filhos sejam tão insensíveis.

— Será que isso foi mais estúpido do que matar Jeff King e deixar que todos pusessem a culpa em Cady? Boa-noite, Amy.

Ela acenou-lhe, sem se dar ao trabalho de dizer alguma coisa, enquanto se encaminhava para a cadeira-balanço com a garrafa ainda em sua mão. Encolheu-se, à espera do marido. Arnie a faria sentir-se melhor quando voltasse para casa.

Pete Danson acenou brevemente quando Andy Hollister buzinou antes de virar na esquina. Ele havia ido a pé até a casa de Amy. Trabalhar sentado o dia inteiro dava-lhe vontade de esticar as pernas sempre que podia. Faltara à academia hoje, porque estivera no tribunal até as quatro e meia da tarde e tivera de recuperar o tempo perdido ao voltar para o escritório.

Tentou pensar acerca do que transpirara no tribunal, mas a sua mente estava vazia. Tudo em que podia pensar era em Cady Jordan e no que seu retorno podia significar para todos eles. Bancara o advogado controlado na frente dos gêmeos, mas a verdade é que sentia medo. Muito medo. Será que os gêmeos tinham razão? Suspeitava que sim. Quem desejaria trabalhar com qualquer um dos três se o passado viesse à tona? Ninguém, em sua opinião.

Dera toda a sua energia, nesses anos todos, para tornar-se alguém. Como um acidente trágico ocorrido vinte anos atrás poderia tirar-lhe tudo o que conquistara? Eles eram apenas crianças, tentando agir corretamente, tentando salvar Cady, mas tudo dera errado. Os três não eram *ruins* naquele tempo. Talvez gostassem de aventuras, talvez fossem um pouco selvagens e dados a audácias, mas jamais haviam sido maus ou cruéis como Jeff e Boomer.

Desejou poder culpar alguém pelo passado. Mas que inferno, por que não jogar a culpa em seu pai bêbado ou em sua mãe esquisita, que se considerava descendente direta de alguma força alienígena? Seu pai morrera de cirrose no ano de sua formatura em direito. Sua mãe estava ocupada e feliz, orientando o tráfego para Marte via Vênus e Júpiter, na instituição para doentes mentais onde morava agora. Na verdade, ele se criara praticamente sozinho.

Talvez por isso seu coração ainda se enternecesse com a lembrança de Cady. Ela lhe falara sobre seus próprios pais e sobre o quanto detestava o que chamava de "circuito de pregação", no qual seus pais usavam Deus para pedirem dinheiro.

Na época, os pais de Andy e Amy já eram tão histriônicos que os gêmeos evitavam falar sobre eles e suas excentricidades. Tanto quanto soubesse, não haviam melhorado com a idade.

Talvez por isso os quatro haviam gravitado uns para os outros. Um ambiente familiar caótico não era algo fácil de enfrentar, mas a carga era mais leve quando havia companheiros de sofrimento. Naquele tempo, haviam compartilhado tudo — seus segredos, seus desejos infantis e, até mesmo, suas antipatias.

Desajustados.

Quanto a Jeff King, a história era bem diferente. O pai de Jeff era proprietário da fábrica de luvas da cidade e o sangue de sua mãe era tão azul que podia ser uma personagem do programa infantil *Pistas de Blue*. Seus irmãos e irmãs haviam se destacado nos esportes e na vida. Os King eram uma das melhores famílias de Indigo Valley. Por eles, Cady Jordan teria sido trancafiada em uma instituição para jovens delinqüentes e jamais veria novamente a luz do sol. Isso até poderia ter acontecido se Lola Jor Dan não tivesse contratado o melhor advogado criminal do estado da Pensilvânia para defender a reputação de sua neta. A celebridade da velha atriz também ajudara. Sem provas concretas apoiando a teoria dos King, o caso fora arquivado e, então, Lola Jor Dan enviara a neta para um hospital particular na Califórnia para, segundo ele ouvira, submeter-se a anos de dolorosa terapia.

Pete parou de repente na rua, percebendo o egoísmo de suas idéias. Sim, ele sofrera por ter uma infância e adolescência com cuidados negligentes por seus pais. E, sim, também sofrera de culpa durante vinte anos. Esse sofrimento, porém, não era nada comparado àquilo que Cady passara. Pelo pouco que ouvira, a vida da garota após o acidente fora puro inferno. As pedradas, juntamente com a queda, haviam causado sérios danos à sua coluna, e mais de três anos foram necessários para que ela recuperasse a capacidade de andar novamente.

Cady perdera parte da sua infância, passara por muita dor e sofrimento — físico e mental —, porque ele e os gêmeos a acusaram de ser covarde e a desafiaram a descer na tirolesa. Se pelo menos ela *fosse* covarde, nada disso teria acontecido.

Pete virou na esquina de sua casa, seguindo o caminho iluminado pela lâmpada da rua. Ao chegar, passou pela entrada e seguiu pela lateral, até seu escritório.

Ali, acendeu a luz e sorriu. Sempre sorria ao entrar em seu escritório, assim como sempre sorria ao entrar em casa. Tudo era confortável e aconchegante, algo que nunca tivera na infância. Morara em uma casa miserável, com um quarto pobre e sem graça. Roupas, comida e conforto precisavam ser encontrados na rua. Andy, Cady e Amy nunca souberam quantas noites ele havia passado na casa da árvore no Bosque da Olaia durante os meses quentes do verão, apenas porque a casinha da árvore era aconchegante, com seus pôsteres e pedaços de carpete. Só Boomer soubera, e nunca contara aos outros. Ele sempre imaginara por quê, mas nunca perguntara.

Boomer, aliás, Maxwell Ward. Um enigma.

Pete deixou-se cair em sua cadeira ergonômica. Seu sorriso desapareceu, sendo substituído por uma expressão preocupada. Girou a cadeira, abriu o frigobar atrás de sua mesa e pegou uma garrafa de cerveja Miller Lite. Ergueu os pés, pousando-os num canto da mesa e fechou os olhos, permitindo que seus pensamentos vagassem em todas as direções.

O fato de Boomer estar prestes a fixar residência em Indigo Valley como delegado, e justamente agora, era de arrepiar os cabelos. Mais do que isso, era de enlouquecer de raiva. O que se poderia esperar disso? Na verdade, não tinha a menor idéia.

Não via Boomer desde que ele concluíra o ensino médio. Quando Pete e os gêmeos o concluíram, Boomer já estava cursando a Universidade da Pensilvânia. Todos haviam estudado em universidades diferentes. Andy fora para a Villanova, Amy para a West Chester University e ele para Princeton.

Boomer não comparecera à festa de dez anos de formatura de sua turma do ensino médio. Se algum dia voltara a Indigo Valley, a notícia nunca lhe chegara. Por que ele abandonaria um emprego excitante em Pittsburgh para voltar a Indigo Valley? Talvez tivesse cansado da vida na cidade grande. Talvez seus pais o tivessem chamado. Bem, talvez amasse esta cidade.

Pete acabou a cerveja e abriu outra garrafa. O medo era uma coisa horrível. Já tivera a mesma sensação uma ou duas vezes. Vira medo e culpa esta noite nos olhos de Andy e de Amy. Esse medo podia traduzir-se em várias coisas, e nenhuma delas era boa.

Daria tudo o que mais prezava para fazer com que os ponteiros voltassem atrás, até aquele dia no Bosque da Olaia.

Seus pés bateram no chão com força. A gaveta do meio de sua escrivaninha continha a chave da última gaveta do móvel, ele a abriu. A caixinha escondida no fundo da gaveta estava sob uma pilha de seus documentos mais importantes, que escondia de sua secretária. Ele sabia o que havia ali. Como poderia esquecer, quando trabalhara como um louco, recolhendo garrafas e latas para comprar o presente de despedida para Cady? Abriu a caixa e imaginou o que ela poderia ter escrito no pequeno diário com a chave prateada. Tentou recordar o número de vezes em que abrira a gaveta para olhá-lo. Sempre que fazia isso, imaginava por que simplesmente não jogara o presente no lixo e, em vez disso, levava-o consigo durante todo o ensino médio e a faculdade de direito. Nunca contara a Andy e Amy sobre o diário, por medo de ser alvo de risos, e nenhum dos dois jamais lhe dissera se também planejara dar um presente de despedida a Cady. Naquele dia, pelo menos, não levavam nenhum pacote. Guardara o diário num saco de papel porque era sua vez de levar refrigerante e biscoitos. Não... Estava quase certo de que os gêmeos não pretendiam presentear Cady. Os dois não tinham dinheiro, e jamais pensariam em consegui-lo vendendo garrafas ou latas, porque aquilo daria trabalho. Amy nunca tocaria no lixo de outras pessoas, e Andy consideraria humilhante catar sucata.

Decidiu que, na verdade, não gostava muito de Andy e Amy atualmente. Em retrospecto, nem mesmo sabia se chegara a gostar deles um dia. Além disso, sabia que não teriam nenhum pudor em incriminá-lo se fosse para salvar suas próprias peles. Judas não fizera o mesmo por trinta moedas de prata?

O diário voltou à gaveta. Pete trancou-a e guardou a chave na gaveta do meio de sua mesa antes de jogar fora as duas garrafas vazias. Era hora de ir para casa e comer o jantar que o aguardava no forno. Annie, sua governanta, sempre tinha o cuidado de preparar algo que pudesse manter apetitoso, mesmo que ele jantasse muito tarde, em suas longas noites de trabalho. Pete preferiria perder seu pé direito a perder Annie, porque ela já tomara conta de seus assuntos domésticos e cuidara dele quando fora atacado por uma gripe no inverno, tratando-o como uma mãe preocupada com o filho. Ela provavelmente preparava o melhor café e torta de amoras da Pensilvânia.

Pete apagou as luzes. Estava uma noite realmente linda, ele pensou, enquanto trancava a porta do escritório. A grama estava molhada pelo sereno, enquanto cruzava o jardim até a varanda nos fundos de sua casa. A porta corrediça de vidro estava aberta, com a tela puxada, para evitar a entrada de insetos. Sorriu, porque a sala de estar era convidativa e aconchegante. Annie o ajudara a encontrar os móveis certos para acomodar seus oitenta e dois quilos. *É melhor não ter uma decoração masculina demais, para o caso de receber namoradas de vez em quando,* dissera ela, fazendo-o decidir-se pela compra do sofá e poltronas de um amarelo pálido.

Sorriu com satisfação ao entrar na cozinha e sentir o aroma de seu jantar favorito no forno — pimentões recheados, purê de batatas e milho mexicano. Sabia que havia, também, pepinos com coalhada e muita, muita salada de cebolas, em um prato coberto na geladeira. Tinha certeza de encontrar pão fresco no armário, além de uma torta de morangos. Nada podia ser melhor do que isso.

Ninguém lhe tiraria esses prazeres.

Ninguém.

Andy Hollister observou sua esposa, imaginando por que diabos a desposara. Ela era dependente, insegura, chata e conseguia transformar-se em uma bruxa em um piscar de olhos. Agora mesmo se transformava, enquanto gritava que ele passara mais tempo com sua irmã do que com ela. Amy chamava-a de *Me Dá,* um apelido muito justo, já que as únicas coisas que a deixavam feliz eram um cartão de crédito e um tanque cheio de gasolina.

Naquele dia, Andy estava tão tenso que não se importou com nada ao dizer:

— Quer saber, Jill? Não dou a mínima. Estou indo embora. Faça o que bem entender. Fique com a casa, com o carro e com os móveis, eu vou morar com Amy. Você terá de conseguir um emprego, porque no minuto em que eu sair daqui as contas que chegarem serão por sua conta. Peça para seu advogado falar com o meu, que, por falar nisso, é Pete Danson. Já é hora de mexer esse seu traseiro murcho e fazer algo útil de sua vida. Ficar na cama até o meio-dia, assistir a novelas e conversar com sua mãe durante horas ao telefone todos os dias não é um estilo de vida saudável. Não me diga que não tenho razão. Amy disse-me que deu uma passada aqui e a viu fazendo isso. Ah, se eu for embora sua mãe preguiçosa também não terá mais de onde tirar dinheiro — finalizou, enquanto já se encaminhava ao segundo piso, onde começou a jogar coisas dentro de malas.

— Você está indo embora! — berrou Jill, seguindo-o. — Não pode fazer isso. Minha mãe não aprova divórcio. *Eu* não aprovo o divórcio. Desfaça suas malas neste momento, Andrew Hollister. A culpa é toda de sua irmã. Que droga, Andy, você não vê que ela está arruinando nosso casamento?

— Me diga que parte de "estou indo embora para morar com Amy" você não entendeu. Estou cheio disso tudo. Para deixar mais claro ainda o que estou dizendo, Jill, escute só: não quero mais ser casado com você *e* com sua mãe. Três é demais.

— Então somos quatro, não três. Sua irmã está mais envolvida neste casamento do que eu mesma. — Ela tentou agarrá-lo, com suas pulseiras de prata que ainda não estavam pagas balançando em seus braços. Ele afastou-a com um empurrão e saiu rapidamente de casa, escutando os soluços da mulher, que jogava coisas contra as paredes dentro de casa. Algo se estilhaçou. Ele sacudiu os ombros. Com grande alívio e bem mais tranqüilo, rumou para a casa da irmã.

Dez minutos depois, Amy saiu da cadeira-balanço na varanda e desceu a pequena escada.

— Esqueceu alguma coisa, Andy?

— Não, só recuperei minha vida. Deixei a *Me Dá*. Posso ficar aqui até encontrar um apartamento?

— Claro. O quarto de hóspedes é mais ou menos seu, de qualquer maneira. O que aconteceu?

— O mesmo de sempre. Começou a me perturbar no momento em que pisei em casa. Disse que passo mais tempo com você do que com ela. Foi a última gota. Explodi, ela virou uma bruxa e eu me mandei. Falei que Pete é meu advogado e pedi que seu advogado ligue para ele. Disse-lhe que pode ficar com a casa, já que está hipotecada até o último tijolo. Não vou precisar mais sustentar aquela sua mãe inútil. Isso é uma vantagem, não importando o resto. Sinto-me como se tivesse tirado mil quilos dos ombros!

— Você acha que fez isso porque estava chateado com a volta de Cady ou porque finalmente percebeu que Jill nunca prestou? — A voz de sua irmã era tão especulativa e, ainda assim, parecia tão alegre, que Andy fitou-a.

— Não tenho certeza. Percebi meu erro já durante a lua-de-mel. Que tipo de recém-casada conversa com a mãe cinco vezes por dia durante a lua-de-mel? Agüentei isso por quatro anos. Por que está me olhando assim, Amy? Você detesta Jill. Disse que ela só serve para respirar o ar necessário para pessoas mais úteis. Sempre a acusou de ser uma parasita.

— Não a detesto. Simplesmente não gosto dela, porque não faz nada proveitoso. Quero apenas garantir que você a deixou pelas razões certas, já que o assunto "Cady" deixou-nos nervosos.

— Você tem cigarros aí?

— Posso ver se Arnie deixou alguns na gaveta da cozinha. Quer uma cerveja?

— Uma dose tripla de uísque cairia bem.

— Está bem. Sente-se aí e relaxe. Já volto.

Amy era realmente rápida, e depois de alguns minutos estava de volta.

— Não é a volta de Cady que me deixa nervoso. Pelo menos acho que não é isso. Estou irritado porque Boomer está voltando. Que merda, Amy, ele também estava lá naquele dia. Se começarem a mexer na porcaria, poderá abrir a boca. Fomos nós que jogamos as pedras, não Boomer. O pior é que ele será o novo delegado. Em quem todos acreditarão, em nós ou nele?

— Escute, Andy. Boomer estava mexendo no cabo. Todos o vimos. Ele pode ter afrouxado algum nó. Não sabemos se *não* fez isso, sabemos? É tão culpado quanto nós. Além disso, ninguém conseguiu recuperar aquele cabo de telefone. Falamos sobre isso mil vezes. Onde está? Quem o levou? Não vou assumir nada, e você também não.

— Amy, juro que não sei. Tudo aquilo aconteceu vinte anos atrás. Éramos apenas uns pirralhos infelizes na época. Se tivéssemos alguém mais esperto no nosso grupinho, poderíamos ter sido perigosos. Sim, deveríamos ter contado o que houve, mas não fizemos isso. Não queríamos matar ninguém. Nós três pensamos que Cady e Jeff estavam mortos. Por outro lado, acho que não usarei Pete para fazer meu divórcio. Você não tem a sensação, às vezes, de que ele não gosta de nós? Como hoje à noite. Percebi isso claramente e senti vontade de lhe dar um soco. Será que ele se julga melhor do que nós? O que há com esse cara?

— É a culpa, Andy. Cada um reage à sua maneira. Ele faz o que precisa fazer para viver com a culpa, assim como você e eu. Mas, respondendo à sua primeira pergunta, não, Pete não gosta de nós.

— Qual será a reação dos pais de Jeff quando descobrirem que Cady voltou à cidade?

— Em termos legais, não podem fazer nada. Tenho certeza de que falarão nisso até a morte. Muitas pessoas que viviam por aqui naquela época já morreram ou se mudaram. Estou certa de que debaterão a volta de Cady em seu próprio círculo de amigos. Aqueles de nós que se formaram na escola juntos e ficaram em Indigo Valley podem interessar-se pelo que eles têm a dizer. — Ela suspirou. — Acho que eu dormiria muito melhor se soubesse se Cady recuperou a memória.

— Arnie está chegando. Vou para a cama. Não quero mais falar nisso hoje. Tudo o que quero é levar minhas malas para dentro e dormir depois do inferno de noite que tive. Tem certeza de que Arnie não se importará se eu ficar aqui?

— Claro que não se importará. Explicarei o que aconteceu.

— Você nunca contou a ele sobre aquele dia, não é?

— Ah, meu Deus, não. Por que contaria?

— Porque é casada e não deveria ter segredos com seu marido. Eu contei a Jill.

— Ah, Andy, que droga, como pôde ser tão estúpido? Diga-me que está mentindo! Se eu não ficar na sua cola, tenho certeza de que acabará estragando tudo.

— Só faltava essa — disse Andy, descendo a escada para pegar suas malas no carro. — Ah, que merda! Agora meu dia está completo — gemeu.

Quando a porta de tela fechou-se às suas costas, Arnie Chambers sentou-se, ao lado da esposa.

— Andy brigou com Jill novamente? — perguntou, passando um braço em torno dos ombros de Amy, que se aconchegou no marido.

— Saiu de casa. Disse que hoje foi a última gota e que pretende se divorciar. Você se importa se ele ficar aqui?

— Nem um pouquinho. Família é família. Aconteceu algo novo ou foi pelos mesmos motivos de sempre?

Ela deveria contar-lhe. Muitas vezes sentira vontade de desabafar, mas simplesmente não conseguia pronunciar as palavras horríveis. Arnie a amava, mais do que ela a ele. Por isso, tentava compensá-lo, todos os dias de sua vida, pela falta de reciprocidade de sentimentos. Olhou-o sob a luz amarela da lâmpada do alpendre. Aos trinta e cinco anos, ele acumulava peso e começava a perder os cabelos. Não era um bonitão, como Pete Danson. Arnie era como um ursinho de pelúcia, só que grande, adorável e sentimental. À sua maneira, podia dizer que o amava, mas não o tipo de amor que provoca arrepios e palpitações pelo qual ansiava.

Amy abraçou-o, esperando compensar com o abraço o pouco que sentia.

— Acho que você trabalha demais, querido. Por que as pessoas não fazem suas declarações de imposto de renda no prazo? Você se desgasta tanto com esses atrasos. Não sei como consegue agüentar, ainda mais cobrando menos do que mereceria.

— Eu cobro o justo, querida. Não quero ficar rico explorando os outros. Estamos bem, temos nossas economias para pagar os estudos das crianças, temos tudo o que precisamos e ainda sobra alguma coisa. Tiramos férias três vezes por ano. Acho que assim está ótimo.

Amy apertou-o um pouquinho mais.

— Não o mereço.

— Não comece com essa conversa novamente, Amy. Eu amo você. Amamos nossa família e merecemos um ao outro.

— O que você faria se descobrisse, ou alguém lhe contasse, que eu fiz algo realmente pavoroso? Ainda poderia me amar?

— Amy, qual é o problema? É essa história com Andy e Jill? Em primeiro lugar, você não é do tipo que faz coisas erradas. Eu ainda a amaria, sem dúvida. Será que isso a faz sentir-se melhor? Além disso, contamos tudo um ao outro. Não existem segredos entre nós. Revelamos tudo da nossa vida antes de nos casarmos, para que não houvesse surpresas desagradáveis depois. Nossas vidas são livros abertos. Agora, se um dia eu descobrisse que você mentiu, ficaria decepcionado. Você sabe o que penso sobre mentirosos e sobre as pessoas que tentam fraudar o governo. Sabe o que realmente desejo neste momento? Uma pizza com tudo o que tenho direito. Tudo. E uma bela cerveja gelada. O que me diz disso, sra. Chambers?

— Acho uma idéia fantástica, sr. Chambers. Podemos nos preocupar com a dieta amanhã — respondeu Amy, com o coração batendo acelerado.

— Negócio fechado então — disse Arnie, dando tapinhas em sua barriga saliente.

— Deixe que eu peço. Fique aqui e relaxe. Trago a cerveja depois que ligar para o entregador.

— O que eu faria sem você?

Pobrezinho, pensou Amy.

Quatro

Cady bocejou ao olhar para o pequeno relógio digital sobre a mesa. Dormira a noite inteira no chão da biblioteca e já eram cinco horas da manhã. Bocejou novamente, remexeu os ombros e esticou as pernas.

— Ainda está escuro lá fora, Atlas, mas lhe faço companhia se quiser sair. Vamos? — perguntou, levantando-se. — Acho que teremos uma daquelas manhãs maravilhosas de primavera, em que tudo no mundo parece belo.

Cady abriu a porta para o cão, que se virou para certificar-se de que ela viria atrás.

Atlas levantou a perna em duas árvores e quatro arbustos antes de cutucar a perna de sua dona com o focinho, indicando que agora podiam entrar.

— Bom menino — disse ela, dando-lhe tapinhas carinhosos na cabeça. — Agora, vejamos se podemos comer algo antes de subir. Aposto que você adoraria salsichas e ovos.

A cozinha era bonita, parecendo-se com uma fotografia de uma revista de decoração. Cady sorriu, porque apesar de elegante a decoração transmitia alegria por ser altamente funcional, com todos os eletrodomésticos possíveis, incluindo o seu favorito, uma máquina de *cappuccino*. Em casa, antes de ir para a escola, ela adquirira o hábito de parar no Starbucks mais próximo para tomar café com leite. Aqui, tudo o que precisava fazer era apertar alguns botões e pegar seu *cappuccino* ou café com leite. Que delícia de comodidade.

Lola não sabia nem ferver água. Certamente, Mandy ou algum decorador pensara em todos os detalhes. Talvez Anthony também tivesse colaborado.

O ponto principal da grande cozinha era uma enorme janela em arco e uma mesa redonda muito usada, que alardeava seu valor como antiguidade e raridade, sempre arrumada com apoios de pratos coloridos e pratos que combinavam com eles. Flores frescas enchiam um vaso redondo amarelo, outra coisa que Lola adorava. Hoje, as flores eram girassóis com longas folhas de samambaia misturadas entre os cabos compridos.

O piso era uma combinação de cerâmica de aspecto envelhecido e pinheiro e também cheirava a antiguidade. Os eletrodomésticos eram modernos, todos das melhores marcas, e em tamanho gigantesco. Duplo-tudo. Por quê? A despensa continha dois freezers, além daquele da cozinha, e ela sabia que havia um quarto freezer em uma das garagens.

Mandy estava sentada à mesa. Anthony, o mordomo de Lola, já estava a postos no imenso fogão e aromas deliciosos enchiam a cozinha.

— Temos de tudo esta manhã, Cady. Lola levantou-se. Ela gosta de me testar de manhã bem cedo. Pergunto-lhe o que deseja comer e ela pensa que pode me fazer de bobo, pedindo algo totalmente inesperado, mas já conheço seus truques. Faço *tudo* de que gosta, na esperança de que coma mais que uma ou duas garfadas. Lola é assim com a comida. Acho que quando era mais jovem não tinha comida suficiente, de modo que passava fome na maior parte do tempo. Agora, todos os quatro freezers estão sempre abarrotados. Eu dôo tudo para o asilo de sem-teto, pelo menos uma vez por mês, depois compro um novo suprimento e recomeçamos tudo. Este será nosso segredo, está bem?

"Lola sempre gostou de acumular coisas. Isso é esquisito, já que foi alguém tão famosa e teve de tudo. Mas ela também sabe ser frugal. Desde cedo, percebeu que Hollywood podia ser cruel com velhos atores e atrizes e não queria que isso lhe acontecesse, de modo que tratou de garantir um pé-de-meia para a velhice."

Cady assentiu, para demonstrar que compreendia.

— Tem waffles de amora hoje?

— Sim. E há lingüiça e bacon para Atlas, além de um belo mexido de ovos aquecendo aqui no forno. Sente-se que já tirarei tudo. Sirva-se de café. Há melão na geladeira, já cortado.

— Tudo isso é um grande desperdício. Ah, desculpe, eu não quis parecer tão crítica — disse, apressadamente.

— Eu entendi. Todos os maridos de Lola deixaram-lhe grandes somas de dinheiro, que ela investiu com muita esperteza. Acho que economizou todos os centavos que ganhou com seu próprio trabalho. Como eu disse, Lola sempre foi frugal, mas teve vida de rainha. Segundo me disse, o pior medo de uma mulher sempre é o de não ter um teto e comida. Agora, o que nunca ouvi dela, mas acho que sempre existiu, foi que, no fundo, tinha medo de ter tudo roubado por seu filho e de ser declarada incompetente para gerir seus negócios, ou algo assim. Por favor, não se ofenda, mas esses temores são todos manejáveis, e além disso ela tem Mandy e a mim. Agora, tem você também. Acho que tudo está saindo como sempre desejou. Pelo menos espero que sim. Você não chegou a se deitar ontem à noite, não é? — indagou ele, mudando de assunto.

— Não. Esqueci do tempo. Surpreendi-me com a quantidade de álbuns. Consegui examinar apenas os primeiros, até o terceiro casamento de Lola. Vi aquele que Mandy fez sobre meu pai, e também dei uma passada de olhos pelo álbum a meu respeito. É tudo muito impressionante, mas não me despertou recordações. Talvez eu precise primeiro assimilar o conteúdo na memória para depois lembrar, ou algo assim. Ah, esses waffles parecem incríveis! Sempre os compro congelados.

— O jornal da manhã está sobre a mesa. Subirei agora para ver se Lola quer o desjejum. Há mais lingüiça e ovos no aquecedor, se Atlas ainda estiver com fome. Vá até a página da seção Estilo de Vida e, depois, me diga o que achou — disse Mandy, lançando uma piscadela para Anthony antes de deixar a cozinha.

Cady pegou o jornal e o folheou até a seção Estilo de Vida. Olhou a foto de um homem alto, com cabelos escuros e encaracolados, muito bem arrumado. Alguém que se vestia com muito capricho e podia servir de modelo para *Campo e Cidade.* Cady examinou a fotografia com mais atenção. Ele parecia confiante e muito à vontade, mas provavelmente detestava seus cabelos. Os homens sempre detestavam cabelos anelados, enquanto muitas mulheres fariam loucuras para tê-los.

— Seja quem for, com certeza é atraente. É seu amigo?

— Não — disse Anthony, espiando por sobre o ombro de Cady. — Era *seu* amigo. Não o reconhece?

— Não. Deveria? — Cady franziu os olhos para ver a legenda minúscula sob a foto. — Quem é Maxwell Ward?

— Você o conhecia como Boomer Ward. Será o novo delegado de Indigo Valley. Há uma semana o jornal publica essa foto, todos os dias. Suponho que fazem isso para que as pessoas se acostumem com sua imagem. Espero que você coma tudinho desse belo desjejum que lhe preparei.

Cady começou a tremer. Pegou o garfo, mas sua mão tremia tanto que precisou pousá-lo na mesa novamente.

Boomer Ward. O melhor amigo de Jeff King. Que coincidência, seu retorno a Indigo Valley exatamente quando ela também voltava. Seu pai, que gostava tanto de falar em danação e fogo do inferno, provavelmente chamaria isso de intervenção divina ou algo igualmente estúpido.

Forçou a memória, tentando recordar se algum dia soubera que Boomer chamava-se Maxwell. Achava que não. Imaginou como o chamavam agora, que era adulto. Provavelmente Max ou, talvez, Mac. E o que isso importava, afinal?

Cady olhou para seu prato. Os waffles haviam esfriado e, assim, raspou-os no prato de Atlas, mas ele os ignorou.

Será que Boomer estava no lago naquele dia horrível? Os artigos de jornal que lera na noite anterior não o mencionavam. Isso era estranho, porque Jeff e Boomer andavam sempre juntos e a morte do amigo devia ter sido um golpe e tanto para ele, que nunca fora tão ruim quanto Jeff. Agora, seria o novo delegado. Será que isso era alguma espécie de presságio?

Ela pegou sua xícara de café, aliviada por ver que sua mão parara de tremer. Esperava não passar por essas mesmas sensações esquisitas e assustadoras quando encontrasse Pete Danson e os gêmeos Hollister pela primeira vez.

Era hora de um banho e, talvez, uma ou duas horas de sono. Precisava estar revigorada e alerta quando Lola desse sua entrevista ao jornal local. Detestava a idéia de ficar em primeiro plano em qualquer coisa, mas faria isso, em respeito ao desejo da avó.

— Vamos, Atlas — disse, colocando-se a caminho do quarto da avó.

O cão pastor pôs-se de pé no momento em que Cady falou e andou à frente da dona, subindo as escadas até o segundo piso.

No alto da escala, Atlas virou-se para olhá-la, como se não tivesse certeza do rumo que deveria seguir.

— Tudo bem. Vá ver Lola. Vou tomar um banho e deitar.

O cão trotou obedientemente para o quarto da dona da casa.

Ao fechar os olhos, Cady prometeu a si mesma que não adormeceria. Tudo de que precisava eram dez minutos de silêncio, para que a aspirina pudesse fazer efeito. Afundou a cabeça no travesseiro e encontrou o ponto mais confortável, sentindo o toque incomparável da fronha de seda contra seu rosto. O odor de grama recém-cortada entrava pelas portas duplas. Seu último pensamento, antes de escorregar para o sono, foi que o céu deveria ser parecido com isso.

O sonho que teve foi o mais assustador de todos. O medo a sufocava e lhe tirava o ar enquanto lutava por encontrar um esconderijo e ainda assim permanecer em silêncio. Como poderia fazer isso, ela cogitou, enquanto abria a boca em desespero para sorver o ar?

Os dois nojentos esgueiravam-se como ratos para espiar os amigos dela. Ela agarrou-se ao chão, com sua mão cobrindo a boca enquanto rezava para não tossir ou espirrar. "Não permita que me vejam. Por favor, Deus, não deixe que me vejam!", orou, apenas mexendo os lábios, sem som.

Eles rastejavam pela grama alta, esperando que Andy corresse pelo lado do lago e, depois, subisse a colina. Ela precisava alertar Andy, mas, se o fizesse, os inimigos saberiam onde estava escondida. Jeff King era mais malvado do que um cão feroz. Cady arriscou-se a levantar a cabeça para espiar. Andy estava quase no alto, quase na olaia.

Ela sabia o que precisava fazer, e então partiu para a ação. De repente já estava de pé, gritando o nome de Andy e mandando que corresse. Girou e tropeçou, deslizando pelo aterro exatamente no momento em que Andy escorregava e caía no terreno plano. Puxou-a e, juntos, correram em volta do lago, até onde Pete e Amy os aguardavam.

Com o coração disparado, Cady virou-se e gritou no máximo de sua voz:

— Você é um merda de um monte de banha, Jeff King! É tão gordo que suas calças caem quando você corre! — Ela ousou, provocando o mais malvado dos dois meninos.

— É isso aí! — gritou Andy também.

Pedras e pedaços de madeira cruzavam o ar.

— Venha, temos de sair daqui! — gritou Pete Danson. — Corram, corram! Boomer está na tirolesa! Mais rápido, Cady!

— Mal posso respirar — respondeu Cady, ofegante. — Vá até a caverna. Depressa!

Abraçados uns aos outros, esperaram em silêncio até terem certeza de que seus atormentadores haviam ido embora.

— Vamos dar um jeito na tirolesa para que caiam no lago na próxima vez que vierem. Se chegarmos cedo amanhã de manhã, poderemos fazer isso e voltar depois. Podemos fingir que eles nos pegaram. Amy, traga sua câmera e tire as fotos quando caírem no lago. Tudo que precisamos fazer é afrouxar o nó no tronco da árvore, lá embaixo. Faremos isso no minuto em que um dos dois começar a descer pelo cabo — sussurrou Pete, com excitação incontida em sua voz.

— Alguém gordo como ele irá direto ao fundo — disse Andy.

— Jeff sabe nadar?

— E quem se importa? Boomer pode salvá-lo, se for o caso — respondeu Pete.

— Vem com a gente, Cady?

— Claro. Vou adorar vê-lo debatendo-se na água.

— Bom. Nos encontramos aqui amanhã de manhã, às nove. Precisamos nos separar agora, para o caso de estarem à nossa espera, em algum lugar. Tive de vir a pé, porque Jeff acabou com minha bicicleta na última vez em que estivemos aqui.

— Levo você no guidão, Pete — disse-lhe Andy. — Temos todo o tipo de sucata em nossa garagem. Leve sua bicicleta até lá e talvez possamos dar um jeito nela. Sempre podemos ir até o depósito de ferro-velho para procurar alguma coisa, se não tivermos o que você precisa. Ei, tive uma idéia. Se você puder escapar de casa hoje à noite, podemos ir à casa de Jeff, pegar a bicicleta dele e escondê-la em algum lugar.

— Espere! Tive uma idéia melhor. Vamos pegar a bicicleta dele e mandá-la até o meio da tirolesa. Ele terá de descer pelo cabo para pegá-la e aí nós soltamos o cabo para que ele e a bicicleta afundem na água. A bicicleta irá direto para o fundo.

A mesma excitação presente na voz de Pete agora podia ser ouvida na de Andy. Seu rosto tornou-se vermelho de animação ao imaginar o resultado daquilo.

— Vocês estão comigo ou não?

— Sim! — exclamaram, Amy, Cady e Pete em coro.

— Com o dinheiro que têm, os pais dele simplesmente compram outra — disse Cady.

— É, mas não será *aquela*. Ele adora aquela bicicleta. Saberá que o vencemos em esperteza e que contaremos a todo mundo. Amy terá as fotos para provar.

Cady e Amy observaram enquanto Andy ia embora pedalando.

— Tenho trinta centavos. Quer comprar um pirulito de cereja?

— Onde você arranjou dinheiro? — indagou Cady, levantando o apoio da bicicleta.

— Tirei da bolsa de minha mãe. — Ao ver a expressão perplexa de Cady, Amy explicou: — Só tirei metade de minha mesada mais cedo, qual é o problema? Não é o mesmo que roubar, Cady.

— Está bem. Eu quero um pirulito de cereja sim.

Estavam a meio caminho de casa, com suas bocas vermelhas de cereja e mãos melecadas e grudentas, quando Jeff King e Boomer Ward saltaram de trás dos arbustos e bloquearam a calçada. As duas frearam suas bicicletas, plantando os pés no chão.

Cady podia sentir o medo acumulando-se em seu estômago. O que aqueles dois poderiam fazer com elas ali, no meio da rua? Arrancá-las de suas bicicletas? Estragar as bicicletas? Seu pai a estrangularia se deixasse isso acontecer. Ela olhou para Jeff King e depois para Boomer Ward.

— Vocês não têm mais o que fazer, além de incomodar meninas? — gritou.

— Cale-se, Cady Jordan. Vou cortar esse seu rabo-de-cavalo bem rente em sua cabeça e, depois, vou pendurá-lo em minha bicicleta. Você não pode me impedir, então cale a boca!

— Jeff, pare! Você disse que queria apenas assustá-las. Não disse nada sobre cortar cabelos. O pai de Cady poderia lançar-lhe uma maldição ou algo assim. Vou para casa — disse Boomer, alto.

— Seu cagão! — gritou Amy.

— Quem é o cagão aqui, Amy Hollister? — perguntou Jeff, com raiva, enquanto puxava as calças para cima.

Cady colocou os pés nos pedais da bicicleta e foi para trás e, depois, para a frente, direto na barriga gorda de Jeff King. Ele curvou-se enquanto Amy também o atacava. Cady podia ouvir as gargalhadas de Boomer.

Jeff alcançou-a uma quadra adiante, arrancando-a da bicicleta. Ele agarrou-a e a levantou do chão. Com o coração martelando no peito, tentou chutá-lo, mas o garoto segurou-a com força.

— Você pensa que é esperta, não é? Bom, eu a acho muito, muito burra. Olhe aqui.

Cady viu um canivete na mão do garoto, enquanto Boomer Ward aproximava-se.

— Não faça isso, Jeff — disse ele, tentando arrancar o canivete da mão do amigo. — Pare de maltratá-la! É apenas uma menininha, deixe-a!

Jeff afastou o braço de Boomer com uma cotovelada e cortou o rabo-de-cavalo de Cady, rindo tanto que parecia sufocar.

Com os olhos cheios de lágrimas, Cady afastou-se dele com um puxão, desequilibrando-o. Jeff caiu, ainda rindo. Ela chutou-o uma, duas vezes, mas as risadas continuavam. Ofegante, ela subiu na bicicleta e saiu dali, com lágrimas rolando pelas faces até alcançar Amy.

— Por que você não me ajudou? — perguntou, magoada. — Agora não poderei ir ao bosque amanhã. Eu a teria ajudado. Odeio você, Amy Hollister! Odeio!

Cady sentou-se na cama, com o corpo banhado em suor. Deixou as pernas penderem para fora da cama. O sonho era tão real, tão vívido. Talvez tudo tivesse acontecido daquele jeito mesmo, anos atrás.

Escondendo o rosto entre as mãos, perguntou-se por que lembrava de algo assim e não se recordava do dia em que Jeff King morrera.

Fotografias.

Algo semelhante a um raio cruzou sua mente, mas não conseguiu capturar aquele pensamento.

Seu pai a enchera de palmadas no traseiro naquele dia, sob os protestos de sua mãe, mas não a castigara, como chegara a temer. Ela voltara ao bosque no dia seguinte e observara enquanto Pete e Andy mandavam a bicicleta de Jeff até a metade do cabo de telefone estendido sobre a colina. Seu rabo-de-cavalo estava amarrado no guidão, como Jeff ameaçara fazer, mas Pete o retirou dali e o devolveu à amiga.

Naquele dia, Cady permanecera afastada da atividade principal, observando enquanto Amy tirava fotos, que mostraria a todas as crianças da vizinhança.

Fotos! Amy havia tirado fotos naquele dia, mas os jornais diziam que as crianças não estavam lá quando o acidente acontecera. Então não podia haver fotos. Ela jamais teria ido sozinha ao bosque. Jamais.

A menos que tivesse sido *forçada* a ir sozinha.

Depois de afundarem a bicicleta de Jeff, ela continuou freqüentando o bosque, mas não era mais a melhor amiga de Amy, aliando-se a Pete, enquanto os gêmeos Hollister formavam a outra dupla.

Talvez Lola tivesse razão e fosse hora de visitar seus antigos amigos.

Fotos não mentiam.

As pessoas, sim, mentiam.

Mandy abriu a porta, espiou para dentro e alertou-a:

— Apresse-se, Cady, o repórter do *Sentinela* já vai chegar. O que houve?

— Nada, Mandy, tirei um cochilo e tive um pesadelo. Estou bem, mas preciso de mais dez minutos. Lola está pronta?

— Sim. A entrevista será na sala de música. Lola acha que o ambiente é perfeito, ali. Seu quinto marido era músico e ela o adorava, com seus modos hippies. Servirei sanduíches de pepino e chá verde. Não me pergunte — disse ela, sorrindo, quando Cady levantou uma sobrancelha. — Atlas está lhe fazendo companhia. Ah, por falar nisso, ele está usando uma coleira com brilhantes. O quinto marido deu a ela uma tiara, que Lola trocou por uma gargantilha com brilhantes, mas disse que a jóia não lhe favorecia em nada, de modo que agora pertence a Atlas, que parece ter gostado do presente.

— Ah — foi tudo o que Cady conseguiu dizer.

Cady examinou suas roupas no closet e gemeu. Eram todas tão sem graça. Não havia uma única peça alegre. Nada combinava com este belo dia de primavera e nenhuma era adequada para dias quentes. Roupas jamais haviam sido uma prioridade em sua vida até chegar à casa da avó e receber dela um sermão por vestir-se como um ratinho cinzento e ordinário. Estava claro que precisava urgentemente de um banho de loja. Acabou escolhendo uma saia bege, com uma blusa da mesma cor.

Em vez de puxar seus cabelos dourados para trás em um rabo-de-cavalo, ela os retorceu e ajeitou até deixá-los suficientemente atraentes para serem aprovados por Lola. Com uma rápida olhada no espelho, decepcionou-se com sua aparência simplória e prometeu a si mesma que na manhã seguinte sairia para fazer compras.

Mandy espiou pela porta entreaberta uma segunda vez e sacudiu a cabeça.

— Não, não e não! Espere aí um pouquinho.

Depois de alguns minutos, voltou segurando um lenço de seda verde-esmeralda, que atou na cintura de Cady como um cinto.

— Essas franjas dão o toque certo. Coloque esses brincos de esmeralda e prenda os cabelos com este prendedor verde. Pronto. Agora parece elegante e casual. Lola aprovará.

Cady suspirou de alívio e se pôs a caminho da sala de música. Ao entrar, viu Lola sentada em uma poltrona semelhante a um trono, com as dobras de sua grande túnica multicolorida espalhadas sobre o sofá. *Para esconder sua magreza,* pensou Cady. Um turbante do mesmo tecido cobria seus cabelos ralos e parecia tão apertado que ela percebeu imediatamente o truque de Hollywood usado pela avó, de puxar as rugas e prendê-las com adesivo sob um lenço ou turbante. Imaginou se Lola conseguiria abrir a boca para falar, apertada daquele jeito.

— Você está linda, Lola.

— Bem, era isso o que eu esperava ouvir, querida. Eu a perdôo por mentir. Meu marido teria adorado este cômodo. — Lola apontou para o piano Steinway. — Ele conseguia me levar às estrelas ao tocar. Poderia ter sido um concertista, mas gostava de jazz e de rock and roll. Considerava os clássicos aborrecidos. Acredito que Elvis Presley roubou seus movimentos. Ah, meu Deus, a paixão que senti por aquele homem. Certa vez, eu lhe fiz uma torta de pêssego. Nunca havia feito uma torta em toda a minha vida, mas peguei uma receita e a fiz. Acho que estava um pouco solada, mas o simples fato de eu me dar a este trabalho foi, para ele, a coisa mais maravilhosa do mundo. No dia seguinte, deu-me uma tiara com brilhantes de presente e os jornais fizeram a festa com a notícia, já que seu valor era realmente escandaloso. Não se pode usar uma tiara com diamantes em qualquer lugar, de modo que a levei a uma joalheria e mandei fazer uma gargantilha, mas só depois da morte do meu marido. Usei a tiara em seu funeral. Ele teria gostado disso. Ficou bonita em Atlas, não acha? Está no seguro, querida, então não se preocupe.

— Gosto desta sala — disse Cady, enquanto lutava para absorver o monólogo de Lola.

Com uma piscadela, sua avó lhe respondeu:

— Minha doçura, se essas paredes pudessem falar! Desmond sabia tocar cada um dos instrumentos guardados nesses armários de portas envidraçadas. Sua voz era muito melodiosa. Era excelente cantor, e às vezes cantava enquanto fazíamos amor, o que acontecia quase o tempo todo. Essas duas poltronas foram adquiridas em um negócio que ele fez com o estúdio. Ele as chamava de "nossos" tronos. Quando sentávamos aqui, éramos como rei e rainha. Não conheço outra pessoa que possua dois tronos... Sentávamos aqui com freqüência, até tarde da noite, ouvindo seus discos. Sua paixão pela música era intensa.

Ela está tagarelando assim porque está nervosa, pensou Cady.

— Eu gostaria de tê-lo conhecido.

— Eu também gostaria que você o tivesse conhecido. Tenho imaginado se, quando eu... quando eu for para algum lugar, ao morrer... tenho imaginado se todos os meus maridos farão fila para que eu escolha um deles. A fila seria *muito* longa, se todos os meus outros... *amantes* estivessem lá também. O que você faria em meu lugar, Cady? — perguntou Lola, séria.

— Quantos foram, Lola?

— Dúzias deles. Um mais maravilhoso do que o outro. Eu nunca poderia decidir por um apenas.

— Neste caso, você poderia tirar a sorte... — disse Cady, sem o menor sorriso. — Ou talvez pudesse colocar todos os nomes em um chapéu e escolher um com antecedência, de modo que, ao chegar lá... — *Meu Deus, como pudera dizer isso?!?*

— Mas por que não tive essa idéia? Tenho uma moeda aqui que bem poderia servir para isso. Tyler deu-a a mim em nosso primeiro aniversário. — Lola franziu a testa e pareceu mudar de idéia. — Talvez eu não deva levar essa moeda comigo. Meu segundo marido era um jogador e possuía vários cassinos. Aquele homem tinha tanta sorte! Literalmente, tudo em que tocava virava ouro. Ele podia comprar um pântano, mas no dia seguinte descobriam petróleo em suas terras. Tão querido... Deixou-me tantas propriedades que nem consegui conhecê-las bem. Era um amor. Ensinou-me a jogar pôquer. Tyler adoraria a sala do cassino que decorei para ele. Tem de tudo, desde mesas de apostas, máquinas de música automática, roletas e fotografias de todas as suas propriedades. Entrei naquele cômodo apenas uma vez, depois que ficou pronto, mas chorei tanto que nunca voltei lá. Quero que tudo isso entre nas minhas memórias, Cady. Acho que vou mesmo tirar um nome de dentro de uma cartola...

— Você sabe que farei o que desejar. O repórter deve ter chegado. A campainha acabou de soar. Tem certeza de que quer que eu e Atlas lhe façamos companhia?

— Tenho sim. Lembre-se de nosso plano agora. Apenas fique aí sentada e sorria. Quero que sorria muito e pareça confiante, como se nada no mundo a perturbasse. Tenho certeza de que pode fazer isso.

— Sim, posso. Toque seu turbante quando achar que já está na hora de terminar e dou um jeito de dispensá-lo.

— Menina, você está cheia de idéias ótimas hoje.

Cady acomodou-se em uma poltrona à direita de Lola, para poder ver o corredor, onde sabia que Mandy estaria. Podia ver sua sombra, já que o sol entrava pelas janelas de vitrais no vestíbulo. Mandy não se permitia afrouxar o controle de tudo o que ocorria na casa.

O repórter, um homenzinho rotundo que lhe pareceu familiar, cumprimentou Lola com um aperto de mão e sentou-se ao lado dela, começando com suas perguntas sem nenhum preâmbulo. Ele não fazia anotações, mas gravava a conversa. Escutando enquanto as duas vozes falavam sem parar, Cady deixou que sua mente vagasse, voltando ao sonho que tivera pouco antes.

Ao longo dos anos, perguntara-se centenas de vezes por que fora sozinha ao bosque no dia do acidente. Jamais obtivera uma resposta. Por que os gêmeos não estavam lá, naquele dia, e onde estava Pete

Danson, que também não fora? Talvez ela estivesse atrasada e, ao chegar lá, os outros já tivessem se cansado de esperar e ido embora. Entretanto, segundo o jornal, nenhum deles estivera no local naquele dia. De acordo com as reportagens, Boomer também não estava lá. Jeff King não ia a parte alguma sem o amigo ao seu lado. Ele não tinha coragem para fazer maldade quando estava sozinho. O mais esquisito era que Boomer nunca fazia mal a alguém. Apenas fazia companhia a Jeff.

Sua atenção foi despertada ao ouvir seu nome. Sentou-se ereta na poltrona quando ouviu Lola dizendo:

— Sim, minha neta escreverá minhas memórias. Seu nome é Cadwell Jordan. Seus pais lhe deram meu nome. Nós a chamamos de Cady. O estúdio de cinema mudou meu nome de Jordan para Jor Dan, achando que pareceria mais glamouroso. Não sei quem teve a idéia de me chamar de Lola, meu nome artístico. Em um dia eu era Cadwell Jordan, exatamente como nossa Cady, e no seguinte já era Lola Jor Dan.

"Há muitos interessados em minhas memórias, e estamos em conversações para fazermos um filme. É muito excitante saber que pretendem fazer um filme sobre minha vida.

"Claro que citarei nomes em minhas memórias e também oferecerei detalhes explícitos. Olhe, os detalhes são deliciosos. O livro abrangerá minha vida até hoje, incluindo até aquele acidente horroroso no Bosque da Olaia, no qual minha neta esteve envolvida. Eu não gostaria de entrar em detalhes sobre aquele acontecimento trágico. Você pode pesquisá-lo quando voltar a seu jornal. Cady e eu iremos fundo nesse assunto. Claro que você pode citar isso em sua matéria. Na verdade, insisto nisso. Sim, também estará no filme, porque como eu já disse, cobrirá até o momento atual.

"Cady, minha querida, venha aqui e cumprimente este gentil cavalheiro."

Cady fixou um sorriso no rosto enquanto oferecia a mão ao repórter gorducho e lhe disse que parecia conhecê-lo de algum lugar.

— Eu estava um ano à sua frente na escola. Sou Larry Denville e me exercito com Pete Danson na academia, todos os dias. A academia ainda não surtiu efeito, mas vou melhorar — disse, dando tapinhas na barriga. — Mac Ward também está voltando a Indigo Valley. Tenho feito matérias sobre seu retorno todos os dias na última semana. Imagino que você desejará rever os antigos amigos, se já não os encontrou.

— Por que eu deveria desejar revê-los, Larry?

Lola deu-lhe um pequeno sorriso.

O repórter pareceu constrangido.

— Não há razão para tal suposição, admito, mas lembrei-me de que vocês andavam sempre juntos na infância. Todos pertenciam a uma ou outra turma de amigos. Naquele tempo, eu só pensava em estudos, de modo que não pertencia a nenhuma daquelas turminhas. Assim, será que devo entender que não pretende procurá-los?

— Bem, sr. Denville, minha neta estará muito ocupada ajudando-me a escrever minhas memórias e tentando resolver aquele assunto horrível que a deixou parcialmente paralisada durante três anos. Além disso, está trabalhando em sua dissertação. A mente é algo maravilhoso, não concorda? Agora, se me der licença, tenho outro compromisso urgente. Minha secretária lhe dará um kit promocional que sempre mantemos bem à mão. Está atualizado. Sinta-se à vontade para usar qualquer material contido nele.

Ele deveria despedir-se e sabia disso. Mandy entrou segurando uma pasta de papel. Alguns segundos depois, o repórter já fora despachado.

— Como me saí, senhoras? — perguntou Lola, alegre.

— Foi perfeita! Perfeita. Acho que se pode dizer que você preparou o palco para os acontecimentos daqui para a frente. Quer um drinque? Levarei esses sanduíches de pepino e trarei pizza feita em casa para nós.

— Com muito *pepperoni* na minha — disse Lola.

— Alho e cebola para mim — pediu Cady.

— E para Atlas?

— Molho de tomate não faz bem para cães. Traga apenas alguns biscoitos caninos.

— Acho que aquele repórter, que por falar nisso parece-se com uma abóbora, imprimirá a entrevista palavra por palavra. Aposto nisso.

Querida, começamos a botar fogo nesse circo. O jornal me dará toda a capa da seção Estilo de Vida no próximo domingo. *Todos* lêem o jornal de domingo. Segunda-feira de manhã já teremos novidades.

Cady riu.

Mandy quis saber qual era a graça enquanto colocava a grande bandeja que trazia sobre uma mesa. Agachou-se para falar com Cady, que estava sentada perto de Atlas.

— Cerveja é o que as pessoas bebem com pizza — murmurou.

Cady deu um biscoito a Atlas. Ele olhou para aquilo, depois para Cady e Lola, e se afastou, com a cauda abanando de indignação.

— Esse seu cachorro está se tornando um *gourmet*, querida.

Cady deu uma grande mordida em sua fatia de pizza, imaginando se Lola chegaria a comer algo. Observou enquanto a avó devorava uma fatia com dez rodelas de *pepperoni*.

— Acho que esta é a melhor pizza que já comi — proclamou Lola. — Vou tirar um cochilo assim que terminar meu drinque. Tem algum plano, Cady?

— Vou dar uma olhada nos álbuns. Mas talvez vá à cidade fazer compras. Você diz o tempo todo que minhas roupas estão ultrapassadas.

Lola parecia horrorizada.

— Você pretende comprar *em lojas*? Já liguei para minha estilista, Danielle. Ela chega segunda-feira com suas costureiras. No fim da semana você terá um guarda-roupa inigualável. Mandy, você não acha que deveríamos pedir a presença de Mona também? Cady precisa de um corte de cabelos moderno. Sim, sim, façamos isso. Quero que você dê a impressão de suprema fortaleza quando for vista pela primeira vez por esta cidade.

Contrariando o que esperaria de si mesma, Cady descobriu-se excitada com a perspectiva.

Cinco

Pete Danson desligou o telefone com expressão preocupada. Seu encontro de sábado com Lola Jor Dan acabava de ser cancelado e remarcado para a tarde de segunda-feira. Continuou tenso enquanto recordava as palavras breves da secretária, Amanda. Disse a si mesmo que a remarcação daquele encontro não significava um cancelamento de seus serviços legais pela estrela de cinema. Droga, ele detestaria perder os rendimentos anuais polpudos, segundo Ken, que vinham da representação de Lola Jor Dan.

Tentou convencer-se de que a remarcação do compromisso não era motivo para preocupação. As pessoas detestavam ver advogados quase tanto quanto detestavam ir ao dentista. Esperava não estar enganando a si mesmo.

Seu dia já fora estragado. Algumas semanas antes, programara-se para passar o dia com uma belezinha que viria de Pittsburgh, passaria a noite e iria embora bem cedo na manhã de domingo. Cancelara o encontro ao ser solicitado a comparecer na casa da famosa Lola Jor Dan. Imaginou se já não seria tarde demais para chamar Mariah e suas longas pernas. Sim, era tarde demais.

Não que detestasse o fato de estar livre no fim de semana. Precisava escrever um depoimento, limpar as calhas e tinha planos de pavimentar a entrada de sua casa. Havia, ainda, a academia e sua visita à mãe, na tarde de sábado.

Apesar disso, nada parecia interessá-lo.

Imaginou o que aconteceria se ligasse para a casa de Lola Jor Dan e pedisse para falar com Cady. Talvez pudesse convidá-la para um almoço ou jantar. Poderia ligar em nome da velha amizade, esse tipo de coisa. Sabia, no íntimo, que Amy e Andy não telefonariam para ela. Se tivessem ligado, lhe contariam imediatamente.

Olhou para fora da janela. Estava chovendo e não conseguia ver o outro lado do pátio por causa da neblina pesada e baixa. Bem, isso eliminava a pavimentação e a limpeza das calhas. Se aquele chuvisco fino continuasse, não havia por que visitar sua mãe, porque ela se recusaria a sair do quarto, alegando que forças alienígenas inimigas haviam criado aquele clima para vaporizar qualquer um que abandonasse a segurança de seu quarto. Esperava que o tempo melhorasse, para poder visitá-la no dia seguinte e levar o novo suprimento de balas para a arma de ar comprimido que a mãe nunca abandonava. Desejava fazer algo por ela, mas já esgotara todas as opções médicas. O último médico lhe dera um tapinha no ombro e dissera: "Filho, nem tudo pode ser curado ou tratado pela medicina. Sua mãe está feliz em seu mundinho particular. Aceite a situação."

Restavam-lhe, portanto, aquele depoimento e o telefonema para Cady. Tinha ainda duas semanas para trabalhar no depoimento, e isso estreitava suas opções para a academia e Cady. "Acho que ainda não estou pronto para ver Cady Jordan hoje", sussurrou.

— Vou à academia, Annie — gritou, para ser ouvido sobre o ruído do aspirador de pó. — Não se preocupe com o almoço. Trago alguma coisa ou como fora com algum colega. Anote os recados para mim, por favor.

A primeira pessoa que viu ao entrar na academia foi Larry Denville, suando, resfolegando e gemendo enquanto corria na esteira. Acenou-lhe. Larry soltou a mão que se agarrava furiosamente à esteira e retribuiu o cumprimento. Pete estremeceu quando o homenzinho balofo quase caiu dali. Havia gente fora de forma e também pessoas *sem nenhuma forma*. Ainda assim, sentia-se orgulhoso por ter convencido Larry a abandonar de vez suas rosquinhas com geléia e todas as outras porcarias de fast-food que consumia diariamente, além de se matricular na academia. O único problema era que o repórter desejava resultados imediatos.

Seguiu direto para os halteres, ajustou-os e se posicionou no banco, sob a barra.

— Ei, Pete. Vi uma amiga sua ontem. Ela se transformou numa beleza de mulher — o gorducho gorgolejou, enquanto tentava enxugar o suor que escorria de sua face para a manga da camiseta, sem tirar as mãos do apoio da esteira.

— Ah, é? E quem era a amiga?

Pete quase deixou cair a barra quando Larry lhe disse:

— Cady Jordan.

Inspirou fundo e tentou controlar a voz, já que o outro esperava uma resposta.

— Uma beleza, é?

— Sim... Finalmente consegui uma entrevista com Lola Jor Dan, depois de anos de espera. Daremos a ela toda a capa da seção Estilo de Vida amanhã. Ela *nunca* concede entrevistas. Esta simplesmente caiu no meu colo, por um telefonema de sua secretária. Dá para acreditar? Foi uma boa entrevista — continuou Larry, saltando da esteira e caindo no chão da academia. Ele abanou seu rosto, vermelho como uma beterraba. Falou, sem fôlego: — Olhe só, Lola disse que vão ao fundo naquela história do acidente horrível ocorrido anos atrás no Bosque da Olaia. Foram suas palavras, literalmente. Cady não se parece nada com a avó, mas é uma coisinha de louco. Você já a viu?

— Não.

— Olhe quem vem aí — disse Larry, sentando-se. — É Boomer, e parece que vai malhar. Nooossaa, ele parece Arnold Schwarzenegger.

Com o corpo banhado de suor, Pete ajeitou a barra em seu suporte e olhou em volta. A academia começava a encher-se. Talvez houvesse uma centena de pessoas ali, mas teria visto Boomer de qualquer maneira. A fotografia no jornal não lhe fazia justiça. Com uma arma na cintura e um cão ao seu lado, o filho de Indigo Valley era mais que impressionante.

— Vá com calma, camarada. Você levou anos acumulando essa gordura na barriga, então não espere se ver livre dela com vinte minutos em uma esteira. Cuide de sua dieta e tenha paciência. Talvez fosse boa idéia contratar um personal trainer.

— Tem razão. Ei, me dê sua opinião sobre a entrevista, depois que a ler no jornal de amanhã.

— Farei isso.

Pete respirou fundo ao aproximar-se de Boomer Ward, que colocava toda a sua energia ao fazer step.

— Pete Danson — disse ele, estendendo a mão. — Como posso chamá-lo? Boomer, delegado ou o quê?

— Pode me chamar de Mac. Como vai, Pete? Se quiser me chamar de Boomer, não tem problema. Quanto tempo? Vinte anos? — perguntou, apertando com força a mão do outro.

— Mais ou menos isso. Vi os artigos a seu respeito no *Sentinela*. Parabéns. Esta cidade está recebendo seus filhos de volta esta semana. Acabei de saber que Cady Jordan também voltou.

Mac saltou do step.

— Não brinque.

— Sério — disse Pete. — Larry Denville, o mesmo repórter que tem escrito a seu respeito, entrevistou Lola Jor Dan e o artigo estará no jornal de amanhã. Pegue um exemplar. Ela diz que irão fundo naquele acidente terrível que aconteceu no Bosque da Olaia, naquela época.

— Só agora? Como planejam fazer isso? Com certeza vou comprar o jornal amanhã.

— Não tenho idéia. Acho que ela só quer reacender o caso. Você veio em definitivo?

— Cheguei ontem à noite. Aluguei um apartamento na última vez em que estive aqui. Minhas coisas chegam amanhã. Onde andam todos daquela época, Pete?

— Sou advogado. Andy tem sua própria empresa de seguros. Amy está casada e tem filhos. Casou-se com Arnie Chambers, que é contador.

— Anseio por ver todos novamente — disse Mac.

— O que o trouxe de volta a Indigo Valley, Boomer? — Para ele, Mac seria sempre Boomer.

— Fizeram-me uma proposta irrecusável — respondeu Mac, rindo. — Concordei, mas apenas por um ano. Sei como a política funciona em cidades pequenas. Acho que em um ano já saberei se pretendo ficar aqui para sempre. Foi um prazer revê-lo, Pete.

— O prazer foi meu.

Pete despediu-se e lambeu os lábios ressecados, com a certeza de que sua sessão de exercícios terminara ali. Agora, o que faria durante o resto do dia? Ligar para Cady Jordan. Em vez de rumar para casa, dirigiu até um fast-food e pediu dois cachorros-quentes e uma cerveja, comendo com voracidade.

Dependendo das circunstâncias, recordações poderiam ser maravilhosas ou pavorosas. Às vezes, trágicas.

Ele dirigiu sem rumo depois de sair do Paraíso do Cachorro-Quente, enquanto a chuva continuava. Passou pelo Super Wal-Mart, onde Annie adorava comprar, por um restaurante japonês e um novo estabelecimento chamado Veste o Povo.

Essa parte da cidade passara por uma transformação nos últimos anos, com novas lojas, novos condomínios para a classe média, três bancos, duas igrejas e numerosos restaurantes. Ele raramente vinha até aqui e nem sabia bem por quê. Não, isso era mentira. Sabia a razão. Era aqui que a olaia destacava-se acima das outras árvores, perto do lago Indigo.

Não era um bosque de olaias. Nunca fora. Era mais como um bosque de carvalhos e bordos. Esforçou-se para lembrar por que era chamado de Bosque da Olaia, mas não conseguiu recordar. Talvez fosse por causa dos numerosos brotos das árvores que pareciam não crescer nunca. Ele encolheu os ombros inconscientemente, porque na verdade isso não importava. Sua mãe sempre lhe dissera que o lugar era uma estação para aqueles que aguardavam a partida para Plutão, mas todos conheciam aquele ponto da cidade apenas como Bosque da Olaia, quando na verdade uma olaia não fazia um bosque.

Podia vê-la agora, através da chuva, no alto da colina, com suas flores rosadas destacando-se como sinais luminosos. A olaia florescia tarde e era a única coisa ali que lhe parecia familiar. Agora, uma cerca plástica, de um laranja brilhante, delimitava todo o bosque. Tabuletas chamativas em vermelho e branco, com letras enormes, diziam que invasores seriam processados. Imaginou desde quando a área estaria cercada.

Saiu do carro e em alguns minutos já estava ensopado. No passado, este lugar havia sido uma terra encantada para quatro crianças solitárias que mantinham o capim aparado para poderem correr por ali à vontade. Onde estava o belo musgo verde, cuja sensação sob seus pés sempre lhe parecera maravilhosa?

Ele puxou a cerca alaranjada e saltou sobre ela. O nível da água no lago estava baixo e lhe dava um aspecto lodoso e sujo. Eles costumavam andar sobre as pedras dentro da água, com muito cuidado para não resvalarem, já que não sabiam a profundidade ali. Escorregando e quase caindo, com seus tênis deslizando na lama molhada, Pete conseguiu chegar à outra margem.

Mas que droga, onde estava? Seu olhar examinou as velhas árvores enquanto buscava algum sinal da casinha que haviam construído com tábuas roubadas e pregos. Não havia mais sinal dela. Ele disse um palavrão. Não, não, ainda havia uma tábua. Uma apenas. Deviam ter enfiado um prego realmente grande naquela ali, para ter sobrevivido vinte anos sob chuva e sol. Uma única tábua pendurada tropegamente de um dos galhos grossos da árvore. Olhou em volta para certificar-se de que não havia mais nenhuma tábua. Contornou a árvore, vasculhando sua base, mas não conseguiu encontrar uma única farpa de seu antigo clubinho.

Algo dirigiu seu olhar para o alto da olaia. Vinte anos atrás, os quatro haviam esculpido suas iniciais no tronco. Será que ainda estariam lá ou o tempo as destruíra?

Meu Deus, como amava este lugar! Sempre o chamara, para si mesmo, de "Paraíso". Pelo menos para ele era isso mesmo, e achava que Cady concordaria. Para Amy e Andy era apenas um lugar onde brincavam e se divertiam. Mesmo depois de todos esses anos, ainda achava que Jeff King e Boomer não sentiam nada especial acerca deste bosque verde e cercado de mato com suas árvores antigas e imponentes.

Seus olhos ardiam ao recordar. Enfiou as mãos nos bolsos das calças esportivas e subiu a colina, até o ponto de vigília solitária da antiga olaia. Sempre houvera algo especial naquela árvore, simultaneamente protetora e assustadora. Uma única árvore, não particularmente grande, destacando-se por si mesma, com seu reflexo a olhá-lo do lago. Como isso era possível? Estava chovendo. De repente, ele começou a tremer.

A árvore estava mais velha e mais cheia. Ele gostaria de poder se lembrar da história que acompanhava aquela árvore. Talvez Annie soubesse.

— Talvez seja hora de eu descobrir — disse, colhendo um botão prestes a desabrochar. A fragrância era tão adocicada que se arrependeu de tê-lo tirado. Segurando o botão, andou até a beira do despenhadeiro e o soltou. Eram apenas dez metros até o lago abaixo, mas o botão pareceu levar muito tempo para tocar a água.

Pete olhou para a água, como se hipnotizado. Viu a flor e viu... Algo mais... Seu reflexo. Piscou com força, achando que imaginava coisas. Ao olhar novamente, seu reflexo ainda estava lá. Impossível, disse a si mesmo, dando um passo para trás. Chovia e a superfície do lago estava agitada.

Afastou-se dali, com um calafrio a percorrer-lhe as costas.

Procurou as iniciais no tronco da árvore. Sorriu ao vê-las. P.D. Depois, sob suas iniciais, viu A.H. e A.H. Os gêmeos. Uma ira profunda atingiu-o ao perceber que alguém raspara as iniciais de Cady. Quem teria sido? Ele não fizera aquilo. Então, quem restava? Jeff? Não, Jeff estava morto. Bem, talvez aquele provocador tivesse eliminado as iniciais de Cady antes do acidente, e ele só agora percebera. Talvez Boomer. Amy ou Andy? O ato de malvadeza fora cometido antes ou após a tragédia?

Tentou recordar o que haviam feito naquele verão, depois do acidente. Afastara-se dos gêmeos e se limitara às proximidades de sua casa. Boomer fora embora e só voltara no início das aulas, em setembro. O que Amy e Andy haviam feito no resto do verão? Até onde soubesse, nada. Juntos, teriam tido coragem para voltar sorrateiramente ao bosque. Será que odiavam Cady? Será que Boomer a odiava? Jeff certamente a odiava, mas desconhecia seus motivos.

Pete fechou os olhos enquanto a chuva o encharcava. Estava com dez anos novamente, com o coração disparado, enquanto via Cady avançar pelo cabo esticado lentamente, com Jeff King às suas costas. Andy havia lançado a primeira pedra. Amy havia largado sua câmera sobre o musgo para jogar pedras ao lado do irmão. Ele fizera o mesmo. Seus olhos abriram-se. Não queria reviver a última parte daquele episódio.

Amy chegara a bater aquelas fotos? Perguntara isso a ela no piquenique municipal de Quatro de Julho, mas Amy lhe respondera, em um sussurro, que não levara o filme para revelar porque, então, todos saberiam que haviam estado no bosque naquele dia. Ela dissera que, quando juntasse o suficiente com sua mesada, enviaria o filme para outra cidade, porque assim poderia ganhar um filme virgem gratuito, quando lhe devolvessem as fotos reveladas. Depois disso, o assunto fora esquecido.

Seus dedos percorreram os sulcos de suas iniciais e ele desejou ser um menino outra vez, com o sol brilhando por entre as árvores. Ao entrar no carro, olhou novamente para a olaia. Seu coração pesou ao perceber que, de um ou de outro modo, todos eles eram traidores. A única diferença entre eles e Judas Iscariotes era que não possuíam trinta moedas de prata para mostrar pelo que haviam feito.

Retornou à rodovia pensando em ir para casa, mas ao passar pelas luzes amareladas do Super Wal-Mart diminuiu a velocidade para certificar-se do que via. Boomer Ward, na direção de um Range Rover verde-escuro, seguia em sentido contrário. Aonde ia? Na academia, parecera preparado para exercitar-se durante horas. Talvez tivesse alugado uma casa ou apartamento por perto. Um tremor percorreu seu corpo molhado ao cogitar se Boomer estava indo ao Bosque da Olaia.

Mac Ward saiu do Range Rover com vincos profundos e sombrios no rosto e esperou que seu cão, Ozzie, saltasse também.

Não sabia se amava ou detestava aquele lugar. Hoje o odiava. Ainda assim, sempre que vinha a Indigo Valley, para visitar os pais, sentia-se compelido a passar por ali. Afinal, o acidente e os acontecimentos ocorridos ali vinte anos antes eram a razão para ter-se tornado policial.

Olhou à sua volta. Se fechasse os olhos, veria Amy, Andy e Jeff pulando e gritando. Tudo aquilo ocorrera muito tempo atrás, mas parecia ter sido ontem. O cão policial aproximou-se, parecendo perceber a aflição de seu dono. Mac coçou atrás da orelha do cachorro e, depois, caminhou penosamente pela lama, até a olaia. Cerrou os dentes ao lembrar-se da vontade intensa de gravar suas iniciais na árvore, junto com as dos outros. Jeff sabia disso e o puxara para longe, chamando-o de *retardado* por querer unir-se a criancinhas de dez anos. Ah, Deus, como detestara Jeff King.

Mac prendeu o fôlego ao ver que as iniciais de Cady Jordan haviam sido raspadas até praticamente sumirem. Certamente Jeff voltara para fazer aquilo. Os outros provavelmente achavam que *ele* tivera algo a ver com isso. E é claro que bem podiam pensar assim. Na época, ele era a sombra de Jeff.

Olhou para cima, admirando os botões delicados da olaia, castigados pela chuva. Aquela era a árvore mais linda que já vira na vida.

Sorriu ao pensar naquele último ano. As quatro crianças formavam um grupinho bem corajoso. Invejara-as por suas brincadeiras simples e pela casinha na árvore, e ansiara por juntar-se à turminha, mas não sabia como. Talvez isso tivesse algo a ver com Jeff e com suas próprias dimensões, já avantajadas na época. Quantas vezes fora ao bosque *sem* Jeff e, deitado no capim alto, observara enquanto brincavam de polícia-e-ladrão ou esconde-esconde? Os quatro faziam piqueniques no lago, subiam na casinha da árvore e riam o tempo todo. Jogavam damas e mico-preto. Ele sabia o que jogavam porque, depois que iam embora, ia até o clubinho e jogava sozinho. Certa vez, Jeff King quase o flagrara.

Jeff King era um pirralho mimado e ruim, sem um único amigo naquele tempo. Ele sabia disso. Detestara Jeff, e este também sabia disso, e apenas ria. Por andar na sua companhia, acabara passando por malvado também.

Tudo acontecera no ano em que ele e Jeff festejaram seu décimo primeiro aniversário. Até aquele inverno, sua infância havia sido maravilhosa. Encontrara patins para praticar hóquei no gelo sob a árvore de Natal naquele ano, e mal podia esperar para experimentá-los. Orara todos os dias por temperaturas capazes de congelar o lago. Sua mãe o alertara de que o gelo não era suficientemente sólido para a patinação. É claro que ele não lhe dera atenção e fora patinar no lago do Bosque da Olaia para inaugurar seu presente. Naquele dia, Jeff estava lá. Mais ou menos na segunda volta dentro do lago o gelo rachara e sua perna direita afundara na água gelada. Sentira pânico, mas Jeff o acalmara e dissera para não se mover, prontificando-se a tirá-lo dali. As outras crianças haviam fugido, apavoradas. Jeff parecera muito maduro e experiente, de modo que perdera o medo e seguira suas instruções.

Jeff estendera-lhe um galho seco, dizendo-lhe para deitar-se e deslizar para pegá-lo. Seguindo seus comandos, ele conseguira chegar à margem antes de o gelo rachar em todo o lago.

Fora para casa com Jeff naquele dia. Seu salvador secara suas roupas na secadora e lhe fizera um sanduíche de queijo e uma xícara de chocolate quente. Quando já estava de saída, ouvira do outro:

— Você me deve uma, Boomer. E das grandes. Você fará o que eu disser, quando eu mandar. Salvei sua vida e agora o controlo.

E essa era a história de Jeff King.

Talvez tivesse sido um erro voltar a Indigo Valley. Talvez devesse ter ficado em Pittsburgh.

O cão ao seu lado gemeu baixinho.

— Você tem razão, este não é o melhor lugar da cidade, Ozzie. Estamos ensopados. Algo me atrai a este lugar, sempre que volto a Indigo Valley. Venha, garoto, vamos voltar para o carro.

Ozzie saltou para o banco traseiro e se esticou em seu cobertor, aninhando sua grande cabeça entre as patas. Mac sorriu ao olhá-lo pelo espelho retrovisor. O homem e seu cão.

Procurou um cigarro no console e o acendeu. Quase não fumava mais, mas se recusava a abandonar completamente o vício. Precisava de *alguma coisa* em alguns momentos como este. Recostou-se e fumou devagar, com a mente seguindo em todas as direções.

Mentira para Pete Danson. Aceitara prontamente a oferta para voltar. O dinheiro era apenas um detalhe. Sua vida parecia-lhe em um compasso de espera. Agora, arrependia-se de sua decisão de não dizer nada sobre o acidente, naquele dia do passado. Imaginou se os outros sentiam o mesmo.

Com Cady de volta, talvez as coisas finalmente se resolvessem. O artigo no jornal de amanhã provavelmente daria início a uma reviravolta no caso. Se desejasse, poderia reabrir o caso e reiniciar as investigações, mas teria de suportar as conseqüências. Será que estava preparado para isso?

Na pior das hipóteses, a reputação de todos os envolvidos seria arruinada, incluindo a sua. Talvez precisasse disso para poder dormir em paz. Ainda era jovem. Estava com trinta e três anos. Podia recomeçar

Então, pensou em Cady Jordan, que era o ponto focal de toda aquela história.

O primeiro ano após o acidente havia sido um inferno. O único assunto na escola era Jeff King e a pequena Cady Jordan, que perdera a memória e estava parcialmente paralisada.

Ele chorava ao escutar o comentário de sua mãe com seu pai, certa noite, de que a menina seria transferida para um hospital famoso na Califórnia. Depois, a mãe dissera:

— Nunca gostei de Jeff King e ele não foi uma vítima completa nessa história. Fico feliz porque nosso filho não está envolvido nessa coisa horrível.

Mas ele estivera envolvido *nessa coisa horrível* até os olhos.

Mac examinou o mapa de Indigo Valley, que deixara no banco do carona. Seu dedo traçou o percurso que teria de fazer para passar na frente da propriedade luxuosa de Lola Jor Dan. Afinal, era o novo delegado e precisava familiarizar-se com os endereços dos cidadãos desta cidade.

Mas que mentira mais feia... Sabia que sua intenção real era vislumbrar Cady Jordan.

Já eram mais de onze horas quando Mac rumou para a Pizzaria do Tony. Ligara de antemão, pedindo uma grande pizza de *pepperoni* e calabresa e uma almôndega extragrande para Ozzie. Esperara de propósito até aquele horário, sabendo que o *Sentinela* abastecia as máquinas automáticas de jornal na avenida Principal às onze em ponto. Pegou sua pizza, depositando-a no banco da frente do Rover, antes de caminhar até a esquina da Pepperdam com a Madison. Sorriu para si mesmo ao ver Pete Danson com uma caixa de pizza em uma das mãos e o jornal na outra, indo na direção do carro. Mais adiante, viu uma mulher que segurava uma caixa idêntica de pizza enquanto enfiava duas moedas na máquina azul e branca do jornal. Amy Hollister Chambers?

Dois de três. Onde estava Andy Hollister?

Ele riu alto ao virar a esquina na estrada da Ferrovia Antiga e ver Andy Hollister indo para o carro com o jornal sob o braço.

Todos presentes, portanto. Obviamente, também não conseguiam esperar até a manhã de domingo para ler o jornal.

O sorriso permaneceu em seu rosto até chegar em seu novo apartamento, ainda vazio. Abriu a caixa de papelão para fazer um prato para Ozzie, enquanto abocanhava com prazer a pizza deliciosa. Leu o artigo não uma ou duas vezes, mas três, antes de lançar um punho fechado para o ar, em sinal de satisfação. A pequena Cady Jordan estava a um passo do doutorado.

— Que maravilha, Cady — exultou. — Que maravilha.

Seis

Lola sentou-se em uma espreguiçadeira confortável no terraço do segundo piso da casa, admirando os vasos de argila cheios de tulipas e narcisos que Mandy acabara de regar. Embora o dia estivesse morno, ela estava embrulhada em cobertores macios de lã, expondo apenas o rosto ao sol gostoso de primavera.

— Pelo amor de Deus, Mandy, sinto-me como uma múmia — resmungou.

— É melhor sentir-se como uma múmia do que pegar um resfriado e uma pneumonia. Nossa, você pretende olhar todas essas amostras de tecido? Como Cady poderá escolher dentre tantas opções?

— Nossa função é apenas aprovar. Danielle tem um olho para tecidos, texturas e para a pessoa como um todo. Ela escolherá o melhor. Quero que nossa garota pareça uma rainha. Ser bonita e saber que está bem-vestida faz milagres para a confiança de uma mulher, algo de que Cady precisa desesperadamente. Sua timidez e retraimento dificultam tudo. Eu deveria ter feito tudo isso dez anos atrás. Por que esperei tanto, Mandy?

— Porque Cady não estava preparada. Você tinha outros problemas mais pessoais para tratar. Não comece a se arrepender do que não fez. Nunca é tarde para consertamos os erros do passado. Acho que o novo corte de cabelos fará maravilhas por Cady. Não sei se você percebeu, mas há um motivo para aquele rabo-de-cavalo tão longo.

Lembra-se de quando ela nos contou que aquele menino cruel cortou seu rabo-de-cavalo? Sinto que aquilo lhe deixou uma profunda impressão. Provavelmente aquela perversidade foi um trauma para ela, que então deixou os cabelos crescerem, na tentativa de voltar àquele tempo e compreender o que lhe aconteceu. Espero que seja o momento certo para cortá-lo. Seus cabelos são naturalmente ondulados, de modo que não precisaremos fazer muito. Mona cortará e lhe dará formato, e Cady ficará linda. Acredite em mim.

Os olhos de Lola abriram-se, em alarme.

— Talvez seus cabelos tenham-se tornado uma espécie de proteção, por assim dizer. Talvez não devêssemos pedir que os cortasse.

— Ela já é grandinha e não precisa dessa proteção. Você mesma já disse que Cady precisa ir em frente.

— Confio em você, mas talvez nem assim recupere a memória para o acidente. Estou pensando em hipnose. O que acha, Mandy?

— Acho que você deveria cuidar de sua própria vida, Lola. Deixe que Cady tome suas decisões. Tenho a sensação de que, depois de ver seus antigos amigos, o bosque e, talvez, ir ao cemitério, recordará algo e tudo seguirá como deve. Não entendo nada de psicologia, nem você. Isso significa que não devemos nos meter nesse assunto. Ela deseja recuperar a memória tanto quanto você quer que isso aconteça. Acredite no que lhe digo. Ah, e para sua informação, Anthony concorda comigo.

Lola sabia quando era vencida. A verdade era que reconhecia a razão nos argumentos de Anthony e Mandy.

— Tudo bem, tudo bem, eu me rendo. A que horas o advogado virá?

— Às duas. Tenho tudo preparado na biblioteca. Você só precisa sentar-se e escutar. Cady sabe quem é o advogado?

— Não. Eu pretendia contar, mas mudei de idéia. Pensei que, a essas horas, um daqueles quatro já teria ligado para ela. O jornal já estava disponível sábado à noite. Talvez devêssemos providenciar algo, como um almoço ou um jantar.

— Precisamos cuidar de nossos próprios assuntos. Além disso, é um pouco cedo para algo assim. Por enquanto estou satisfeita, porque você não permitiu que o repórter fotografasse Cady para a matéria. Não há vantagem nenhuma em lhes dar esse gostinho. Estou ouvindo o elevador.

— *Voilá!* — exclamou Cady, correndo para o terraço e rodopiando para ser apreciada pela avó. — O que vocês acham? Mona disse que esta é a verdadeira Cady. Essa coisa em meus cabelos é chamada de "luzes". Vocês gostam? E quanto à maquiagem? Pareço bem diferente, não é? Não tinha idéia de que podia ter essa cara. Minha cabeça parece até mais leve.

O rosto de Lola iluminou-se com um sorriso.

— Doçura, você está fantástica! — disse com sinceridade. — Parece dez vezes melhor do que eu em meus melhores dias. Mas não é uma pena só ter feito essas mudanças agora?

— Por dentro ainda sou a mesma, Lola. Acho que meu íntimo teria de combinar com a aparência exterior.

— Isso acontecerá assim que você vestir roupas modernas. Você não precisa mais se esconder e ter medo. Vamos ao fundo em tudo, a partir de agora. Olhe todos esses tecidos maravilhosos que Danielle trouxe. Examine-os e me diga de quais gostou. O acabamento das costuras de Danielle é impecável.

— Iu-húúú — uma voz chamou do corredor.

— Estamos no terraço, Danielle, venha.

Danielle Laroux era uma mulher mimosa e delicada, com olhos escuros e contemplativos, lábios incrivelmente vermelhos e nariz aquilino. Uma orelha parecia maior do que a outra e seu sorriso era um pouco dentuço, com espaços entre os dentes.

— Lola, espero que este cobertor seja de *cashmere*. Sua neta é muito linda. Aprovo o corte de cabelo. Agora, vejamos o que posso fazer por ela. Fique só com as roupas íntimas, querida. Vou tomar suas medidas. Ah, meu Deus! — disse, com um gritinho. — Roupas íntimas de algodão e de marca popular! Ainda por cima brancas. Não, não, não, nunca mais use isso. Você precisa de seda, rendinhas e tecidos diáfanos. A idéia é dar a impressão de nudez, mas sem estar realmente nua. Não se preocupe, eu trouxe tudo. Essa criança está usando *calçolas*, Lola! — Sua indignação era tão intensa que Cady riu.

— As mulheres usavam calcinhas como esta no século XIX. Estamos no século XXI e você não é uma puritana. Seu sabonete é ordinário. Lola, essa garota cheira a *povo*. Mandy, encontre o sabonete e o jogue fora. Eu não tinha idéia de que minha tarefa seria tão complicada. Precisamos começar do zero. Do zero, senhoras. — A minúscula estilista adejou os braços, indicando que estava preparada para fazer o impossível, se necessário, no que dizia respeito a Cady.

— Acho que vou deixá-las um pouquinho — disse-lhes Lola. — Já passa da hora do almoço e tenho um compromisso daqui a pouco. Mandy lhes trará algo para comer. Não se apressem. Cady, coopere com Danielle. Quero que você prometa que vai facilitar o trabalho dela.

Cady piscou para a avó.

— Prometo, *vovó*.

— E ela é maliciosa também.

— Como alguém que conheço — disse Danielle, enquanto desenrolava uma fita métrica.

Pete Danson retraiu-se quando os pesados portões às suas costas fecharam-se com um som metálico alto. Dirigiu lentamente pela estradinha sinuosa até a casa principal. Seus batimentos cardíacos estavam mais acelerados do que o normal e ele sentiu uma retícula fina de suor sobre o lábio superior enquanto saía do carro. Secou-a com as costas da mão.

Olhou em volta enquanto esperava que lhe abrissem a porta. Sua nova cliente devia pagar uma fortuna para manter jardins tão bem cuidados. Parecia não haver uma folha de árvore ou uma única folha de grama fora do lugar.

A porta se abriu.

— Pete Danson, para ver a sra. Jor Dan.

— Sou Mandy, sr. Danson. Lola Jor Dan o espera na biblioteca. Siga-me, por favor.

Após ser apresentado à atriz, Pete tentou não fixar demais seu olhar nela. Não fazia idéia de que Lola Jor Dan era tão idosa. As fotos no jornal do dia anterior haviam sido mais do que gentis para com a velha senhora. Ele estendeu um longo braço para apertar sua mão e a apertou com suavidade.

— É um prazer conhecê-la.

— Igualmente, sr. Danson. Aceita um café ou algo para beber?

— Não, obrigado.

— Já examinou meus negócios? Está tudo em ordem? Será que preciso fazer alguma mudança?

— Tudo está na mais perfeita ordem, senhora. Eu não mudaria nada. É claro que sempre é possível atualizar seu testamento, se desejar. Exceto por isso, não há nada com que se preocupar. O mercado está em baixa atualmente, mas voltará ao normal e suas contas de investimentos voltarão a crescer.

— Bom saber disso. Tem certeza de que não quer café ou refrigerante?

— Não, obrigado. Gostaria de lhe dizer que achei muito interessante o artigo escrito a seu respeito no jornal de ontem. A idéia do filme é fascinante. Pelo que percebi, Cady voltou à cidade. Éramos amigos muito tempo atrás. Ela está? Eu gostaria de cumprimentá-la. Só soube que Cady nunca recuperou a memória sobre o acidente ao ler a matéria. Isso deve ter sido horrível para ela.

— Cady está, mas agora está ocupada e não pode reunir-se a nós. Ligue para ela. Tenho certeza de que o receberá com prazer. Estamos trabalhando para que recupere a memória, e os médicos maravilhosos que a tratam nos dizem que a recuperação será completa. Tudo isso estará no filme. Cady está muito excitada com essa perspectiva, assim como eu. Aquele foi um momento trágico em nossas vidas, mas conseguimos ir em frente. Cady é obstinada. Jamais entenderei como conseguiu superar aqueles três anos de agonia. Foi tudo tão... trágico — disse Lola pela segunda vez.

— Sim, foi terrível, e tenho certeza de que a senhora não gosta de falar no assunto. Acho que isso encerra nosso encontro então, sra. Jor Dan. Se precisar de algo, ligue-me. Mande um "olá" para Cady e lhe diga que ligarei uma hora dessas. Talvez aceite jantar comigo. Sempre é bom encontrar antigos amigos. Mac Ward, que chamávamos de "Boomer", também voltou à cidade. Encontrei-o por acaso no fim de semana. Tenho certeza de que também ligará para Cady.

— Isso será ótimo. Cady precisa conviver com pessoas jovens, não ficar aqui nesta casa só com velhos. Ela está me ajudando com meu livro de memórias e tentando terminar sua dissertação. Essas coisas são demoradas, e ela anda bem ocupada ultimamente. — Lola olhou para o teto, com a mesma expressão de sua terceira cena em *Até o fim dos tempos*, no papel que lhe rendera um Oscar.

— Compreendo. Eu mesmo às vezes gostaria de dias mais longos. Deixe que eu mesmo encontro a saída. Ah, sua casa é um encanto. Não se esqueça. Ligue-me quando quiser, a qualquer hora, se precisar de mim.

— Sem dúvida, sr. Danson.

— Chame-me de Pete.

— Tudo bem, Pete. Foi muito bom conhecê-lo.

Mandy entrou logo depois da saída do advogado, para saber das novidades.

— Bem?...

— Bem, nada. Meus assuntos estão em perfeita ordem. Pediu para falar com Cady e me contou que Boomer está de volta. Pode ser minha imaginação, mas ele me pareceu um pouco nervoso. Talvez devêssemos fingir que alguém invadiu a casa hoje à noite, para que nosso novo delegado venha verificar pessoalmente a situação. É claro que não mencionaremos isso para Cady. Poderíamos enviar um cheque *bem* generoso para o Departamento de Polícia, mas vamos esperar até o começo da próxima semana, até que ele se acomode em sua função. Enderece o envelope a ele. Diga que é para a divisão de polícia que usa cães e para a compra de câmeras novas para seus carros de patrulha, aqueles sobre os quais lemos na semana passada. Diga-lhes para doar parte dessa soma para a associação dos veteranos. Eu disse *generoso*, Mandy. Se decidirmos não chamar a polícia com a desculpa de um invasor, isso também dará certo. Acho que o novo delegado nos faria uma visita, para agradecer.

— Sua mente descansa em algum segundo do dia, Lola?

— Não. O que você achou dele, Mandy?

— Bem-apanhado. Bom corpo. É óbvio que se exercita. E é solteiro. Sua prática de advogado está indo bem, de modo que deve ser bom profissional. Andei perguntando pela cidade, e ninguém tem nada a dizer contra ele. O sr. Danson atende a muitos de graça, de modo que isso conta em seu favor. Se você me perguntar se Cady gostará dele, minha resposta será "eu não sei". Quando fui ao mercado esta manhã, ouvi que Andy Hollister separou-se da esposa. Ele é gêmeo de Amy. Assim, temos três solteiros disponíveis. Se é que estamos contando, Lola.

— Mas é claro que estamos — disse Lola, com um sorriso.

No fim de semana seguinte àquele em que o artigo causara sensação na cidade, Cady olhou para seu closet vazio, com desagrado estampado no rosto. Atlas gania baixinho aos seus pés. Ela chegou a entrar no closet, para certificar-se de que não estava vendo coisas. Não. Estava vazio mesmo. Não havia sequer uma calcinha ou meia. Puxando as gavetas embutidas, a única coisa que viu foram os forros perfumados.

Mandy entrou nesse momento.

— As ajudantes de Danielle trarão suas roupas novas em alguns minutos. Lola fez com que eu empacotasse todas as suas roupas velhas, dizendo que pertencem ao passado e que você não precisará mais delas. Não as joguei fora, Cady, só empacotei tudo e as guardei no sótão. Você pode pegá-las lá, se quiser. Quando as roupas novas chegarem, duvido que deseje usar as antigas, mas nunca se sabe.

— Talvez apenas meu roupão. É como um velho amigo.

Mandy assentiu.

— Deixei-o pendurado atrás da porta do banheiro. Eu também tenho um roupão velho e sinto o mesmo afeto por ele. Lola já examinou suas roupas novas e aprovou tudo. Garanto-lhe que são de tirar o fôlego. Há muito tempo não a vejo tão alegre. Bem, na verdade, eu a vi animada assim na manhã em que publicaram a entrevista com ela. O artigo deixou-a vibrando de alegria, porque agora todos sabem que você voltou.

— O que você acha que eu deveria fazer? Será que deveria ligar para meus antigos amigos ou esperar para ver se ligam para mim? Sei que Lola deseja um pouco de ação por aqui. Acredito que agora estou preparada para enfrentar meus antigos fantasmas.

— Há duas maneiras de ver isso, querida. Se a iniciativa de ligar para eles ou marcar encontros partir de você, isso a coloca no controle, e é sempre bom estar no controle. Se esperar que liguem, talvez os telefonemas ou convites a peguem desprevenida ou num mau momento, e isso os colocará no controle. Neste caso, os resultados não serão os melhores. Se eu estivesse em seu lugar, começaria a agir. Lola raramente está errada, Cady.

— Eu sei. Para quem eu devo ligar primeiro?

— Para quem *você* quer ligar primeiro? Veja a coisa toda assim: você tem todos os números e endereços. Não precisa ligar, a menos que deseje ser bem-educada. Também é possível dar uma passadinha na casa deles para dizer "oi" e esperar para ver o que acontece a partir daí. Hoje Lola mandará entregar algo para o novo delegado. Você poderia levar pessoalmente e me poupar de uma ida à cidade. Este, então, se tornaria seu primeiro contato. Saindo de lá, eu daria uma passadinha no escritório do sr. Danson. Ei, menina, eu visitaria todo mundo, um após o outro. Surpreenda-os! Desse ponto em diante, o próximo movimento seria por conta deles, e sua única tarefa seria sentar-se e esperar, para ver como as coisas se desenrolam.

— Está bem. Acho que consigo lidar com isso.

— Eu não *acho*. *Sei* que você é capaz — disse Mandy.

— Não seria melhor ir até o bosque antes de me encontrar com meus antigos amigos? O simples pensamento sobre aquele lugar me dá arrepios. Sei que preciso ir até lá, e quanto antes melhor.

— O melhor momento é agora — disse-lhe Mandy, dando-lhe tapinhas carinhosos no ombro.

Cady mordeu o lábio. Seu coração acelerou-se tão logo viu-se sozinha no quarto. Atlas ergueu os olhos para olhar seu rosto, enquanto roçava a cabeça em sua perna.

— Acho que ela tem razão. O melhor momento é agora. Vamos, garoto.

Nada de especial lhe chamou a atenção ao cruzar a cidade, até chegar à rua onde residira na infância. Ela resolveu entrar ali no último segundo e dirigiu devagar, até chegar à pequena casa onde morara, estacionando no outro lado da rua para olhá-la. Ainda havia um balanço no alpendre. Os arbustos pareciam os mesmos, apenas maiores e mais robustos. Ela não tinha certeza, mas o telhado parecia novo. A entrada de cimento ainda tinha aquela rachadura no meio, e o meio-fio fora pintado de amarelo.

Será que havia crianças na casa? Como era lá dentro? Durante seu período ali, houvera sempre uma sensação de que morava apenas temporariamente naquele lugar. Desejou ter boas recordações, às quais pudesse recorrer para sentir carinho pela casa, mas não havia nenhuma. Era apenas uma casa. Não havia nada especial nela, exceto, talvez, pelo balanço e pela velha porta de tela na varanda dos fundos. Talvez tivesse recordações ligadas a seu tempo de residência ali e apenas não conseguisse resgatá-las da memória. A não ser pelos horários das refeições. Desses, lembrava bem. Aquelas horas infernais, quando precisava sentar-se com as mãos cruzadas em seu colo, enquanto o pai falava sem parar nas crianças famintas, nos sem-teto, nos pecadores e em pessoas corruptas como Lola. Sempre detestara a parte em que, enquanto a comida esfriava, ele se levantava, abanava os braços, batia os pés e gritava para os céus, enquanto abençoava a tudo e a todos, até mesmo sua mãe pecadora. Palavras e gestos eram sempre os mesmos. Até sua mãe comportava-se sempre da mesma maneira. Ela olhava para o calendário sobre o balcão da cozinha. Nunca piscava.

Cady arrependeu-se de estar ali. Gostaria de não precisar reviver aquele tormento a cada refeição.

Atlas gemeu, como se pedindo para irem embora dali.

Cady fez um retorno no meio da rua e rumou para o Bosque da Olaia, surpresa pelo pouco tráfego àquela hora do dia, e estava tão imersa em seus pensamentos que quase deixou de ver a estrada de terra que levava ao bosque. Anos atrás, não havia nenhum Taco Bell ou Pizza Hut na esquina. O posto de gasolina e o prédio comercial de oito andares no lado oposto da rua também eram novos para ela.

A estradinha era uma coleção de buracos cheios de água da chuva pesada que caíra na noite anterior. Quando andava por ali com sua bicicleta, não havia buracos, apenas cascalho e terra compactada.

Os imensos avisos de "PROIBIDA A ENTRADA" e a cerca de cor laranja com quase dois metros de altura causaram-lhe estranheza e a fizeram pisar no freio. Mas este era o bosque, não era? Ergueu o olhar e viu a olaia em sua vigília perpétua. Estava mais larga do que recordava, mais alta, mas suas flores ainda não estavam totalmente abertas. Sempre gostara da árvore. Agora, por algum motivo, parecia assustadora e lhe dava arrepios.

Cady senti-se inquieta ao arriscar uma olhada pelo retrovisor. As árvores pareciam muito velhas. Vinte anos haviam causado grandes mudanças em seus ramos e troncos. Agora, as copas eram amplas e as sombras abrangiam os dois lados do lago.

— Só podemos ir até aqui, Atlas. Teremos de andar se quisermos ir além. Fique perto de mim, garoto.

O tempo e os elementos haviam alterado drasticamente o terreno desde a última vez em que estivera ali. Macegas lhe chegavam à cintura e ervas daninhas cobriam a colina e aquilo que já fora uma trilha limpa e batida. Cady sentiu que alguém havia estado ali recentemente. O capim seco e pequenos ramos estavam quebrados e o cascalho deslocado. Por todos os lados que olhasse, podia ver as grandes letras vermelhas proibindo a entrada. Onde estava aquele espesso carpete de musgo sobre o qual brincavam tantos anos atrás? Agora, tudo o que podia ver eram juncos feios e capim desbotado. A casinha sobre a árvore não existia mais, e apenas uma de suas tábuas jazia pendurada em um dos galhos. Sempre pensara na casinha como o lugar especial de Pete. Sabia que ele dormia ali com freqüência, mas nunca contara a ninguém.

Atlas não gostou do capim alto e lamentou-se ao seu lado.

— Calma, garoto. Está tudo bem. Eu vinha aqui, muitos anos atrás. Está vendo aquele galho lá no alto? Era onde Pete, Andy e Amy subiam para chegar ao cabo de telefone. Eu nunca tive coragem. Era preciso subir e rastejar pelo galho, agarrar a alça da tirolesa e deslizar pelo cabo. Eu tinha medo, porque achava que o cabo se romperia e eu poderia cair no meio do lago. Ninguém sabia a profundidade ali. Acho que eu tinha medo de me afogar, porque não sabia nadar muito bem. Nenhum de nós sabia. Ah, claro que podíamos nadar como cachorrinhos até a margem, mas só isso.

O sol do final de tarde brilhava no lado, que estava quase cheio após a chuva forte. Ela podia ver o reflexo da olaia no centro. Um calafrio percorreu-lhe os braços.

— Não acredito que já tenha subido naquela árvore. Naquela época eu não era muito medrosa, mas tinha medo da tirolesa e também daquela árvore. Não sei por que, já que é tão bela. Gravamos nossas iniciais em seu tronco naquela última semana. Venha, Atlas, quero ver se ainda estão lá.

O cão estava tão próximo de sua perna que Cady podia sentir o calor de seu corpo. Isso era reconfortante. Ao chegar sem fôlego ao alto do barranco, ela parou, recordando seu sonho. Onde se escondera naquele dia? Onde se abaixara antes de chamar Andy? Talvez pudesse descobrir em algum outro dia, quando não estivesse tão nervosa. O capim alto fazia com que tudo parecesse diferente e ela sentiu tristeza porque este não era mais o lugar em que brincavam de Robin Hood em sua infância. Parecia tudo tão feio e assustador. Qualquer um, ou qualquer coisa, poderia esconder-se no meio das macegas.

Estranhamente, nada crescia sob a olaia. Nem mesmo musgo. O solo estava fofo, após a chuva. Ervas e musgo cresciam por toda parte, até mesmo entre fissuras em lajes. Então, por que nada crescia sob a olaia? E será que a resposta tinha alguma importância?

Ela viu as iniciais e sorriu, mas apenas até ver as suas, ou o que restara delas. Pete as havia gravado. Andy fizera as de Amy. Pete dissera que durariam para sempre, até que a árvore morresse. Para sempre era muito tempo.

Sentiu-se enjoada quando os dedos percorreram suas iniciais raspadas. Alguém a detestara para chegar a ponto de fazer aquilo. Jeff King.

Aquele dia fora perfeito. Haviam feito um piquenique sob a árvore, dançado e cantado enquanto brincavam e riam. Pete segurou sua mão naquele dia enquanto corriam sem parar em torno da árvore, até ficarem tontos.

Os pêlos no pescoço de Atlas eriçaram-se e ele emitiu um rosnado grave. Cady voltou-se e viu um carro de polícia estacionado próximo ao seu e um policial com uniforme cinzento que a fitava com a mão no coldre preso à cintura.

— Você não sabe ler? — ele gritou para ela.

Ela assentiu, enquanto se dirigia ao carro, dizendo palavras tranqüilizadoras ao cão.

— Sim, desculpe-me. Não toquei em nada. Só vim até aqui para ver esta árvore linda.

— Vou multá-la por isso. Eu entenderia se você não visse *um* aviso, mas são *onze* deles proibindo a entrada. Você não poderia ignorá-los.

— Tudo bem. Eu assino a multa — disse Cady enquanto abria a porta para o cão. Depois, perguntou, atrevida, apontando para o capim pisoteado: — Apenas por curiosidade: onde você estava quando outros invadiram esta área? Eu não fiz isso, de modo que outras pessoas estiveram aqui.

O policial olhou para o capim e voltou a fitá-la, sem responder à sua pergunta.

— Deixe-me ver sua habilitação.

Cady retirou a habilitação do bolso lateral da calça e a entregou. Examinou atentamente o policial, em busca de um sinal de reconhecimento a seu nome. Se a conhecia, não deu sinal disso.

— A multa é de quarenta e cinco dólares. Você tem dez dias para pagá-la.

— Onde posso pagá-la?

— Na prefeitura. Espero não vê-la mais aqui.

— Quem é o dono da propriedade? — perguntou Cady.

— Não sei. Entre em seu carro agora e não volte. Uma segunda vez a levará à cadeia. Levamos a lei muito a sério por aqui.

Cady assentiu enquanto ligava o carro. Fez o retorno e tomou o caminho para casa. Poderia ter sido pior. Poderia ter sido flagrada ali por Boomer Ward.

Sete

Cady abriu primeiro um olho, depois o outro. Ainda não havia amanhecido totalmente, de modo que presumiu que deviam ser cinco e meia, mais ou menos. Sentiu-se ansiosa ao pensar no dia cheio à sua frente. Fechou os olhos para poder visualizar o Bosque da Olaia. Suas lembranças mais queridas da infância, e não havia muitas, tinham a ver com a turminha e o bosque. *Nada dura para sempre,* disse a si mesma. Se, pelo menos, pudesse lembrar o que acontecera naquele dia. Se pudesse recordar pelo menos *um detalhe,* o resto viria naturalmente.

Aconchegou-se ao cobertor macio, com a cabeça aninhada no travesseiro fofo, recordando. No primeiro artigo de jornal após o acidente, sua mãe dissera que ela estava sentada no balanço, e a partir daí suas recordações simplesmente inexistiam. Naquele dia, estivera observando os homens da transportadora enquanto colocavam seus móveis dentro de um caminhão. Sua bicicleta seria a última coisa a ser guardada. Ela a escondera nos arbustos. O artigo não dizia nada sobre a bicicleta. Era rosa-choque ou azul-clara? Não conseguia lembrar. Talvez cor-de-rosa. Era um presente especial de Lola.

Não deveria sujar-se naquele dia, porque iriam jantar com outros e tudo já estava embalado. Sua mãe viera ao alpendre e ela lhe dissera algo... Algo que chateara sua mãe. Isso também não constava no artigo. Sua mãe entrara. *E depois, o que fiz? Tirei minha bicicleta de trás dos arbustos.* Isso também não constava das matérias de jornal.

Cady levantou-se e foi ao primeiro andar da casa. Abriu a porta para Atlas e esperou-o ali, vendo-o voltar alguns minutos depois.

Foi descalça à biblioteca, onde pegou o álbum com seu nome gravado em letras douradas na capa. Tremeu de excitação, enquanto o dedo indicador corria pelas palavras. Não havia menção de ela ter tirado sua bicicleta de trás dos arbustos. Isso devia significar que sua memória a enganara. Talvez a conversa com sua mãe também não tivesse ocorrido.

Cady não parou para pensar no horário ao ligar para a casa dos pais.

— Mãe, é Cady. Preciso que você responda a algumas perguntas. O que eu lhe disse aquele dia, no alpendre, antes do acidente? Não há nada sobre isso no jornal. Eu falei algo que a magoou, porque você me deu as costas e entrou em casa. O que foi?

— Pelo amor de Deus, criança, isso aconteceu vinte anos atrás. Você espera realmente que eu lembre o que você falou? Mal consigo me lembrar do que aconteceu ontem.

— Sim, mãe, eu espero que você recorde. O que eu lhe disse? Estou começando a lembrar. Lembro que peguei minha bicicleta de trás dos arbustos onde eu a havia escondido, para que os homens só a guardassem no último momento. Antes, eu não lembrava disso.

A voz de sua mãe parecia amarga e zangada. Cady afastou o telefone de sua orelha.

— Por que você está fazendo isso? Não podemos mudar o passado. Lola a convenceu a mexer nisso, não foi? Por que você simplesmente não deixa esse assunto no passado? Não há vantagem em tocar nisso. Seria bem melhor ajoelhar-se e orar do que remoer essas coisas.

De repente, uma luz acendeu-se na mente de Cady. Ela endireitou as coisas e seus olhos estreitaram-se.

— Papai está aí ao seu lado, não é? Ele lhe mandou pedir que eu orasse! Orar? Você quer que eu ore? — Ela sibilou. — Orei a cada dia, hora após hora, durante três longos anos. Recitei toda aquela besteirada que você e papai me ensinaram a declamar até o dia em que aprendi a orar de verdade. Ah, meu Deus, lembrei-me da palavra agora. *Santarrona.* Eu a chamei de santarrona, porque... porque... Bem, não recordo agora, mas tenho certeza de que lembrarei. Eu lhe disse que minha memória está voltando. Você está escondendo alguma coisa de mim, e estou lhe pedindo que me diga agora o que é. Vou lembrar de qualquer maneira, mãe. Se for preciso, vou me submeter à hipnose.

Cady largou o telefone com raiva ao perceber que a mãe desligara. Sufocada pela emoção, ela encolheu-se na poltrona e abraçou os joelhos.

Mandy esgueirou-se pelo corredor e subiu as escadas dos fundos, indo até o quarto de Lola. Sem fôlego, ela mal conseguiu contar-lhe o que ouvira. Lola sentou-se, subitamente alerta.

— Eu sabia! Eu sabia que uma ida ao bosque ativaria alguma coisa em seu cérebro. Acho que teremos mudanças por aqui, Mandy. Ela está bem? Por que você não pegou o elevador? Está velha demais para subir três lances de escadas.

— Esqueci do elevador, na pressa. Não sei se ela está bem, mas sei que está furiosa. Acho que a mãe desligou o telefone na sua cara. Que espécie de mãe é essa?

— Você sabe de que espécie. Deixe-a sozinha, pelo menos por enquanto. Tenho uma idéia. Quer ouvir?

— Não!

— Quer sim. Acho que você e eu precisamos ir ao Bosque da Olaia.

Mandy pareceu horrorizada.

— Ah, não, não e não! Será que preciso lembrá-la de que somos velhas? Você está com oitenta e dois anos, e eu com setenta e oito! Anthony tem setenta e nove! Não!

Lola ignorou sua amiga.

— Cady estará fora o dia inteiro. Podemos ir assim que ela sair. Fui até lá uma vez, após o acidente, mas a polícia estava por toda parte, de modo que tomei o caminho de volta sem chegar a ver realmente o lugar. Sou atriz. Eu *fui* uma atriz, pelo menos — corrigiu-se. — Sei diferenciar entre fantasia e realidade. Você foi dublê. Anthony foi um dos melhores diretores que Hollywood já teve. Acho que, juntos, poderíamos ter uma idéia razoável sobre o que aconteceu lá, se tentarmos ver a situação com olhos de crianças. Se você não quiser me acompanhar, irei sozinha. E então? — indagou Lola, com um sorriso.

— E se a polícia aparecer e nos multar, como ocorreu com Cady, ontem?

— Você poderá despistar o policial enquanto eu fujo. Se for preciso, eu a tirarei da cadeia — completou ela, rindo.

Despistar. Ela certamente pretendia levar adiante seu plano.

— Por que você não compra aquele lugar horrível, simplesmente?

Lola recostou-se em seu ninho de travesseiros.

— Comprar? Adquirir aquilo? Que idéia esplêndida! Quem é o proprietário? Estou excitada! Sim, sim, faremos isso. Podemos arrendar o lugar, sei como esse tipo de coisa funciona. Quero que você ligue para a prefeitura às nove horas. Talvez possamos cuidar desse assunto ainda hoje. Diga-me: não seria maravilhoso?

Mandy sentou-se na beira da cama e se esforçou para manter a compostura. Às vezes, Lola era um trem descontrolado descendo uma colina. Nunca se sabia quando sairia dos trilhos.

— Aquela área pertence à cidade. Lembro-me de ter lido isso no jornal algum tempo atrás. Haverá muita burocracia e a venda precisará ser aprovada pela câmara de vereadores. Acho que tudo isso levará um mês, Lola.

— O dinheiro compra tudo, Mandy. Você lhes dirá que a oferta é válida apenas durante noventa minutos. Isso lhes dará tempo para convocar uma reunião extraordinária. Se a oferta for irrecusável, será aceita, mas este é o plano B. Se não aceitarem nossa oferta, podemos voltar ao plano A e ir até lá, mesmo correndo o risco de sermos presas. O que há para o desjejum?

Estão tramando alguma coisa, foi o primeiro pensamento de Cady ao sentar-se à grande mesa na sala de jantar.

— O que há para o desjejum? — perguntou, em tom alegre.

— Cereais — respondeu-lhe Mandy, colocando uma tigela à sua frente. — É o dia de folga de Anthony.

— Ótimo. Eu sempre comia flocos de milho, quando morava sozinha — disse Cady, olhando de Mandy para a avó. Tinha *certeza* de que planejavam algo e de que não estava incluída. Pareciam dois esquilinhos vigiando sua pilha de nozes.

Cady também tinha uma pilha de nozes, mas desejava dividi-la com as duas mulheres.

— Tenho boas notícias. Comecei a lembrar de algumas coisas. Nada muito importante, apenas pequenas coisas, mas já é melhor do que nada.

— Eu lhe disse que isso aconteceria! — exclamou Lola. — Eu sabia que era apenas uma questão de tempo e concentração. Então, ir até o lago ativou algo. Pelo menos acho que isso foi o que aconteceu. Mesmo assim, vá com calma. Deixe que tudo lhe venha naturalmente.

Mandy brandiu o bule de café.

— Você está preparada para enfrentar seu dia? Não fique nervosa. Por falar nisso, deixei o envelope para o delegado na mesa do corredor.

— Estou um pouco nervosa. Não dormi muito, imaginando o tipo de reação que verei em meus antigos amigos. Não sei por quê, mas acho que nenhum ficará muito feliz por me ver. Detesto quando tenho essa sensação, porque não há explicação para o que penso. Espero estar errada.

As duas senhoras olharam-na intensamente, fazendo-a sentir-se como um inseto sob o microscópio. Agora sim tinha certeza de que escondiam algo.

— Acho que eles se sentirão *chocados* ao vê-la. Você não deveria estar pronta? Já são quase nove horas — disse-lhe Lola.

Mas que coisa. Estão tentando livrar-se de mim.

— Tem razão. Não custa nada eu me enfeitar um pouquinho. Saboreiem seus... cereais.

— Acho que ela detesta cereais, embora quisesse parecer bem-educada — reclamou Mandy.

— Sirva cereais novamente e eu a demito — disse Lola. — Quando ligar, peça para falar com o prefeito. Ele é o único com um pouco de inteligência nesta cidade. A oferta será válida durante noventa minutos apenas. Dê ênfase a isso.

— Já que você é tão esperta, por que não faz tudo sozinha? — perguntou Mandy, parecendo zombar de sua patroa.

— Porque você precisa ser castigada por este desjejum, só por isso. Já são nove horas. Ande, mexa-se!

Lola ouviu o fim da conversa de Mandy ao telefone, movendo a cabeça para cima e para baixo em assentimento a tudo que ela dizia. Quando a viu desligar o telefone, indagou, ansiosa:

— Bem, o que o velho tolo lhe disse?

— Disse que ligaria pessoalmente para os vereadores e nos daria uma resposta no prazo que lhe concedemos. Isso significa que temos até as dez e meia para nos aprontarmos.

O telefone tocou. Mandy pegou-o e lhe sussurrou, cobrindo o bocal:

— É o prefeito. Quer saber o que você pretende fazer com a propriedade.

— Diga-lhe que não é da sua conta e que o tempo está correndo.

— A sra. Jor Dan disse que não é da sua conta e que o tempo está correndo — disse Mandy, repetindo literalmente a resposta da patroa.

Lola estendeu sua xícara para repetir o café quando Mandy desligou.

— Estou excitada, Mandy. Era isso o que faltava em nossas vidas, *excitação*. A volta de Cady foi a melhor coisa que podia acontecer para nós. Talvez eu nem morra, afinal. Quero dizer, não ainda.

Com lágrimas nos olhos, Mandy envolveu a amiga em um abraço.

— Estou chorando porque finalmente vejo aquele antigo brilho em seus olhos. Você deveria ver-se agora. Está corada e seus olhos parecem iluminados. Você está no "modo de combate", minha amiga. Gosto disso.

Lola deu tapinhas carinhosos na velha companheira.

Uma hora depois, o telefone tocou.

As duas mulheres olharam-se. Lola assentiu. Mandy pegou o telefone após o terceiro toque. Ela fez um sinal com a cabeça, para que Lola soubesse que falava com o prefeito e escutou com grande atenção.

— Sinto muitíssimo, prefeito, mas esse preço não pode ser alterado. Quem é que está pedindo mais? Ah, sim, Cyrus King. Está bem. Diga ao sr. King que ele acabou de causar a perda de um milhão de dólares para seus cofres. Tenha um bom dia, prefeito.

— Você sabe mesmo negociar, Mandy. Ele é o pai daquele garoto, não é? Aquele que morreu. — Mandy assentiu. — Ainda lhes resta algum tempo. Será que o voto da maioria vale em um caso assim?

— Não sei, Lola. Acho que estamos de volta ao plano A.

As sobrancelhas de Lola ergueram-se quando o telefone tornou a tocar. Ela soube imediatamente que não era o prefeito, no outro lado da linha.

— Atenda, Mandy. Acho que o sr. Cyrus King deseja falar conosco.

— Residência de Lola Jor Dan — disse Mandy, vendo um sorrisinho no canto da boca de Lola, que a observava com atenção. — Verei se a sra. Jor Dan pode atender sua ligação, sr. King.

Seus olhos questionaram Lola, que pegou o telefone.

— Aqui é Lola Jor Dan, sr. King. Em que posso lhe ser útil? — Ela escutou, com os olhos brilhando. — Não tolerarei abuso verbal, sr. King. Deixe-me lembrá-lo de algo, caso o senhor não recorde. Sei tudo sobre seu segredinho sujo. Sabe como nós, de Hollywood, somos fofoqueiros. Não conseguimos manter a boca fechada. Vivemos da atenção da mídia, ao contrário de vocês, que vivem dentro da igreja. Agora, peça-me desculpas ou estará lendo sobre seu segredo no jornal de amanhã. Sim, sim, aceito suas desculpas, embora saiba que não são sinceras. Sinto muito, mas não estou mais interessada em comprar o bosque. A oferta foi válida durante uma hora e meia. O prazo acabou, graças ao senhor. E não torne a me ligar, seu velho tolo e inútil — Lola fez um gesto dramático, como se dissesse "lavo as minhas mãos" depois de entregar o telefone para Mandy.

— Viva! — exclamou Mandy.

— Não dê vivas. Detesto aquele homem, *realmente* detesto. Podemos falar sobre isso depois. Estamos de volta ao plano A. Podemos nos vestir e ir ao bosque assim que Cady sair. Quando voltarmos, escreveremos uma daquelas cartas ao editor. Nós a enviaremos por fax ao jornal. Pode ser que a publiquem na primeira página.

Mandy percebeu, em êxtase, que a amiga estava realmente comprometida com tudo aquilo e bateu palmas, alegre.

— Bis! Bis!

— Obrigada — respondeu-lhe Lola, curvando-se no outro lado da mesa. — Infelizmente, minha atuação não me trouxe o prêmio que eu esperava.

No andar de cima, Cady entrou no closet, curiosa e espantada, enquanto tentava escolher o que usar. A quem desejava impressionar? Seus amigos masculinos ou Amy? Nenhum deles, decidiu. *Vou sair com uma dessas roupas incríveis para meu próprio prazer, mas o que devo vestir e que cor devo usar?* Amarelo sempre fora sua cor favorita, mas ela jamais comprara roupas dessa cor, sendo sempre o tipo de pessoa que usava bege, marrom, cinza ou preto. Uma introvertida monótona e sem graça, que não se destacava de ninguém. Agora, não via nada bege, marrom, cinza ou preto no armário. Nem mesmo um lenço ou meias soquetes. Entretanto, as roupas cobriam todo o espectro de um arco-íris, indo desde terninhos formais até roupas de ginástica, vestidos com casaquinhos, saias com blusas e suéteres combinando com tudo. Tinha vestidos de festa, outros para coquetéis, trajes para a noite, xales e fileiras e mais fileiras de sapatos, além de três gavetas inteiras de camisolas e roupas íntimas encantadoras.

Na imensa cômoda, encontrou pilhas de shorts, miniblusas, camisetas, bermudas e calças leves. Nem em seus maiores sonhos imaginaria um guarda-roupa como o que tinha agora. E essas eram apenas as roupas de verão. As de outono e inverno precisavam ser confeccionadas e lhe seriam enviadas nos próximos meses. Ela quase desmaiava de felicidade.

— Atlas, eu não sei o que vestir. Cada roupa é mais bonita do que a outra.

O cachorro perambulou por ali, cheirando a passagem do closet, antes de sentar-se pacientemente enquanto sua dona examinava os cabides. Finalmente, ela decidiu-se por um vestidinho azul-claro com uma jaqueta que lhe fazia conjunto. De acordo com Danielle, aquele traje realçaria ainda mais seus olhos azuis. Caía-lhe como uma luva, destacando seus seios, sua cintura fina e os joelhos. Mandy lhe dissera que ela tinha joelhos bonitos e Lola concordara. Para completar o conjunto, havia uma bolsa de mão, em um tom mais escuro, igual ao dos sapatos de saltos altos e tiras nos calcanhares. Danielle os chamava de "sapatos de perua". "Todas usam esse estilo em Hollywood, querida. Eles realçam suas belas pernas", dissera ela.

Cady sabia que estava cheirando bem, porque tomara um banho de espuma, usara loção e talco com o mesmo aroma e, depois, perfumara todo o seu corpo com jatos de *eau* de alguma coisa, que, segundo Danielle, levaria todos os machos à beira da loucura. Atlas, porém, não parecia afetado por seu novo cheiro.

Lola lhe dissera para usar apenas uma jóia, enquanto lhe estendia um par de brincos de diamante de três quilates. Diamantes, segundo a avó, não deveriam ficar em uma caixa de veludo, mas serem sempre usados por uma mulher. Por isso haviam escrito aquela música, "Diamonds Are a Girl's Best Friend", que Marilyn Monroe cantara, Lola dissera ao completar suas instruções.

Estava cheirosa, brilhava com os diamantes e a sua aparência era de arrasar, ao ver-se no espelho de parede inteira. A visão refletida deixou-a perplexa. *Sou eu. Eu sou ela.*

Cady riu, alegre. Sacudiu a cabeça de um lado para outro e, depois, para cima e para baixo, certificando-se de que os cabelos cortados em camadas voltavam para o lugar e haviam adquirido mais volume. O corte certamente era prático, do tipo que se podia apenas lavar os cabelos e sair, sair da cama, correr os dedos por entre eles e não se preocupar mais. Seus cabelos estavam lindos. Mesmo ela, tão alienada em termos de moda, sabia que estava com um corte de cabelos excelente, que complementava e salientava seus traços faciais.

— Mas, meu Deus do céu, olhe para a nossa menina — disse Lola, do corredor. — Cady, querida, você está fantástica! O que você acha, Mandy?

— Está bela, realmente. E seu cheiro combina com sua aparência. Isso é importante. É melhor deixar um rastro de perfume delicioso ao passar por alguém.

Cady riu de novo.

— Acho que estou pronta para reencontrar meus antigos amigos. O que vocês pretendem fazer hoje?

— Devo vigiar o crescimento de minhas flores no terraço agora — disse Lola.

— Vou assar um pão — respondeu Mandy.

As duas estão mentindo.

— Então, as vejo mais tarde.

— Cady — chamou Lola —, lembre-se de que o silêncio vale ouro. Deixe que *eles* falem. Você aprenderá mais ouvindo do que falando. Seja esperta!

O coração de Cady batia furiosamente em seu peito, quando estacionou o Mountaineer na área reservada aos visitantes da delegacia, que era como qualquer outra delegacia do país, com suas paredes de tijolos e porta pesada de madeira. Talvez a de Indigo Valley fosse um pouco mais pitoresca do que as outras, por causa da hera que subia pelas paredes. Aninhado entre a prefeitura e o Banco do Comércio, o prédio localizava-se junto à praça central.

Ela estava inquieta, assim como Atlas, que ganiu como se perguntando se podia descer com a dona. Estendeu-lhe um osso de couro cru para roer, que retirou do compartimento na porta do motorista. Resignado, ele pousou a cabeça entre as patas e observou-a.

— Não devo demorar. Espere por mim e cuide do carro. Bom menino — disse, acariciando-o atrás das orelhas.

Com o envelope de Lola na mão, saiu do carro e cruzou o estacionamento para chegar à porta da frente. Passou por dois policiais e abriu um sorriso quando um deles assoviou-lhe em aprovação ao que via. Ela atribuiu o assovio aos "sapatos de perua". Combateu o anseio de rir alto ao receber mais dois assovios e quatro olhares de aprovação enquanto subia as escadas até a porta principal.

Lá dentro, foi até o balcão e pediu para falar com o delegado.

— A sra. Lola Jor Dan pediu-me que entregasse este envelope pessoalmente ao delegado Ward.

— Siga até a segunda porta à direita. Direi que você está indo pelo intercomunicador.

Cady sorriu-lhe e o atendente sorriu-lhe também.

Ela lambeu os lábios ao bater na porta com vidraça da metade para cima, na qual estava gravado, em letras douradas: DELEGADO MAXWELL WARD. Uma voz grave mandou-a entrar.

A fotografia no jornal não lhe fazia justiça, ela pensou. Vinte anos atrás, ele já era alto para a idade. Mas era preciso considerar que ela era menor do que os outros, ou talvez ele apenas parecesse alto na época. Boomer parecia saído diretamente de uma revista *GQ*. Conhecia essa revista, porque Anthony tinha exemplares espalhados por toda a casa. Piscou e mudou de idéia. Boomer era *melhor ainda* do que aqueles caras da *GQ*. Muito melhor. Ele levantou-se, contornou a mesa e se apresentou.

— Olá, Boomer! Sou eu, Cady Jordan. Talvez eu não devesse chamá-lo assim. Como o chamam atualmente?

— Cady! Meu Deus, como a pequena Cady Jordan cresceu! Pode me chamar de Boomer mesmo. A maioria das pessoas me chama atualmente de Mac. Ou de delegado. Acredito que ainda a chamam de Cady. Soube que você estava de volta à cidade. Acho que chegamos quase juntos.

Os lábios de Cady abriram-se em um amplo sorriso.

— Acho que sim. Vi sua foto no jornal. Nem em um milhão de anos eu o imaginaria como delegado em Indigo Valley. Não sei por quê, mas pensei que você se tornaria arquiteto ou engenheiro.

— Formei-me em direito penal. E quanto a você? Ah, mas que falta de educação a minha. Por favor, sente-se. Aceita um café ou um refrigerante?

— Não, obrigada. — Cady sentou-se em uma poltrona confortável de couro e cruzou as pernas, observando que o vestido subia enquanto ela balançava a perna livre levemente, para a frente e para trás. — Estou trabalhando em minha dissertação. Minha avó está com a saúde frágil, de modo que voltei para ajudá-la. Por isso estou aqui hoje. Lola pediu-me que lhe entregasse isso, dizendo que poderia facilitar muito seu trabalho aqui. Na verdade, acho que ela disse que esperava facilitar seu ingresso no novo cargo. É muito bom vê-lo após todos esses anos, Boomer.

— Sim, é bom vê-la também. Parece mentira você estar aqui depois de tanto tempo. É realmente bom vê-la, mas acho que já disse isso, não? Encontrei Pete Danson na academia um dia desses. Ele é advogado. Não sei por quê, mas isso me surpreendeu. Andy está no ramo de seguros e Amy é dona-de-casa e mãe. Você pensa nos velhos tempos? Ei, antes que eu me esqueça, vi o artigo sobre sua avó. Parece uma grande figura. Assisto a seus filmes antigos, quando passam tarde da noite. A matéria do jornal estava muito boa. Nunca soube o que lhe aconteceu depois que foi embora. Deve ter sido muito difícil.

Cady prendeu o fôlego.

— Foi duro sim. Lembro-me da dor e da terapia. Por algum tempo, acharam que eu nunca mais poderia andar. Às vezes, quando estou muito cansada, ainda manco.

— Sinto terrivelmente, Cady. Escute, tenho uma reunião com os vereadores em alguns minutos. Não devo atrasar-me, já que estou na segunda semana de trabalho. Você aceitaria jantar comigo hoje à noite, para podermos conversar mais?

— Eu adoraria. A que horas?

— Sete e meia?

Cady concordou.

— Ozzie, venha aqui, quero apresentar-lhe uma amiga minha. Ozzie, cumprimente Cady.

Cady piscou. Fixando-a com grande atenção e oferecendo a sua pata estava o maior cachorro que já vira na vida.

— Também tenho um cachorro. Um cão pastor — disse, surpresa. — Seu nome é Atlas.

— Alguém me disse que você tinha um cão assassino. Talvez eu tenha lido na matéria do jornal. Todas as mulheres deveriam ter um cão para protegê-las.

— Ah, ele me protege mesmo. Nunca saio sem o Atlas. Está me esperando no carro. Agora preciso ir ali ao lado pagar uma multa. Fui ao Bosque da Olaia ontem e um de seus policiais multou-me por invasão. Quarenta e cinco paus — disse ela, rindo.

Mac Ward observou a mulher risonha à sua frente. Sua beleza o perturbava. Sentia-se com treze anos novamente quando tentava protegê-la.

— Dê-me a multa. Eu resolvo isso.

Cady sacudiu a cabeça.

— Lei é lei. Como o policial me disse, eram onze avisos e eu ignorei a todos, de modo que preciso pagar a multa. Vejo-o à noite. Você algum dia voltou ao Bosque da Olaia, Boomer?

— Estive lá recentemente. O lugar está muito diferente.

— Tem razão. Não quero atrasá-lo. Vejo-o à noite, então.

— Está bem. Sejamos informais, certo? Não gosto de usar terno, a menos que isso a impressione.

— Pode ser algo informal. Acho bom você dar uma olhada no que diz a carta neste envelope, antes de sair.

Mac andou pela sala, após a saída de Cady, fungando. *Nossa, mas que cheiro bom. Esta é a pequena Cady Jordan, bem crescidinha agora.*

O sorriso permaneceu em seu rosto durante o resto do dia.

Próxima parada: escritório de Peter Danson.

Belas acomodações, pensou, enquanto caminhava até o escritório de Pete. Nada de despesas altas, já que o escritório era em sua propriedade. Nada de carros na rua, porque havia amplo espaço para estacionar nos fundos. Pete devia estar prosperando.

Se algo a surpreendia, era o fato de que nem Boomer nem Pete haviam se casado.

Abriu a porta e entrou. A área da recepção era pequena, com apenas uma mesa e quatro poltronas de couro cor-de-vinho para os clientes. Uma mesinha com uma planta e periódicos de direito ficavam a um canto.

— Stacy, traga-me o arquivo de Lassiter. Quero revê-lo antes de me encontrar com o sr. Lassiter e sua esposa.

Cady olhou à sua volta, em busca daquela a quem Pete chamava. Encolheu os ombros e bateu hesitantemente na porta.

— Stacy não está.

— Ah, perdão. E você é...

Ele parecia delicioso, bom o bastante para ser comido com seu terno escuro, camisa branca e gravata vermelha. Até *parecia* um advogado. Era tão alto quanto Boomer, talvez um pouquinho mais magro, e seus cabelos eram tão louros quanto haviam sido aos dez anos. Na verdade, aquele ali era um homem... *gostoso.* Ah, sim. Ela sentiu que corava.

— Cady Jordan, Pete. — Ela estendeu a mão e a retirou imediatamente, já que não teve reciprocidade no gesto. Ele a olhava, piscando rapidamente.

— Cady! Não acredito. Pensei em você durante a semana inteira. Ia ligar para sua casa.

— "Ia" não conta. É preciso pegar o telefone e discar o número. Acho que é assim que funciona. — Ela sorriu. — É muito bom revê-lo, Pete.

— Bom, eu digo o mesmo. Você está ótima. Todos crescemos.

— Bem, esse comentário é genial, não é? — perguntou, brincando.

— Sente-se, Cady. Quer café? Acabei de preparar.

— Já tomei café suficiente esta manhã. Arrisquei vir aqui sem ligar porque desejava fazer contato e lhe dizer "olá". Nem sabia se você se lembraria de mim. Tivemos bons momentos quando éramos crianças, não?

— Tivemos mesmo. O que a trouxe de volta? Veio para ficar ou está apenas visitando sua avó?

— Vim para ficar. A saúde de minha avó não anda muito boa. Estou trabalhando em minha dissertação e ajudando a escrever as memórias de Lola. A cidade cresceu e mudou. Tudo está muito diferente. Tenho certeza de que as pessoas também mudaram. Você é advogado; Boomer Ward é delegado. Isso me impressiona. O que Andy e Amy fizeram de suas vidas? — perguntou, fingindo total ignorância.

— Andy tem uma companhia de seguros e Amy não trabalha. Ela poderia lecionar, se quisesse, mas você a conhece. Já nasceu preguiçosa.

— Vocês ainda são amigos?

— Não. Depois do acidente, nos afastamos. Talvez a culpa disso seja de nossos pais, ou talvez de nós mesmos. Seguimos caminhos diferentes. Agora, ainda nos falamos quando nos encontramos por acaso, mas não fazemos nada juntos. Vi Boomer no fim de semana, na academia. No geral, ainda é o mesmo Boomer. Andy acabou de se separar da esposa. Eu o encontrei no Rotary Club na semana passada. Amy é sempre Amy. Tem duas meninas, de modo que está sempre envolvida nos assuntos das filhas, e se casou com Arnie Chambers.

— Amy sempre teve uma paixonite por você, de modo que achei que acabariam juntos.

— Eu e Amy? — indagou, incrédulo, abrindo a boca em seu espanto e trazendo risos a Cady. — Eu tinha uma paixonite por *você*. Fiquei muito abalado quando foi embora. Sempre imaginei o que teria acontecido a você. Os jornais diziam que o acidente a deixara parcialmente paralisada e com amnésia. A cada aniversário daquele acidente, o jornal abordava o assunto. Tenho certeza de que os King tinham algo a ver com isso.

Seu olhar transmitia expectativa e muitas indagações.

— Foram três anos de muito sofrimento e agonia — respondeu Cady. — Os médicos achavam que eu nunca mais poderia andar, mas minha avó estava sempre em busca de novos médicos e novos métodos. Ela nunca desistiu da idéia de me ver curada. Ainda manco um pouco quando estou cansada, mas, exceto por isso, estou bem. Minha memória está começando a voltar.

— É mesmo? Isto é... é maravilhoso.

— Também acho. Olhe, não quero perturbar seu trabalho. Só parei para dizer "olá".

— Que bom que você veio. Está ocupada hoje à noite? Vou sair cedo. Gostaria de jantar comigo?

Cady fez uma pequena careta ao lhe responder:

— Infelizmente já tenho compromisso. Boomer convidou-me para jantar, meia hora atrás. Que tal amanhã?

— Ótimo. Amanhã então. Às sete?

— Pode ser. Estarei esperando. Foi realmente ótimo revê-lo, Pete. — Ela ofereceu-lhe a mão novamente e, desta vez, ele retribuiu o cumprimento.

Ao sair, Cady tinha certeza de que era observada pela janela. No que ele estaria pensando?

Próxima parada, a casa de Amy Hollister.

Cady dirigiu pelo condomínio, admirando as casas de luxo e os gramados bem-cuidados. Indigo Valley tinha, agora, uma população bastante afluente. A rua de Amy ficava bem próxima à de Pete. Sinalizou e dirigiu lentamente pela rua, procurando o número 119. Ao achá-lo, estacionou junto ao meio-fio e desligou o carro.

Ansiara por ver Pete e Boomer, mas detestava essa visita a Amy. *Por que estou aqui, afinal?*, pensou, enquanto cruzava a entrada de lajes. Ao tocar a campainha, ouviu um som melodioso de sinetas ecoando pela casa. Quando não obteve resposta, tocou uma segunda vez e saltou para trás quando a porta abriu-se subitamente.

— Sim?

As duas mulheres olharam-se por algum tempo.

— Amy, sou eu, Cady Jordan.

— Cady?

Cady imaginou se Amy sempre parecera tão ridícula quanto neste exato momento.

— Sou eu, Amy. Você não vai me convidar para entrar?

— É claro. Entre. A casa está uma bagunça... Tudo está uma bagunça. Mas que milagre a traz até aqui?

— Vim visitá-la — disse Cady, em tom animado.

Amy falara a verdade, mas bagunça era uma coisa e sujeira era outra. Esta casa era tanto bagunçada quanto suja. Amy também não estava exatamente limpinha e cheirosa. Usava calças surradas de ginástica e um suéter cheio de manchas e pontos brancos causados pelo excesso de alvejante.

— Quer café? Posso preparar. Eu estava mesmo limpando a cozinha. Parece que nunca consigo fazer nada, de manhã, com a arrumação das meninas para a escola, preparação de seus lanches, essas coisas. Arnie também gosta que eu prepare seu almoço para comer no serviço. Tudo isso toma muito tempo. Andy está aqui, morando conosco até encontrar um apartamento. Ele e a esposa romperam, uns dez dias atrás, e ele almoça comigo. Acho que você poderá vê-lo se ainda estiver aqui — ela tagarelava, sem fôlego.

— Minha visita é breve. Só vim para lhe dar um "alô". Já encontrei Boomer e Pete hoje. Foi muito gostoso revê-los.

— Por quê? Por que você os visitou?

Cady tentou não olhar para tudo na cozinha imunda, enquanto buscava algum sinal da Amy de dez anos com a qual brincara.

— Eu queria vê-los, assim como desejava rever você e Andy. Parece que não vim em um bom momento. Talvez possamos nos encontrar em algum outro dia em que você não esteja tão... sobrecarregada.

— O que a faz pensar que estou sobrecarregada? — perguntou Amy, claramente aborrecida. — Não estou. Esta é minha vida. É assim sempre. Uma mulher casada e com filhos não pode se enfeitar toda com roupinhas da moda e saltos altos e sair para visitar amigas no meio da manhã. Qual é o *verdadeiro* motivo para esta visita?

— Eu vim *mesmo* em um mau momento. — Mas que droga, ela pensou, com a certeza de que Lola e Mandy teriam uma resposta na ponta da língua para aquela mal-educada. O que Lola dissera? Ah, sim. A avó sugerira que lançasse alguma isca. Assim, pronta para sair, virou-se e disse: — Eu vim até aqui para perguntar por que você mentiu. Pode deixar que eu encontro a porta da rua.

Cady estava a meio caminho do portão quando Andy Hollister estacionou na frente da casa.

— Oi, Andy! — exclamou, acenando-lhe.

— Oi, seja você quem for.

— Cady Jordan — disse ela, entrando em seu carro. — A gente se vê.

Colocou o cinto de segurança, ligou o motor e saiu rápido dali, falando com seu cão:

— Não sei se fiz a coisa certa, Atlas. Só o tempo dirá.

Oito

— O que vocês estão esperando, Mandy? — perguntou Lola, irritada.

— Estamos esperando que você se decida — respondeu-lhe a mulher, com igual irritação. — Anthony precisa saber com que carro iremos sair. Depois que você decidir, poderemos sair. Anthony é a favor do Bentley. Segundo ele, seria ostentação sair com o Rolls-Royce, o Mercedes é comum demais e o Jaguar ficou brega, depois que a Ford assumiu sua produção. Ele também disse que, se desejamos ser discretas, é melhor ligar e alugar um carro mais comum.

— Por mim, o Bentley está ótimo. Diga-me novamente: por que estamos vestidas assim? — indagou Lola, apontando para seu macacão e boné de pescaria.

— Para podermos passar sem sermos notadas. Não é hora de parecer uma estrela de cinema.

Mandy berrou para Anthony, no intercomunicador:

— Ela diz que podemos ir com o Bentley!

— Onde está nosso *equipamento*?

— Já entreguei a Anthony. Isto não é um safári, Lola.

— Vamos fingir que é. Sei o que fazer em um safári. Lembre-se, meu quarto marido era um grande caçador. Qual *era* o nome dele mesmo? Ah, bem, já morreu mesmo, então não importa.

Anthony desempenhava a função de motorista, embora este devesse ser seu dia de folga, assim como executava as funções de mordomo ou qualquer coisa que Lola impusesse. Ele soprou com força o apito que Lola o mandara guardar no bolso.

— Hora de ir. Isso é excitante, não é, Mandy? — indagou Lola, saltitando como uma menina.

— Talvez não tanto se formos parar no xadrez. Cady disse que o lugar está cheio de avisos proibindo a entrada. São onze ao todo.

— Ah, Mandy, quando é que você vai aprender a planejar? Por isso mesmo estamos levando Anthony. Já o instruí a retirar os avisos e escondê-los. Se não houver placas, não poderemos ir para a cadeia. Por isso estamos levando o equipamento. Precisamos estar preparadas para todas as possibilidades. Aprendi isso com... como é o nome dele mesmo? Por que não consigo recordar seu nome? É aquele que gostava de cintas-ligas. Na verdade, *amava* cintas-ligas — disse Lola, confusa. — Ele me deixou atirar com a arma de caçar elefantes várias vezes, em uma ocasião. Estou lhe dizendo, sei muito bem o que fazer. Trouxe a comida?

Mandy virou-se de lado no banco. Seus olhos brilharam perigosamente.

— Que comida, Lola?

— É preciso levar comida quando se vai a um safári. Coisas que possamos comer com as mãos. Aquele... Sei lá qual era seu nome... Ele sempre levava biscoitos e caviar. Anthony, precisamos voltar e pegar alguma coisa para comer.

— Por que não paramos em algum fast-food e compramos alguma coisa para a viagem? — sugeriu Anthony, voltando ligeiramente a cabeça para o banco de trás.

— É uma idéia esplêndida. Sim, façamos isso. Assim pouparemos tempo. Viu como é fácil, Mandy? Ah, querida, está com dor nos joelhos de novo? Você sempre fica nervosa quando seus joelhos doem.

— Cale-se. Tudo isso está me irritando. Acho que estamos bancando os idiotas. Sabe por quê? Deixe-me dizer-lhe. No minuto em que a vi pegando aquela arma de caçar elefantes, eu soube que teríamos problemas. Essa coisa não é disparada há quarenta anos. Suas mãos são velhas e trêmulas. Eu nem consigo levantar a arma, de modo que não poderei ajudá-la.

— Por isso trouxemos Anthony. Não seja estraga-prazeres.

— Anthony está com setenta e nove anos. Ele está *enferrujado*, tanto quanto você e eu. Está *velho*. Como nós duas. Só precisamos dar uma *olhada* naquele local. Não precisamos combater invasores ou javalis ferozes.

Lola olhou para seus pés. Nem se lembrava de um dia ter calçado tênis.

— São adoráveis — disse, apontando para os pés. — Onde os comprou, Mandy?

— Cale-se, Lola.

— Está bem, chegamos, madame — disse Anthony, de bom humor. — O que devo pedir?

— Três de tudo. Pergunte se podem colocar em caixas, para que pareçam cestas de piquenique. Isso tornará nosso passeio muito mais autêntico. — disse-lhe, do banco traseiro.

Quinze minutos depois, Anthony estacionou o Bentley dentro do Bosque da Olaia, mas longe o bastante da estrada principal para não serem vistos.

— Ah, sinto-me tão revigorada — disse Lola, saindo do carro. — Montaremos acampamento enquanto Anthony retira os avisos. Aquela cerca cor de laranja é feia demais. Tire-a também, Anthony.

— Certo, madame — assentiu o velho, batendo continência.

— Mandy, pegue os facões.

— Que facões? — indagou a mulher, alarmada.

— Aqueles que usaremos para cortar esse matagal. É isso que se faz na selva. É melhor vermos por onde andamos. Não entende? Precisamos fazer com que este lugar fique exatamente como vinte anos atrás.

— Quando iremos comer? Deveríamos fazer isso agora, enquanto está tudo quentinho.

— Ficaremos com preguiça se comermos, Mandy. Precisamos estar alertas e cheias de disposição. Devemos manter os olhos bem abertos. Chamaremos este lugar de "marco zero". Aquele de quem não recordo o nome ficaria orgulhoso de mim, por lembrar de tudo o que me ensinou. Não me divirto assim desde... desde... Ora, há muito tempo...

— Você sabe que não deve fazer nenhum esforço físico, pois pode fraturar algum osso. Aí terá de ficar deitada e precisarei servi-la o tempo todo.

— Você adora fazer isso, então pare de se queixar. Sinto-me bem. Quando me sinto assim, quero fazer tudo o que puder. Quando não me sinto bem, vou para a cama ou para a cadeira de rodas e permito que você mande em mim. Quando estou bem, eu é que mando em você. Agora que já esclarecemos esse assunto, mãos à obra. Olhe para mim: é assim que se segura um facão, e é assim que fazemos para cortar algo. Meu Deus, isso corta mesmo, não é? Acho que conseguiremos abrir a trilha bem rapidinho.

Depois de duas horas, as duas estavam exaustas, ao se esticarem em colchonetes sob a olaia, enquanto Anthony continuava a tarefa que as mulheres haviam começado.

— Vou lhe dar um aumento — disse Lola, contente. — Quer um também, Mandy?

— Cale-se, por favor. Não vê que estou morrendo? Se estou morrendo, de que adianta um aumento? Não fale comigo, e na próxima vez que tiver uma de suas brilhantes idéias, esqueça que me conhece.

— Você é *mesmo* uma estraga-prazeres. Percebeu que está sempre se queixando? Ah, esta é a árvore amaldiçoada? Talvez devêssemos deitar em outro lugar — disse Lola, com o olhar voltado para a copa colorida da olaia.

Mandy sentou-se.

— Por que a árvore é amaldiçoada? Você não me contou que este lugar tinha alguma maldição.

— Ah, acho que uma dúzia de pessoas se enforcou aqui. Dizem que há alguém enterrado sob a árvore. Mas também há uma história, que ouço desde que era adolescente, de que uma jovenzinha deu à luz sob a árvore e o bebê nasceu morto. Outros afirmam que já viram druidas por aqui. Provavelmente tudo isso é bobagem. Os pais simplesmente queriam manter os filhos afastados deste lugar, por causa do lago e do medo de caírem e se afogarem.

— Gostaria que você não tivesse me contado.

— Então, por que perguntou?

— Senhoras, já terminei. O que acham? — perguntou Anthony, lá de baixo do barranco.

As duas mulheres pousaram as mãos em concha sobre os olhos para poderem enxergar contra o sol.

— Absolutamente perfeito. Bom trabalho. Como você sugere que façamos para descer?

— Bem, tive uma idéia. Vê aquele pedaço de cerca? Sentem-se nele e deslizem. Acho que as duas podem descer juntas. Será como andar de trenó. Não consegui cortar o mato até a raiz, de modo que isso facilitará a descida. Posso subir e ajudá-las, se sentirem medo.

— Ah, é claro que podemos sentar e deslizar. Não me olhe assim, Mandy. É o meu traseiro, e ele é tão pelancudo quanto o seu. Não estamos aqui para *ralar* nossas bundas, mas para *deslizar*. Se está com medo, Anthony pode segurar sua mão.

— Cale a boca. Cale-se, neste minuto. Não temo por mim, mas por você. Tudo bem, tudo bem, sente-se aí.

— Poderia, por favor, tentar divertir-se um pouco, Mandy? Quando foi a última vez em que você fez mais do que sair para jantar fora? Tudo o que fazemos o tempo todo é sentar e assistir à televisão. Ou discutimos, para termos alguma emoção. Empurre com seus pés e grite como uma criança ao descer.

— E então, não foi uma delícia, minhas caras? — perguntou Anthony, rindo, quando as duas aterrissaram aos seus pés.

— Acho que foi mais excitante do que a noite em que casei com meu sexto marido.

— E o que ele fazia na vida? — indagou Mandy, num sopro de voz.

— É melhor você nem saber. Não agüentaria... — sussurrou-lhe Lola.

— E que tal isso agora? Dê uma olhada para cima e me diga como vamos subir de volta. Não parecia tão alto, de lá.

— Pensaremos nisso depois. Ah, querida, deixamos nosso equipamento e nossos lanches lá em cima. Anthony, poderia ir pegá-los? Jogue para nós.

— Ah, Lola, não vou pegar nenhum banquinho de camping, nem você. De onde tirou a idéia de que eu iria me sentar em um feixe de sarrafinhos frágeis?

— É nesse tipo de banquinho que sentamos em volta da fogueira em um safári. Eu sabia que você me viria com frescuras, de modo que pedi que Anthony colocasse algumas cadeiras reclináveis de alumínio no bagageiro.

No momento em que terminou de falar, três cadeiras de alumínio deslizaram pelo barranco.

— Deixaremos as cadeiras aqui, para o caso de voltarmos. Você precisa esconder aquele último pedaço de cerca, Anthony. Tenha cuidado com nosso almoço, querido.

— Eu a detesto, Lola.

— Também a detesto, Mandy, mas amo Anthony. Ele tem espírito esportivo, diferente de algumas pessoas que conheço... Agora, vejamos que delícias temos aqui. Cachorro-quente com pimenta ardida e cebolas. Hummm. Batata-palha. Oba! Coma, ou enfiarei tudo em sua garganta.

— Por que está sendo tão má comigo?

— Por quê? Ah, mas que droga, você está arruinando meu passeio. Coma! Temos muito trabalho pela frente. Isso aqui está *tão* bom, Anthony — disse Lola, enquanto engolia com voracidade seu cachorro-quente. — Como se chama essa coisa no copo de plástico?

— Soda-limonada.

— Maravilhoso! Maravilhoso!

Trinta minutos depois, Lola levantou as mãos, com as palmas para cima.

— É hora de fazermos o que viemos fazer aqui. Não dormi muito ontem à noite, porque estava pensando em como poderíamos descobrir o que aconteceu naquele dia com minha neta. Originalmente, pensei que, sendo eu uma atriz e Mandy uma dublê, e já que temos um diretor de cinema, poderíamos juntar nossas mentes para formar uma imagem do que ocorreu, mas fui forçada a mudar de idéia, porque, embora tentasse muito, não consegui me colocar na pele de uma criança. Acho que agora precisamos pensar em termos de diretor e produtor de filmes...

"Digamos que estamos formando o elenco para filmarmos aqui a história do que ocorreu naquele dia. Está tudo aqui, nem precisamos de objetos de palco. Temos um menino malvado e seu amigo. Depois, temos as quatro crianças boazinhas. Acho que, naquele dia, o objetivo era fazer com que Cady descesse pela tirolesa. Ela era a única que ainda não havia feito isso. Cady disse que os dois valentões também já haviam descido pelo cabo telefônico.

"Ela não tem qualquer recordação sobre os fatos. Tudo que conseguiu me dizer foi que nunca andara na tirolesa e queria enfrentar esse desafio antes de se mudar. Ela veio até aqui. A questão é: será que veio sozinha? Não podemos desprezar o fato de que ela pode ter desejado fazer isso quando não houvesse mais ninguém por perto, de modo que, se lhe faltasse coragem, ninguém a veria com medo. Agora, se eu estivesse na direção deste filme, desejaria outras crianças na cena. Qual é sua opinião, Anthony?"

— Não necessariamente, Lola. Se construirmos a cena em torno do medo da menina, somente isso já bastará. Você disse que ela não sabia nadar. Será que se arriscaria a descer pelo cabo telefônico, que poderia romper-se e a lançar no lago? Isso nos leva de volta ao medo. Você sabe se Cady vinha até aqui sozinha?

— Ah, sim, muitas vezes. Contudo, se os outros não estavam aqui, ela ia para casa. Disse que tinha medo de ficar aqui sozinha. Talvez os outros estivessem atrasados ou ela tenha chegado depois. Eles já haviam ido embora quando chegou. Talvez os valentões estivessem esperando por ela. Dois contra uma aumentaria o suspense, não acha?

— Sim — respondeu Anthony. — Especialmente se ela não soubesse que estavam à sua espera. Era sua última vez neste lugar. Talvez finalmente tivesse criado coragem para descer pelo cabo, sabendo que teria essa recordação quando se mudasse. Crianças, especialmente aos dez anos, não querem ser medrosas, nem que outros *pensem* que são covardes. Às vezes, as crianças são cruéis umas com as outras.

— Pense nesta situação — disse Mandy. — Ela sobe o barranco e os valentões estão à espera. Ela não pode subir e não consegue descer. Talvez ache que a tirolesa é sua única saída. Eles já cortaram seus cabelos uma vez. Sei que isso a impressionou. Meu Deus, era apenas uma menininha, de modo que acho que Cady estaria morta de medo, pensando no que poderiam fazer se a pegassem. Ainda que fosse uma garotinha corajosa, acho que estaria petrificada de medo em uma situação assim. Talvez tenha subido na árvore, ou talvez eles a tenham seguido. Lá está ela, chorando e tremendo, com medo de soltar o galho em que está. E lá vêm eles, logo atrás. Que recurso lhe resta? Cady provavelmente está pensando que a derrubarão do galho. Assim, atira-se na água ou pega a alça da tirolesa para chegar ao chão, onde tem mais chances de fugir. Se ela permitir que a empurrem do galho onde está, cairá na água e, não sabendo nadar, poderá morrer afogada. Sua única segurança está no cabo de telefone.

Ela olhou para os amigos, buscando uma reação para sua teoria, e viu que os dois concordavam.

— Esse, então, é o fim desta cena. Não é suficientemente dramático — disse Anthony. — Tentemos o seguinte: Cady está no galho. O valentão número um a segue. Onde está o valentão número dois e o que está fazendo? Nunca recuperaram o cabo de telefone. Como as autoridades sabiam que as crianças haviam colocado um cabo de telefone aqui? Sabemos a resposta para isso?

— Sim. Cady contou-lhes. A polícia falou com as outras crianças e todos concordaram que já vinham brincando com a tirolesa havia dois anos. Assim, ou o valentão número dois levou embora o cabo ou as outras crianças estavam lá e o tiraram. O certo é que o tiraram, porque desapareceu. Quando não conseguiram encontrá-lo, as autoridades decidiram que Cady e o filho dos King haviam caído do galho — contou-lhes Lola.

— Isso não faz sentido. Como Jeff King teve a cabeça esmagada? Como Cady feriu-se? Os médicos disseram que sua coluna foi atingida por algum instrumento rombudo. Ela foi encontrada na borda do lago, assim como Jeff King. Como chegaram à borda se caíram na água? — perguntou Mandy. — Acho que quero saber o que aconteceu com o cabo de telefone.

Anthony franziu a testa.

— Hoje em dia, os filmes são muito diferentes dos de antigamente. O que conta, hoje, é o choque. Com isso em mente, eu teria de dizer que as outras crianças estavam presentes. Meu palpite, que não passa mesmo de um palpite, é que todos estavam envolvidos de algum modo. Aposto que, como crianças comuns, estavam jogando pedras uns nos outros. Dê uma olhada à sua volta. Algumas são bem grandes — disse, apontando para um amplo arranjo de pedras em torno da margem do lago. — Eles podem ter jogado as pedras dentro do lago depois, ou elas caíram lá naturalmente. Você sabe se o lago foi drenado?

— Não, não o drenaram. Disseram que não era necessário, já que as duas crianças estavam na margem — respondeu Lola. — Os pais do menino disseram que Cady bateu no garoto com uma pedra. Eles também disseram que seu filho jamais bateria em uma menina, muito menos nas costas, a ponto de deixá-la paralisada. E onde estava o valentão número dois? Qual é o papel dele nisso tudo? — indagou Lola.

— Talvez não estivesse aqui naquele dia — sugeriu Anthony.

— Suspeito que estavam todos aqui. Os gêmeos Hollister e Pete Danson tinham apenas dez anos. Teriam ficado apavorados com o que aconteceu. Boomer Ward, o valentão número dois, era a sombra de Jeff King. Estavam sempre juntos. Ele era três anos mais velho, da mesma idade que o menino que morreu. Cady disse que Boomer jamais lhe fez uma maldade e que sempre tentava evitar que Jeff a atormentasse — disse Lola.

— Acho que o que temos aqui é um bando de mentirosos — disse Mandy, com energia. — E sabe o que mais? Devem estar se pelando de medo que Cady recupere a memória e que a verdade venha à tona. Se o que pensamos é verdade, o que poderão fazer?

"Pense nisso. São todos profissionais bem-sucedidos. Todos têm um nome a preservar nesta comunidade. Amy é mãe, pertence ao círculo de pais e mestres e, provavelmente, está envolvida ativamente em tudo que se relacione às filhas. Ela certamente não se qualificaria para um prêmio de Mãe do Ano se isso tudo viesse à tona."

— Não temos provas — lembrou Anthony. — Tudo o que temos são teorias. Se isso fosse um filme, eu colocaria todas as crianças na cena. Teríamos raiva, ciúme, medo e, talvez, assassinato, sem mencionarmos as conseqüências clínicas para Cady. Também colocaríamos as paixonites pré-adolescentes na trama. Garotos de treze anos começam a olhar diferente para as meninas. Meninos de dez anos começam a perceber o sexo feminino. Temos, aí, tudo o que um diretor cinematográfico pode desejar. Eu arriscaria minha reputação e minha vida no fato de que estavam todos aqui naquele dia, Lola.

— Sempre achei que sim. Mandy também. Se pelo menos Cady pudesse lembrar. Você acha que ela corre algum perigo?

— Não — disse Mandy.

— Absolutamente não — concordou Anthony.

— Vocês dois estão mentindo.

— Vocês aí embaixo! — gritou uma voz do alto do barranco. — Fiquem onde estão e não se movam. Nem mesmo pensem em fazer um movimento. Mas o que pensam que estão fazendo, afinal?

Lola voltou o olhar para o policial, que parecia ter três metros de altura, e indagou, piscando com graça seus olhos com cílios postiços sob o boné de pescaria:

— Por quê? Qual é o problema? Estamos apenas sentadinhos aqui, fazendo um piquenique. É preciso gritar desse jeito?

— Onde estão todos os avisos? Onde foi parar a cerca? Quem cortou o capim?

— Do que o senhor está falando? Que avisos? Que cerca? E que capim?

— Vocês, sem-teto, estão começando a me dar nos nervos. Vão todos para a cadeia.

— Sem-teto! — exclamou Mandy, em um chilique indignado. — Prender-nos por quê? Só estamos fazendo um piquenique. Não é possível prender alguém por fazer um piquenique. Nem mesmo *pense* nisso!

— Quem cortou o capim e o mato? — berrou o policial novamente.

— Temos cara de quem sai por aí cortando capim? Tenho um jardineiro para isso. Sou Lola Jor Dan — disse ela, em tom autoritário.

— E daí? Por mim, pode ser até a namorada do Pato Donald. Alguém cortou o capim. Ontem estava muito mais alto. Tínhamos onze avisos proibindo a entrada aqui e pelo menos um quilômetro e meio de cerca plástica cercando todo o lago. Onde foram parar?

— Qual é seu nome e seu número funcional? Não sou obrigada a suportar seus abusos, jovenzinho. Agora, dê o fora daqui e não nos aborreça mais. Será que andou bebendo em serviço ou cheirando aquela... sei lá o que quer que vocês cheirem atualmente? — indagou Lola.

— Esta área é proibida à visitação e esteve cercada durante vinte anos. Invasores são multados. Nem pense em bancar a espertinha comigo, senhora.

— Onde está o aviso? Mostre-me um aviso que nos proíba de estar aqui. Ah! Está vendo? Não há nenhum. Não sairemos daqui. — Lola olhou de um para o outro. — Este pode ser o momento ideal para processar alguém. Pode trazer nosso advogado. Traga o delegado também. Anthony, pegue seu celular e faça as ligações. Acho que é hora de assumirmos o controle. Estou doidinha para ver o circo pegar fogo. E você, Mandy?

— Cale-se, Lola.

— Não se movam. Vou mandar prendê-los. Fiquem onde estão. Estou falando sério.

— Nunca fui detida antes. Outra situação curiosa para minhas memórias. Isso é tão delicioso que mal posso agradecer-lhe — disse Lola, alegremente.

— Pense nisso, Senhora Estrela de Cinema: você sairá no jornal usando esses trapos que está vestindo — comentou Mandy, azeda.

— Uma vez estrela, sempre estrela, Mandy. Estou me preparando para meu personagem no filme que faremos. Estou encenando um papel. Meu público vai gostar disso. Agora, prestem atenção. Anthony, tente parecer gagá. Talvez seja útil babar um pouco. Mandy, diga algo estúpido, como se fosse uma coitadinha tola.

— E por que faríamos isso? E o que *você* faria, ó líder destemida? — perguntou Mandy, com expressão assassina.

— Ficarei sentada aqui, para garantir que meus dois servos fiéis não acabarão por estragar tudo. Onde você escondeu os avisos e a cerca, Anthony?

— Joguei no lago, com o capim e o mato. Vândalos fazem coisas assim. Só tive de me concentrar para saber o que fariam. Você sabe, pensei em seus métodos.

— Sim — disse Lola, animada. — E o facão?

— Sob o estepe, no carro.

— Vocês são dois docinhos. O que eu faria sem sua ajuda? — disse-lhes a atriz, risonha.

— Cale a boca, Lola! — Mandy tornou a dizer, com os dentes cerrados em falsa raiva. Seu desejo real era rir alto e beijar Lola.

Mac Ward e Pete Danson chegaram juntos, cantando pneus, enquanto a sirene do carro da polícia gritava e brilhava. Os dois profissionais saíram de seus respectivos carros e se colocaram no alto do barranco, conversando com o policial. O trio no pé do barranco observou-os com curiosidade, tranqüilamente sentado em cadeirinhas de metal. Os três de cima desceram lentamente, olhando com atenção os três de baixo.

— Sra. Jor Dan, sou Mac Ward, o novo delegado. Acho que a senhora já conhece Pete Danson, que acabou de me informar que é seu advogado. Este é o policial Conroy. Tenho certeza de que podemos ajeitar essa confusão sem recorrermos a medidas extremas. Esta propriedade estava cheia de avisos proibindo a entrada. O lago também estava cercado, ainda ontem. E o capim chegava até minha cintura. Como estava este lugar quando chegaram?

— Pode responder, sra. Jor Dan — disse Pete.

— Chamem-me de Lola, Pete. Sou Lola para todos os meus fãs. Espero que você seja um fã, delegado. Esse... esse policial — apontou para ele — disse que não dava a mínima para mim, nem se eu fosse a Margarida, do Pato Donald. Fiquei ofendida, porque fui comparada com uma personagem de histórias em quadrinhos. Acho que mereço um pedido de desculpas. Mas, respondendo à sua pergunta, já estava tudo assim quando chegamos.

— Entendo.

Lola observou atentamente os dois homens, protegida pelos cílios postiços e o boné de pescaria. Eles pareciam cautelosos enquanto tentavam entender o que estava acontecendo.

— Seu policial chegou a insinuar que havíamos tirado os avisos e cortado o capim. Agora me diga, chefe, se acha que poderíamos fazer isso. Como os jovens dizem hoje, caia na real. Estamos apenas sentados, fazendo um pequeno piquenique e discutindo sobre um filme que faremos. Anthony era meu diretor. Agora está aposentado, mas confio em suas impressões. Essa parte do filme será crucial, já que será praticamente a conclusão do enredo. Não estragamos nada. Nem chegamos perto da água. No que nossa presença aqui poderia ser prejudicial?

— Mac, pense bem — disse Pete. — Seria preciso um grande esforço para cortar todo o capim e o mato e, ainda por cima, tirar toda a cerca. Os avisos também estavam enterrados bem fundo no solo. Você não pode achar que minha cliente teve algo a ver com isso. Meu palpite é de que um bando de garotos saiu para uma farra na noite passada, encheu a cara e fez a festa neste lugar.

— Você sabia que sua cliente tentou comprar esta propriedade hoje pela manhã?

— Não. Isso é relevante, Mac?

Lola sacudiu os braços para capturar a atenção dos dois e lhes disse:

— Tentei comprar a propriedade porque pretendemos filmar aqui. É mais fácil comprar do que arrendar ou alugar um bem público. Se eu não puder comprar, terei de permitir que avós, netos e todos os parentes dos políticos locais participem do filme. Isso envolverá releases, assinatura de contratos, toda a burocracia. Seria mais simples comprar esta área. É claro que podemos reproduzi-la em um set, em Hollywood ou no Canadá, mas isso também sai caro. Tentaram elevar minha oferta, mas não faço negócios assim. O sr. King deu um prejuízo de um milhão de dólares à cidade, e não consigo esquecer que o filho dele morreu bem aqui, no bosque. Acho que não há justificativa legal para nos expulsarem daqui. Há, Peter?

— Não, senhora.

— Então ficaremos aqui, até acabarmos nossa conversa. Ainda temos assuntos a tratar.

— Conroy, vá buscar outra placa para fixar aqui. Senhora, preciso insistir para que saiam. Se eu permitir sua permanência, a cidade dirá que estou lhe favorecendo por ser famosa.

— É verdade, Lola — disse Pete. — Entretanto, você pode ficar até trazerem uma nova placa.

— Você está forçando a barra, Danson — disse Mac.

— Acho que estou, não é?

— E quanto ao meu pedido de desculpas? Ah, meu Deus, quem é este agora? — perguntou Lola, apontando para um carro que estacionara próximo ao do delegado. — Ora, se não é o jornalista, Larry Denville!

— Exatamente do que precisávamos agora — lamentou-se Mac.

— Adoro a imprensa. Os jornalistas sempre foram bonzinhos comigo. Iu-húúú, Larry! — gritou ela, abanando os braços. — Venha até aqui, querido. Posso lhe dar uma manchete para o jornal de amanhã!

O repórter desceu, escorregando e deslizando, até o pé do barranco, tomou a mão da atriz e beijou-a de modo teatral.

— Ouvi dizer que havia uma confusão rolando por aqui. Uau, parece que finalmente resolveram limpar este lugar! Será que essa foi sua primeira prioridade em seu novo cargo, delegado? Será que poderia me dar uma declaração? Como vai, Pete? Ei, o que está havendo?

Lola estalou a língua.

— Cavalheiros, permitam que eu lhes conte. Querem nos prender, Larry. Agora, dá para acreditar numa coisa dessas? Como você pode ver, estamos sentadinhos aqui, apenas sentindo a locação. Sabe, é muito importante sentir a locação quando filmamos. Quer participar do filme, Denville? Como você mesmo, é claro. Poderíamos transformá-lo em um verdadeiro farejador de notícias quentes, não é, Mandy?

Mandy assentiu.

— Tentei comprar este lugar esta manhã, mas o *senhor* Cyrus King tentou pedir um valor maior ainda do que eu já propusera. É preciso informar aos cidadãos desta cidade que esse senhor os fez perder um milhão de dólares. Bem, acho que montaremos um cenário em Hollywood. Ei, Larry, você não está anotando nada. Por quê?

O jornalista gorducho deu tapinhas no bolso de sua camisa.

— Não é preciso. Meu gravador está sempre ligado.

— Ah, Anthony, você está babando de novo! — exclamou Lola, estendendo-lhe um guardanapo de papel que retirou do saco com os cachorros-quentes. — Disseram que invadimos o local, mas não vimos placas proibindo a entrada ao chegarmos. É isso o que tenho a declarar. Sem mencionar aquela história da namorada do Pato Donald.

— Por que não me conta tudo? Essa matéria poderia ser uma continuação daquela que fiz para o jornal de domingo. Acho que os leitores gostariam. E então, adorável senhora?

— A idéia é fascinante. Mandy, Anthony, o que acham disso?

Anthony balançou frouxamente a cabeça para cima e para baixo enquanto ele enxugava a boca. Mandy socou a palma de sua mão enquanto resmungava:

— Bom. Bom. Bom.

— Se, juntos, os três formassem pelo menos um cérebro bom, talvez pudéssemos considerá-los perigosos — sussurrou o policial Conroy.

— Ei, eu ouvi o que você disse — respondeu Lola, rápido.

— Eu também — disse o jornalista, apontando para o bolso de sua camisa.

— Ah, que merda — gemeu Pete Danson.

— Dê o fora daqui, Conroy. Traga a maldita placa e a pendure em algum lugar — disse o delegado, voltando-se para falar com Lola. —

A senhora não será multada, mas assim que a placa for fixada, terá de sair daqui. Está claro?

Mandy coçou seu traseiro magro enquanto Anthony olhava para as nuvens, com a boca mole e aberta.

— Você é quem manda, delegado — cantarolou Lola. — Mas será que ainda receberei meu pedido de desculpas? Posso ser velha, mas ainda não estou senil como esses dois aqui ao meu lado. A idade merece respeito. Assim, para responder à sua pergunta, digo-lhe que sairei assim que receber um pedido de desculpas. Nem quero mais discussões. Preciso cuidar dos meus amigos aqui. Sinto muito por tê-lo conhecido nessas circunstâncias medonhas. — Ela voltou-se para o repórter. — Conseguiu gravar isso? Use a palavra *medonha*. As pessoas sentem empatia por ela, quando pessoas velhas estão envolvidas. Larry, por que não vem jantar conosco uma noite dessas, para podermos conversar *de verdade*?

Mac Ward girou nos calcanhares para seguir Pete Danson, de volta ao alto do barranco. Lá, junto aos seus carros, os dois olharam-se.

— Você gosta de apostas, Pete?

— Depende.

— Eu diria que a merda vai começar a voar para todos os lados. O que acha de nos reunirmos para discutir o assunto?

Pete encolheu os ombros.

— Acho que isso significa que terei de ligar para Andy e Amy, não?

— É um bom ponto de partida. Ligue-me depois que falar com eles. Essa sua cliente é uma figura, mas acho que você já sabia.

— Ela ama a neta, e parece que não estava apenas blefando lá embaixo. Pretende mesmo ir ao fundo das coisas.

— Eu percebi. A gente se vê então.

— Sim — disse Pete, entrando em seu carro.

Nove

Cady levantou os olhos do álbum que examinava, no terraço do primeiro andar, exatamente no momento em que Anthony estacionava o Bentley na frente da garagem para seis carros. Surpresa, viu-o abrir a porta de trás para sua avó e Mandy, que estavam vestidas como fazendeiras, e ficou em dúvida se deveria rir ou não. Atlas emitiu um latido agudo, também percebendo algo estranho.

— Ai, ela chegou antes de nós — disse Lola, baixinho. — Achei que estaria fora quase o dia inteiro. Tentem fazer de conta que não há nada de anormal conosco.

— Teve um bom dia, Cady? — perguntou Lola ao passar pela neta, com o boné que usara batendo contra as laterais de seu corpo, em uma de suas mãos.

— Foi agradável, mas esquisito. Boomer convidou-me para jantar hoje à noite e aceitei. Pete também convidou-me para jantar amanhã e também aceitei. Amy quase me chutou para fora de sua casa e Andy apenas cumprimentou-me quando eu já estava de saída e ele chegava. Como foi o dia de *vocês*? — indagou, com o olhar fixo nos trajes dos três.

— A mais pura rotina, docinho. O sr. Denville virá jantar aqui hoje. Nós, hã... o encontramos por acaso, e Mandy achou que ele precisava de uma boa refeição caseira. Que pena que você estará ausente. Olá, Atlas, senti sua falta esta manhã. Entre e lhe darei um daqueles couros que você adora mastigar — disse Lola, já entrando em casa.

— Eu ia preparar um café. Quer que eu leve um pouco até sua suíte, Lola?

— Café? Ah, meu Deus, não. O sol está quase se pondo. Tomaremos alguma coisa no terraço, está bem? Encontre-me lá em quarenta e cinco minutos.

— Certo — disse Cady, piscando ao olhar para a avó. Aonde quer que tivessem ido, certamente a missão fora bem-sucedida. A satisfação era óbvia, nos três. Este devia ser um daqueles dias *realmente* bons para Lola.

Embora já estivesse ali havia três semanas, sabia que não adiantaria questionar a avó. Se precisasse saber, Lola contaria onde estivera, mas apenas quando fosse o momento.

Atlas voltou com um ossinho de couro cru mastigável preso entre os dentes, ajeitou-se aos pés de Cady e começou a deliciar-se com o petisco.

Cady recostou-se na cadeira estofada com o sol morno da tarde banhando-a com sua luz dourada. Ela deveria estar pensando em Boomer Ward e no jantar daquela noite. Deveria estar preocupada com o que vestiria e em dúvida sobre sua capacidade de manter uma boa conversa durante todo o jantar. Primeiros encontros sempre eram desajeitados. Detestava primeiros encontros. A verdade, entretanto, é que seria melhor ver essa ocasião como um reencontro entre dois velhos amigos.

Talvez devesse também pensar em Amy Hollister Chambers e em seus modos nada amistosos. Sacudiu a cabeça. Pensar em Amy era deprimente. Melhor pensar em seus dois amigos e compará-los... Pete Danson e Boomer Ward. Ambos eram atraentes, altos e magros. Os dois pareciam atléticos e bem-sucedidos. Que tipo de pessoas seriam agora? Será que eram adultos gentis e preocupados com os outros? Nenhum fora mau ou irascível na juventude. Embora Boomer andasse com Jeff King, nunca fora malvado ou detestável. Como a havia chamado naquela manhã? Ah, sim... pequena Cady Jordan. Havia uma nuança de carinho naquelas palavras, quase como se a apreciasse vinte anos atrás.

Era muito estranho que, depois de todos esses anos, estivessem todos reunidos em Indigo Valley. Nos filmes, quando coisas assim aconteciam, era sempre por uma razão.

Uma nuvem passou e cobriu o sol. Um presságio? Ela sentiu um calafrio.

— Vamos, Atlas, parece que o tempo está nublando e pode chover. Lola está esperando por nós lá em cima.

Os Três Fantásticos, como pensava em Lola, Mandy e Anthony, estavam acomodados na cobertura de Lola. Pareciam tão alegrinhos que chegavam a comovê-la, e lhes disse isso.

— Não sei o que andaram aprontando, mas é melhor me contarem agora, já que sairei para jantar com Boomer. Acho que, seja o que for, pode ter algo a ver comigo e com meus antigos amigos. Todos sabem que um segredo não tem graça, a menos que dividido com alguém.

— Querida menina, estamos apenas tentando dar uma mãozinha para a sorte — disse Lola, enquanto levantava seu copo para ser reabastecido. — Sente-se e beba conosco. Anthony, prepare um uísque com soda para Cady. Também queremos saber como foi sua manhã, em detalhes. Está contente com a perspectiva de jantar com um dos que a maltratavam na infância? Não há dúvida de que ele é um homem muito bonito. Mandy disse que homens como Boomer são chamados, hoje em dia, de "gatos". Homens como o jornalista são *nerds* crescidos. Seu amigo Boomer provavelmente a considera uma gatinha. Acertei, Anthony?

— Acho que sim. Os jovens de hoje têm um vocabulário totalmente diferente do nosso. Por que não dizem, apenas, que um homem é atraente e uma mulher é bonita? Isso me deixa perplexo. Se não assistíssemos à tevê, não saberíamos de metade das coisas que estão acontecendo no mundo. É incrível o quanto podemos aprender apenas assistindo a novelas.

— Anthony não é um amor? É viciado em novelas. Todas as tardes ele nos conta o que ocorreu nos capítulos do dia anterior, de modo que nem precisamos assistir a elas. Nunca consegui me adaptar à televisão. Mesmo quando fiz aquelas participações especiais, senti-me desconfortável. Eu preciso de *câmeras e um cenário.*

— Seu talento exige a tela grande do cinema, Lola — acrescentou Anthony, com admiração e lealdade na voz, levando Cady a cogitar se ele não fora um dos amantes da avó.

— Falou um verdadeiro diretor — disse Mandy. — Anthony era o queridinho da cidade, assim como Lola. Ambos formavam o casal de ouro de Hollywood. — Então, sua voz tornou-se rancorosa: — Vivemos demais no passado. Não há como recapturá-lo. — Mandy pareceu reconsiderar o que dissera e, então, tornou-se defensiva. — Não que pudéssemos desejar voltar ao passado. Já tivemos nossos dias de glória.

— Fale só por você, Mandy. Eu adoraria ser parte deste novo mundo do cinema. Daria qualquer coisa para voltar a dirigir meus filmes. Não achei que minha vida seria assim na velhice — disse Anthony.

— Bem, a verdade é que eu também não — comentou Lola. — Pensei que nunca pararia. E pare de mentir, Mandy. É claro que você também não desejava aposentar-se. Graças a Deus ainda temos todos aqueles filmes antigos e podemos assistir a eles sempre que desejamos. Como você está vendo, Cady, somos nossos únicos admiradores hoje em dia. Agora, conte-nos sobre seu dia.

— Creio que vocês três tiveram um dia mais excitante do que o meu. Por que não começam a contá-lo?

— Tentei comprar o Bosque da Olaia esta manhã, mas Cyrus King tentou extorquir mais do que eu oferecia. Por isso, retirei a oferta. Pensamos que seria simples comprar aquela área. Assim, poderíamos fazer o que bem entendêssemos com ela. Só desejávamos cortar o mato, tirar as placas e a cerca do lago... e fizemos isso, mesmo sem comprar a propriedade. Infelizmente, nos pegaram e o sr. Denville, que acompanha todo o movimento da polícia por um rádio instalado no jornal, veio ao nosso encontro exatamente quando estávamos sendo praticamente presos por seu amigo Boomer. Tivemos de chamar nosso advogado, que vem a ser Peter Danson. E aí termina a história.

Cady estava boquiaberta.

— Vocês fizeram... *o quê?*

— Ah, contamos algumas mentiras... Fiz quase todo o trabalho sozinho. — Anthony vangloriou-se, sorridente. — Você deveria ter visto Lola e Mandy deslizando morro abaixo sobre aquela cerca plástica. Que pena que não levei uma câmera.

— Você *deslizou* pelo barranco? Com ossos porosos como queijo suíço!

— Por que acha que estamos bebendo assim? Estamos comemorando. Foi uma aventura tão incrível — disse Lola. — Meu dia está sendo *ótimo*. Por favor, não o estrague, Cady.

— Vocês parecem um bando de delinqüentes... O que teriam feito se os tivessem levado para a cadeia?

— Mas não foi por isso mesmo que chamamos Peter? Como será que a coisa toda vai aparecer no jornal? Pessoas idosas nunca são levadas para a cadeia porque são consideradas apenas excêntricas. Você ficaria surpresa com o que se pode fazer usando a idade avançada como desculpa.

Cady admitiu que Lola tinha razão.

— E então, o que conseguiram, se é que tiveram alguma vitória?

— Chegamos à conclusão de que todos os seus amigos mentiram e que todos estavam lá no dia do acidente. Acreditamos que estavam jogando pedras em você e no menino. Não conseguimos decidir por que fizeram isso. Imaginamos diferentes situações. Anthony serviu de diretor. Eu encenei um papel, é claro que apenas mentalmente, e Mandy viu toda a seqüência sob a perspectiva de uma dublê.

Cady recostou-se e abraçou os joelhos, enquanto fitava a avó.

— Por que mentiriam? Então Boomer também estava lá?

Anthony assentiu.

— Estavam todos lá. Aposto minha vida nisso. Quanto à razão para mentirem, eu diria que fizeram isso por medo. Crianças são assim. Todos vocês estavam lá, fazendo algo que os adultos não aprovavam, e, portanto, sentiam medo. Tenho certeza de que os pais das crianças interferiram e não permitiram que as autoridades interrogassem seus filhos, de modo que a mentira transformou-se na versão oficial. Afinal, os envolvidos eram apenas crianças imaturas de dez anos na época. Um deles teve o bom senso de ligar para a polícia. Isso consta no registro da ocorrência. Seu retorno a esta cidade abalou suas vidas seguras e tranqüilas. Não é que possam ser responsabilizados por algo. Não podem, mas, diante da opinião pública, essa vidinha confortável e segura da qual desfrutam há vinte anos fatalmente acabaria.

— Cady, faça força para lembrar-se. Sei que não é fácil, mas, se pensar um pouco, essa é a única explicação que faz sentido. Eu realmente gostaria de saber se a polícia tentou reconstruir os acontecimentos ou se apenas aceitou a palavra das crianças. Talvez consigamos extrair alguma coisa do sr. Denville durante o jantar. Anthony tem habilidade para fazer as pessoas falarem. Se não, podemos torturá-lo colocando um inseto em seu ouvido. Quem sabe o que aquele homem pode nos revelar, se estiver disposto a pesquisar essa história? Parece que, de repente, a vida assume novas dimensões. Por falar nisso, o que teremos para o jantar, Mandy? Acho que precisamos impressionar o sr. Denville. Por que não convidamos também alguns de seus amigos para jantarem aqui um dia desses? Com quem será que ele se relaciona?

— Podemos perguntar-lhe durante a refeição. Preciso começar os preparativos do jantar, já que, tecnicamente, hoje é o dia de folga de Anthony.

— Você não precisaria fazer isso se me deixasse contratar uma cozinheira profissional.

— Pare aí, Lola Jor Dan. Não permitirei que você coma nada que não seja preparado por mim ou por Anthony, e você sabe disso. Além do mais, adoro cozinhar. Quando as pessoas comem, quero dizer — resmungou ela.

— Quem será que ligou para a polícia naquele dia? — indagou Cady.

— Acho que foi Pete Danson — respondeu-lhe Lola.

— Eu também — disse Anthony. — Principalmente porque vocês tinham um relacionamento excelente. Ele é advogado, e acho que o senso de certo e errado, já naquele tempo, levou-o a cursar a faculdade de direito. O que você acha, Cady?

— Também acho que foi Pete.

— A perspectiva de jantar com Boomer a deixa nervosa?

Cady fez uma careta enquanto olhava para a avó.

— Para falar a verdade, sim. Sabe, estou fora de circulação há algum tempo.

Lola olhou para Anthony, assentindo com ar solene, e explicou para ele:

— O que ela quer dizer é que há tempos não vai a um encontro com um homem porque se esconde enfiando a cara nos livros. Relacionamentos representam um risco para nossos processos mentais. Se não colocamos nosso coração à disposição de alguém, não nos machucamos. Estou certa, Cady?

— Sim e não. Claro que já recebi convites para sair, mas de homens que não me interessavam, de modo que achei melhor não desperdiçar meu tempo e o deles com algo que não iria adiante. Não sou o tipo de mulher que precisa de um homem para sentir-se completa. Posso viver sozinha e cuidar de mim mesma. Sei limpar a caixa de gordura, trocar um fusível e até o óleo do carro. Corto minha grama e levo o lixo para fora. Não caio na cama com o primeiro que me convida para sair, e é isso que esperam. Depois, ficam *ofendidos* se perguntamos se *eles* já foram *testados*. Isso quando o relacionamento já progrediu até o estágio em que penso em ir para a cama com eles.

— Acho que isso tudo é mais do que Anthony e eu precisávamos saber, querida — murmurou Lola.

Cady sentiu-se deliciada com a confusão nos rostos de ambos.

— Você deveria tomar um belo banho de espuma agora e começar a se arrumar para sua grande noite, já que levará pelo menos três horas para ficar pronta. Lembre-se do que eu lhe disse. Quando estamos bonitas, nos sentimos bem. Estar bonita e sentir-se bem nos põem no controle, em situações como o jantar desta noite. Se você acha que está nervosa, imagine como o delegado Ward deve sentir-se.

— Três horas! — exclamou Cady. — Posso aprontar-me em dez minutos. E quem disse que estou nervosa? Estar agitada não é o mesmo que estar nervosa, é?

— Errado! A antiga Cady podia aprontar-se em dez minutos. A nova precisa de três horas. E, sim, agitada e nervosa são a mesma coisa. Vá!

— Sim, senhora — disse Cady, com um sorrisinho.

Ele parece belo o suficiente para servir de modelo para roupas esportivas, pensou Cady, olhando para Boomer Ward, que vinha até a porta da frente, onde ela o esperava ao lado de Atlas. Mesmo de onde estava, percebia sua expressão de aprovação. Depois de pensar durante uma hora, decidira-se finalmente por um tubinho verde-acinzentado com mangas três-quartos, com um enorme girassol amarelo aplicado no bolso. Se esfriasse à noite, como às vezes ocorria na primavera, ela não teria de se preocupar com um xale ou suéter. O colar de pérolas que ganhara de Lola ao fazer dezesseis anos era sua única jóia.

Atlas rosnou aos seus pés.

Boomer estava espetacular em seus jeans de corte perfeito e camisa impecavelmente branca, com as mangas enroladas até os cotovelos. Por algum motivo ela esquecera-se de que seus cabelos escuros eram crespos, já que agora estavam penteados para trás, mas ela esperava que os cachinhos compactos se liberassem daquele produto que os mantinha assentados e esticados agora. Não conseguia recordar se ele tivera cabelos encaracolados na infância, já que sempre usara um boné de beisebol dos Pittsburgh Pirates, mas seus olhos eram inesquecíveis, de um tom acinzentado, "cor de pombos", como ela sempre pensara neles. *Vinte anos atrás, esses olhos cor de pombos sempre pareciam preocupados. Ainda parecem.*

Ele sorriu, e seu coração disparou, ao retribuir-lhe o sorriso. Atlas rosnou e se colocou entre os dois.

— Pensei que deveria tocar a campainha, para fazer as coisas oficialmente — disse ele com um sorriso maior ainda, que desapareceu quando Atlas empurrou-o para trás com o focinho. — Este é seu cão assassino?

— Onde você ouviu um absurdo desses? — indagou Cady. Qual *era* o problema com Atlas?

— Na cidade. Duas mulheres falavam sobre isso no restaurante em que almocei um dia desses. Uma delas é dona ou trabalha na padaria. Parece que seu cachorro não gosta de mim. Será que você planeja levá-lo conosco?

Essa não era sua intenção, mas Cady mudou de idéia ao dizer-lhe:

— Na verdade, sim. Minha avó tem um convidado para jantar, e Atlas poderia perturbá-los. Ele é muito apegado a mim e se sente ansioso quando não estou por perto. Será que teremos problemas se eu o levar?

Boomer coçou o queixo.

— Meu cachorro está no carro. Acho que isso não vai dar certo.

— Se seu cão é tão agressivo quanto parece, não vai dar certo mesmo. Meu cachorro apenas me protege. Suponho que seria melhor eu ir em meu carro, com Atlas. Ou podemos marcar para outro dia. — Ela sorriu ao ver que Atlas reagia a seu tom de voz e empurrava Boomer para trás ainda mais, fazendo-o descer mais dois degraus.

— Deixe-me trazer Ozzie para vermos como esses dois se comportam um com o outro, antes de tomarmos uma decisão precipitada.

Ele tirou um pequeno controle remoto do bolso e o acionou. A porta abriu-se e o cão policial veio correndo até seu dono, mas parou subitamente. Os dois cachorros olharam-se, enfiando as caudas entre as pernas. As orelhas de Atlas murcharam e caíram enquanto cheirava o intruso, que também estava ocupado tentando investigar seu rival.

Cady deu um passo à frente exatamente quando Boomer levantava seu pé para subir um degrau até a área frontal. Os dois cães moveram-se ao mesmo tempo, cada um assumindo uma posição na frente de seus donos. Se a intenção de Cady tivesse sido segurar o braço de Boomer, o cão teria atacado. Atlas mostrou-lhe que teria feito o mesmo. Ela começou a rir.

— Seu cachorro está com ciúme de você e o meu não permite sua aproximação. Acho que será difícil sairmos para jantar. O que você sugere?

Boomer dava risadas.

— Penso o mesmo que você. Meu cachorro nunca fez isso antes. Talvez ele não goste do seu cheiro. Cachorros são muito sensíveis a odores.

— Quer dizer que estou fedendo? — perguntou Cady, com súbita irritação na voz. — Acho que você está com o mesmo cheiro; então, porque Atlas também não está muito contente com sua presença.

— Não. Ah, meu Deus, não foi isso... como pode pensar... o que eu quis dizer foi...

— O que você quis dizer foi que seu cachorro não gosta do meu cheiro; portanto, estou fedendo. — A indignação ainda transparecia em sua voz. — Estou usando perfume francês. Perfume francês *caro*, e o cheiro é *bom*. Acho que seu cão acostumou-se com a ralé, com criminosos fedidos e com tudo o mais que você o deixa cheirar para não apreciar mais as coisas refinadas da vida. Meu próprio cachorro, como você pode ver, não tem problema com meu odor. Além disso, acho que não se importa com seu cheiro. Simplesmente não gosta de você. Ponto.

Boomer correu os dedos pelos cabelos.

— Estamos brigando, e nem chegamos a sair ainda. Você já era briguenta aos dez anos. Vejo que não mudou nada.

— E você era um grosso. Também não mudou nada — revidou Cady.

— *Touché!* — disse Boomer.

Apenas Deus, em sua infinita sabedoria, poderia explicar por que as coisas tomaram aquele rumo. Cady estendeu a mão para segurar a coleira de Atlas e Boomer se moveu ligeiramente à frente. Os cães enlouqueceram naquele instante. Cady sentiu o vestido sendo rasgado, enquanto Atlas saltava e, atingindo Boomer, o jogava para trás, contra um dos pilares brancos de sustentação da área da frente. Os dentes do cachorro fecharam-se na orelha de Boomer e ficaram ali.

Larry Denville, chegando para jantar com um buquê de flores e uma caixa de chocolates, deixou-os cair e bateu uma fotografia, com uma câmera semelhante a um lápis que retirou do bolso da camisa.

— Se você divulgar essa foto, seu filho da mãe, mando prendê-lo e jogo fora a chave de sua cela. Tire esse cachorro desgraçado da minha orelha, antes que a arranque! — urrou Boomer.

— Olhe o que seu cachorro fez com meu vestido. Meu pescoço está sangrando. Manchas de sangue... Vá se danar, seu... seu... seu policial *de merda*! Policiais não servem para tirar outros de enrascadas? Pois tire o cão daí. Atlas, venha!

— Posso mencionar o que estão dizendo? — perguntou Denville, alto.

— Mas claro que sim! — gritou Cady. Ela voltou-se, com o vestido em farrapos, contente por ver o sangue escorrendo pelo pescoço de Boomer.

— Bela calcinha — disse Boomer.

Então Cady perdeu o fiapo de juízo que lhe restava, rasgando à força e arrancando pedaços de seu vestido até ficar apenas com suas roupas íntimas de tecido delicado e fino.

— Aí está! — gritou ela novamente. — Dê uma boa olhada!

Levantando a cabeça para manter a dignidade, Cady deu um rodopio.

— Está claro que não sairemos para jantar, nem hoje nem *nunca*. Pegue seu cachorro nojento e saia desta propriedade. Agora!

Dentro da casa, através da janela da frente, os três velhinhos davam gritinhos de satisfação.

— Ela o mandou danar-se — disse Anthony, com os olhos brilhando de choque. — Você dizia isso o tempo todo antigamente, Lola.

— Cady tirou a roupa — disse Mandy, com olhos arregalados de horror.

— Essa é a minha garota — disse Lola, rindo. — Aí vem ela. Finjam que estavam apenas passando, para que não desconfie que a espiávamos.

Dentro da casa, Cady viu o trio antes de proteger os seios com as mãos. Respirando pesadamente, disse:

— Eu deveria ter chutado o traseiro daquele traste até a rua. Poderia muito bem ter feito isso. Quero enviar a conta do vestido para que ele o reembolse. Eu adorava aquele tubinho. Parece que Atlas e eu lhes faremos companhia no jantar, afinal. O sr. Denville está parado no alpendre e tirou fotos!

— Você foi incrível. Estou impressionada — disse Lola, unindo as mãos em admiração.

— Estou furiosa — contestou Cady, marchando até o elevador. — Se esse... esse *grosso* me ligar para desculpar-se, diga-lhe que saí do país.

Ouviram a campainha e Anthony foi abrir a porta. Com o vestido arruinado de Cady nas mãos, Denville entrou no vestíbulo.

— Tudo isso é muito dramático. Posso encher o jornal de amanhã apenas com o que aconteceu aqui hoje.

— Entre, meu caro — disse Lola. — O jantar ainda não está pronto. Venha beber algo comigo no terraço, precisamos conversar sobre o que você escreverá na edição de amanhã de seu jornal.

— Nunca pensei que Cady fosse tão impulsiva — disse Denville, permitindo-se ser levado por Lola.

— Afinal, o que lhe deu na cabeça, companheiro? Você conseguiu estragar minha noite — disse Boomer, dirigindo rapidamente pela estrada, em busca de algum lugar onde pudesse estacionar e lamber suas feridas. O grande cão, sentado a seu lado no banco do carona de seu Rover, olhava-o com ar de arrependimento. — Eu deveria chutar esse seu traseiro pelo que me aprontou lá. Deveria levá-lo para casa e deixá-lo de castigo. Tive uma idéia melhor: nada de brincar com aquele boneco que lhe dei por uma semana inteira. É isso mesmo, uma semana. Você destruiu o vestido da moça e terei de reembolsá-la. Além de tudo, Cady mandou que eu me danasse. Esse não é um bom modo de começar uma amizade e influenciar pessoas. Que merda, como é que você consegue sentir-se ofendido com perfume francês?

Sua única resposta veio na forma de um latido lacônico.

Boomer parou, examinou o cardápio em um fast-food e já ia fazer seu pedido no microfone instalado ali quando uma pessoa apareceu de repente para atendê-lo.

— Oito tacos completos, duas batatas fritas, um milk shake de chocolate e uma garrafa de água com um copo plástico.

Comia seu terceiro *taco* quando um automóvel estacionou ao lado do seu. Uma rápida olhada deu-lhe a impressão de que deveria reconhecer os ocupantes, mas não conseguia localizá-los em sua mente. Exceto por parecerem vagamente familiares, não lhe diziam nada. Nas últimas duas semanas, conhecera muita gente. Em geral, sua capacidade de juntar um rosto ao nome de seu dono era bem boa, mas não esta noite.

— Boomer?

— Sim. E você é...

— Pareço tão diferente? Amy Hollister. Agora sou Amy Chambers. Este é Andy. Minhas filhas estão no ensaio do coral e Arnie está fazendo hora extra, de modo que Andy e eu viemos comer alguma coisa porque é mais prático. Há dias penso em ligar para você. Acho que soube que Cady está na cidade.

— Na verdade, estou voltando da casa de Lola Jor Dan. Cady e eu íamos sair para jantar esta noite, mas deu tudo errado. Vocês já se encontraram?

— Ela deu uma passada em minha casa hoje cedo, mas ficou não mais que um minuto. Andy apenas a cumprimentou, quando chegava e ela saía. Precisamos conversar, Boomer. Todos nós.

— Sobre o quê?

Por que Andy não diz nada?, pensou Boomer.

— Você sabe. *Aquele dia* — disse Amy, dando ênfase às palavras.

Boomer sentia os pêlos de sua nuca levantando-se, em alerta.

— Não faço questão de conversar ou sequer recordar o que aconteceu naquele dia.

— Será que é porque agora você é o novo delegado? Tenho ouvido todos os tipos de boatos na cidade. Estão fazendo um filme, e uma das cenas será rodada no lago. Todos estão comentando. Cyrus King está convocando uma reunião especial dos vereadores. Aquela atriz, avó de Cady, tentou comprar a área do Bosque da Olaia hoje pela manhã, mas o sr. King impediu o negócio. Alguém esteve no lago e retirou todas as placas e a cerca. Além disso, o mato e o capim foram cortados. Em sua opinião, quem faria algo assim?

Ele percebeu, de repente, que esquecera como era morar em uma cidade pequena. As notícias espalhavam-se como fogo no mato e as fofocas moviam-se à velocidade da luz. Forçou uma risada descontraída, embora nem de longe se sentisse tranqüilo.

— Provavelmente uma turma de adolescentes cheios de cerveja, em busca de diversão — disse ele, repetindo a avaliação de Pete sobre o que acontecera no lago. — Isso e as fofocas são apenas uma coincidência, em minha opinião.

— Você está tirando o corpo fora do que aconteceu no passado? Precisamos nos reunir e conversar. O que realmente precisamos fazer é formular uma só versão dos fatos. Você estava lá, como todos nós, então não finja que não tem nada a ver com isso.

— Olá, Andy — disse Boomer, enfiando a cabeça para fora de sua janela. — O gato comeu sua língua? Amy sempre foi a líder, entre vocês dois, e parece que nada mudou.

— Ela tem razão. Precisamos nos reunir e conversar — resmungou Andy.

— Com ou sem Cady?

— Cady foi ao bosque, recebeu uma multa por invasão e a pagou. Agora, diga-me por que iria até lá, depois de todo esse tempo? Deixe-me dizer-lhe. Foi por um de dois motivos. O primeiro é que ainda não recuperou a memória. Ou, então, recuperou-a e foi até lá para reviver o que aconteceu antes de nos procurar. Nós a deixamos lá para morrer, pelo amor de Deus! Pensávamos que os dois, Jeff e ela, estavam mortos.

Boomer retraiu-se ante a raiva contida nas palavras da mulher.

— Talvez *vocês* a tenham deixado lá para morrer, mas *eu* não fiz isso. Não a traí nem fugi correndo, como vocês três. Eu estava apavorado, mas me forcei a voltar. Cady estava viva. Eu sabia que Jeff morrera porque dava para ver seu cérebro. Tirei-os da água, corri para casa e liguei para a polícia. Se Cady recuperou a memória, então sabe que a levei à margem do lago e lhe disse que buscaria ajuda. Se ainda não lembrou, isso fatalmente acontecerá e então lembrará. Portanto, não há razão para nos reunirmos e conversar sobre isso.

Mas que droga, não fora ele mesmo quem sugerira a Pete que deveriam se reunir para tratar daquele assunto? Parecia-lhe que já não conseguia pensar claramente.

— Ah, não! As coisas não funcionam assim. Você estava lá, conosco. É tão responsável quanto qualquer um de nós — disse-lhe Amy, cuspindo as palavras com raiva.

— Faça como quiser. Posso defender-me sozinho, não preciso de ajuda. Sou policial, lembra?

Boomer ligou o carro e deu ré, sabendo que Amy e Andy o fuzilavam com seus olhares.

Em casa, ligou para a delegacia, para saber se estava tudo bem, e soube que a noite estava pacífica em Indigo Valley. Assim, tirou seus tênis, abriu uma lata de cerveja e se acomodou na frente da televisão.

Sua mente voltou aos gêmeos. Já não gostava deles, vinte anos atrás, mas gostava de Pete e Cady. Tornara-se policial por causa daquele dia, no Bosque da Olaia. Seus pais nunca haviam entendido por que desejara cursar direito penal. Quando tentava explicar, sem oferecer detalhes explícitos, os dois apenas sacudiam as cabeças, dizendo que não conseguiam aceitar a idéia de terem um policial na família.

Reclinou-se em sua poltrona favorita e fechou os olhos. Uma visão de Cady Jordan com roupas íntimas transparentes passou por suas pálpebras fechadas. Ele abriu os olhos, sentando-se direito na poltrona. A pequena Cady Jordan crescera — e muito.

Não havia mais por que pensar nisso. Seu cachorro providenciara para que qualquer intenção que tivesse com ela fosse para o brejo.

Será que deveria ligar e se desculpar pelo comportamento do cão? Sem dúvida. Faria exatamente isso.

Dez

Amy Chambers observou enquanto Boomer Ward saía com seu Range Rover verde.

— Você ouviu? Ouviu bem? Quem ele pensa que é? Que droga, Andy, Boomer estava lá e agora tira o corpo fora, como se nunca tivesse participado de nada. Dá para acreditar? Por que você não está comendo? — Ela mordeu seu *taco* e o recheio escorreu por seu queixo, chegando à frente de sua camiseta imensa.

— Você é relaxada quando come, sabia? — comentou Andy, com nojo na voz. — Como sempre, nem me perguntou se eu também queria um *taco*, simplesmente pediu. Você sempre pensa que sabe o que os outros querem. De vez em quando eu gostaria de tomar minhas próprias decisões. Pareceu-me que Boomer falava a verdade. Acho que não assumiria o cargo de delegado desta cidade se não estivesse à vontade com o que aconteceu naquele dia. Para bem da verdade, ele não fez nada, apenas *estava lá*. Quando penso nisso, lembro que ainda tentou ajudar Cady à sua própria maneira, assim como nós.

— Cady, Cady, Cady! Já estou enjoada de ouvir que todos queriam proteger a pobrezinha da pequena Cady. Se você disser que também queria protegê-la, vou vomitar! — Amy amassou o guardanapo de seu *taco* e abriu outro. — Se não quer comer, dê-me para levar para Arnie. E se não quer *taco*, o que vai pedir?

— Vou me encontrar com Jill para falarmos sobre a separação. Depois como uma pizza ou algo assim.

Um pedaço de queijo caiu sobre o peito amplo de Amy, que o catou com a unha e o enfiou na boca. Andy afastou o olhar, repugnado.

— Você acreditou *mesmo* em Boomer, Andy?

— Já lhe disse, achei que falava a verdade. Sempre pensei que Pete havia ligado para a polícia, mas isso não faz sentido, porque ele ficou conosco a tarde inteira no parque. Como poderia ter telefonado?

— Eu lhe digo como — disse Amy, com a boca cheia. — Ele carregava um saco de papel e nos disse que precisava deixá-lo em casa. Lembra-se? Parecia guardar um tesouro dentro daquele. Você perguntou o que havia lá dentro e Pete lhe disse para cuidar de sua própria vida. Esperamos enquanto deixava o saco em casa e voltava. Digamos que, ao entrar em casa, tivesse telefonado para a polícia.

— Então por que não nos contou? Sei que nunca suspeitei, e você também não. Estávamos apavorados demais naquele dia para sequer pensarmos em chamar a polícia. Pete não era muito mais esperto do que nós dois. Boomer era três anos mais velho, de modo que sabia melhor das coisas. Acho que telefonou sim. Nossa sorte é que Cady não morreu. Meu Deus, você imagina como eu gostaria que tudo isso tivesse um fim? E seu comportamento não alivia em nada minha ansiedade, Amy. Deveríamos contar a Cady o que aconteceu no bosque. Quero tirar esse peso de meu peito para poder *respirar* de novo. Jill tentará fazer as pazes comigo usando essa história, e você sabe disso. Então, mais cedo ou mais tarde, tudo isso virá à tona. Quem sabe não acabamos de vez com esse pesadelo, contando tudo o que aconteceu?

— Não! — exclamou Amy, pronunciando aquela única palavra como se disparasse uma arma.

— Não me diga *não*, Amy. Se você acha que Pete lhe dará ouvidos, está completamente louca. Estou farto de vê-la comandando minha vida. Metade de meus problemas com Jill ocorreu por sua causa. Não consigo mais viver com essa culpa. Nem consigo dormir, muitas noites, tentando imaginar o que farei se e quando isso for descoberto.

Tenho algumas economias que podem me ajudar por algum tempo se meus clientes me abandonarem por causa disso. Estou preparado para me mudar e começar tudo de novo. Meu Deus, Amy, quero apenas ser *eu* de novo. Quero parar de me esconder dos pais de Jeff King sempre que os vejo, porque me sinto culpado. Sinto-me como um verdadeiro covarde e não sei como lidar com isso.

— Eu lido com isso porque não vale a pena pensar na alternativa. Não diremos nada até... até sermos forçados a falar. Quando você não me dá ouvidos, algo horrível sempre acontece, e quem precisa consertar o estrago sou eu. E não me diga que mando em sua vida. Se você conseguisse administrar seus assuntos, não precisaria de minha interferência. Somos gêmeos — lembrou-o Amy, como se essa explicação fosse suficiente.

Andy murchou ao ver-se confrontado, como sempre fazia, ligando o carro e dando ré com tanta energia que Amy saltou no banco.

— Não terminei de comer ainda. Não consigo comer com o carro em movimento. Vou enjoar.

— Nem um motorista de caminhão come cinco *tacos*. Olhe-se no espelho e pare de engordar como uma vaca por comer tanta porcaria. — Andy arriscou um olhar para a irmã, com os cantos dos olhos, percebendo que a atingira em cheio. Então, deu-lhe o golpe de misericórdia: — Você e Cady tinham mais ou menos o mesmo corpo. Acho até que você era mais magra, mas ela transformou-se em uma verdadeira beldade.

Amy explodiu em lágrimas.

— Eu o detesto, Andy Hollister. Jamais lhe diria algo tão cruel. Jamais!

— Uma pinóia que não. Você tem mandado na minha vida, sempre ditando como e quando devo agir. Nem sei mais quem sou. Daqui por diante, fique fora dos meus assuntos. Se eu me der mal, saberei de quem é a culpa. Falo sério, Amy. Fique fora da minha vida. Leve todo o seu lixo com você. Não quero meu carro com esse cheiro nojento de *tacos* gordurosos. Olhe, seu marido já chegou — disse ele, ao manobrar na entrada da garagem de Amy.

— Às vezes eu o odeio, Andy. De verdade. Se você contar alguma coisa, direi que está mentindo. Em quem acha que acreditarão, em você ou em mim? — Sua voz parecia tão cheia de maldade que Andy sentiu suas entranhas revirando-se.

— Você é louca. Às vezes também a odeio. Não me ligue. Eu ligo para você.

— Quando?

— Provavelmente nunca — respondeu Andy, enquanto dava a ré para ir embora.

Dirigiu sem rumo, apenas para matar o tempo até a hora de se encontrar com Jill no Rei do Churrasco. A escolha do local fora sua, porque ninguém prestava atenção naqueles que estavam na parte dos fundos do restaurante — nem mesmo os garçons, que pareciam esquecer-se daqueles clientes. Se Jill tivesse um chilique, ninguém se importaria. Seus pensamentos correndo em todas as direções, enquanto andava pelas ruas a esmo.

Detestava brigar com Amy. Detestava a atitude de sabe-tudo da irmã com relação à sua vida. Detestava quando ela o rebaixava na frente de outras pessoas, mas reconhecia que havia permitido aquilo, de modo que a responsabilidade era sua. Amy adorava atribuir a culpa de tudo a outros. Era esperta e manipuladora, e sempre conseguia o que desejava, mesmo se precisasse mentir para isso. Ele perdera a conta do número de vezes em que levara uns tapas no traseiro ou fora punido porque ela conseguira convencer os pais de que era ele o culpado daquilo que os acusavam. Era realmente um covardão.

O relógio no painel mostrou-lhe que era hora de rumar para a churrascaria.

Jill já estava no reservado com uma garrafa de cerveja na sua frente e outra no outro lado da mesa. Ela parecia diferente, e Andy franziu a testa, tentando descobrir o que havia mudado em sua esposa. Talvez fosse o rosto, limpo e brilhante, sem qualquer maquiagem. Seus olhos estavam avermelhados, como se ela tivesse chorado. Estava graciosa com seu rabo-de-cavalo, jeans e blusa listrada, parecendo-se com a Jill que ele conhecera no primeiro encontro. Ele sentou-se, cauteloso.

Jill esforçou-se para superar os primeiros instantes de embaraço.

— Não quero o divórcio, Andy, mas estou disposta a consultar um terapeuta conjugal. Ou poderíamos conversar e acertar nossas diferenças. Estou disposta a isso, se você também quiser. — Ela inclinou-se sobre a mesa para ficar mais próxima, com expressão de sofrimento intenso. — Andy, para cada ação existe uma reação. Cada um de nós reagiu ao outro e ao que dissemos e fizemos. Estou disposta a assumir minha parcela de culpa, mas você também precisa assumir a sua. Você tinha razão em muito do que disse na outra noite, mas não em tudo. O que estou tentando dizer é que nós dois somos responsáveis por isso. Quer pelo menos ouvir o que tenho a dizer?

— Vá em frente, Jill. Eu gostaria de escutá-la — respondeu, certo de que não escutaria nem prestaria atenção.

— Bom. Nosso problema é sua irmã. Não, não, deixe-me terminar. Você já me recriminou, muitas vezes, porque eu ligava para minha mãe cinco vezes por dia em nossa lua-de-mel. É verdade, fiz isso mesmo. Porque... Andy, sua irmã também lhe ligava cinco vezes por dia. Telefonava para acordá-lo de manhã, para dizer boa-noite, para perguntar o que você havia comido no almoço, para saber se não havia tomado sol demais. Eu não sabia o que fazer, de modo que pedi ajuda para minha mãe. A verdade é que Amy arruinou nossa lua-de-mel. Esperei que você a mandasse parar com aquilo, mas isso não aconteceu. Ao contrário, eu o ouvia respondendo, contando sobre nossos momentos mais íntimos, rindo e brincando. Depois, você irritou-se quando telefonei para minha mãe, que, por falar nisso, disse que sua irmã estava sofrendo de ansiedade da separação. Minha mãe aconselhou-me a ter paciência. Estou certa ou errada?

Ele assentiu, mas comentou:

— Você nunca me disse nada disso, Jill.

— Não cabia a mim endireitar sua irmã. Ela me detestou desde o primeiro dia. Acho que eu sabia que nosso casamento não daria certo, mas continuei tentando porque minha mãe me disse que era isso o que se esperava de uma esposa. E antes que você pergunte, não. Eu não ia correndo contar para minha mãe cada coisinha que me acontecia. Ela tinha olhos e ouvidos, e é esperta. Além disso, freqüenta o mesmo cabeleireiro que Amy e ouviu muitas coisas lá.

"Minha mãe não é uma aproveitadora, como você afirmou. Acho que você simplesmente repetiu as palavras que ouviu de sua irmã. Sim, você lhe enviava um cheque todos os meses. Ela mesma pediu que parasse de fazer isso, mas você continuou lhe dando aqueles cheques, talvez porque se sentisse bem sendo generoso. Minha mãe teve dois meses horríveis após a morte do meu pai, quando não conseguia retirar dinheiro de sua conta bancária, mas depois disso não teve mais dificuldades. Aqui — disse ela, jogando-lhe um cheque por sobre a mesa. — Mamãe me entregou esta manhã. Ela depositou todo o dinheiro que você lhe dava em uma conta e nunca tocou em um centavo desse valor. Você nunca sustentou minha mãe e foi horrível dar a entender que fez isso. Aquelas palavras eram de Amy, e você sabia muito bem."

A cerveja estava subindo à sua cabeça. Ele deveria ter comido alguma coisa.

— Não importa mais, Jill. Talvez devêssemos ter conversado um ano ou dois atrás. Mas que inferno, deveríamos ter falado sobre esses assuntos na lua-de-mel. Você disse que me detestava e, de repente, quer salvar nosso casamento. Por quê? Porque se nos separarmos você provavelmente terá de voltar a ganhar a vida? — *Meus Deus, por que falei algo tão horrível?*

— Nós dois fomos infantis, despejando palavras cruéis um para o outro. Eu sabia que não era você dizendo aquelas coisas. Sim, você as dizia em voz alta, mas a culpada é Amy, por ter posto aquelas palavras em sua mente. Como eu disse, apenas reagi. É verdade, Andy. Por que você não consegue ver? Por que está sendo tão teimoso? Outra coisa: é ou não verdade que você me proibiu de trabalhar fora? Queria que eu ficasse em casa, como Amy. Sou uma excelente artista gráfica. Posso conseguir um emprego num piscar de olhos. Fiz o que você me pediu, mas estava mortalmente entediada. Acho que o provoquei para ter algum tipo de emoção pelo menos. Era o único modo de nos comunicarmos. Mas sua reação imediata foi correr para Amy, ser influenciado por ela e me procurar para mais alguns *rounds* de briga. Amy é nosso problema. Poderíamos ter um bom casamento se nos esforçássemos. Por isso sugiro que consultemos um terapeuta. Não quero que você volte para casa, a menos que deseje realmente. Se o divórcio for a melhor solução, não quero nada de você. Irei morar com minha mãe até me ajeitar. Vou embora agora. Por favor, pense em tudo que falei. Se quiser o divórcio, eu o darei, mas me garanta que é o seu desejo, não o de Amy. Você sabe onde me encontrar.

Ela estava quase na porta quando Andy a alcançou.

— Volte à mesa apenas um instante comigo. Quero perguntar-lhe uma coisa.

Jill sentou-se novamente, segurou a garrafa de cerveja à sua frente entre as mãos e esperou.

— Lembra-se de que lhe contei o que aconteceu anos atrás no Bosque da Olaia?

— Claro que sim. Acho que você jamais superou aquela tragédia e costumava falar sobre aquilo enquanto dormia, às vezes. Ainda está perturbado pelo que aconteceu?

— Você contou a alguém?

Jill continuou fitando o marido e lhe respondeu, sem hesitar:

— Claro que não. Por que, quando sei que aquele acidente o afetou tanto? Jamais contaria isso a alguém. Aconteceu alguma coisa, Andy?

— Cady Jordan e Boomer Ward estão residindo em Indigo Valley novamente.

— E...?

— Se a verdade vier à tona, estaremos arruinados. Todos nós.

— Você já deveria ter contado sua versão. Eu o avisei de que algo assim acabaria acontecendo. Segredos dessa espécie são uma carga terrível. Tem idéia de como se sentiria aliviado se tirasse esse peso de seu peito? As pessoas são generosas e perdoam, Andy. Faz muito tempo e vocês eram crianças. Como os outros se sentem?

— Boomer acha que não tem nada para confessar, já que foi ele quem chamou a polícia — disse Andy, com a cabeça entre as mãos. —

Eu achava que Pete tinha dado aquele telefonema. Ele é a favor de confessarmos. Amy disse... que mentiria, se eu decidisse confessar.

— Acho que vou embora agora. Já ouvi tudo o que deveria ouvir. Seja a boa pessoa que sempre foi e faça a coisa certa. Boa-noite, Andy.

Andy recostou-se e olhou para o cheque sobre a mesa. *Minha Nossa Senhora, como as coisas chegaram a esse ponto?* Sentia vontade de chorar por ter sido tão tolo. *Jill tem razão sobre tudo. Por que não vi antes? O que há de errado comigo para ser tão idiota?*

Fazer a coisa certa. A coisa certa para quem? Para ele mesmo? Para Cady? Pete e Boomer? Ou para Amy? Será que apenas cuspira palavras de coragem para sentir-se melhor ou era suficientemente homem para levantar-se e contar a verdade? No minuto em que tomasse aquela decisão, sua vida mudaria para sempre. Será que teria forças para enfrentar as mudanças? Amy nunca mais faria parte de sua vida se fizesse a coisa certa. Seria capaz de suportar o afastamento da irmã?

Raiva, como jamais sentira em sua vida, começou a infiltrar-se em suas veias. Ele agarrou o cheque, deixou sobre a mesa uma nota de dez dólares e correu dali até o estacionamento, onde abriu o bagageiro e pegou um par de tênis. Ele jogou seus sapatos no bagageiro, calçou os tênis e começou a correr, arrancando o paletó que usava e o jogando no meio de alguns arbustos. Sua gravata foi jogada sobre os ombros enquanto ele abria com energia os botões de sua camisa social. Seus braços moviam-se com a mesma fúria das pernas, enquanto jogava longe sua camisa.

Sabia que, se estivesse correndo assim em uma esteira, bateria seu recorde. Depois do primeiro quilômetro, enormes gotas de suor já escorriam do seu pescoço para seu tórax. Continuou correndo, sentindo o corpo protestar a cada passada longa, até cair deitado no acostamento, onde ficou ofegante e lutando por ar. Então, não sabendo o que mais lhe restava fazer, chorou.

Jill Hollister dirigiu durante quase uma hora antes de estacionar seu automóvel na frente da casa da cunhada. Endireitou a coluna ao máximo ao descer do carro, sabendo que deveria ter feito o que viera fazer ali muito tempo atrás, mas Andy sempre havia dito que Amy era um assunto apenas dele. *Não é mais*, pensou, com a expressão sombria.

Mesmo àquela distância, percebeu que Amy estava encolhida no cantinho da cadeira-balanço e chorava com o rosto escondido entre lenços-de-papel. De acordo com Andy, chorar era um dos passatempos favoritos da irmã. Jill levantou os ombros e marchou até a varanda.

— Amy, sou eu, Jill. Quero falar com você.

— Ora, adivinhe só, *eu* não quero falar com você.

Amy fez menção de sair dali, mas Jill a empurrou de volta.

— Neste momento, Amy Chambers, não me importo muito com o que você quer ou não. Estou aqui para lhe dizer algumas verdades e você ficará aí até eu terminar. Para início de conversa, não vou com a sua cara, assim como você não vai com a minha, mas amo seu irmão. Se não metesse seu bedelho em nossas vidas e tentasse controlá-lo, eu não estaria aqui agora. Você é a causa de todos os nossos problemas. Você, Amy Chambers. Pela primeira vez, hoje à noite, acho que Andy finalmente viu o quanto sua irmãzinha é manipuladora e conivente. Não quero me divorciar e acho que ele também não. Estou tentando convencê-lo a consultar um terapeuta conjugal comigo. Quando, e se fizermos isso, todo o tipo de coisa virá à tona. Vim até aqui para alertá-la. Assim, prepare-se. Um terapeuta neutro poderá ajudar Andy e lhe mostrar o quanto tem sido controlado. Considero-a uma mulher muito infeliz, para tentar arruinar a vida de seu irmão. Sei que Andy não é totalmente inocente. Você o controla desde a infância. Ele achou que isso era certo, de modo que nunca se rebelou.

"Escute bem, Amy. Farei tudo o que puder para salvar meu casamento. Se tiver de fazê-la em pedacinhos, farei. A partir de agora, fique longe de Andy! Deixe que ele tome suas próprias decisões e cometa seus próprios erros. Será que não viu o que fazia com seu irmão? Como pôde ser tão cega? Andy tem-se consumido por causa daquele acidente no bosque, desde aquela época. Eu lhe disse para fazer o que é certo e vou continuar oferecendo meu apoio para que faça isso. Em resumo: afaste-se de nós. Meu casamento só diz respeito a Andy e a mim. Deixe que tentemos resolver nossos problemas. Já disse tudo o que tinha para lhe dizer. Boa-noite.

— Mas quem você pensa que é para vir à minha casa e se dirigir a mim desse jeito? Se não é mulher o bastante para prender seu marido, não tente pôr a culpa em mim. Andy não pediu o divórcio porque eu mandei, mas porque quis. Ele vinha aqui todos os dias para queixar-se de sua preguiça e esbanjamento. Dizia que você era igual à sua mãe e que só queria gastar o dinheiro do pobre, ganho com o suor do trabalho. Você não quer ter filhos porque não deseja estragar sua silhueta. Sei de tudo, porque Andy sempre vinha correndo me contar. Você não passa de uma vagabunda!

Jill tinha um pé no degrau e se preparava para ir embora, mas virou-se e voltou à varanda, encarando a cunhada.

— E por que sou uma vagabunda?

— Porque sim. Todos sabem. As pessoas comentam.

Jill abaixou-se para poder olhar Amy nos olhos.

— As pessoas podem falar apenas quando outros lhes dão material para comentários. Eu morava em Pittsburgh antes de conhecer Andy e não conhecia uma alma sequer nesta cidade quando nos casamos. Nunca o traí. Se existem rumores é porque *você* os espalhou. Tratarei de descobrir se isso aconteceu e então a processarei por difamação com tanta rapidez que nem saberá o que a atropelou. Espere e verá! Sabe de mais uma coisa, Amy Chambers? Acho que vou fazer uma visitinha à sua antiga amiga, Cady Jordan. Você deve ter se esquecido de que conheço também os *seus* segredinhos podres.

— Fico feliz porque Andy quer o divórcio — gritou Amy, pega de surpresa pelas palavras da cunhada. — Ele é bom demais para você.

— Afaste-se de minha vida. Se eu tiver de voltar aqui, virei quando seu marido estiver e você se arrependerá amargamente. Deixe Andy em paz também, para podermos consertar nosso relacionamento!

— Será que isso foi uma ameaça? Pareceu-me uma ameaça — Amy gritou novamente.

— Não foi uma ameaça. Foi uma promessa, e é melhor que eu não precise cumpri-la.

— Sua cadela! — disse Amy, ofegante.

No instante em que o carro de Jill afastou-se, ela pulou da cadeira e correu para dentro de casa, ligando para o número do celular de Andy e quase desmaiando ao ouvir sua voz.

— Andy, aquela rameira de sua esposa acabou de sair daqui. Ela me ameaçou. Venha aqui, imediatamente. O que quer dizer com "não vem porque correu sete quilômetros e está exausto"? Deixe de ser mentiroso. Você não poderia correr sete quilômetros nem se houvesse um pote de ouro na linha de chegada e, além disso, sempre foi um tremendo preguiçoso. Não é tão tarde assim. Olhe, consultar um terapeuta conjugal é a coisa mais estúpida que já ouvi. Quando um relacionamento termina, não há o que fazer. Recuso-me a crer que você sequer pense em acertar as coisas e continuar com Jill. Desde o começo eu lhe disse que essa mulher não lhe servia, mas claro que você não me escutou. Isso é o que acontece quando não me escuta. Eu deveria mesmo deixá-lo sozinho para afundar-se em sua própria estupidez. Tudo bem, tudo bem, não ligarei mais. Está feliz agora? Lembre-se do que lhe falei: se decidir bancar o nobre, não lhe darei nenhum apoio. Vá para o inferno, Andy, já estou cansada de bancar sua babá. Faça o que bem entender. Ah, uma última coisinha, meu querido irmão: sua esposa disse que pretende ter uma conversinha com Cady Jordan.

Amy bateu o telefone sem fio com tanta força em sua base que o fez saltar para trás e cair no chão, olhou-o e o chutou até o outro lado da sala, sentando-se depois, agitada. Andy nunca lhe falara daquela maneira. De onde ele tirara, sem mais nem menos, tanta coragem para enfrentá-la? Será que se julgava capaz de encarar as conseqüências, se confessasse? E se ela não conseguia lidar com aquilo, como o irmão poderia? Será que Jill era a sua força?

Fechou os olhos e tentou imaginar como seria sua vida sem Andy ao seu lado. Se o casamento com Jill fosse reatado, teria de se contentar com Arnie e as meninas, sem participar da vida do irmão. Além disso, teria de evitar seus pais, porque não conseguiria suportar as críticas e choramingos.

Deus, que confusão.

E tudo porque Cady Jordan resolvera voltar para Indigo Valley.

— Preciso ir a Squirrel Hill daqui a pouco, Amy. Tomo um café pela rua, porque estou sem tempo. Se você quiser, deixo as meninas na escola. O que há, querida? Você parece cansada. Dormiu mal?

— Quase não preguei o olho. Estou naqueles dias — mentiu Amy. — As meninas adoram quando você as deixa na escola. Estão esperando na frente de casa. Obrigada, Arnie. Voltarei para a cama para ver se a dor de cabeça alivia um pouco. Tenha um bom dia — disse ela, dando um rápido beijo no rosto do marido.

Amy levou seu marido até a porta, deu beijinhos nas filhas e nele outra vez, e então pegou o jornal. Esperou até perder o automóvel de vista e fechou a porta. Essa era sua hora favorita do dia, depois que todos saíam e ela podia sentar-se no cantinho onde tomava café com o sol entrando pela janela.

Serviu-se de café e acrescentou quatro colheres de açúcar e chantili antes de abrir o *Sentinela de Indigo Valley*. Seus olhos quase saltaram das órbitas quando viu a foto de Cady Jordan no que parecia ser um conjuntinho muito ousado de calcinha e sutiã. Prendeu o fôlego, horrorizada, enquanto tentava imaginar-se nas mesmas circunstâncias. Os três pneus de gordura extra sob seus seios e sua celulite provavelmente não seriam nada fotogênicos.

Mesmo usando apenas roupas íntimas, se era isso que via realmente, Cady Jordan parecia estar em plena forma.

Leu cada linha da matéria não uma, mas duas vezes, antes de subir as escadas para tomar banho e vestir-se. Em menos de quinze minutos já estava na rua, a caminho da padaria, onde certamente Julie Ambrose lhe contaria as fofocas mais quentes. Achava que, àquela hora, metade da população estaria na padaria discutindo o conteúdo daquele jornal. Praticamente todos os homens de negócios da cidade paravam ali para um café com pãozinho fresco. Tudo o que precisava fazer era sentar-se e ouvir.

Onze

Cady estreitou os olhos, espiando o relógio na mesinha-de-cabeceira. Sete horas! Passara de seu horário, algo que raramente acontecia. Já eram mais de três horas quando finalmente adormecera, preocupada com a edição matinal do *Sentinela de Indigo Valley*. Saltou da cama, agarrou seu roupão e desceu correndo as escadas até a cozinha.

Lola, Mandy e Anthony estavam à sua espera, com olhos brilhantes de excitação. O jornal estava no meio da mesa.

— Querida, você fotografa melhor do que algumas modelos — disse-lhe a avó, satisfeita. — Esta foto é preciosa!

— Creio que o novo delegado está se escondendo de todo mundo hoje. Não me surpreenderia se convocassem uma reunião especial para discutirem seu... comportamento — disse Mandy, contendo a risada.

— Minha linda, você está na boca de todos hoje. Quer ovos ou panquecas? — indagou Anthony.

— Torradas e café. Ah, *meu Deeeeusss*! — Cady deu um gritinho ao ver sua fotografia no jornal. — *É em cores!*

— É mesmo, não é? — respondeu sua avó, enquanto levava a xícara de café aos lábios. — O artigo também é extremamente interessante. Ele menciona a multa por invasão que você pagou e também nossa... pequena visita ao lago, além de minha oferta para comprar aquela propriedade. O sr. King é retratado como um magnata ganancioso. Não sabia que tínhamos magnatas nesta cidade — completou, com um retorcer de nariz.

— A melhor parte é que aquele jovem, Larry Denville, está reabrindo o arquivo do jornal sobre esse caso antigo e fazendo algumas investigações. Agora que todos já são adultos, ele fará o que sabe fazer melhor, isto é, investigar. Nós lhe contamos sobre nossas suspeitas e que fomos ao lago para uma reconstituição. Se você tivesse descido para jantar não precisaria estar lendo sobre o que todos nós discutimos. Sua dor de cabeça passou, querida? — perguntou Mandy, preocupada.

Os olhos de Cady estavam em chamas, ao olhar para os três, e só faltava rosnar ao responder:

— Estava melhor quando acordei, mas acabou de voltar. Não sei se posso lidar com isso.

Lola abanou a mão no ar.

— É claro que pode. Finja, apenas, que está encenando um papel, como eu faço. Se agir assim, poderá enfrentar qualquer coisa, acredite. Quero panquecas, Anthony.

Com o olhar mais furioso a cada minuto, Cady olhou de um para outro. Ninguém no planeta poderia forçá-la a ler aquele artigo. De jeito nenhum.

— Boomer ligou? — Ao ver as três cabeças negando ao mesmo tempo, disse: — Então, acho que terei de ir à delegacia. Preciso deixar bem claro o que aconteceu ontem à noite. Repassei mentalmente o que houve e cheguei a ter sonhos com isso. Acho que nós dois fomos culpados e nós dois reagimos. Pelo menos sei que fiz isso.

— Pelo menos vá vestida — brincou Anthony.

— Cale-se, Anthony — repreendeu-o Cady, sendo fitada por seus próprios olhos na foto.

— Ela está com o pavio curto esta manhã — disse Lola, contente. — Minha menina, não é preciso ir à delegacia. Não há nada de que se desculpar se essa é sua intenção. Espere que ele venha até aqui.

Aproveite o dia de hoje para aprontar-se para seu encontro com Pete Danson à noite.

Enquanto fitava sua nudez no papel, Cady sentiu o rosto ardendo.

— Talvez as pessoas achem que costumo fazer isso.

— O jornalista deixou bem claro que esses são trajes íntimos — comentou Mandy, com uma piscadela na direção de Lola.

— Que merda...

— Se alguém está interessado no que tenho a dizer, acho que é melhor ir até a cidade para fazer umas comprinhas — disse Anthony, em tom de comando. — Seria bom ir até a padaria, que é um caldeirão de fofocas, à farmácia e ao mercadinho, onde todos os aposentados se reúnem para falar da vida alheia. Em cada um desses lugares é bom mencionar que estamos fazendo um filme e lhes dar assunto para fofocas. Todos ficam nervosos quando se faz isso, e então se tornam descuidados, imaginando o que virá a seguir, e cometem erros. Acredite. Dirigi esse mesmo filme uma dúzia de vezes. Ah, dê uma passada no cemitério, mas leve flores. Precisamos mantê-la em primeiro plano para que todos se sintam ameaçados, e com *todos* quero dizer seus antigos amigos e a família King.

Cady sentiu os pêlos de sua nuca eriçarem-se e falou, agitada:

— Está bem. Vou me vestir e dar uma passadinha na padaria. Está bom assim?

— Está ótimo — assentiu Lola.

— Com certeza — acrescentou Mandy, com um sorriso.

— Vá fundo — completou Anthony, enquanto virava uma panqueca com maestria.

Cady correu os dedos entre os cabelos.

— Vocês acham que saberei escolher a melhor roupa para sair?

O trio assentiu novamente e Cady foi para seu quarto, onde ficou olhando para os sapatos de dança de Ginger Rogers. Será que Gingers os usava em outras ocasiões ou eram apenas para o palco? Seria interessante se os sapatos de Fred Astaire estivessem ali, ao lado dos sapatinhos brilhantes sob a proteção de vidro.

Atlas montou guarda do lado de fora do banheiro, enquanto sua dona banhava-se e, depois, cheirou o ar quando ela passou talco e desodorante, continuando atento ao vê-la deslizar para dentro de um vestido de seda amarelo com grandes botões laterais verde-claros. A fenda lateral era generosa e mostrava o suficiente das pernas moderadamente bronzeadas de Cady para tornar a roupa ainda mais interessante. Sandálias no mesmo tom dos botões foram a última peça que retirou do closet.

Estava quase descendo as escadas quando voltou ao quarto para colocar um conjunto de colar e brincos de pérolas. Agora sentia-se bem-vestida.

No andar de baixo, desfilou pela cozinha e esperou pacientemente enquanto Mandy atava um lenço xadrez em torno do pescoço de Atlas. O padrão combinava com a guia pendurada no gancho, na porta dos fundos.

Lola bateu palmas, deliciada.

— O show não pode parar! — exclamou.

— Mostre a eles, Cady — disse Mandy.

— Eu lhe desejo merda — disse Anthony, usando a expressão do teatro para desejar boa sorte antes de uma apresentação.

— Vocês agem como se eu... ah, esqueçam. Estou bem?

— Você está fabulosa, doçura. Lembre-se do que lhe falei: quando estamos bem-vestidas, nos sentimos bem e no controle de tudo. Além disso, o perfume que está usando é celestial.

— Está tudo bem, perfeito, incrível. Mas daria para me dizerem o que devo fazer? Por que estou me expondo desse jeito?

— Vá!

Atlas latiu enquanto era levado para fora da cozinha. Eram 7h58.

— Agora, só nos resta esperar — disse Lola, enquanto derramava calda quente sobre suas panquecas.

Passavam onze minutos das oito quando Cady entrou na padaria. O lugar estava tão lotado que teve de retirar uma senha. As mesinhas estavam todas ocupadas por mães que haviam acabado de deixar os filhos na escola e estavam ali apenas por dois motivos: fofocar e comer delícias açucaradas. A fila dupla no balcão da padaria estava cheia de homens de negócios usando terno e gravata e corredores com roupas esportivas e tênis. Ela esperou pacientemente, sentindo que alguém a olhava mais atrás na fila. A grande questão dizia respeito ao que comprar. Apenas quando já pedira e se encaminhava para o caixa, percebeu que deixara a bolsa no carro e sentiu o rosto ardendo de vergonha.

— Deixe-me pagar. Pelo menos isso eu posso fazer — sussurrou Boomer Ward.

— Boomer! Ah, obrigada. Esqueci minha bolsa no carro. Se você me acompanhar, eu lhe devolvo o dinheiro. Ei, posso dividir com você o que comprei, mas meu cachorro está no carro.

— Ozzie também está no meu carro. Poderíamos sentar em um banco na rua e comer esses pasteizinhos de maçã. Mais um café — pediu ele em voz alta.

— Boa idéia. Ah, olhe, Amy está logo ali. — Ela sorriu e acenou, enquanto Amy lhe dirigia um olhar furioso, mas, ainda assim, lhe retribuía o aceno com a mão mole e sem vontade.

Na rua, sob o sol agradável das primeiras horas da manhã, Boomer encostou a mão delicadamente no cotovelo de Cady e a conduziu até um banco.

— Ouça, sinto muito por ontem à noite. Não sei o que deu em Ozzie. Diga-me quanto devo pelo vestido e lhe darei o dinheiro. Por falar nisso, você não fede, cheira tão bem hoje quanto ontem à noite. Sinto muito, de coração, Cady.

— Tudo bem, Boomer. Acho que nós dois reagimos à bagunça causada pelos cachorros. Tenho dificuldade em vê-lo como "Mac". Acho que sempre será Boomer, para mim.

— Não tem problema. Gosto de pastéis de maçã. A padaria tem o melhor café da cidade. E então, o que você achou da matéria do jornal? — Ele virou a cabeça na direção da padaria. — Você sabe que todos estão comentando lá dentro.

Cady riu.

— Eu sei.

— Eu adoraria ficar aqui conversando com você, mas tenho um compromisso. Imagino que serei repreendido pela foto e terei de fazer um relatório detalhado do que ocorreu na noite passada. Que tal jantarmos amanhã? Deixarei Ozzie em casa, se você também deixar seu cão. Agora, quanto lhe devo pelo vestido?

— Dezoito dólares — respondeu ela, fixando um preço simbólico, já que sabia que pagar pelo estrago era uma questão de honra para Boomer.

— Parece razoável — Boomer deu-lhe um punhado de notas. — Achei que você diria algo como oitocentos dólares. E então, jantamos amanhã?

— Claro. Ei, espere. Preciso lhe dar o dinheiro dos pastéis de maçã e do café.

— São por minha conta. Nos vemos amanhã.

Cady sorriu durante todo o trajeto até seu carro e aquele vasto sorriso permaneceu em seu rosto enquanto dirigia uma quadra e meia até o mercadinho mais tradicional da cidade. Desta vez, porém, ela levou Atlas pela guia, cantarolando ao descer. Boomer era um *gato*!

— Uau! É impressão minha ou esta padaria nunca esteve tão cheia? — Julie Ambrose perguntou enquanto se sentava em uma cadeira alta, de frente para Amy Chambers. — Compraram tudo o que tínhamos. Esta Cady Jordan é linda mesmo. Nem em um milhão de anos eu teria aquela aparência. Adorei aquele vestido. E que bronzeado. O novo delegado parecia comê-la com os olhos. Você viu quando ele pagou as despesas dela?

— Vi sim — respondeu Amy com azedume. — Você leu o jornal de hoje? O que as pessoas estão dizendo? — Amy largou sua xícara de café e mordeu seu pão doce com canela.

— Claro que li. Nós vendemos o jornal aqui. Na verdade, vendemos todos hoje. Eu estava tão ocupada que só ouvi pequenas coisas, aqui e ali. Um grupinho de pessoas estava furioso porque Cyrus King arruinou a venda do Bosque da Olaia. Hattie Brisbane disse que queria uma roupa como a de Cady Jordan. Melba Logan acha que Cady só quer aparecer, que talvez esteja planejando fazer um comercial de roupas íntimas, algo assim, para a Victoria's Secret.* Os homens estavam com inveja de Boomer Ward. Eu mataria para ter o corpo daquela garota — disse Julie, em tom de brincadeira.

— Ela não teria aquele corpo se tivesse filhos, como você e eu — retrucou Amy.

— Teria sim, Amy. Basta olhá-la para saber que dá valor à sua aparência. Você e eu... estamos sempre ocupadas, não temos dinheiro para roupas chiques e coisas finas. Nem temos tempo para uma academia. Pelo menos eu não tenho. Preciso trabalhar para garantir meu sustento. É claro que, se eu não comesse metade das coisas que saem do forno, *poderia* emagrecer. Parece que você não simpatiza com Cady. Aconteceu algo entre vocês?

Amy lambeu os lábios ao lhe responder:

— Achei de mau gosto a foto. Escreverei ao editor, reclamando. Mas nada aconteceu entre nós. Por que perguntou? — Ela olhou o último pãozinho no prato de papelão sobre a mesa. — Cady foi me visitar um dia desses. A casa estava uma bagunça e ela parecia ter saído de uma revista de modas. Senti vontade de cavar um buraco e me enterrar nele.

— Amy Chambers, acho que você está com inveja de sua amiga de infância — provocou Julie.

— Não estou com inveja. Onde está escrito que preciso lhe puxar o saco apenas porque brincamos juntas quando tínhamos dez anos? — Ela pegou o pãozinho e o mordeu no exato momento em que Pete Danson entrou na padaria.

— Oi, Amy.

— Oi.

— Só temos um donut com geléia e duas roscas com canela — disse Julie, levantando-se para atendê-lo atrás do balcão.

---

* Tradicional e famosa marca de lingerie dos Estados Unidos. (N.T.)

— Quero apenas um café, estou indo para o fórum.

— Cady e Boomer acabaram de sair daqui — disse Amy, limpando o açúcar de sua boca com um guardanapo de papel.

— Mesmo? Não tem problema, já que tenho um jantar marcado com Cady hoje à noite e posso ver Boomer a qualquer momento. Vá com calma, Amy. Por falar nisso, ouvi falar que Andy e Jill estão tendo problemas no casamento. Lamento por isso. Jill é uma boa moça.

— Por que será que achei que você a defenderia? — resmungou Amy enquanto recolhia seu prato e os guardanapos usados. A mesa estava cheia de açúcar, que ela empurrou para o chão com a mão. Pete desviou os olhos, mas ainda assim Amy percebeu seu olhar de nojo.

Amy esperou cinco minutos antes de sair da padaria e, então, correu até a academia Lupinsky, onde inscreveu-se em um programa de exercícios que começaria dali a alguns minutos.

Cady entrou na farmácia Devine e piscou. Parecia-se com um armarinho ou loja de varejo, com suas prateleiras de brinquedos, panelas, artigos para pequenos consertos domésticos e utilidades em geral. Ela procurou o setor de farmácia propriamente dita e o encontrou, escondido em um cantinho no fundo da loja, onde viu mesas e cadeiras cheias de homens e mulheres de idade avançada lendo o jornal da manhã. Tudo cheirava a talco Johnson.

Caminhou devagar até o balcão, consciente de que homens e mulheres a olhavam. O que estava fazendo ali mesmo? Ah, sim, Lola dissera que deveria *ser vista.* Sentou-se e pediu uma xícara de café, enquanto ouvia conversas abafadas às suas costas. Ao sentir um pequeno cutucão em seu braço, olhou e se deparou com uma senhora miúda, com cabelos brancos.

— É verdade que farão um filme bem aqui em Indigo Valley? Vi sua foto no jornal de hoje. — A mulherzinha fez um sinal com o braço para indicar seus outros amigos idosos. — Estávamos imaginando se poderíamos atuar como figurantes.

— Perguntarei à minha avó — respondeu Cady.

— Seria muito gentil de sua parte. Não temos muito o que fazer, exceto por sentarmos aqui e ler ou fofocar. Isso é o que acontece quando ficamos velhos. Você não se parece nada com aquela foto antiga da época do acidente. Nunca acreditei, nem por um minuto, que você tinha algo a ver com a morte daquele menino. Nenhum de nós acreditou. — Ela indicou seus amigos novamente.

— Obrigada por me dizer isso. Não consigo lembrar do acidente, mas acho que não seria capaz de fazer algo tão mau.

— Aquele menino era coisa ruim. Lembro-me que arrancava meus gerânios premiados pela raiz, apenas pelo prazer de me incomodar. Ele colocava sapos em baldes com tampa, para que não pudessem respirar, e estava sempre quebrando garrafas nas ruas, para furar os pneus dos carros. Ele perseguia gatos e só Deus sabe o que fazia, depois que os pegava. Não se pode confiar em quem é cruel com animais. Eu ligava para o pai dele, Cyrus, mas ele só dizia que seu garoto estava agindo como qualquer um de sua idade. Foi muito bom conversar com você. Meu nome é Millie Donovan. — Ela ofereceu a mão enrugada com veias azuladas, que Cady apertou com cuidado.

— Diga a sua avó que nós assistimos a todos os seus filmes antigos. Aquilo é que era uma atriz. Hoje em dia, só o que se vê são essas coisinhas tolas que não sabem interpretar.

— Com certeza direi. Foi muito bom conhecê-la, sra. Donovan.

— Você é uma belezinha, garota.

Cady sorriu e agradeceu. Ela voltou a seu café, terminou-o, pagou e saiu dali. Já eram nove e meia — hora de rumar para a antiga loja agropecuária.

A agropecuária Lattimer era como qualquer outro armazém de secos e molhados de uma cidade pequena nos Estados Unidos. Seis cadeiras de balanço estavam colocadas lado a lado na calçada da frente, perto de sacos de fertilizante e terra adubada. Uma dúzia de vassouras de cabeça para baixo estava em exposição dentro de um barril. Próximo ao barril com vassouras, estavam dezenas de sacos de Mata-Mato. Um aviso, em um adesivo vermelho chamativo colado na janela, dizia que pessoas com mais de sessenta anos tinham dez por cento de desconto. Nas cadeiras de balanço, homens idosos com jornais no colo e copos plásticos com café da padaria.

— Bom-dia, senhores — disse Cady em tom alegre, enquanto entrava na loja, onde comprou um rolo de fita isolante, apenas para comprar algo. Tinha certeza de que Anthony encontraria um uso para a fita.

A balconista estendeu-lhe o pacote, olhou-a e disse:

— Estudamos na mesma escola, Cady. Eu a reconheci pela foto no jornal de hoje. Sou Marie Lattimer. Lembra de mim? — Quando Cady pareceu confusa, complementou: — Isso foi há muito tempo. Éramos flocos de neve que se juntavam uns aos outros na peça de Natal da escola, quando tínhamos nove anos. Você era amiga de Amy Hollister. Ela casou-se.

— Acabei de ver Amy na padaria — respondeu-lhe Cady, sorrindo. — Todos mudaram muito. Acho que eu também mudei. Você se casou, Marie?

— Casei sim. Tenho um menino chamado Zack. Casei-me com Ted Oliver. Trabalho aqui dois dias por semana, para ajudar meu pai. E então, o que achou de Indigo Valley depois de tanto tempo? Aposto que mal reconheceu a cidade, não?

— É um lugar agradável. Certamente cresceu muito desde que estive aqui pela última vez. Apesar disso, gosto de Indigo Valley e aposto que você também, já que continuou aqui.

Os cachinhos escuros de Marie balançavam-se para cima e para baixo enquanto ela assentia.

— É um ótimo lugar para criar filhos. Gosto de cidades pequenas, onde todos se conhecem e se ajudam. É verdade que farão um filme sobre a vida de sua avó?

— Acho que sim.

— Toda a cidade está comentando. Ontem à noite, Ted contou-me que Cyrus King se opôs à idéia de fazer um filme aqui. Ele disse que não quer mais saber daquele acidente horrível. Ted trabalha no Departamento de Trânsito, e Cyrus esteve lá ontem para renovar sua carteira. Acho que ele teve uma informação privilegiada, já que a notícia apareceu apenas no jornal de hoje. Não me importo com a opinião daquele homem, porque sei que você não teve nada a ver com a morte do filho dele.

Cady voltou-se ao sentir alguém às suas costas.

— Oh, você tem outro cliente. Foi muito bom vê-la, Marie. Talvez possamos nos encontrar para um almoço uma hora dessas.

Marie, com seu rosto sardento, lhe respondeu, alegre:

— Eu adoraria, Cady. Ligue-me, está bem?

Cady fez uma anotação mental de ligar para a sorridente Marie. Na rua, soltou a guia de Atlas de um dos cabos de vassoura.

— Tenham um bom dia, cavalheiros — disse a todos e a ninguém em especial.

Dentro do carro, Cady respirou fundo. Missão cumprida. Agora era hora de ir ao cemitério. Nunca fora a um cemitério, pela simples razão de não ter conhecido ninguém que tivesse morrido, eliminando assim a necessidade de ir a um lugar como aquele. Essa era a tarefa mais desagradável do dia.

Ligou o carro e partiu, atravessando a cidade, até chegar à periferia, onde se localizava o cemitério de Santo André. Estava quase lá quando se lembrou das instruções de Anthony para comprar flores, de modo que esperou o próximo retorno e voltou, indo até o supermercado Gigante da Economia, onde comprou um buquê de gérberas de várias cores, misturadas com samambaia e mosquitinho.

Dez minutos depois, parou no estacionamento, perto de um Mustang vermelho. Atlas rosnou quando prendeu a guia de tecido xadrez à sua coleira e o tirou do carro. Para onde ir? Onde poderia informar-se sobre o local em que Jeff King estava enterrado? Lembrou-se vagamente de Anthony dizendo que havia um mapa do cemitério no Jardim do Memorial, próximo da entrada principal.

Atlas continuou gemendo e rosnando baixinho enquanto andavam por ali. Ela tremia sob o sol de primavera, arrependida de não ter trazido um suéter.

Não apenas havia um mapa, mas também uma lista em ordem alfabética das pessoas enterradas ali. Cady deixou seus olhares percorrerem a longa lista de nomes até chegar à letra *K*. Seu coração acelerou-se ao ver o nome — Jeffrey Matthew King.

Próximo ao mapa do local havia uma caixa plástica com exemplares do mapa e outras orientações. Cady enfiou o buquê sob o braço, mantendo a guia de Atlas segura em sua mão, enquanto abria a caixa para pegar um exemplar.

Desejou estar em outro lugar. Em qualquer lugar, menos ali. À sua maneira, o lugar era bonito, se é que se podia achar cemitérios bonitos. A grama era de um verde-esmeralda, cortada rente ao chão e recortada nas bordas, sem sinal de ervas indesejadas. As copas cheias dos carvalhos e bordos mostravam folhas de um verde-escuro brilhante. Cady pensou que os túmulos sob as árvores magníficas provavelmente eram os mais caros.

Ela saiu daquela trilha, seguindo as setas marcadas em seu mapa, consciente de que o orvalho brilhante na grama sob as árvores começava a secar.

Caminhou durante dez minutos, parando para admirar algumas lápides mais elaboradas ou para ler um nome ou epitáfios gravados no granito. Ao ver a lápide elegante a distância, teve certeza de que pertencia à família King. Não havia como saber, mas sabia. Seus passos tornaram-se mais lentos enquanto observava a pedra ornamentada com os três anjos com asas abertas, verdadeiras obras de arte. Olhou à sua volta e percebeu que essa era a lápide mais alta naquela seção do cemitério. Uma foto de Jeffrey Matthew King fora colocada no meio da pedra, com uma cobertura protetora. Ela inclinou-se para fitar seu antigo inimigo.

Jeffrey Matthew King, e sob seu nome, as palavras *Filho Muito Amado*. Era difícil imaginar Jeff King como o filho muito amado de qualquer pessoa. O que deveria fazer agora? Ajoelhar-se? Orar? O quê? Depositou o buquê de gérberas na base da lápide e deu um passo para trás.

Cady estreitou os olhos, esforçando-se para lembrar-se de algo. Qualquer coisa. Por que não conseguia sentir nada? Detestara o menino que repousava sob a lápide. Certamente deveria sentir alguma coisa, ainda que fosse ódio ou raiva. Para onde haviam ido suas emoções? Talvez precisasse sentar-se em um daqueles bancos pequenos sob o bordo. Assim, talvez lhe viesse alguma emoção.

Para sua surpresa, uma mulher jovem, mais ou menos da sua idade, estava sentada no banco, com um punhado de lenços-de-papel amassados em uma das mãos. *Deve ser a proprietária do Mustang vermelho,* pensou, enquanto sorria e sentava-se ao seu lado, observando a longa fileira de lápides à sua frente. Os três anjos de asas abertas bloqueavam sua visão da trilha de cascalho e do gramado aveludado que estava sendo aparado pelo jardineiro.

Ela é bonita, pensou Cady, e tentou iniciar uma conversa.

— Esta é a primeira vez que entro em um cemitério.

— Você tem sorte então — disse-lhe a mulher, olhando-a. — Meu pai está aqui. Tento vir pelo menos uma vez por semana. Sempre acho que algum milagre acontecerá, mas nunca acontece. Não sei por que venho, já que nunca me sinto melhor quando vou embora. Eu nem rezo. Faço isso na igreja e às vezes até falo com Deus, mas sei que isso é uma besteira. Rezo para poder me sentir melhor, mas não me sinto, só fico sentada neste banco, olhando para a lápide e pensando no passado. Minha mãe nunca vem, não sei por quê. Você veio visitar algum parente seu?

— Não. É alguém que conheci. Eu trouxe flores.

— Foi gentil de sua parte. Eu também sempre trago flores. Acho que venho aqui esperando encontrar respostas. Quando digo isso em voz alta, como agora, também parece tolice. Mas há paz neste lugar. Nada de televisão ou celulares tocando... apenas o silêncio. Acredito que aqui é o fim da estrada. Aposto que ninguém visita metade desses túmulos, já que nunca há ninguém quando venho. Fiquei surpresa ao vê-la. Ah, meu nome é Jill.

— Oi, Jill — disse Cady, estendendo a mão. — Sou Cady Jordan.

Jill riu baixinho, ao comentar:

— Você parece melhor em pessoa do que na foto do jornal. Ah, só agora percebi que deve ter vindo visitar aquele menino.

— Sim. Não sei o que esperava. Não entendo por que não sinto nada. Você conhece a história, não? Será que estudamos juntas?

— Não, não estudamos. Nasci e cresci em Pittsburgh. Mudei-me para cá logo depois de meus pais. Casei-me, e então meu pai morreu, de repente. Foi uma época terrível. Conheço sua história porque sou casada com Andy Hollister.

Cady piscou, surpresa.

— É mesmo? E como Andy tem passado? Eu o vi um dia desses, mas apenas nos cumprimentamos brevemente. Ele estava a caminho da casa de Amy — disse, mal podendo esperar para chegar em casa e contar tudo isso a Lola, Mandy e Anthony.

— Estamos passando por uma crise. Ele saiu de casa e ficou com Amy por um ou dois dias, mas depois mudou-se para um apartamento, sozinho. Estamos tentando consertar nosso casamento. Pelo menos espero que possamos consertá-lo. Estou disposta, mas Andy... Andy...

— ... Andy sempre deixa que outras pessoas lhe digam o que fazer. Quando éramos crianças, Amy dava as ordens. Sempre fazíamos o que ela mandava. Acho que algumas coisas nunca mudam — acrescentou Cady, com um suspiro. — Espero que vocês façam as pazes. Meu conselho seria: não desista.

— Eu conversava com meu pai e lhe contava tudo. Ele pensava no problema e acabava me dando a resposta certa. Eu estava conversando com ele antes, mas obviamente não tive resposta. Desta vez, terei de me virar sozinha. Tenho a impressão de que você também está tentando resolver um problema.

— Estou. Preciso lembrar o que aconteceu naquele dia.

— Escute, não tenho nada para fazer. Que tal irmos a algum lugar e tomar um café da manhã, por minha conta? Podemos falar sobre cortes de cabelos, tendências da moda, sobre programas bobos de tevê ou apenas sentar e comer. Você pode me contar sobre o filme que pretendem fazer e eu posso lhe falar sobre aquela cadela da Amy Chambers. Aceita?

— Acho uma excelente idéia. Mas vamos rachar as despesas.

— Tudo bem. Eu a encontro no Cantinho da Eva. Ela faz a melhor fritada de batata, queijo e cebolas do estado, e seu bacon é dos céus. Os ovos também valem a pena. Além disso, o café é moído na hora.

— Nossa, parece bom demais para ser verdade. Eu a encontro lá, mas preciso de mais dez minutos, para deixar meu cachorro em casa. O coitadinho não merece ficar tanto tempo no carro.

— Então está combinado — assentiu a mulher de pernas esguias, já se levantando.

Cady estacionou o Mountaineer próximo ao Mustang vermelho e saiu no mesmo instante em que Jill Hollister saía de seu carro. Esta riu quando Cady fez uma saudação breve, olhou para o relógio e disse:

— Dezoito minutos. Às vezes me surpreendo comigo mesma.

As duas caminhavam pelo estacionamento do Cantinho da Eva, que a proprietária dividia com os clientes da academia Lupinsky quando Amy Chambers apareceu, resfolegando e bufando na direção de seu carro.

Tudo aconteceu num piscar de olhos. Jill, de cabeça baixa, fingia brincar de amarelinha, saltitando por entre as linhas do estacionamento, enquanto Cady a incentivava, rindo tanto que chegava a dobrar-se. Amy parou de repente e olhou para as duas mulheres risonhas, enquanto a cor em seu rosto mudava de vermelho para branco e, finalmente, para um cinzento desbotado.

— Meu Deus, como eu a odeio!

— Isso não foi para você, Cady, mas para mim. Não deixe que ela a perturbe — disse Jill, perdendo sua alegria imediatamente.

— Não tenho muita certeza, Jill. Por que Amy a detestaria?

— Porque tirei seu irmão. Amy gosta de controlar as coisas. Lidarei com ela à minha maneira. Não deixe que estrague nossa diversão. Somos apenas duas garotas em busca de um bom café da manhã, certo?

— Certo.

Cady virou-se e acenou. Se Jill não a tivesse tirado do caminho, teria sido atropelada por Amy.

— Me diga se essa mulher não é uma tinhosa — resmungou Jill. — Basta que ela *apareça* e toda a alegria some. Não deixaremos que isso aconteça, não é, Cady?

— De jeito nenhum. Vamos comer, estou morta de fome.

Amy incendiava-se de raiva no caminho de casa. Mantinha a mandíbula tão apertada que chegou a pensar que poderia trincar os dentes se continuasse assim. No minuto em que entrou em casa, trancou a porta e correu ao andar de cima, onde tomou um banho e se vestiu. A fúria continuou enquanto mexia e remexia em seus cabelos crespos, com um olho na cama desfeita e pilhas de roupas sujas espalhadas por todos os lados. Seu mundo desmoronava, e não sabia o que fazer.

Tudo girava em torno de Cady Jordan. Todos a adulavam, menos ela. Será que os outros eram idiotas, ou a idiota era ela? Pete Danson tinha um encontro com Cady esta noite, Boomer pagara-lhe café e pastéis de manhã e, depois, sentara-se na rua, ao seu lado. Na noite anterior, haviam marcado um jantar. Jill dava a impressão de ser a mais nova amiga íntima de Cady. Andy, seu próprio irmão, a mandara cuidar de sua vida e deixá-lo em paz. Aonde isso a levava? À solidão e ao desamparo.

— Mas de jeito nenhum — resmungou enquanto marchava pelo corredor e subia a escada até o sótão, onde parou e olhou em torno, desconsolada.

O sótão, como o resto da casa, era um caos. Cúpulas de abajures, bicicletas e skates quebrados estavam por toda parte, assim como carrinhos de bonecas sem rodinhas. Carrinhos de bebês sem alças para serem puxados jaziam, tortos e jogados nos cantos. Caixas contendo coisas inúteis, brinquedos quebrados e ferramentas estragadas, junto com sacos de roupas velhas estavam por todos os lados, forçando-a a chutar alguns objetos do caminho para chegar ao baú onde guardava as lembranças de sua juventude.

Ela puxou o trenó com lâminas enferrujadas suspenso em um gancho na parede e sentou-se nele. Será que desejava mesmo abrir aquele baú? Devia mesmo olhar as fotos que tirara naquele dia, tanto tempo atrás? O que as fotos provariam? Nada. Apenas que Jeff King estava na tirolesa, alguns centímetros atrás de Cady. Tanto quanto pudesse recordar, esta fora a última foto que tirara. Deixara cair a câmera quando Andy lhe gritara para começar a atirar pedras, porque era a melhor nos arremessos.

Sua pedra atingira Jeff King na cabeça. E outra pedra que também lançara atingira Cady no meio das costas. Não pretendia atingir Jeff. Errara o alvo quando ele colidira contra Cady; de outro modo, a pedra o teria atingido no ombro. Não havia mais por que mentir para si mesma.

Sempre invejara Cady. Naquele dia, sua intenção fora a de assustá-la, para sentir-se melhor. Sempre tivera inveja porque ela era a favorita de Pete, e até de Andy. Achava que Boomer também gostava de Cady e que Jeff a provocava porque, à sua própria maneira aloucada, também gostava dela. Naquele dia, resolvera vingar-se.

Judas, estava escrito em sua testa.

Ela saiu rapidamente do trenó e correu escadas abaixo até o banheiro, onde vomitou tudo o que consumira na padaria.

Seria muito bom se pudesse apenas se deitar e morrer.

Doze

Eles a esperavam como da outra vez, mas agora estavam no terraço de Lola. Uma jarra de limonada gelada e um prato de biscoitos fresquinhos estavam no meio da mesa, ao lado da cadeira reclinável onde Lola estava. Os biscoitos eram a contribuição de Anthony e a limonada, de Mandy. À avó cabia apenas consumir as gostosuras.

Cady dirigiu-se ao grupo quase correndo, tirando as sandálias enquanto andava.

— Esperem até saberem das novidades! Não vão acreditar! Ah, isso aqui é tão gostoso — disse ela, enquanto Anthony desenrolava o toldo para cobrir o terraço do terceiro andar, de modo a proteger a patroa do sol direto.

— Acabe com o suspense, criança, conte. Anthony, sirva limonada a essa menina. Os biscoitos ainda estão mornos. São seus favoritos, de manteiga de amendoim.

— Comprei fita isolante, Anthony. Tive de comprar algo na agropecuária e, lá, acho que fiz uma amiga, Marie Lattimer, cujo pai é o proprietário do negócio. Ela disse que nós duas éramos floquinhos de neve, em uma peça teatral da escola. Não me lembro disso. De qualquer modo, todos na cidade já sabem sobre o filme. Todos também já sabem que Cyrus King arruinou a venda do Bosque da Olaia. Boomer pagou-me pastéis e café na padaria, porque esqueci a bolsa no carro.

Amy estava lá, estufando-se de doces. Boomer e eu marcamos um novo encontro para amanhã e ele me pagou dezoito dólares pelo vestido que estragou — contou Cady, de uma vez só. Tomou um gole de limonada e acrescentou quatro pacotinhos de açúcar, para desgosto de Mandy.

— O quê?! Dezoito dólares não cobrem nem a linha usada na costura — exclamou Lola, indignada.

Cady deu uma piscadela, explicando:

— Homens não sabem nada sobre roupas femininas. Ele disse que achava que teria de me reembolsar oitocentos dólares. Eu quis ser gentil.

— Muito gentil — disse Mandy, com uma careta.

Cady respirou fundo e continuou:

— Fui ao cemitério e levei flores, Anthony. Quem vocês acham que encontrei lá?

— Cyrus King — disse Lola, com ar triunfante.

— Errado.

— A mãe do menino? Acho que seu nome é Marilyn, ou Mary Ann ou talvez Maxine — cogitou Mandy.

— Errado novamente.

— O prefeito ou, talvez, um anjo — disse Anthony.

— Que nada. Jill Hollister, esposa de Andy. Acabamos tomando café da manhã juntas, a convite dela. Nossa, eles fazem um bacon fantástico lá. Quando estávamos entrando, quem vocês acham que tentou me atropelar, no estacionamento? Ninguém menos do que Amy Hollister Chambers. Se Jill não tivesse me tirado do caminho, eu não estaria aqui a esta hora. Ela berrou que me detesta, mas Jill achou que os berros eram dirigidos a ela, não a mim... Acho que foram para mim sim.

Cady tomou outro gole da bebida gelada antes de acrescentar dois saquinhos de açúcar e, então, fitou os três. Eles a olhavam como três sábias corujas.

— O que isso significa, em sua opinião? — indagou Lola, com uma ruga entre as sobrancelhas.

— Não sei. Achei que um de vocês poderia entender por que essa maluca tentou me atropelar.

— Talvez seja melhor registrar uma ocorrência — sugeriu Anthony.

— Não quero fazer isso. O problema é de Amy, se não gosta de mim. Terei cuidado, não se preocupem. Vocês deveriam ver a lápide de Jeff King, com seus três anjos enormes entalhados, que parecem estar em pleno vôo. É a maior do cemitério, e bem impressionante. Quase como se alguém estivesse tentando compensar algo ao comprar o lote mais caro e a lápide mais trabalhada.

— Sua ida até lá não lhe trouxe recordações novas, Cady? — indagou Lola.

— Não, infelizmente. Não senti nada. Deveria ter sentido algo, como culpa ou tristeza pela morte de um menino, mas me senti indiferente. Jill estava chorando, mas apenas porque seu pai está enterrado lá e certamente é triste visitá-lo. Pareceu-me ótima companhia e gostei dela. Acho que podemos ser amigas, se Amy não interferir.

— Se isso fosse um filme sob minha direção, meus instintos me levariam a ter cuidado com uma pessoa como Amy. Diga-me, Cady: será que estou errado ao presumir que, na infância, ela era a líder de seu grupinho?

— As melhores idéias vinham dela, Anthony. Pelo menos as mais perigosas. Amy foi quem teve a idéia de fazermos uma tirolesa. Ela leu sobre o brinquedo em um gibi. Quando brincávamos de Robin Hood, ela sempre era Lady Marian. Só concordava em brincar se fosse essa personagem. Além disso, sempre escolhia os quadrados pretos no jogo de damas. Se não fosse a dona de uma idéia, não brincava. Na escola também era assim. Um de nossos professores chamava-a de *mandona.*

— Parece que esse traço continua até hoje. Pessoas assim tornam-se obsessivas na idade adulta. Talvez ela sinta que está perdendo o controle sobre o irmão, em relação ao relacionamento dele com a esposa. Você voltou a morar em Indigo Valley e acho que todos sabemos que Amy não a suporta. — Lola levantou a mão para impedir protestos e continuou: — Presumindo-se que estavam todos lá naquele dia, o que certamente presumimos. Agora, Cady pôs lenha na fogueira no dia em que foi à casa de Amy e lhe perguntou por que estava mentindo. Isso pode ter acelerado um pouco os acontecimentos.

— E aonde isso nos leva? — perguntou Mandy.

— Exatamente onde estávamos mais cedo, pela manhã. Estamos em compasso de espera. O sr. Denville disse que se comunicaria conosco hoje, depois de entrevistar os King e algumas outras pessoas. Disse que localizou o antigo delegado, que se aposentou alguns anos atrás. Lola olhou para o relógio cravejado de brilhantes em seu pulso ossudo. — Na verdade, a esta hora ele provavelmente está conversando com o homem. Não é hora do almoço, Anthony?

— Em cerca de duas horas. Se quiser livrar-se de mim é só dizer. Talvez tenham assuntos de mulheres para tratar.

— Não, estou com fome mesmo. Que tal algo bem saboroso? Camarão com molho de alho não seria uma delícia, com salada e pão de alho? Uma taça *bem* grande de vinho de boa safra e café. Se não for muito inconveniente, um bolo de frutas para a sobremesa, mas não daqueles congelados. Um bolo *de verdade*. Daqui a duas horas está ótimo.

— O que você vai fazer agora, Cady? — perguntou Mandy.

— Acho que vou me trocar e correr. Um pouco de exercício não fará mal a Atlas. Depois, pretendo dar mais uma olhada naqueles álbuns até a hora de me aprontar para o encontro com Pete.

— Vá correr, querida. Ficaremos aqui, recordando os velhos tempos, como os velhos fazem. Divirta-se — disse Lola.

O gorducho e resfolegante repórter subiu o caminho que levava à porta da frente dos King, depois cortou caminho pelo gramado e tocou a campainha, enquanto admirava os canteiros bem recortados de flores com todas as cores do arco-íris. Conhecera Maxine King e duvidava seriamente que a mulher tivesse plantado aquelas flores. Apostaria uma semana de seu salário que ela também não era a responsável por cuidar do jardim.

Uma empregada usando uniforme cinza com um avental branco imaculado e um pequeno gorro também branco olhou-o de modo interrogativo ao abrir a porta. Denville entregou-lhe seu cartão de visitas enquanto retirava do bolso da camisa sua carteira com a outra mão.

— Gostaria de falar com o senhor ou a senhora King. É sobre a morte do filho deles. O jornal pretende fazer uma matéria sobre esse caso antigo, agora que Lola Jor Dan planeja fazer um filme sobre sua vida nesta cidade.

A empregada olhou o cartão, que continha sua foto.

— Espere aqui — disse-lhe então, com frieza.

Voltou alguns minutos depois, dizendo-lhe:

— A sra. King não tem nada a dizer que já não tenha sido dito.

— Isso parece-me muito evasivo. Acho que posso citá-la na matéria, não?

— Por quê? — indagou a empregada, claramente irritada.

— Por me dizer que ela não quer falar no assunto. Acho que uma mãe *sempre* tem algo a dizer sobre a morte do filho, não importando quantos anos tenham passado, não concorda?

— Bem, sim, mas eu não...

— Posso dizer que você concorda comigo?

A porta abriu-se inteira, de repente, e a sra. King apareceu.

— Por que está perturbando minha empregada, sr. Denville?

— Não estava perturbando. Simplesmente fiz algumas perguntas. Ela pareceu concordar comigo e eu queria garantir que entendi direito o que disse. É preciso fazer isso quando se escreve para um jornal. Faz parte do ofício. Mudou de idéia sobre falar comigo, sra. King?

— Tudo porque aquela garota voltou à cidade. Eu sabia que isso iria acontecer. Será que os mortos não podem descansar em paz?

Denville conhecia o significado da palavra *altiva,* mas nunca cruzara com ninguém a quem pudesse ser aplicada. Até agora. Maxine King era altiva do alto de sua cabeça bem penteada até a ponta de seus sapatos de bico fino. Era muito magra, com braços feito caniços e pernas ossudas. Sua cintura devia medir uns quarenta e cinco centímetros, não mais do que isso. Os olhos eram de um verde tão intenso que ele duvidou que fossem naturalmente desse tom. Ninguém tinha olhos da cor de grama em um campo de golfe, a menos que usasse lentes de contato coloridas. Além disso, suspeitou que os lábios da mulher haviam sido preenchidos com colágeno. Eram carnudos demais para um rosto tão seco. A palavra *cadavérica* veio-lhe à mente.

— Bem?

— Bem o quê, sra. King?

— Perguntei se os mortos não têm o direito de descansar em paz.

— Concordo que têm, mas acho que a senhora deveria pensar que o descanso seria muito mais profundo se erros antigos fossem corrigidos. Naquela época, seu marido e a senhora prestaram declarações bastante fortes sobre Cady Jordan. Uma vez que a menina também feriu-se gravemente, perdeu a memória e não havia testemunha do acidente, como sei que é de seu conhecimento, é possível abrir um processo por difamação. Entenda, não estou dizendo que Cady Jordan irá processá-la, mas poderia. De minha parte não desejaria ir contra o exército de advogados que Lola pode contratar. Pretendo conversar com todos nesta cidade, até esclarecermos tudo. Agora, gostaria que a senhora declarasse algo para meu jornal, sra. King.

O olhar de Maxine King dirigiu-se a um ponto além do repórter, fixando-se no marido que chegava. Seus olhos verdes brilharam ao ver o homem atraente.

— Denville — disse Cyrus King, sem nenhuma cortesia na voz. — O que está fazendo aqui?

— Estava tentando obter um comentário de vocês, envolvendo a tragédia da morte de seu filho. Além disso, vim buscar do senhor uma explicação para ter impedido a venda da terra do Bosque da Olaia a Lola Jor Dan. Eu não desejaria tê-la como inimiga, e talvez seja exatamente isso o que o senhor tenha conseguido.

Anos antes, Cyrus King havia sido um jogador de futebol americano muito atraente, com um fã-clube de apaixonadas, de acordo com o pai de Larry. Seu pai também lhe dissera que esse jogador era lerdo em relação aos estudos, mas ágil no que se referia a fazer farras e dormir com esposas ou namoradas de outros homens. Seu pai chegara a dizer que King era arrogante, egoísta e não respeitava nada, preocupado apenas com seus prazeres. Conseguira ser expulso de cinco faculdades antes de finalmente se acomodar, casar-se com Maxine Columbus e trabalhar na fábrica de luvas do pai. A ameaça de ser deserdado fizera maravilhas em termos de colocá-lo nos eixos. Pelo menos essa era a versão que conhecia da história.

— Minha esposa e eu não temos nada a dizer, sr. Denville. O passado ficou para trás. Não podemos mudar o que aconteceu. Nosso filho morreu. Por que as pessoas continuam remoendo essa questão? Quanto à propriedade, o preço oferecido pela sra. Jor Dan estava abaixo da avaliação. Sim, esse dinheiro seria útil para nosso município, mas não podemos nos curvar apenas porque ela é uma celebridade. Que faça o filme em outro local. Isso é tudo o que tenho a dizer sobre o assunto.

— O sr. Denville disse que Cady Jordan pode nos processar, Cyrus — disse Maxine. — Segundo ele, fizemos declarações e acusações graves demais.

— Na verdade, *você* fez declarações e acusações fortes, querida.

— Eu não falei em *acusações*, sra. King. Falei apenas em fortes declarações — apressou-se Denville em esclarecer.

Subitamente, o pomposo Cyrus King parecia ter sido atropelado por um caminhão. Pareceu murchar bem na frente do repórter, ao contrário de sua esposa, que continuava em sua pose presunçosa.

— Ela não pode nos processar, não é, querido?

Perdi alguma coisa, pensou Denville. *Mas o quê?!*

— Só isso? É só o que têm a dizer?

— Meu marido e eu a processaremos se apresentar nosso filho como um menino ruim no filme. Pode dizer isso em seu jornal.

— Direi, com certeza. Entretanto, se outros se pronunciarem e disserem que tinham problemas com seu filho e o mencionarem como um garoto malvado, acho que esta será a imagem apresentada no filme.

— Cyrus, diga a esse homem que estamos falando sério. Não tolerarei isso, está ouvindo? — Sua voz era tão aguda que Larry sentiu vontade de tapar os ouvidos.

— Metade de Indigo Valley pode ouvi-la, Maxine. Ninguém processará ninguém. Adeus, sr. Denville.

Denville desejou ser invisível para seguir o casal até o interior da casa. Desejou ser uma mosquinha. Sabia que seu instinto de repórter ignorara algo importante. Talvez não nas palavras ditas, mas no gestual ou nos olhares trocados. Algo. Cyrus King afirmara que não haveria processo algum. Maxine King dissera que processaria Lola. Se gostasse de apostas, apostaria na mulher. Estava claro, para ele, que quem mandava naquela casa era ela e que Cyrus King fazia exatamente o que a esposa mandava. Como isso podia acontecer, depois do que seu pai lhe contara sobre Cyrus? Ele encolheu os ombros enquanto voltava para seu carro. Sabia que era observado da janela, de modo que fez sua encenação em proveito próprio, tirando o gravador do bolso e o levando à orelha. Depois, fez algumas anotações em um bloquinho que mantinha no carro, antes de partir.

Próxima parada: ex-delegado Harry Wallaby.

Wallaby era um homem rotundo e baixinho, com o olhar mais aguçado que Denville já vira. Atualmente, era marceneiro e passava seus anos de aposentadoria em uma pequena lojinha apertada entre uma loja de pneus e uma pequena fábrica de contas de vidro. Gostava de dizer que trabalhava o bastante para livrar-se do desejo de espancar a esposa e dos problemas que isso lhe traria.

Denville estudara com o filho caçula de Harry, que agora morava em Scranton. Já comera muito espaguete na mesa da cozinha de Harry, ouvindo o rádio da polícia que estava sempre ligado, para desgosto da sra. Wallaby. Após uma breve troca de cordialidades, Denville abordou o assunto que o interessava:

— Diga-me tudo o que puder recordar sobre o acidente no lago Indigo. Qualquer minúscula coisinha que talvez não parecesse encaixar-se no quadro como um todo. Você era um bom policial, todos sabem disso. Penso que talvez algumas coisas não tenham ido parar nos jornais ou jamais foram mencionadas por você. Ajude-me, Wallaby. Cady está morando aqui novamente, caso o senhor ainda não saiba. Sei que já se passou muito tempo, mas meu pai sempre dizia que nunca é tarde para consertar antigos erros. A avó de Cady contou-me sobre aqueles três anos de sofrimento. Alguém deveria confessar ou pagar pelo que lhe aconteceu.

— Tudo está nos jornais, Larry. Não escondemos nada. Quanto a Cyrus, no início ele agia como um louco, mas a esposa... Essa é um caso à parte. Nunca chegou a perguntar sobre a garota. É claro que acabara de perder o filho, de modo que talvez isso seja compreensível. Cyrus calou-se logo e deixou que só a mulher se manifestasse. Foi ela quem acusou Cady de assassinato. Droga, aquela mulher disse muita asneira e nada que pudesse ser comprovado. Seu filho era um diabinho da pior espécie. Tentamos dizer-lhe isso, mas de nada adiantou. Senti vontade de rir quando vi aqueles anjos na lápide do menino. Ela vai lá todas as semanas, sagradamente. Quanto a Cyrus, pelo que sei nunca foi ao cemitério. Isso é o que John Bishop, o zelador, me diz.

"Agora, se você me perguntar se eu tinha minhas *próprias* teorias, lhe direi que, na época, tinha sim. Muitas. Sempre achei que toda a turminha estava lá, naquele dia, não apenas Jeff e a pequena Cady. Encontramos a embalagem de um filme fotográfico naquele local. A perícia nos disse que era recente. Estávamos lidando com crianças de dez anos, e não podíamos fazer muita coisa.

"Os pais estavam em pé de guerra e não nos deixaram interrogar as crianças após uma entrevista preliminar que fizemos com todas. Disseram que seus filhos estavam na praça da cidade, e ficou por isso mesmo. Aqueles gêmeos estavam lá e mentiram com a maior cara-de-pau. Meus instintos me dizem que estavam mentindo, mas instintos não contam em uma investigação. Pete Danson não era tão forte assim. Fez um esforço supremo para não chorar e estava realmente abalado, mas se manteve fiel à versão dada pelos outros. Ainda tentei extrair algo diferente dele, naquela ocasião, mas não tive sucesso. Aquele menino já tinha problemas enormes, de modo que parei de pressioná-lo. Boomer Ward foi mandado para a casa de parentes em outra cidade naquele verão. Novamente, é apenas intuição minha, mas sempre achei que foi ele quem ligou para a polícia naquele dia. Meu detetive achava que havia sido Danson. Foi um ou outro, mas, com certeza, não foi o garoto gêmeo. A menina nunca recuperou a memória, não é?"

— Parece que não.

— Sabe, chegamos a estender um cabo e usamos bonecos com os pesos aproximados das crianças ao fazermos uma reconstituição daquele acidente. Jogamos pedras, mexemos nos nós que prendiam o cabo às árvores. Reencenamos tudo. O resultado final foi de morte acidental. Ainda assim, ouso dizer mais. Quem quer que tenha lançado aquelas pedras tinha um arremesso e tanto. Nem meus homens conseguiram acertar naqueles bonecos que penduramos no cabo como se fossem deslizar pela tirolesa. Se me perguntar se foi um acidente, minha resposta será *não sei*. A população da cidade clamava por justiça e precisávamos resolver o caso com a maior brevidade. Até hoje não sei se erramos ou acertamos. Não quero ver nada como aquilo novamente enquanto viver. Como você colocará isso em sua matéria, filho?

— Não sei, Wallaby. A embalagem de filme tinha impressões digitais? Onde está? Foi colocada em um invólucro para preservação da prova?

— Estava toda suja e não pudemos tirar as digitais. Tenho certeza de que está guardada em algum lugar. Nunca jogamos fora objetos recolhidos em locais de crimes.

— Em meu lugar, a quem acusaria? Para quem apontaria o dedo?

Wallaby sequer pensou em uma resposta, dizendo-lhe imediatamente:

— Para os gêmeos. Para a menina, principalmente. Lembro que o menino era muito maricas. Aquela menina tinha uma boca suja como poucas e gostava de comandar. Naquele primeiro dia, quando reunimos os três, ela deu as coordenadas para os outros, respondendo por todos. Acho que fez isso para que todos soubessem o que deveriam dizer, mas essa é apenas minha opinião. O que me impressionou foi que as outras crianças não cederam. Em geral, crianças pequenas têm medo de pessoas uniformizadas, pois representam autoridade. Quando chegou sua vez, Boomer Ward ficou ao lado dos pais, nos deu sua versão sem pestanejar e nunca mudou sua versão. Contou-nos que estivera no lago horas antes com Jeff King, mas não havia mais ninguém lá, de modo que voltaram para casa. Se estava mentindo, eu não percebi. Que vantagem pode haver em levantar todo esse caso novamente?

— Não acha que Cady Jordan merece saber o que aconteceu?

— Às vezes a verdade é pior, Larry. Talvez fosse melhor não mexer nesse vespeiro, se entende o que quero dizer.

— O que entendo é que ela tem o direito de saber a verdade, mesmo se for pior que a versão apresentada. É adulta agora e acho que consegue lidar com o que aconteceu. Como se sentiria se precisasse passar o resto de sua vida com a culpa pela morte de um amigo? Acho que isso afeta bastante qualquer pessoa. Ela precisa superar o acidente, mas com a verdade. De outro modo, como poderá continuar sua vida com esse peso na consciência?

— Parece que você me convenceu, Larry, mas vai voar porcaria para todos os lados.

— Acho que todos os envolvidos terão de assumir sua parcela de responsabilidade, não é? Na próxima vez que falar com Ross, diga-lhe que lhe mandei um "oi". Ele virá visitá-lo no Memorial Day?*

Wallaby encolheu os ombros.

— Ele só nos diz se vem na noite anterior, nessas datas. Provavelmente não, já que está com uma nova namorada.

O jornalista olhou seu relógio. A quem deveria visitar agora? Pete, Boomer ou os gêmeos Hollister? Optou por Amy, por uma razão apenas. Não gostava dela. Convidara-a para um baile na escola e ela recusara seu convite. Mesmo agora, tantos anos depois, ainda sentia-se rancoroso pela recusa ofensiva. Amy plantara as mãos na cintura e, olhando-o firme, caíra na risada, dizendo que preferia ficar em casa a ir em sua companhia. Ela não ficara em casa, mas também não tivera um só convite de nenhum outro menino naquele ano. Seu irmão

* Data que homenageia soldados e marinheiros norte-americanos mortos em ação, comemorado em 30 de maio. (N.T.)

gêmeo a acompanhara ao baile. Larry levara Emily Jackson e, na verdade, divertira-se bastante.

Chegara a sua vez.

Agora era a hora de lhe dar o troco.

Encontrou-a em casa. Isso era bom, pensou ele, enquanto estacionava ao lado da caminhonete de Amy, vinte minutos depois. Com seu bloco de anotações na mão e seu gravador ligado, Larry saiu do carro e caminhou até a área frontal da casa. Tocou a campainha e esperou.

Depois de minutos sem resposta, tocou uma segunda vez.

— Já vou, já vou! — gritou uma voz, do segundo piso da casa, e os passos que desciam as escadas soavam como uma manada de elefantes.

Amy Chambers espiou através da porta de tela.

— O que *você* quer? Se é sobre seus impostos, vá ao escritório de Arnie.

— Vim falar com você, Amy. Estou escrevendo uma matéria sobre o antigo caso de Jeff King e gostaria de ouvir seus comentários a esse respeito.

— Bem, Larry Denville, adivinhe só: não quero falar com você e certamente não desejo fazer comentários. Eu não estava lá naquele dia e não tenho nada a dizer. Vá incomodar outra pessoa. Estou ocupada. Não há nada interessante acontecendo nesta cidade que mereça um artigo de jornal? Ninguém mais quer ler sobre essa baboseira antiga.

— Baboseira? — Larry anotou algo em seu bloco. — Acho que posso dizer que você pensa que a morte de Jeff King era, ou é, uma baboseira.

— Não quis dizer isso, e você sabe muito bem. Baboseira é toda essa comoção que você vem causando. Primeiro, todos aqueles artigos no jornal, o filme sobre a famosa atriz de cinema e sobre aquela coisa no lago, e agora *outra* matéria. O que está tentando fazer? E não, a morte de Jeff não foi uma baboseira. Foi um acidente trágico. Todos disseram isso, até a polícia. Seu próprio jornal afirmou que tudo não passou de um trágico acidente.

— Segundo quem? Eles apenas disseram o que a cidade desejava ouvir. Falei com Wallaby, o antigo delegado, e ele me contou algo que nunca chegou ao jornal. Naquele dia, a polícia encontrou uma embalagem de filme fotográfico. Ainda está guardado em algum lugar, na delegacia. Naquela época, eles não tinham os métodos que estão disponíveis hoje para a recuperação de impressões digitais. Havia impressões, mas borradas. Mesmo assim, aquela embalagem foi guardada. Você não vê filmes policiais? A perícia avançou muito.

Olhando-a através da tela, não havia como ter certeza, mas Denville achou que a mulher empalidecera.

— Será que isso deveria me dizer algo, Larry Denville?

— Certamente diz algo para mim. Diz que me lembro como você era na época, sempre com uma câmera que carregava no cesto da bicicleta. Você sempre dizia que queria ser fotógrafa quando crescesse. Imagino que os outros também se lembrarão disso.

— É claro que mudei de idéia sobre meus planos para o futuro. Sinto-me feliz por ser dona-de-casa e criar minhas filhas. Não vivo no passado, como algumas pessoas nesta cidade. Temos de seguir em frente. Por que você simplesmente não esquece isso? Acho que os King não estão muito contentes com sua insistência.

— Notícia é notícia. Agora, deixe-me ouvir seu comentário. Você continua com sua versão de que não estava no lago no dia do acidente? Lembre-se, a perícia pode descobrir qualquer coisa atualmente, Amy. É melhor começar a assistir a mais filmes e seriados policiais.

Amy correu os dedos pelos cabelos, e sua mão tremia.

— Por que será que isso me parece uma ameaça, Larry? Além disso, não imagino por que você acha que eu teria algo a comentar, após tantos anos. Matérias requentadas que se fingem de novas servem apenas para vender jornais, você sabe.

— Não mesmo. Eu estudei os relatórios da polícia e posso recitar os artigos de jornal antigos, já que os decorei. Havia algo estranho em todo aquele episódio e eu aposto minha carreira que você e seus companheiros tiveram algo a ver com aquele acidente.

— Então vá procurando outra profissão. Agora, vá perturbar outra pessoa. Tenho coisas para fazer e elas não incluem ficar aqui falando sobre toda a confusão que você vem criando. Nem ouse dizer que fiz algum comentário naquele lixo de jornal no qual trabalha. Se fizer isso, eu o processarei. Falo sério, Larry.

O jornalista deu um tapa na própria testa enquanto olhava para Amy.

— Achei que você adoraria ser a primeira a comentar sobre o assunto. Todos dizem que Cady Jordan era sua melhor amiga, mas você não me parece muito amigável, Amy. Espero que os outros apóiem sua versão. Quer que lhe conte quando a perícia examinar a embalagem do filme?

A resposta foi uma porta batida em sua cara. Não importava, pensou enquanto se encaminhava para o carro, sabendo que Amy Chambers o observava da janela, como Maxine e Cyrus King haviam feito. Ele fez seu pequeno show, ajustando o gravador em seu bolso antes de anotar algumas linhas em seu bloco. "Você estava lá, Amy. Tenho tanta certeza disso quanto sei que escreverei este artigo", resmungou ele enquanto ligava o carro e saía dali.

Andy Hollister vinha a seguir em sua lista.

Denville olhou o relógio. Treze horas. Andy Hollister era uma pessoa de hábitos regrados, como todos sabiam naquela cidade, e almoçava no Martine's Café todos os dias da semana, principalmente em razão do cardápio saudável que ofereciam, mas também porque ficava a apenas duas portas de seu escritório.

Dois fora, três faltando ainda. Quatro, se contasse Cady Jordan. Seis, se incluísse os pais dos gêmeos e de Boomer. Mas seriam sete, se desejasse entrar em contato com os de Cady. Com os esquecidos, naquela tragédia do passado. Imaginou se o jornal lhe pagaria despesas de viagem, se fosse até a residência dos pais de Cady, onde quer que estivessem residindo.

Amy observou enquanto o repórter ia embora, escondida atrás da cortina de sua sala de estar. Sentia-se tão enjoada após aquela confrontação verbal que marchou até o sofá, atirou-se nele, inclinou-se para a frente e escondeu a cabeça entre as pernas.

Seu mundo desmoronava. Seus pensamentos ricocheteavam loucamente enquanto desejava que Larry Denville fosse atropelado por um rolo compressor a caminho do jornal e que seu irmão viesse rastejando, ou de joelhos, suplicando para que o deixasse entrar. Seus pensamentos desviaram-se para Pete Danson, para a cunhada, Jill, para Cady e Boomer. Se todos simplesmente morressem, ela ficaria bem feliz.

Deus, o que está acontecendo comigo? Quando me tornei essa pessoa feia e cheia de ódio?

Quando Cady Jordan voltou, eis a resposta.

Ela saltou do sofá, procurou as chaves do carro e a sua bolsa. Precisava de ajuda e sabia disso.

Esse não era exatamente o fim do mundo, mas o bairro era miserável, não havia como duvidar. Era o lugar onde crescera e onde seus pais ainda viviam. As casas eram geminadas, com muito pouco gramado, sem portões e com uma pequena área de concreto na parte externa à cozinha passando-se por pátio. Seus pais não eram dados a manutenção externa. Também não realizavam manutenção interna. De vez em quando alguém cortava a grama, em geral quando já passava da altura dos quadris. Andy costumava aparar a grama com uma máquina manual, antiga e enferrujada. Lá dentro, os móveis e as paredes ainda estavam exatamente como no tempo em que vivia na casa.

Alma Hollister tinha coisas mais importantes a fazer com seu tempo do que limpar a casa. Nas sextas-feiras, depilava-se com cera e arrumava os cabelos. Aos sábados, fazia as unhas dos pés e das mãos. O domingo servia para jogar canastra e almoçar tarde, geralmente algo que podia ser descongelado no microondas. As segundas eram dias de freqüentar bazares, às terças saía com amigas e as quartas-feiras eram dias de avaliação, quando Alma e todas as suas amigas avaliavam umas às outras, em detalhes. As quintas-feiras eram vistas como dias de preguiça, em que devia atualizar-se com as novelas e ler jornais sensacionalistas.

Fred Hollister ainda trabalhava como zelador da escola. Depois do trabalho, encontrava-se com seus companheiros e jogava cartas ou enchia-se de cerveja. Esse era um estilo de vida que lhe consumia a semana inteira e não deixava espaço para muito mais do que dormir.

Amy detestava ir até a casa dos pais, e só o fazia em caso de extrema necessidade. Gostava de ir à casa dos pais de Arnie, porque eram pessoas normais e adoravam as netas.

Amy abriu a porta de tela e chamou pela mãe em voz alta.

— Estou no quintal. — Foi a resposta.

Amy contornou a casa, indo até os fundos, onde sua mãe reparava uma unha quebrada.

— Como vai, mãe?

— Bem, como você pode ver. Se você ligasse de vez em quando, eu adoraria. A última vez em que a vi foi no Natal.

— As crianças me ocupam o tempo todo. De qualquer modo, você nunca está em casa. Uma vez eu a ouvi dizer que não gostava quando eu aparecia e atrapalhava seus encontros com as amigas. Por falar nisso, onde estão elas, hoje?

— Foram todas a uma excursão. Seu pai não podia faltar ao serviço, de modo que não pude ir. Era para casais idosos... coisa para duas pessoas, você sabe. — Sua voz continha tanta amargura que Amy franziu o rosto. — Deve haver algum motivo para sua visita. Vamos lá, Amy, fale de uma vez.

— Mãe, acho que estou com problemas...

— Bem, e o que eu posso fazer? Você tem um marido. Minha obrigação com você terminou, com seu casamento.

Amy descontrolou-se.

— De que responsabilidade você está falando, mãe? Você não me criou nem a Andy. Nós nos criamos sozinhos. Na verdade, *eu* criei Andy. Metade do tempo você nem sabia se estávamos vivos. Saíamos, chegávamos e fazíamos o que bem entendíamos. Não tínhamos horário para dormir e eu era quem acordava Andy para irmos à escola. Nunca soube o que era um café da manhã decente até começar a comer na escola, anos depois. Andy e eu trabalhávamos para comprar nossas roupas. Comprávamos quase tudo o que comíamos. Provavelmente é por isso que eu tenho colesterol alto com tão pouca idade. Deve ser resultado de toda a gordura e lanches que comi.

— Está dizendo que não fui boa mãe? — berrou Alma Hollister, com seu penteado branco como algodão movendo-se com seus movimentos.

— Você não foi espécie *alguma* de mãe. Cheguei a usar a mesma calcinha durante uma semana, porque você não lavava as roupas. Tive de perguntar aos vizinhos como se usava uma lavadora, e daquele dia em diante eu mesma me encarreguei de lavar as roupas de Andy e as minhas. Quando estávamos doentes, você também não cuidava de nós. Eu furtava dinheiro de sua bolsa para comprar xarope para mim e para Andy no inverno. Não, você nem foi uma mãe. Sabia que as pessoas nos chamavam de "lixo branco"? É difícil, para uma criança, crescer ouvindo coisas assim.

— Você sobreviveu, não? — retrucou Alma. — Se sou tão relaxada, o que você está fazendo aqui?

— Nem sei. Pensei... Não sei o que pensei. Acho que desejava que você se preocupasse um pouco comigo ao me ver. Queria que me perguntasse qual era o problema e se podia fazer alguma coisa para me ajudar.

— Também tenho meus problemas. Nossa, mas você engordou como uma *vaca* desde o Natal, hein? Se seu marido tiver um caso com alguém, a culpa será toda sua. Homens gostam de mulheres magras, que se cuidam.

— Meu marido gosta de mim como sou e não está me traindo.

— A esposa é sempre a última a saber — disse-lhe Alma, torcendo o nariz. — Então, qual é seu problema? Teve um cheque devolvido ou algo assim?

— Não, mãe. Lembra-se de Cady Jordan?

— Claro que sim. A menina mais agradável e bonitinha que se podia conhecer, considerando os pais que tinha. Eram danados de ruins. Pediam dinheiro o tempo todo. Eu a vi um dia desses. Ainda está bonita e gentil como quando era criança. Estava na farmácia

Sempre achei que você poderia assimilar o jeito dela, mas acho que seria demais esperar por isso, não?

Amy respirou fundo. Depois disse:

— Algum dia você amou Andy e a mim, mãe?

Alma Hollister pensou na questão por tanto tempo que Amy começou a chorar.

— Dizem que as mães sempre amam seus filhos...

— Bem, Senhorita Espertinha, é muito difícil demonstrar amor quando não se dorme direito ou se tem dois bebês chorões que trocam a noite pelo dia. Naquele primeiro ano, precisei de duas máquinas de lavar. Claro que amo os dois. Não aquele tipo de amor cheio de nhenhenhéns e palavrinhas bobas de carinho. Eu estava sempre cansada demais para suportar esse tipo de coisa, e seu pai não ajudava em nada. Você não ama suas filhas? Foi para isso que veio até aqui?

Amy fixou o olhar na mãe, que usava calças colantes cor-de-rosa combinando com a miniblusa e as sandálias de tirinhas.

— Eu não a amava e acho que Andy também não.

— Ora, mostrando as garras, hein? Se já terminou de me insultar, pode ir embora.

A vontade de chorar novamente era tão intensa que Amy mordeu o lábio.

— Por que você gostava tanto de Cady, mãe?

— Era uma menina respeitosa. Chamava-me de "senhora". Pedia por favor e sempre agradecia. Estava sempre limpa, embora suas roupas tivessem remendos, e usava um rabo-de-cavalo adorável. Lembro que uma vez em que veio de bicicleta à sua procura trouxe para mim um buquê de margaridas do jardim de sua casa. Era um doce de garota. Andy gostava muito dela. Pensou em lhe dar um presente de despedida, mas, naquela semana, eu não tinha nada que pudesse lhe dar para comprar algo. Se tivesse, teria lhe dado. Então houve aquele acidente. Senti remorso porque seu irmão não deu um presente a Cady. Foi muito difícil para ela. Gostaria que você fosse parecida com ela. Gostaria que Andy fosse parecido com Pete. Era um menino querido, enquanto vocês dois eram verdadeiras pestes. Você, principalmente, era tão rebelde que seu pai e eu desistimos de tentar consertá-la.

— Assim, de repente?

— Depois daquele acidente, que provavelmente nem foi um acidente, seu pai e eu conversamos. Sabíamos que você e seu irmão estavam envolvidos. Sei que você estava. Não quero saber detalhes, Amy. Não é hora de pegar suas filhas na escola?

Amy olhou o relógio. A mãe tinha razão. As meninas berrariam se chegasse atrasada.

— Adeus, mãe.

Alma acenou enquanto Amy saía correndo.

Treze

Cady estudou o seu reflexo no espelho. Primeiro sorriu para sua imagem, depois fez uma careta, deu uma piscadela e, então, riu alto. Atlas latiu, confuso com sua dona. Ela ajoelhou-se e acariciou as orelhas do cão.

— Eu estava apenas me olhando e imaginando por que vivi encasulada por tanto tempo. Minha vida era cinzenta, sem cores. Tudo está diferente agora. Olhe só para nós. Você não está mais em um canil, trancado, sem saber se terá comida ou não. Eu não estou trancada no mundinho que criei para mim mesma também. Lola disse que havia um mundo inteiro à minha espera lá fora, e estamos nele agora. Sinto-me... elegante. Acho que estou bonita. Nunca pensei que pudesse ter essa aparência ou me sentir tão bem quanto agora. Estou contente. Não é incrível? O melhor de tudo é que não tenho medo, como tinha antes de vir para cá. Bem, talvez um pouquinho ainda, mas certamente nada como antes.

Atlas rolou no chão, um sinal de que Cady devia coçar sua barriga. Se fosse um gato, o animal teria ronronado de prazer.

— Se este fosse um mundo perfeito, eu iria para a cama esta noite e acordaria com minha memória intacta amanhã de manhã. Já que o mundo não é perfeito, preciso continuar tentando lembrar. Talvez Pete diga algo, hoje à noite, que me faça recordar. Sinto-me como se pudesse lembrar tudo de uma hora para outra, mas o momento ainda não chegou. Hoje perguntarei a ele diretamente sobre aquela noite. Amanhã pretendo fazer o mesmo com Boomer. — Ela imaginou, então, o que seus amigos de Brentwood diriam se soubessem que falava com um cachorro. — E daí? — perguntou, rindo.

Cady levantou-se, espiando-se no espelho novamente. Satisfeita com sua aparência, desceu para esperar Pete. Atlas gemeu aos seus pés.

— Não posso levá-lo comigo esta noite, amigão! Quero que você fique com Lola. Vá, ela o espera.

O cão trotou obedientemente, enquanto sua dona descia as longas escadas.

Anthony apareceu na porta da sala exatamente quando a campainha tocou, olhando-a de cima a baixo e assentindo em aprovação.

— Com um vestido assim, é melhor caminhar como uma rainha, um pé na frente do outro. Sabe fazer isso, não? — Como Cady apenas o olhasse, ele demonstrou. — O segredo está nos quadris. Ande, mostre-me que sabe.

— Sinto-me boba fazendo isso — comentou Cady enquanto o imitava.

— Assim já serve, mas precisa melhorar. Pense no modo de andar como se fosse uma arte. Lola pode mostrar como se faz, amanhã. Era uma de suas marcas registradas. Ninguém em Hollywood conseguia superar Lola em *altivez* no modo de andar. Aperfeiçoaremos sua postura também.

— E aonde isso me levará? — perguntou Cady, provocando-o.

— A um marido — respondeu-lhe Anthony, no mesmo tom, um segundo antes de abrir a porta.

Cady sentiu o rubor subindo por seu pescoço, e conseguiu apenas responder:

— Oh.

Quando já estavam no carro, Pete virou-se após ligar o veículo, perguntando-lhe:

— O que sente vontade de fazer?

Tempos atrás, ela teria sacudido os ombros e dito algo como "qualquer coisa". Essa era a antiga Cady.

— Que tal uma boa refeição japonesa? Grelhados?

— Combinado! E então, como foi seu dia? Por falar nisso, você está linda. Essa cor lhe cai bem. Como se chama?

— Laranja queimado. Você também está muito elegante. — Estava mesmo, pensou Cady. Pete não usava terno e gravata, mas uma calça de algodão com vinco, camisa com o botão superior aberto e um leve paletó de *tweed*. Para Cady, a combinação era perfeita.

Em geral, ela detestava encontros às escuras. Sempre se sentia desconfortável e preocupada com a possibilidade de não conseguir manter uma conversa natural. Pete não era exatamente um desconhecido, mas estava perto disso. Quando lhe disse isso, ele riu.

— Cady, nós brincávamos juntos. Íamos e voltávamos da escola juntos e éramos amigos. Não somos estranhos.

— Eu sei, mas de certo modo somos sim. Há mais de vinte anos não nos víamos. O que o fez optar por estudar direito penal?

— Meus pais. Um de meus professores achou que eu tinha talento natural para a profissão. Seu acidente também teve um papel nisso. Eu estava terminando o ensino médio e tentava tomar uma decisão quanto à faculdade em que estudaria. Eu estava na biblioteca e, por alguma estranha razão, consultei as microfichas contendo todos os artigos sobre o acidente. Tiveram de me tirar da biblioteca naquela noite. Lembro que fui o último a sair. Alguém muito esperto ou muito burro conseguiu manipular tudo. Seu acidente poderia ter-se transformado em uma batalha judicial, mas isso não ocorreu. Acho que foi então que me decidi. Minha intenção original era trabalhar na defensoria pública, mas isso não dá dinheiro, de modo que optei por ser um profissional liberal.

— Dinheiro é importante — disse Cady. *Então, ele é ligado em dinheiro.*

— Especialmente quando sempre fomos pobres. Dois de meus colegas de escola formaram-se em medicina e fizeram isso por dinheiro. Só por dinheiro, sem outra razão.

— Não gosto muito dessas atitudes. Só espero que sejam bons médicos.

Pete jogou a cabeça para trás e riu.

— Marty Engleman trabalha com medicina nuclear. Está no terceiro casamento e paga tanto de pensão às ex-esposas e aos filhos que está quase sempre a zero em suas finanças. Zack Bancroft optou por dermatologia, para não ser incomodado fora do horário de expediente. Alguns anos atrás fez um diagnóstico errado e enfrentou um processo por imperícia. Seus melhores pacientes o abandonaram. Sua esposa o deixou e ele está à beira da falência.

— Isso é horrível.

— De certo modo, sim. Os dois eram gananciosos e deu no que deu. Quando se escolhe uma carreira, é preciso pensar e planejar para o futuro, traçar um curso e permanecer nele. Aqui estamos nós — disse ele, entrando em um estacionamento lotado. — A comida é muito boa. O que gosto, neste lugar, é que tem mesinhas pequenas, onde não sentamos com estranhos. Acho que você gostará. Eles servem um ótimo vinho de ameixas, mas eu geralmente tomo cerveja japonesa. O que você prefere?

— Cerveja.

Cady abriu a porta do carro no momento em que Pete contornava o veículo para abri-la.

— Eu deveria fazer isso — repreendeu-a.

— Faça na próxima vez. Estou acostumada a me virar sozinha.

Este podia ser um bom momento para ensaiar aquela maneira delicada de caminhar, com um pé na frente do outro, de modo que Cady colocou-se à frente de Pete na estreita passagem que levava à entrada do restaurante.

— Espere um pouco, Cady, qual é o problema? Por que está caminhando assim? Machucou-se ao sair do carro?

Ela virou-se e começou a rir ao responder-lhe:

— Estava praticando esse jeito de andar. — Ao perceber que Pete parecia confuso, completou: — Para o filme.

— Ah. Por quê?

— Não sei, mas pediram que treinasse. Tenho de aprender a desfilar também.

— Ah. Para o filme também?

— Sim — respondeu, tentando esconder seu sorriso.

Dentro do restaurante, com garrafas de cerveja sobre a mesa, Cady relaxou enquanto o chef fazia sua demonstração com facas e fogo para agradá-los. Apenas depois que ele se pôs a preparar realmente os alimentos, os dois reiniciaram a conversa.

— Como está sua avó, Cady?

— Está muito bem. Mandy falou que este é seu melhor momento, em mais de um ano. Antes de eu chegar aqui, ela simplesmente se arrastava e esperava os dias passarem. Agora que estou preparando suas memórias e há a perspectiva de um filme, sem falar no fato de que estou morando aqui novamente, é como se ela tivesse renascido. É uma pessoa muito divertida, com um senso de humor malicioso. O que achou dela?

— Gostei muito de sua avó. Herdei a conta de Lola, de um velho amigo que não quis mais exercer a profissão. A retenção anual de impostos é maior do que eu ganho em um ano aqui em Indigo Valley. Não pedi que fosse minha cliente, mas a verdade é que fiquei impressionado pela dimensão de seu patrimônio. Atualmente, é raro encontrar uma pessoa com uma fortuna tão grande e tão bem administrada. A parte administrativa não é comigo — acrescentou, rapidamente. — Minha função é apenas supervisionar os aspectos legais de seus bens.

Cady observou-o e julgou ver símbolos de dólar nos óculos de Pete, que ainda estavam na ponta de seu nariz. Ela piscou para afastar a visão, enquanto Pete removia os óculos e os guardava no bolso do paletó. *Sempre confie em sua primeira impressão.* Essa era uma das regras de Lola. Assim, ela estendeu o assunto:

— Parece que você gosta de dinheiro, não é?

— Amo, amo, amo! — disse ele, rindo. — Sua avó fez uma revisão em seu testamento. Está lhe deixando tudo, sabe? Não estou quebrando nenhum sigilo profissional, já que Lola me disse que a informou de que é a beneficiária.

— Não quero falar sobre isso. Espero que Lola viva cem anos ou mais, se tiver uma boa qualidade de vida. Dinheiro não é importante para mim.

Pete inclinou-se sobre a mesa.

— Como pode dizer uma coisa dessas?

— Posso porque realmente não ligo para dinheiro. Sou jovem e saudável. Posso trabalhar e me sustentar. Ah, claro, dinheiro é bom. Na verdade, é bom demais, mas não é isso que me move. Sinto-me melhor quando ganho meu próprio sustento.

— Talvez pense assim por causa de seu passado e de seu pai. Ele vivia pedindo dinheiro, coisa que você detestava. Essas são suas palavras, não minhas, Cady. De qualquer modo... você nunca precisará preocupar-se de onde virá sua próxima refeição.

Estaria imaginando coisas ou a voz de Pete parecia conter amargura? E por que parecia tão sombrio? *Dê-lhe corda.* Outro dos conselhos favoritos de Lola.

— Acho que doarei tudo para o Asilo dos Atores, que Lola fundou dez anos atrás. Penso que o dinheiro será suficiente para manter aquele lugar quase que para sempre.

Pete fincou seu garfo em um camarão rosado e suculento, saboreou-o por um instante e retorceu as sobrancelhas de modo cômico.

— Suas intenções são boas, mas acho que mudará de idéia mais cedo ou mais tarde. Se sua avó desejasse doar o dinheiro para o asilo, teria providenciado isso no testamento, mas está deixando a herança para você. É melhor pensar bem, antes de tomar decisões precipitadas. Dizem que devemos atender aos desejos de quem falece. Se não, teremos azar para sempre.

— Está bem — disse Cady, amistosamente. *Sei o que realmente lhe importa, Pete Danson.* Dinheiro, pensou ela.

Cady olhou para a porção de arroz e vegetais em seu prato. Como poderia comer tudo aquilo? Pete engolia sua refeição como se estivesse morto de fome, e ainda se dava ao luxo de usar os pauzinhos, ignorando o garfo com que começara a comer.

— Pete, conte-me sobre o acidente.

Aí estava a pergunta temida. O advogado dentro dele manifestou-se, enquanto seus olhos assumiam um brilho novo, de alerta.

— Posso dizer-lhe apenas o que os jornais disseram. Tenho certeza de que você já leu todos os artigos a essa altura. Seus pais e sua avó já devem ter debatido esse assunto em todos os ângulos.

— Não, meus pais nunca conversaram comigo sobre o acidente. No fim, eu simplesmente parei de perguntar. Esse fato mudou profundamente minha vida. Quero lembrar. Quero mesmo. *Preciso* recordar. Eu nunca teria ficado no lago sozinha. Creio que me atrasei, ou cheguei antes de todos... Por que você e os gêmeos não estavam lá? Em geral, se eu chegava primeiro e vocês não estavam, eu ia embora. Nunca ficava, porque tinha medo daquele lugar. Sabe, a árvore e as histórias que contavam. Além disso, eu não queria ser pega por Jeff King e Boomer e ficar sozinha com aqueles dois, pois me assustavam demais. Boomer nem tanto, mas Jeff certamente me inspirava pavor. Em sua opinião, quem raspou minhas iniciais da olaia?

O advogado dentro de Pete ainda estava a postos.

— Você havia se despedido de todos nós no dia anterior. Acho que todos sabíamos que você não andaria na tirolesa. Estávamos na praça. Não sei quem raspou suas iniciais. Provavelmente alguém que não gostava de você. Talvez Boomer.

— E que tal Amy e Andy? Boomer apenas *estava* lá sempre, mas nunca me fez nada de ruim. Na verdade, muitas vezes tentou fazer com que Jeff me deixasse em paz. Sinto-me como se estivesse quase lembrando, mas então a recordação escapa. Então, devo entender que nem você nem os outros estiveram no lago naquele dia?

O coração de Pete disparou enquanto baixava seus pauzinhos e a olhava à sua frente.

— Está me perguntando se menti? Eu estava na praça. Outras pessoas nos viram lá.

Cady misturou o arroz aos vegetais, que deveriam ser comidos enquanto estavam frescos e tenros. Agora estavam empapados.

— Não lhe perguntei se mentiu. Perguntei se você e os outros foram ao lago naquele dia. Poderiam ter ido à praça antes ou depois. Eu jamais teria ido ao lago naquele dia sabendo que vocês não estariam lá. Pelo menos isso eu sei a meu respeito, Pete. Você foi ou não foi ao lago naquele dia? É uma pergunta simples. Contento-me com um sim ou não como resposta.

O menino de dez anos dentro do homem em que Pete se transformara empurrou o advogado para o lado e respondeu com um "não". Se tivesse respondido com um sim, teria de dizer adeus a seus sonhos de um dia casar-se com Cady. Se dissesse sim, não haveria fortuna para administrar e, talvez, herdar. Se dissesse sim, teria de dizer adeus à sua reputação na comunidade.

— Por que será que sua resposta me soa falsa, Pete? Além disso, suas orelhas estão ficando vermelhas. Sempre ficavam assim quando Amy propunha alguma aventura arriscada que temíamos. Elas também ficavam vermelhas até concluirmos o que Amy mandara fazer ou a convencêssemos de que não valia a pena. Acho que todos vocês estavam lá naquele dia, porque eu deveria descer pela tirolesa. Mais cedo ou mais tarde vou lembrar. Se há algo em minha vida que detesto é gente mentirosa. Achei que vocês eram meus amigos. Sei que já se passaram muitos anos, mas isso não faz a mínima diferença. Amigos leais e fiéis permanecem assim para sempre.

— Cady, escute, por favor...

Cady levantou-se e pegou sua bolsa.

— Posso ir sozinha para casa. Obrigada pelo jantar.

— Espere — exclamou ele, deixando algumas cédulas sobre a mesa. — Mas que droga, espere aí.

Cady continuou caminhando até chegar ao saguão, onde pediu que alguém lhe chamasse um táxi.

— Mas que droga, Cady, por que tem tanta certeza de que eu menti? Acho que isso significa que seu próximo passo é pedir que sua avó corte meus serviços profissionais.

Lá estava novamente a questão do dinheiro. Cady olhou o homem atraente e alto de cima a baixo e sacudiu a cabeça.

— Anos atrás você teria confiado em mim. Éramos bastante íntimos na infância. Você deve ter se esquecido disso e de como era maravilhoso dividirmos nossas aflições um com o outro. Acho que mentiu porque suas orelhas ficaram vermelhas. Todos vocês mentiram naquele dia. Sei disso em termos racionais e emocionais. Não, não vou pedir que minha avó dispense seus serviços. Uma coisa não tem nada a ver com a outra. Posso não ter muitos bens materiais, mas tenho meu bom nome e minha integridade. Obrigada novamente pelo jantar.

— O táxi está à sua espera, senhorita — disse-lhe a recepcionista.

— Obrigada.

Cady não olhou para trás enquanto passava pelo chafariz que, primeiro, esguichava um pouco de água e, depois, lançava-a para cima como um jato delicado e alto. No táxi, chorou durante todo o percurso até a casa da avó.

Pete sentia-se como se fosse o maior tolo do planeta, enquanto caminhava até seu carro. Estragara tudo. E de um jeito praticamente sem conserto. *Mas por que mentira?* Não pretendera fazer isso. Chegara a ensaiar, uma dúzia de vezes, uma confissão em que admitia que haviam fugido do lago naquele dia. Conhecia toda a linguagem legal, ou pelo menos achava que conhecia. Quando alguém lhe faz uma pergunta cuja única opção de resposta é sim ou não, não há como desviar do assunto com jargão técnico. Preto era preto e branco era branco. Para onde fora toda sua ética e dignidade? *Ah, meu Deus, que confusão!*, pensou, enquanto dirigia acelerado, a caminho de casa.

Talvez seja hora de nos reunirmos para tentar dar um jeito nisso de uma vez por todas. Seu coração começou a bater furiosamente com esse simples pensamento.

Estava com pressa de voltar para casa. Para a casa, para a governanta e para seu escritório. Para as coisas que batalhara como um condenado para conquistar. Agora, arriscava-se a perder tudo. *Mas que filho-da-puta eu sou! Por que menti? Para que nada mude em minha vida, eis por quê. E para garantir meu pé-de-meia para o futuro.* Gemeu em voz alta, detestando-se por ainda manter tais pensamentos.

Ao chegar, apagou os faróis antes de desligar o motor.

Olhou para a noite estrelada, imaginando o que aconteceria nas próximas semanas. Entrou em casa e foi para seu quarto, onde trocou de roupa, e voltou ao carro alguns minutos depois.

Seu destino — o lago. Seu refúgio do passado. Talvez a mágica do lugar o ajudasse, apesar de ter crescido.

Dirigiu lentamente, com os olhos atentos para carros de patrulha. Satisfeito por estarem ocupados com outros afazeres, apagou os faróis bem antes de chegar à entrada para o lago. Ansiava por ver a antiga casa mal-ajambrada que tanto o reconfortara no passado. Ainda podia subir na árvore e sentar-se no "Y" do tronco e sentir-se seguro com a proteção da copa fechada. Poderia dormir na árvore, se desejasse. Provavelmente estaria com o corpo moído de manhã, mas, se conseguisse acalmar-se naquela noite, as dores valeriam a pena.

Sentiu-se exposto e vulnerável quando olhou em torno, para a grama e o mato aparados. Talvez sua idéia não fosse tão boa, afinal.

Sentou-se no chão e abraçou os joelhos, com os pensamentos viajando à velocidade da luz. *Um incidente e todas as vidas mudaram para sempre. Não sou diferente de Boomer, Andy e Amy. Apenas Cady é diferente. É a vítima. Estava tão linda hoje!* Esperara sentir algum afeto por ela, mas isso não ocorrera. Sentira-se como se na companhia de uma estranha. Uma estranha que um dia seria muito rica. Também não sentira desejo sexual, o que considerou estranho. Culpa. A culpa fazia coisas horríveis com as pessoas. Algumas simplesmente conseguiam disfarçar melhor a sua culpa do que outras. Bastava olhar para Amy Chambers para saber que ela vivia em um verdadeiro inferno. Andy estava tão enrolado, também, que não conseguia fazer um movimento sequer, a menos que aprovado pela irmã. Boomer era outra história. Aquele cara sabia controlar-se.

No íntimo, sabia que Boomer dera aquele telefonema para a polícia. Tinha de ser Boomer. Dar aquele telefonema era um modo de se livrar da culpa. Ainda assim, se tudo viesse à luz, Boomer perderia seu emprego. Isso era quase uma certeza. A menos que... A menos que, ao longo do caminho, Boomer tivesse já assumido e confessado suas atividades naquele dia. Era isso o que se fazia quando se pretendia reduzir uma pena e tirar o seu da reta.

Pete estava tão imerso em seus pensamentos que quase gritou, assustado, quando uma mão pousou em seu ombro. Virou-se com rapidez, exclamando:

— Minha nossa, Andy, você quase me matou de susto. O que está fazendo aqui?

— O mesmo que você. Buscando conforto e respostas. Sei o que deveria fazer, mas não consigo reunir coragem para agir. Acho que você se sente assim também. — Ele sentou-se próximo a Pete e abraçou os joelhos como seu antigo colega de brincadeiras fazia. — Este lugar parece diferente. Eu gostaria que tivessem feito um parque aqui ou algo parecido. O que vamos fazer, Pete? Você é advogado, pode ter alguma idéia.

— Se tinha, acabei com minhas chances esta noite. Jantei com Cady e ela me perguntou, do nada, se estive aqui naquele dia. Menti e disse que não. Ela disse que sabia que eu estava mentindo. Depois disso, só o que fiz foi me enrolar mais e mais, até que ela pegou um táxi e foi embora. Estou preso a uma mentira agora. Juro, Andy, que estava pronto para dizer "sim, eu estava lá", mas na hora respondi com um não.

Andy pegou um graveto e o partiu em dois.

— Talvez devêssemos procurá-la e lhe contar a verdade. Se ela ainda é generosa como na infância, e explicarmos as conseqüências, talvez sinta pena de nós e esqueça o assunto. Não merecemos perdão, mas quem sabe? Estamos em uma enrascada, Pete.

— É verdade. E quanto a Boomer?

— Não sei — disse Andy, sacudindo a cabeça. — Acho que voltou porque também não conseguia mais conviver com a culpa. Se nós três procurássemos Cady e explicássemos tudo, Amy não poderia continuar mentindo e teria de conviver com as conseqüências de falar a verdade.

— Vocês dois são muito ligados. Se fizermos isso, Amy nunca mais lhe dará apoio. Consegue lidar com essa possibilidade?

Andy arremessou o graveto quebrado no lago.

— Acho que terei de descobrir, não é?

Catorze

Cady entrou em casa praticamente marchando, com jeito de quem pretendia matar alguém. Os três estavam alinhados no saguão, com braços estendidos para os lados, de modo que ela não poderia passar pela barreira sem explicar por que voltara tão cedo.

— Devo estar vivendo sob uma nuvem negra ou então, realmente, cheiro mal. Pete mentiu para mim! Mentiu, com a maior cara-de-pau. Claro que não posso provar, mas estava na cara que mentia. O que acham disso? — perguntou, com as mãos nos quadris e o rosto ruborizado.

Atlas latiu, enquanto embolava-se perto de suas pernas.

Sem esperar por um comentário, Cady desabafou:

— Sabem o que vou fazer? Vou à biblioteca e não voltarei até recordar cada detalhe daquele dia. Se me ouvirem batendo com a cabeça na parede, não se preocupem. Estarei apenas ajustando o que quer que esteja errado dentro dela. Homens! Detesto homens! Só servem para fazer bebês, e já que não estou interessada nisso, quero que se explodam. Ouviram? Não quero saber de homens! Além de tudo, nem cheguei a jantar! Sabem o que mais? Vou dizer-lhes uma coisa. Já que todos estão mentindo, farei o mesmo. Ligarei para eles e direi a cada um que lembrei o que aconteceu naquele dia. Depois, vou relaxar e vê-los mortos de pavor. O que acham?

Atlas latiu, estranhando o tom hostil de sua dona.

Lola bateu palmas.

— Boa menina — incentivou-a Mandy.

— Você saiu à sua avó — disse Anthony, alegre. — Espere para bater com a cabeça nas paredes depois que eu lhe trouxer algo para comer.

— Ligarei para minha mãe também! Se precisar, irei até lá para endireitá-la de uma vez por todas. Sei que ela sabe mais do que sempre me contou. Toda vez que eu tentava abordar o assunto, ela dizia que não valia a pena remexer no passado, porque não podíamos mudá-lo. Sei que estava apenas repetindo as palavras de meu pai. Depois de algum tempo, parei de perguntar. Em minha opinião, nem minha mãe nem meu pai jamais se preocuparam com o fato de eu ter perdido a memória quanto ao episódio. Sempre tive a sensação de que preferiam que eu esquecesse mesmo. Direi a ambos que estou disposta a enfrentar hipnose se for preciso. Quero lembrar e não me importo se gostam disso ou não. Seja qual for minha decisão, gostaria que não interferissem.

— Querida, jamais pensaríamos em impedi-la — garantiu Lola.

Cady enviou um olhar cheio de dúvidas à avó e depois voltou-se para Anthony.

— Quando me trouxer algo para comer, traga-me uma dose tripla de uísque com gelo e uma cerveja. Vejo-os novamente quando me lembrar de tudo. Se não conseguir, consultarei um terapeuta para fazer hipnose. Comecem a procurar um, para o caso de eu precisar. Boa-noite a todos.

— Ponha bastante gelo no uísque, Anthony — recomendou Lola, assim que ouviu a porta da biblioteca batendo.

— Meu Deus, como Cady se parece com você no passado, Lola — disse Mandy, perplexa.

— É verdade, não é? — disse Lola, com orgulho. — Esperemos que desista de visitar os pais. Visitá-los não lhe traria nada de bom. Entretanto, precisamos incentivá-la a fazer o que julgue necessário. Por enquanto.

Entreolharam-se, como três corujas sábias que aspiravam a ser.

— Acho que isso merece uma dose de *alguma coisa* — disse Anthony, rumando para a área do bar, no solário, sendo seguido por Lola e Mandy.

Na manhã seguinte, às oito em ponto, Larry Denville entrou apressado no escritório de seu chefe no *Sentinela de Indigo Valley*, no momento exato em que Cady entrava no banho. O objetivo de ambos era o mesmo, embora nenhum dos dois soubesse.

— Meu Deus, Denville, o que é agora? — perguntou Stanley Kaminsky, o rude editor-chefe. — Espero que não seja mais nada ligado àquela porcaria de tragédia de vinte anos atrás. Há muitas notícias quentes esperando para teimarmos em reacender casos velhos. Não entendeu ainda? Ninguém está interessado.

— Stanley, as pessoas estão interessadas sim. Lola Jor Dan é notícia, e quando aquela mulher faz alguma coisa, as pessoas sentam-se e lhe dão atenção. Por que não acredita no que lhe digo?

— Acreditar em você não venderá jornais. Notícias vendem. O que deseja desta vez, Denville?

— Chefe, lembra-se do que me disse no dia em que me contratou?

— Disse muita coisa — respondeu o outro, na defensiva.

— Você me disse que, para concluir qualquer história que eu estivesse relatando, eu teria de voltar ao começo. É isso o que desejo fazer. Quero ir a Vermont e conversar com os pais de Cady Jordan. Esse é o meu começo. Ninguém se deu ao trabalho de entrevistá-los. Depois do acidente, eles se mudaram e Lola assumiu os cuidados da neta. Isso sempre me pareceu estranho. Pais raramente deixam os filhos para trás, especialmente quando se machucam gravemente, como ocorreu no caso de Cady. Não acha estranho também, chefe?

— Olhe, Denville, os pais daquela menina não eram exatamente pessoas normais. Eram fanáticos religiosos. Todos nesta cidade sabiam que havia uma rixa entre Asa Jordan e sua mãe, Lola. Mas isso é passado. Ninguém dá a mínima. A resposta é não a qualquer coisa que você pretenda pedir-me.

— Dois dias, chefe. Irei com meu próprio carro. Ficarei no hotel mais barato ou dormirei no carro. Comerei cachorro-quente. — Lembrando-se de sua determinação para emagrecer, trocou os cachorros-quentes por vegetais crus, mentalmente. — Setenta e cinco dólares, chefe, é o que lhe peço. Se eu conseguir resolver isso, nossa notícia poderá virar manchete nacional. A *Variety* poderá interessar-se. Só quero fazer o que você mesmo ensinou. Quero voltar ao início de tudo. Meu faro me diz que terei sucesso.

Stanley Kaminsky reclinou-se em sua velha cadeira giratória e acendeu o cachimbo. Fitou o repórter gorducho, sabendo que acabaria por ceder. O que gostava em Denville era sua intuição e faro para notícias. Fumou por um instante e a fumaça elevou-se à sua frente.

— Com uma condição.

— Qualquer coisa. Acho que preciso de cem dólares, em vez de setenta e cinco, para garantir a gasolina.

— Leve Myrna com você. Ela entende as mulheres.

— Ah, espere aí, Stanley. Não preciso de babá. Sou esperto e posso entender as pessoas sozinho. Essa história é *minha*!

Stanley puxou o colarinho enquanto girava o pescoço para um lado e para outro.

— Odeio gravatas — gemeu —, mas o dono deste excelente jornal possui padrões com relação ao vestuário e gravatas estão no topo da lista. É Myrna ou nada, garotão.

— Está bem, então. Mas o artigo é meu, linha por linha. Ela só vai para me auxiliar. Estamos combinados?

Stanley pousou seu cachimbo no cinzeiro já abarrotado e correu as mãos entre seus cabelos grisalhos e eriçados.

— Eu deveria estar na barbearia, cortando os cabelos, em vez de conversando com você. Vá, saia daqui. Myrna! — gritou, no máximo de sua voz.

Uma sósia da Little Orphan Annie,* com vinte e nove anos, enfiou a cabeça na abertura da porta.

* Little Orphan Annie: famosa personagem do cinema (musical) e de desenhos animados. Tinha cabelos ruivos e encaracolados, muito esperta e sapeca. (N.T.)

— Temos intercomunicador, Stanley. Você interrompeu meu fluxo de pensamentos. Por falar nisso, que gravata mais horrível essa sua! O que quer?

— Você irá a Vermont por dois dias com Denville. Pode agradecer quando voltar.

— Não quero ir a Vermont, Stanley. Estou bem no meio daquela matéria para dividir o centro da cidade em zonas.

— Entregue a matéria a Wexler. Não perguntei se você *quer* viajar. Preciso livrar-me de vocês dois para poder trabalhar um pouco. É melhor você me entregar algo bom, Denville, ou vai para o olho da rua. O mesmo vale para você, Myrna. Não me façam lamentar minha decisão.

Na rua, sob o sol brilhante de primavera, Myrna Davis levantou a mão, fazendo Larry parar.

— Só preciso pegar minha sacola de fim de semana no bagageiro do carro.

— Você tem uma sacola de viagem pronta no carro? — indagou o repórter, com tanta suspeita que Myrna piscou-lhe um olho.

— Nunca se sabe. Posso conhecer alguém de repente...

— Ah.

A magricela Myrna voltou alguns minutos depois, com uma sacola verde-escura pendurada no ombro.

— Parece pesada — disse Larry.

— Eu sempre preciso de muita coisa. Secador de cabelos, roupas, comida pronta... Coisas básicas. Meus pertences. Todo mundo precisa de certas coisas. Estou sempre preparada para viajar em cima da hora. Sempre espero por uma grande história, um furo jornalístico, para o qual precise partir num piscar de olhos. Eu seria uma ótima correspondente estrangeira. — Ela continuou tagarelando enquanto Larry guardava a bagagem em seu carro. Ainda tagarelava quando ele saiu do estacionamento e tomou a direção da rodovia expressa.

Myrna respirou fundo.

— Então, dê-me os detalhes. Não esconda nada, porque não poderei fazer uma dedução exata. Lembre-se, precisamos de duas fontes sobre qualquer assunto. — Ela esticou as pernas longas e finas, e moveu o banco mais para trás, para ter mais espaço.

— Não precisamos de duas fontes. Conversaremos com os mais importantes neste caso. Eu uso um gravador, que deixo sempre ligado. Se você calar a boca por cinco minutos, poderei contar o que faremos em Vermont.

Myrna olhou-o, pasma.

— Fale, então. Por falar nisso, tenho memória fotográfica e sempre me lembro de tudo. Assim, qualquer coisa que você me disser ficará gravado automaticamente em meu cérebro. Pergunte-me qualquer coisa. Absolutamente qualquer coisa, e eu poderei repetir até o instante em que fiz três anos de idade. Meu cérebro é como um imenso catálogo. — Sua voz vibrava com contentamento e animação.

— Myrna, cale a boca e escute. Não dê um suspiro sequer. Nem um pio. Gosto de pensar enquanto dirijo. Ponho música para tocar porque me acalma. Tagarelice me deixa nervoso. Fui claro?

— Perfeitamente.

Em dez minutos, Larry lhe dera os detalhes sobre o objetivo da viagem. Suspirou ao terminar, imaginando com o que essa mulher esquisita poderia contribuir, se é que contribuiria com algo.

— Cady Jordan estava um ano à minha frente na escola. Lembro dela. Era um pouco tímida, mas não muito, se é que você me entende. Tinha personalidade. Eu era alta para minha idade e fanática por estudos. Ela disse que gostava dos meus cabelos ruivos e eu adorava seu rabo-de-cavalo. Era uma criança adorável. Lembro-me do acidente porque chorei. Sempre quis visitá-la, mas minha mãe falou que ela estava muito doente. Ainda assim, parece que o acidente não afetou muito os outros. Aqueles quatro estavam sempre juntos. Eu queria pertencer àquela turminha, mas minha mãe não me deixava sair do portão de nossa casa. Depois do acidente a turma de Cady dispersou-se. Pete comia sempre sozinho na escola. Andy começou a andar com um menino chamado Carl, e Amy mudava de amigas com uma enorme freqüência. Tentei fazer amizade com ela uma vez, mas fui praticamente posta a correr. Será que algo nisso tudo pode ser útil a você?

— Você conheceu os pais de Cady?

— Não. Sei apenas o que meus pais me disseram. Eles conversavam muito a esse respeito na hora do jantar. Todos os dias havia alguma notícia sobre o acidente no jornal. Os pais a deixaram aqui e se mudaram. Minha mãe disse que isso era pecado. Sabe, deixar uma criança doente e ir embora. Por isso eu sentia vontade de visitá-la. Tem razão, Larry, é melhor partir do início mesmo. Os pais são o começo de tudo. O que faremos se não quiserem falar conosco?

— Não sei. Mas cale-se agora, para que eu possa pensar. Há algo zumbindo em minha mente, algo que venho ignorando e não deveria. Preciso montar todas as peças desse quebra-cabeça.

Cady ligou a ducha, sentindo-se grogue pela falta de sono e por todo o álcool que consumira durante a longa noite. Agora conhecia de cor o conteúdo de seu próprio álbum. Sempre fora boa em classificar e organizar, mudando coisas de um lugar para outro, até sentir que beirara a perfeição. Os artigos não batiam uns com os outros. Ela sabia que algumas coisas nunca haviam sido impressas. Havia lacunas demais e muitas perguntas sem respostas nas matérias publicadas, com a mais importante delas sendo a razão pela qual seus pais haviam praticamente fugido, sem exigirem uma investigação completa dos fatos quando deveriam tê-la defendido com tanto vigor quanto os King a acusavam.

A água muito quente corria por seu corpo, aliviando parte da tensão entre seus ombros. Se não relaxasse um pouco e não liberasse um tanto daquela rigidez muscular, teria uma daquelas dores de cabeça latejantes e terríveis.

Ela despejou o xampu cheiroso na palma da mão. Sua fragrância era como uma suave brisa do mar e coco. Fez espuma em seus cabelos, enquanto deixava os pensamentos vagarem, sem direção. Será que os pais a amavam? Estava com trinta anos e ainda não sabia a resposta a essa questão. Fora sustentada por eles, sem dúvida. Sempre tivera o que comer e um teto sobre a cabeça. Andava sempre limpa e com roupas apropriadas. Certo — suas necessidades haviam sido supridas, mas onde estava o amor? A única pessoa que a abraçara ou lhe fizera carinho era Lola.

Escondi minha bicicleta atrás do arbusto, para que fosse a última coisa a ser guardada no caminhão de mudanças. Eu queria enganar minha mãe para poder voltar ao lago uma última vez. Desci a rua pedalando com força pela calçada porque... porque...

Cady saiu da ducha em um pulo, empurrando com vigor a porta do boxe enquanto pegava uma toalha e a enrolava no corpo. Gritando no máximo de sua voz, correu pelo corredor, chamando por Lola e por qualquer um que a pudesse ouvir.

— Lembrei algo! Lembrei enquanto estava no chuveiro.

Parou no alto das escadas, com os cabelos cheios de xampu e o corpo pingando e formando uma poça no piso. Suas mãos fecharam-se em punho quando ela fechou os olhos, tentando lembrar mais. Precisava lembrar mais.

Então, os três já estavam lá, tagarelando e rindo enquanto a abraçavam e a levavam de volta ao banheiro.

— Meu Deus, Lola, estou realmente começando a lembrar. Eu estava sob o chuveiro, pensando que nunca recebi carinhos de minha mãe. Você sempre foi a única a me oferecer abraços e conforto físico. Então uma recordação me veio, do nada. *Do nada*. Lembrei que escondi minha bicicleta atrás de um arbusto para poder escapar e ir ao lago uma última vez porque... porque eu não sei, mas as lembranças estão voltando, pequenos fragmentos, um de cada vez. Eu precisava enganar mamãe e fiz isso. Eu lhe disse que a sra. Hollister havia dito que os bolos que mamãe fazia eram tão pesados que poderiam ser usados como sacos de areia para manter portas abertas. Mamãe ficou perturbada. Então perguntei a ela o que *santarrona* queria dizer. Ela se agitou novamente e entrou em casa. Foi aí que peguei minha bicicleta e fugi.

— Estamos tão felizes por você, Cady. O resto virá, tenho certeza — disse Lola, abraçando-a.

— Por que meus pais não se empenharam em minha defesa, Lola? Como puderam sair da cidade e me deixar?

Lola empurrou-a para dentro do banheiro, respondendo:

— Podemos falar sobre isso mais tarde. Termine seu banho e nos encontre na cozinha.

Mesmo com a água correndo, podia ouvir os sussurros entre os três. Sobre *o que* falavam agora? Será que sabiam de algo e não queriam lhe contar?

Quinze minutos depois, de jeans e camiseta e descalça, Cady desceu correndo as escadas, com Atlas a seu lado. Precisava falar com sua mãe. Talvez precisasse conversar também com seu pai. Sabia que diálogos com o pai eram quase uma impossibilidade, já que não lembrava quando fora a última vez em que conseguira manter uma conversa real com ele.

Os três a esperavam, sentados à mesa, e Cady teve a mesma sensação que tivera no dia em que Lola havia ido ao lago com seus amigos. Estavam tramando algo, de novo. Se não, mantinham um segredo que não desejavam dividir com ela.

A cozinha parecia particularmente alegre nesta manhã de quarta-feira, com o sol entrando pela janela em arco. Um grande vaso com flores coloridas enfeitava o centro da mesa no cantinho do café da manhã. Ela fixou o olhar no vaso, de um amarelo cítrico brilhante.

— Eu usava uma camiseta amarela naquele dia e... e... jeans, um macacão jeans cujas pernas chegavam à altura das meias que eu estava usando. Era isso o que eu vestia, Lola. O vestido que eu deveria usar para o jantar na igreja estava dependurado na porta, em casa. A camiseta amarela tinha mangas compridas e eu usava o macacão porque mamãe não queria que me sujasse. Meu Deus, consegui recordar mais alguma coisa... Estão vendo? É isso o que quero dizer. Vem do nada. Estou lembrando. Finalmente começo a lembrar. — O prazer da descoberta transmitia-se em sua voz enquanto seu olhar ia de um para outro. — Digam algo — implorou ela. — Está acontecendo. Minha memória está voltando.

Lola cruzou os braços junto ao peito magro.

— Eu lhe disse que era apenas uma questão de tempo. Estamos muito contentes por você. A vida é maravilhosa, não acha? Agora nos conte o que pretende fazer.

— Não sei se vocês perceberam, mas estão me enviando vibrações que me dizem que sabem algo e não desejam dividir comigo — disse, olhando para o trio, que também a olhava intensamente. — Talvez esta seja uma boa hora para me informarem, de modo a ficarmos em pé de igualdade. E então?

— Então nada, minha querida. Quando envelhecemos, nossos rostos se enrijecem em diferentes expressões e precisamos esperar até que os músculos relaxem. Não é isso, Mandy? — perguntou Lola, em tom casual.

— Essa é a desculpa mais esfarrapada que eu já ouvi. Se é assim que vocês querem, tudo bem, mas é melhor saberem que vou acabar descobrindo! Não sou burra! Agora, vocês acham que devo ligar para minha mãe ou ir até lá para vê-los pessoalmente? Visitá-los parece-me um pesadelo, e eles também não gostam quando eu os visito. A verdade é que não temos nada a dizer uns aos outros. Entretanto, se eu ligar, mamãe poderá bater o telefone na minha cara, porque isso é o que geralmente faz. Se eu for até lá, poderei insistir até que me digam o que espero. Meu pai não pode fugir, na cadeira de rodas. O que vocês acham? Talvez eu possa recordar mais alguma coisa olhando para eles.

— Eu ligaria — disse Mandy, com cautela.

— Concordo. Se sua mãe desligar na sua cara, aí você poderá planejar uma visita. Vermont não é exatamente ali na esquina, doçura — disse Anthony, levantando-se para pegar o bule. — Teremos panquecas de banana e noz macadâmia, com calda quente de banana e manteiga derretida.

— Lola, qual a sua opinião? — indagou Cady, de modo hesitante. Não gostava do olhar que via no rosto da avó.

Lola pigarreou.

— Acho que esta é uma daquelas decisões em que uma coisa exclui a outra. Se você precisa muito de uma resposta, é melhor ligar primeiro.

— Isso é o que penso também. Embora as panquecas pareçam maravilhosas, acho que não vou prová-las, Anthony. Vou à biblioteca para ligar para a minha mãe. Depois, farei uma visitinha a Andy Hollister, já que é o único com quem ainda não entrei em contato. Gostaria de ver como reage à minha presença. Vocês se importam?

— De jeito nenhum, querida. Leve café e torradas com você. Precisa comer alguma coisa.

— Não hoje. Este suco de tomate com pimenta é tudo o que posso suportar. Falo com vocês antes de sair. Têm algum plano para hoje?

— Nada de muito importante — disse Lola, de forma vaga, enquanto olhava para todos os lugares, menos para a neta.

— Vejo-os daqui a pouco, então.

Cady foi até a biblioteca e mandou que Atlas sentasse quietinho. Seus pés descalços não fizeram ruído enquanto ela voltava cuidadosamente até a entrada da cozinha e os escutava, sem nenhuma vergonha. As vozes soavam abafadas, mas ainda era possível acompanhar a conversa.

— Precisamos fazê-la desistir de ir a Vermont — disse Lola. — Apenas torrada para mim, Anthony... Essas panquecas me fariam mal, a esta hora da manhã. Como Cady diz, precisamos ficar em pé de igualdade. Seu pai poderia... Ele é um homem detestável, mesmo sendo meu filho. Pode acabar contando algo, e isso a arrasaria. Se recuperar totalmente a memória, então sim será hora de ir a Vermont.

— Você deveria ter-lhe contado logo que ela chegou a esta casa, Lola — disse Mandy.

— Não tenho esse direito, Mandy. Olhe o que ela já conseguiu. Se eu tivesse contado, essa criança teria voltado para o casulo onde viveu durante quase toda a vida. Ela é parte do mundo real agora, uma pessoa completa. É bonita e confiante, articulada e independente. O que importa realmente é a autoconfiança. Cady não tem mais medo. Tem Atlas e a nós. Ainda há tempo. O que você acha, Anthony?

— O que acho é que perdi tempo fazendo essas panquecas. Quanto a Cady, é melhor dar um passo de cada vez. Não é hora de pressioná-la, embora acredite que ela agüentaria bem. Isso responde à sua pergunta? Tem certeza de que não quer mesmo as panquecas?

— Tudo bem, tudo bem, vamos às famosas panquecas — retrucou Lola, impaciente. — Quero apenas uma. Elas parecem pedras quando chegam ao meu estômago. Uma omelete cairia melhor.

— Tudo bem, tudo bem — disse Anthony, imitando-a. — Você fica com a omelete, e Mandy e eu comemos as panquecas.

— Mandy, você contou a Anthony a respeito do telefonema do sr. Denville?

— Ainda não. Eu ia contar quando Cady saiu correndo do banheiro. — Ela concentrou seu olhar em Anthony e lhe disse: — Aquele jornalista está a caminho de Vermont para ver os pais de Cady. Ele diz que, para encontrar a saída para esse emaranhado, precisa voltar ao começo. Agnes e Asa são o começo. Agora entendam isso como quiserem.

— Por que não comemos apenas torrada com geléia esta manhã? — perguntou Anthony, parecendo subitamente desanimado enquanto voltava a sentar-se. — Será que isso vai dar aonde estou pensando?

— Acho que sim — disse Lola.

— Também acho — concordou Mandy.

No outro lado da porta, Cady sentou, os ombros contraindo-se. Então, havia mesmo um segredo. Ela voltou à biblioteca nas pontas dos pés e sentou-se no chão, perto de Atlas. Acariciou a barriga do cão, sentindo como se seu cérebro ardesse. Fechou os olhos, tentando imaginar o que Larry Denville esperava da conversa com seus pais. Ele provavelmente já sabia que os dois jamais seriam indicados para Pais do Ano. Se havia um segredo, tinha certeza de que os pais jamais o revelariam a um repórter do *Sentinela de Indigo Valley*.

A grande questão era: deveria contar que o jornalista estava a caminho, se ligasse para a mãe. Claro que deveria. Isso era o que uma filha boa e carinhosa faria.

Cady contorceu-se até alcançar o telefone sobre a mesa. Puxou-o até o chão, apoiou as costas na mesa e estendeu as pernas. Discou o número dos pais e esperou. Cinco toques, seis, sete. Estava prestes a desligar quando ouviu a voz arrasada da mãe. Era cedo demais para alguém estar naquele estado.

— Mãe, é Cady. Como você está?

— Estou bem. Ligou por algum motivo especial?

Cady sobressaltou-se. Sempre que ligava, a mãe fazia a mesma pergunta. Será que já lhe ocorrera que talvez uma filha ligasse apenas para saber como os pais estavam?

— Liguei porque quero falar com você. Para dizer que minha memória está voltando, aos poucos. Lembrei de algumas coisas. Estou tentando ser paciente, mas é difícil. Talvez não precisasse me esforçar tanto se você me contasse sobre aquele dia. Quero saber por que vocês me deixaram. Não acredito nas razões que já ouvi. Há mais alguma coisa que eu nunca soube. Também quero saber por que vocês não ficaram na cidade nem o suficiente para armarem uma boa briga por mim, como os pais de Jeff fizeram. Não gostavam de mim o bastante?

— Que coisa horrível de dizer. Fizemos o que precisávamos fazer. Já lhe contei como foi. Lola tinha mais condições de cuidar de você. Ela podia pagar os melhores médicos e nós não tínhamos condições de fazer isso. Seu pai está me chamando. Preciso desligar.

— Ele sempre a chama, mãe. Ele a esgota e você permite. Deixe-o virar-se sozinho. Aposto que papai pode fazer o que quiser e quando quiser, e você sabe disso, mas permite que a faça de escrava.

— Não quero ouvi-la falando assim, Cady.

— Ele ainda diz que poderia ser o próximo Pat Robertson se Lola não tivesse estragado tudo? Estou ouvindo os berros dele. Diga-lhe para pegar seu maldito jornal, mãe. Você precisa dar um basta nisso. Aposto que as coisas seriam diferentes se você lhe dissesse que não suportará mais seus abusos e que vai abandoná-lo. Ele precisa de você, mas você não precisa dele e poderia vir morar comigo. Talvez seja hora de conhecermos uma à outra.

— Isso tudo é bobagem, Cady. Se não pode ser gentil comigo, então, por favor, não ligue novamente. Não gosto de vê-la fazendo pouco de seu pai nem do que você diz sobre mim.

— Mãe, esse é o problema. Você não quer ser feliz? Não quer ser capaz de ir a uma loja, à biblioteca ou a um cinema? Não quer ir ao bingo da igreja ou jogar cartas com amigas? Tudo isso seria possível se viesse morar comigo. Posso ajudá-la a se divertir. Poderíamos ter um jardim de verdade. Tenho um cachorro agora. Sei que você adora gatos, e eu poderia lhe dar um, bem peludo, amarelo e gorducho. Mãe, ele está gritando. Diga-lhe para parar com isso. Diga-lhe que você está ao telefone. Vamos, diga, mãe.

— Cady... você não ent...

— Não, eu não entendo. Sei que você precisa atendê-lo, mas, antes de eu desligar, acho melhor preveni-la de algo. Um repórter do *Sentinela de Indigo Valley* está a caminho de sua casa, para falar com vocês. Ele está refazendo tudo o que aconteceu naquele dia, no bosque. Esses jornalistas vão realmente *fundo*, mãe. Se você está escondendo algo, como suspeito, tenha certeza de que ele descobrirá. Eu também descobrirei, porque minha memória está voltando. Pode desligar agora, mãe. Seu feitor de escravos está segurando o chicote. Ah, que feio, ele está praguejando. — Ela teve a sensação de que podia sentir o medo da mãe chegando através da linha telefônica, mas não precisou imaginar a respiração ofegante, já que estava bem presente na voz que lhe falou.

— Meu Deus, você tem idéia do que está fazendo? Como pôde mandar um jornalista aqui? Seu pai terá um enfarto, quando eu lhe contar.

— Então não conte. Não estou fazendo nada, mamãe. Por que você sempre tem tanta pressa para colocar a culpa em mim? Quem parece ter segredos é você e papai. Jamais entendi por que não queriam conversar comigo sobre aquele dia. Acho que nunca entenderei. Seja o que for que esteja acontecendo, os causadores foram vocês dois. Além disso, não mandei o repórter a Vermont. Não tenho controle sobre um jornal. Se você pensar um pouco, perceberá que estou falando a verdade. Eu lhe disse, repórteres têm faro para boas notícias, e este está faminto por novidades.

— Se não foi você, então Lola incitou-o a isso. Ela sabe como manipular a imprensa para seus interesses. Você vai se arrepender. Por que não podia deixar tudo como estava? Precisava deixar que Lola enchesse sua cabeça com todo tipo de besteira? Aí está o resultado. Tenho de desligar agora. Não falaremos com nenhum repórter, nem hoje nem em qualquer outro dia.

— É melhor pensar melhor nisso, mãe. Quando as pessoas não querem falar, eles inventam coisas e dão suas próprias versões. Talvez isso seja pior do que o que vocês escondem. — *Que droga,* Cady pensou, *acabei de fazer minha mãe chorar. Que droga!*

— Adeus, Cady.

— Tchau, mãe.

Com os olhos cheios de lágrimas, Cady desligou o telefone.

— Sabe de uma coisa, Atlas? Eu estou cheia de tudo isso. Cheia mesmo.

Uma hora depois, ela estava a caminho da cidade. Sua primeira parada foi na padaria, onde sentou-se em uma das mesinhas com uma xícara de café, um pão açucarado e o jornal daquela manhã aberto à sua frente. Ao terminar, deu uma gorjeta à garçonete e caminhou uma quadra e meia até a empresa de seguros de Andy Hollister.

Uma sineta soou quando abriu a porta. Era um escritório agradável, pequeno mas aconchegante, com uma mesinha de recepcionista, três poltronas confortáveis e três pequenas mesas. Plantas viçosas decoravam as mesinhas, e um fícus sobressaía-se em um canto. Obviamente, quem cuidava daquelas plantas entendia do assunto. Exemplares dos últimos números das revistas *Times, Newsweek* e *People* estavam no meio da mesa baixa, junto com uma tigela cheia de balas.

A porta do escritório de Andy abriu-se. Um homem alto apareceu ali e Cady sorriu. Ela teria reconhecido Andy Hollister em qualquer lugar. Sua cabeleira muito loura agora dava lugar a entradas nas têmporas e suas sardas pareciam ter clareado. Seus olhos ainda enrugavam-se nos cantos, quando ele sorria. Andy Hollister, adulto, parecia-se exatamente com o menino que ela recordava.

— Desculpe-me, não a ouvi entrar. Martha faltou hoje, por causa de um resfriado. Cady, é você?

Cady sorriu quando ele estendeu-lhe a mão.

— Sou eu, Andy. Como está?

— Todos na cidade me disseram que você havia voltado. Diga-me, está gostando de Indigo Valley?

— Cresceu muito. Mal reconheci o lugar quando cheguei. Acho que não o reconheceria se passasse por mim na rua. Você se transformou num gatão — brincou, provocando-o. — Por falar nisso, conheci sua esposa um dia desses. Ela é um amor, Andy. Nós nos encontramos no cemitério e depois tomamos café juntas.

Andy trocou o pé de apoio.

— Não sabia disso. Jill e eu...

Cady assentiu.

— Ela disse que vocês estavam passando por um momento difícil. Isso acontece, Andy, nos melhores casamentos. Conversem e não desistam. Ouça, eu vim vê-lo para pedir que você transfira o seguro de meu carro, agora que decidi viver para sempre aqui. Faço o seguro ou vou ao departamento de trânsito, antes?

— Cuidarei disso, Cady, mas poderia ser amanhã ou na semana que vem? Preciso ir a uma reunião em Pittsburgh hoje ainda, e já estou atrasado. Martha sempre cuida de todos os detalhes por mim.

— Claro, não tem problema. Voltarei no começo da próxima semana.

— Cady, o que você foi fazer no cemitério? Sei por que Jill estava lá, mas por que você foi até lá?

— Eu queria ver o túmulo de Jeff King. Nunca havia estado em um cemitério. Nunca soube de alguém que morreu. Queria ver se lembrava de algo, indo até lá. Não lembrei, mas tudo bem. Minha memória está voltando, aos pouquinhos. Mais lentamente do que eu gostaria, mas não se pode apressar esse processo. Bem, já lhe tomei muito tempo. Foi muito bom revê-lo, Andy.

— Eu queria lhe dar um presente de despedida, naquele dia, mas mamãe disse que estava sem dinheiro.

Cady sorriu, com prazer.

— É mesmo, Andy? Achei que você não gostava de mim.

— Ah, gostava sim. Espero que você recupere a memória, Cady. Com sinceridade. Preciso ir agora.

— Andy, você e os outros estavam lá naquele dia?

Parado à sua frente, bem mais alto que ela, Andy baixou a cabeça, com o sofrimento no olhar.

— Por favor, não me faça essa pergunta, Cady.

— Já fiz, Andy.

— Vejo-a semana que vem.

— Está bem. Semana que vem.

Quinze

Com tempo de sobra disponível e mais nada a fazer, Cady voltou ao seu carro e circulou pela cidade. Depois de uma hora dirigindo sem rumo, ela percebeu que fazia aquilo apenas para aplacar a ânsia por voltar ao lago. O conhecimento de que poderia receber uma multa por invasão e talvez ser levada para a cadeia não a desanimou enquanto fazia o retorno no meio de uma rua residencial, dirigia até os limites da cidade e entrava na rua de terra que a levaria ao lago e à olaia em sua permanente vigília no alto da colina.

Estacionou e contornou o carro para abrir a porta e permitir que Atlas saísse. O cão rosnou, mas não saiu de seu lado. O coração de Cady batia descompassado ao olhar à sua volta. O lugar parecia quase igual à última vez em que estivera ali na infância, com a diferença de que naquela vez Pete, Andy e Amy a esperavam no pé da colina.

O quê?!

Na última vez em que estivera ali?! A última vez em que estivera ali *fora* naquele dia fatídico. Não no dia em que recebera a multa. Ela apertou os olhos. Havia escorregado na grama, quase caindo da bicicleta ao chegar ao alto da colina. Deslizara sentada pelo barranco. *Naquele dia.*

Usava uma camiseta amarela. Amy estava com shorts cor-de-rosa e uma blusinha listrada. Andy usava jeans com buracos nos joelhos e Pete segurava um saco de papel com uma das mãos.

Cady encostou-se no Mountaineer com as pernas trêmulas. Outra recordação. Será que teria lembrado se não viesse até ali? Será que a conversa que tivera com a mãe ativara algo em seu cérebro? Ou aquilo lhe ocorrera como efeito da conversa com Andy? Atlas lamentou-se, deitando-se no chão, aos seus pés.

Cady tirou os sapatos de saltos altos, deixando-os para trás enquanto descia o barranco. Talvez precisasse olhar para cima, para o ponto onde a tirolesa estivera. Talvez precisasse avistar a olaia. Sentia-se subitamente enregelada, mas ela sabia que a temperatura continuava alta.

Com a voz insegura e as pernas ainda bambas, chamou Atlas para acompanhá-la. Olhou para cima e viu a velha árvore que antes abrigara a casinha de Pete. Se despisse sua saia apertada, poderia escalar a árvore e se equilibrar nos galhos antigos. Será que desejava fazer isso? Se fizesse, talvez tivesse uma nova perspectiva sobre o que ocorrera naquele dia. Sentada na árvore, talvez pudesse recordar o que acontecera depois.

Sem parar para pensar, tirou a saia e subiu na árvore como fizera na infância.

— Fique aí, Atlas — comandou, olhando por sobre o ombro. — Pode ser que eu demore um pouquinho para descer. Fique aí montando guarda.

O cão virou a cabeça para um lado e depois para outro, em dúvida sobre o que a dona faria, em seguida se sentou com o olhar alerta e esperou.

Enquanto Cady sentava-se aninhada entre os galhos da árvore, tentando lembrar o que acontecera tanto tempo atrás, um policial chamava seu chefe pelo rádio, para relatar uma ocorrência.

— Parece que há uma mulher jovem, com roupas íntimas, sentada em uma árvore perto do lago. O carro é um Mercury Mountaineer e está estacionado no alto do barranco. Quando procurei o motorista e não achei, peguei os binóculos e... Claro que tenho certeza de que está usando apenas roupa de baixo. Vejo um vestido ou algo semelhante no chão e há um cachorro sentado na base da árvore. Tenho um saudável medo de cachorros como esse. Sim, chefe, os avisos proibindo a entrada estão por toda parte. Não quer que eu vá até ela? Quer que eu faça um relatório ou coloque uma multa junto ao pára-brisa do carro da moça? Tudo bem, o senhor é quem manda.

Mac Ward recostou-se na cadeira de rodinhas. O móvel começava a ganhar os contornos de seu corpo e se tornava realmente confortável. Agora ele estava prestes a mandar tudo para o inferno.

Era hora de dar alguns telefonemas. Deveria ter feito isso dias atrás. Não, a verdade era que deveria ter feito isso anos atrás. Até agora estivera ansiando por seu encontro com Cady. Pegou seu telefone celular e ligou para o número de Pete Danson.

— É Mac Ward, Pete — disse, com pressa, quando a secretária de Pete passou a ligação. — Quero encontrá-lo amanhã cedo para tomarmos café juntos. Chame Andy e eu chamarei Amy. Não, não é um pedido, mas uma ordem. Um dos meus homens acabou de me relatar que Cady está no lago, trepada numa árvore, com roupas íntimas. Presumo que é a árvore em que vocês tinham uma casinha. É só um palpite, mas acho que ela está começando a lembrar, se já não recordou tudo. Deveríamos ter feito isso anos atrás. De minha parte, lamento não termos feito. Todos tínhamos nossos motivos, Pete, mas eles não importam mais. Somos adultos responsáveis, ou pelo menos deveríamos ser. Às sete e meia está bem para mim. No Cantinho da Eva. Ligarei antes para reservar uma mesa no fundo.

A seguir, Boomer ligou para Amy Chambers. Suspirou aliviado quando a secretária eletrônica pediu para deixar recado, e terminou sua mensagem com: "Esteja lá, Amy. Isso não é um pedido, mas uma ordem."

Mac Ward olhou para a foto do presidente dos Estados Unidos, pendurada na parede à frente de sua mesa. Aquele era um homem honrado, dedicado a administrar o país e mantê-lo seguro para todos os cidadãos. À sua própria maneira, ele tentava fazer o mesmo, mas em uma escala menor. Pensou nos segredos com os quais convivera durante todos aqueles anos. Desejou, como já desejara milhões de vezes antes, jamais ter conhecido Jeff King.

Segredos arruinavam vidas.

Cinco minutos mais tarde, ele estava em seu carro. O seu destino era o lago. No fim, tudo sempre se resumia a Cady e o maldito lago. A pequena Cady, agora bem crescidinha. O simples pensamento sobre ela causava-lhe palpitações, exatamente como ocorrera aos treze anos.

Zuniu pela auto-estrada e então freou bruscamente ao chegar ao bosque. Estacionou o carro de patrulha no acostamento e andou pela estrada de terra até o alto do barranco. Meu Deus, odiava aquela olaia. Gostaria que alguém a derrubasse a machadadas. Na infância, a árvore lhe dera calafrios. Só de olhar para ela, agora, sua pele arrepiava-se. Era apenas uma maldita árvore. Nada mais. Um tronco, alguns ramos, algumas folhas e botões prestes a desabrochar. Apenas uma árvore, mas, mesmo agora, por algum motivo inexplicável, ela ainda o assustava demais.

Viu o cachorro levantar-se, enfiar o rabo entre as pernas e achatar as orelhas contra a sua grande cabeça. O protetor de Cady. Naquele instante, percebeu que desejava aquela função para si. O cão não se moveu, nem ele. Então, chamou-a:

— Cady, é Boomer. Onde você está?

— Aqui em cima — veio a resposta.

— Tudo bem, estou descendo. Mande seu cão ficar quieto. Parece pronto para me fazer em pedacinhos. Você consegue descer?

— Se subi, acho que posso descer. Calma, Atlas. Calma, menino. Parado. Tudo bem, você pode descer. Ele não o atacará. Mantenha as mãos nos bolsos para que ele não o veja como uma ameaça. Então, de quanto é a multa, desta vez?

— O dobro da última vez — gritou-lhe Boomer. — Mas que droga, o que está fazendo aí, Cady?

— Lembrando.

— Ande, desça dessa árvore para conversarmos.

— Estou só de calcinha e sutiã. Minha saia era justa demais, então precisei tirá-la.

— Sim, sim. Eu já a vi de roupas íntimas antes. Desça!

— Pare de me dar ordens, Boomer. Descerei quando quiser, e nem um minuto antes ou depois. Fique onde está. Por que você não consegue entender como é importante eu recordar tudo? Não estou fazendo mal a ninguém e a nada. Não estou destruindo nada. Estou apenas sentada aqui, tentando recuperar aquele pedaço de minha vida. Não estarei completa até poder fazer isso. Estou lembrando, Boomer. Uma coisa aqui e outra ali, mas minha memória está voltando.

— Por favor, desça.

— Tudo bem, continuarei voltando até recordar tudo. Pagarei as multas.

Os olhos de Boomer arregalaram-se quando Cady desceu até um galho de onde podia saltar para o chão. O conjunto de calcinha e sutiã com listras no padrão de zebra atordoou-o.

— Nossa, você é linda — disse ele, com o rubor subindo por seu pescoço. — Naquele tempo, você... Eu queria beijá-la. Meninos de treze anos pensam em coisas assim. E eu sonhava com você.

— Sonhava?

— Chegava a ser patética minha paixonite por você naquela época. Você entrou em meu coração e nunca saiu. Eu sentia essas coisas naquela época... Fico repetindo isso porque não sei de que outro modo poderia me referir àquele tempo. Deus, mal posso acreditar que estou lhe contando isso. — O rubor instalou-se, causando-lhe uma onda de calor no rosto.

Um gaio azul saiu da árvore onde Cady estivera, contornou o lago e se acomodou na olaia.

— Bem, olhe só. Aqui estou eu. Aqui está você.

Boomer recuou um passo enquanto Cady avançava outro.

Cady deu outro passo à frente.

— Isso foi um convite, Boomer. Você sabe, é só encostar seus lábios nos meus e eu prendo meus lábios nos seus. Chamamos isso de *beijo*. Provavelmente será bem melhor do que teria sido quando eu tinha dez e você treze anos.

O coração de Boomer disparou. Deveria ir em frente ou não? O que *era* aquele brilho de malícia nos olhos dela? Precisava sair logo dali. Precisava sair *imediatamente*.

E então já era tarde demais. Ele sentiu lábios mornos e úmidos nos seus. Sentiu braços contornando seu pescoço e sabia que ela estava nas pontas dos pés. Nada em sua vida jamais parecera tão bom, tão maravilhoso. Um gemido baixo, de pura agonia, subiu de seu tórax até sua garganta. Parecia ouvir sinos e fogos de artifício explodindo em seu cérebro. Entre os sinos e os rojões, ouvia um alerta surdo e constante. Com toda a força de vontade que conseguiu reunir, usou suas mãos para afastá-la. Sua boca parecia estar em chamas quando lutou para respirar fundo.

— Diga-me, senhorita Cady Jordan, onde foi que aprendeu a beijar *assim*?

— Não aprendi. Estava reservando um beijo assim para você. Nunca beijei ninguém desse jeito antes. Acho bom você não se queixar, Boomer Ward. Achou ruim?

— Não. É que beijos como esse levam a... Você está só com roupas íntimas, pelo amor de Deus. Aposto que se você as dobrasse bem, caberiam dentro de sua orelha. — *Jesus, será que eu disse isso mesmo?!*

Cady riu.

— Eu usava uma camiseta amarela naquele dia. E jeans ou macacão três-quartos que mal cobriam minhas meias. Pete, Andy e Amy estavam aqui. Lembrei disso hoje de manhã. Tudo está voltando. Você beija bem, Boomer. Quem diria? — provocou.

— Você deveria vestir-se. Algum carro de patrulha pode aparecer e, então, como ficamos?

Ele parecia tão atrapalhado que Cady deu uma gargalhada.

— Parecerá que você beijou uma mulher quase nua. Que pena Larry Denville não estar aqui. Poderíamos ganhar a primeira página do jornal de novo. Ele está a caminho de Vermont para falar com meus pais, de modo que acho que a cidade não saberá de nosso pequeno encontro.

— Denville foi para Vermont! — Ele imaginou se a raiva que sentia transparecia em sua expressão.

— Provavelmente está quase lá. Ele disse que queria partir do começo, e meus pais são o começo. — Cady encolheu os ombros enquanto se abaixava para pegar sua saia.

— Boomer, quero perguntar-lhe algo. Você estava...

— Espere um pouco, Cady — disse ele, quando seu pager soou. Ele olhou para o aparelho, pegou seu celular e disse: — Preciso ir. Vejo-a hoje à noite e lhe entrego a multa. — No alto do barranco, ele parou apenas o suficiente para gritar: — Gostei dos seus trajes!

Cady riu novamente enquanto fechava o zíper da saia. Olhou até perdê-lo de vista. Abaixando-se, ela abraçou os próprios joelhos. Pela primeira vez na vida, beijara um homem ao som de sinos e rojões.

— Sabe, Atlas, por um segundinho achei que minha cabeça sairia voando para longe do meu pescoço! Boomer Ward, quem diria! — Ela pegou um pedregulho e o jogou no lago. Pete sempre fora o melhor em matéria de lançar pedras no lago. Andy vinha a seguir, e Amy nunca conseguira aprender o jeito certo. Uma ou duas vezes ela conseguira, sob as palmas entusiasmadas dos outros. Mas não Amy. Ela franzia a boca e dizia que desejava fazer outra coisa.

Joguem pedras! Apressem-se! Peguem algumas bem grandes! Venham! Andem! Joguem! Isso!

Cady inclinou-se para a frente. *Jogar pedras. Apressem-se. Peguem algumas bem grandes! Venham! Andem! Joguem! Isso!* Ela sentia-se tão tonta que se deitou no solo, com o coração martelando no peito. Apesar das palavras, nenhuma imagem as acompanhava. Sentiu vontade de berrar de frustração. *Por que consigo ouvir as palavras, mas não vejo meus amigos? Porque seus olhos estavam fechados e você estava na tirolesa, ora. Sua estúpida, estúpida, estúpida.*

— Venha, Atlas, é hora de irmos para casa.

O cão levantou-se imediatamente, colando o corpo contra a sua perna. Ele torceu a cabeça, pedindo um carinho atrás das orelhas, que sua dona concedeu.

No alto do barranco, ela olhou para a olaia. Bem agora seus botões pareciam prestes a desabrochar, mas ainda assim a árvore era feia. Sempre detestara aquele vazio na base da árvore. Nada crescia ali, nem mesmo musgo, ervas ou grama. Ela e os amigos haviam plantado jacintos e narcisos silvestres ali, mas nada florescera. Um banco circular poderia afastar parte daquele vazio. Mas talvez nada pudesse tirar aquela sensação de coisa nua e solitária da área proibida. Não pretendia ir até a árvore, mas viu-se fazendo isso. Procurou os nomes gravados na casca e franziu o rosto quando seus dedos tocaram os pedaços vazios onde deveriam estar o C e o J. Raspados. Apagados.

Cady voltou ao Mountaineer e entrou. Sentia-se alegre. Quase excitada e, ao mesmo tempo, triste. Estava chegando ao fim da linha, tinha certeza. Quando tivesse juntado todos os pedaços, o que faria? "Quando terminar, visitarei o sr. e a sra. King, e lhes darei a versão correta dos fatos. Se precisar, publicarei um anúncio no *Sentinela de Indigo Valley*, para que todos saibam que não fui a responsável pela morte de Jeff. Agora, porém, só quero pensar naquele beijo de arrasar e no que poderá acontecer esta noite."

Os olhos de Amy Chambers faiscaram enquanto ouvia a mensagem de Boomer Ward na secretária eletrônica.

— Isso não é um pedido, mas uma ordem — disse ela, imitando-o. — Vá em frente, Boomer, dê todas as ordens que bem entender. Estou me lixando.

Ela imaginou se, de algum modo, Boomer sabia que as quartas-feiras eram "Dias de Amy", como Arnie os chamava. Ele levava as meninas para a escola às quartas-feiras, e seus pais as pegavam para que pudessem passar a noite lá e depois as levavam para a escola novamente na manhã seguinte, dando alguma privacidade, assim, para ela e o marido. Não seria difícil encontrar os outros às sete e meia da manhã, já que por volta das sete Arnie quase sempre já havia saído. A maior parte dos "Dias de Amy" eram passados na cama até às onze horas, assistindo aos programas matinais de entrevistas. Esse era um dia não-produtivo, como todos os outros dias de sua vida.

Ela voltou a mensagem e a tocou novamente, sentindo-se pior a cada momento. Tudo viria à tona. Ela poderia mentir até cair-lhe a língua, mas isso não faria a mínima diferença. Podia convencer Andy a mentir também, e então seriam Pete e Boomer contra ela e seu irmão.

Em quem as pessoas acreditariam? Se Cady se lembrasse de tudo, seria o fim.

Nunca sentira tanta solidão na vida.

Amy berrou o mais alto que podia.

— Por que você não morreu naquele dia com Jeff? — *Ah, meu Deus, o que está acontecendo comigo? Estarei ficando louca? Por que não fui à consulta das dez horas com o terapeuta de Pittsburgh?* — Porque estou com medo — disse ela, vacilante. Sabia que jamais apareceria para a consulta que marcara para a primeira semana de junho.

Por puro hábito, formado ao longo dos anos, ela pegou o telefone e ligou para o escritório do irmão. Quase desmaiou ao ouvir sua voz.

— Não desligue, Andy. Preciso falar com você. Boomer Ward deixou uma mensagem na minha secretária esta manhã. Ligou para você também?

— Pete ligou-me. Boomer ligou para ele. E antes que você me pergunte, não, não sei se Cady estará lá ou não. O que deseja, Amy?

— Acho que quero saber o que você dirá. Você sabe o que eu direi.

— Falarei a verdade. Acho que tudo se resume a isso. Por que você não consegue entender o alívio de finalmente tirar esse peso dos ombros? Se formos a Cady e lhe contarmos como aconteceu, a decisão final caberá a ela. Ela veio me ver esta manhã para trocar a seguradora de seu carro e foi muito simpática, Amy, como quando éramos crianças. Não sei se já recuperou ou não a memória e nem me importo. Só quero acabar com isso de uma vez e seguir em frente. É melhor você consultar um psiquiatra, Amy.

— Você só sabe dizer isso. De repente sou louca porque não quero que minha vida desmorone. Isso é o que vai acontecer, e você sabe. Queria ter morrido naquele dia. — Amy estremeceu ao ouvir o estalo do telefone desligado, e então o tom de discar.

Acalmou-se imediatamente enquanto ia para a cozinha, abria o refrigerador e retirava tudo o que precisaria para fazer o prato favorito de Arnie, bolo de carne. Afinal, este era o "Dia de Amy" e ela podia fazer o que bem entendesse. E, no momento, queria fazer bolo de carne para o marido. Ligou o rádio e sintonizou em uma estação que tocava rock, inventando a letra ao ritmo da canção. *Se você tivesse morrido, eu choraria...*

Ela observou-o da janela da frente. *Ah, ele é um gato, sem dúvida nenhuma*, pensou.

— Quietinho, Atlas. Esta é minha noite e não o vi com seu cachorro também. Não demorarei. Fique com Lola. Agora, comporte-se quando eu abrir a porta.

Cady sabia que estava bem, em seu vestido de seda cor-de-cereja que ia até os tornozelos. Danielle prometera que os homens se ajoelhariam aos seus pés quando o usasse, porque mostrava cada uma de suas curvas bem-feitas. Imaginou se deveria esperar pela reação de Boomer ou satisfazer-se com o assovio de aprovação de Anthony. Lola e Mandy simplesmente sorriam, orgulhosas. Imaginou se Boomer perceberia que se sentia quente dos pés à cabeça.

— Oi — disse ao abrir a porta.

— Oi. Podemos ir ou preciso passar pela inspeção?

— Deixe-me apresentá-lo à minha avó. É rapidinho. — Ela não esperou para saber a opinião dele. Abriu mais a porta e chamou: — Lola!

— Aqui, querida — disse Lola, em tom alegre. — Estávamos indo ao solário, assistir às notícias da noite.

O trio veio à porta da frente.

— Só lhe tomaremos um minuto. Quero que vocês conheçam Boomer Ward, o novo delegado. Seu nome é Mac, na verdade. Lola Jor Dan, minha avó; Mandy e Anthony, este é Boomer.

— Encantada em conhecê-lo, sr. Ward. Sei que Indigo Valley está em boas mãos sob seu comando. — Mandy e Anthony apenas sorriram e estenderam as mãos.

— O prazer é meu, sra. Jor Dan. A senhora é, de longe, a atriz favorita de meus pais. Sei que minha mãe assistiu a cada um de seus filmes e sempre me diz que não se fazem mais atrizes como a senhora hoje em dia.

Lola quase flutuava de felicidade.

— Traga seus pais para jantarem aqui uma noite dessas. Enviarei um convite. Foi muito bom conhecê-lo.

— Estamos indo. Vejo vocês mais tarde — disse Cady, sorridente.

Já na rua, voltou-se para seu acompanhante.

— Não foi tão ruim, foi? Obrigada por dizer aquilo sobre seus pais. Lola adora elogios.

— Falei a verdade. Minha mãe adora filmes antigos e tenho certeza de que vai ter um ataque quando eu lhe contar que está convidada para jantar com Lola Jor Dan. Espero que não seja antes de um mês a partir de agora, porque é mais ou menos o tempo que minha mãe levará para escolher o vestido adequado para a ocasião. Mas você está certa, não foi nada ruim. Nunca levei uma mulher para conhecer meus pais — confessou Boomer. — Eu já achava bem ruim quando tinha de ficar parado na frente do pai de alguma garota, esperando ser aprovado. Você já se sentiu assim?

— Só comecei a namorar quando entrei para a faculdade. Eu era como um rato de biblioteca. Depois, havia o medo, essas coisas. Tudo ficou no passado. Podemos ir agora.

— Espere aí, Cady. Entendi a parte do rato de biblioteca, mas não a parte do medo. Você está falando sobre o acidente no lago? Você era a mais destemida entre seus amigos, pelo que recordo. E atrevida também — disse ele, sorrindo.

— Sim, o acidente transformou-me em uma pessoa medrosa. Tentei superar esses temores, mas não tive muito sucesso. Naquele tempo, eu não tinha medo de alturas. Agora tenho. Naquela época eu também não sabia nadar. Desenvolvi um medo terrível de água. Sou capaz de me desviar quinze quilômetros para evitar pontes sobre rios ou riachos. Provavelmente o pior medo de todos é o de confiar nas pessoas. A verdade é que não confio em ninguém, nem mesmo em meus pais. Não sou mais corajosa. Sempre prefiro agir com cautela, não importando o que faça. Dependendo de seu ponto de vista, acho que ainda sou atrevida, mas não quero falar sobre isso agora, Boomer. Esse assunto me deprime.

— Tudo bem, eu entendo. Pelo menos, acho que sim. Talvez possamos trabalhar juntos nessa questão da confiança.

Ele abriu a porta do carro para ela, exatamente como um cavalheiro faria. Cady sorriu. Boomer parecia sentir-se tão pouco à vontade quanto ela. Desejou ser mais articulada para deixá-lo mais confortável. Boomer era *tão* belo e seu perfume combinava com sua aparência. Disse-lhe isso, fazendo-o rir.

— Olhe, vamos nos divertir esta noite. Deixemos assuntos como o passado, Pete, Andy, Amy ou Jeff para outra hora. Se você quiser falar sobre isso amanhã, falaremos. Acho que poderíamos curtir alguns momentos tranqüilos. Concorda?

— Tudo bem, mas nós precisamos tocar nesses assuntos em algum momento.

— Sim, precisamos e o faremos. Confia em mim?

Que pergunta mais estranha, ela pensou, e respondeu apenas depois que tinha certeza de que falava a verdade.

— Sim.

— Só quero dizer-lhe algumas coisinhas e depois não tocaremos mais no passado. Pode ser?

— Pode.

— Sei que você deseja muito recuperar sua memória, e entendo perfeitamente esse desejo. Você precisa lembrar sozinha. Não importa o que Pete, eu ou qualquer pessoa lhe diga. O que você diria se eu sugerisse uma reconstituição daquele dia? Pete e eu poderíamos montar uma tirolesa. Não quero que você responda agora, mas gostaria que pensasse nisso. É preciso sentir-se confortável com a idéia. Você não fará isso por mim ou por qualquer outra pessoa, mas por si mesma. Pensará em minha sugestão?

— Tudo bem, pensarei. Nunca aprendi a nadar, Boomer — disse, com o medo transparecendo em sua voz.

— Você disse que confiava em mim.

— Confio. Ah, certo, pensarei nisso.

— Bom. Agora, onde você gostaria de comer? Estamos no meio da semana e não precisamos reservar mesa em nenhum lugar. Qual é sua comida favorita?

— Qualquer coisa italiana com muito pão de alho. Uma salada verde com muita cebola. Cerveja bem gelada. Não sou muito exigente, mas o molho tem de ser bom, não daqueles que já vêm prontos e eles só disfarçam com um pouco mais de tempero.

— Ah, aí está uma menina que sabe das coisas. Acho que preciso levá-la para conhecer meus pais. Também adoro comida italiana. Suponho que nós dois ficaremos com mau hálito depois, não é?

— E quem se importa? — perguntou Cady, rindo.

— Eu não, com certeza. Ouça, você tem alguma experiência como decoradora?

— Você terá de ser mais específico.

— Mudei-me para esse apartamento e parece que acabei de chegar. Pode ajudar-me a dar uma ajeitada? A casa de minha mãe sempre foi aconchegante e confortável. Parece impossível criar essa atmosfera em um apartamento. Poderia ajudar-me?

— Será que isso equivale a me convidar para ouvir seus CDs?

— Acho que sim. Será que sou tão transparente assim?

— Parece que é... Tudo bem, darei uma olhada e verei o que posso fazer. Folhagens fazem muita diferença, mas se você é do tipo que esquece de regá-las, é melhor comprar algo artificial e usar um secador de cabelos para soprar a poeira de vez em quando. É preciso dar um colorido ao ambiente. Seus móveis não são de couro, são? Couro nunca é confortável ou aconchegante.

— Não. Sou um cara mais para o marrom-chocolate. Todos os tons de marrom, sabe?

— Em outras palavras, um tédio.

— Não vejo problema. Está bem, um tédio. Tive uma namorada chegada em tons de terra e tudo que fosse natural. Era tão neutra sobre tudo que me enlouquecia. Suas habilidades decorativas insípidas devem ter me contaminado.

Cady sentiu uma fisgada de ciúme ao ouvir sobre a mulher sem rosto e neutra que já participara da vida de Boomer. Sentiu-se encolhendo, como sempre se retraía quando um homem dizia algo que não gostava, mas deu um puxão mental em si mesma. Aquela era a antiga Cady e a namorada sem rosto e neutra era parte do passado. Ela riu.

— Diga-me uma coisa. Como é que você não se casou? — perguntou.

— Nunca encontrei a mulher certa, acho. Talvez estivesse esperando por você durante todos esses anos e nem soubesse. Sinto-me compelido a confessar que tenho atração por mulheres que sobem em árvores só de calcinha e sutiã. E você?

Cady sabia que seu rosto adquiria três tons diferentes de vermelho.

— No começo, quando entrei na faculdade, não havia tempo para um relacionamento sério. Depois, enquanto o tempo passava, eu tinha menos tempo ainda e talvez fosse exigente demais. Mas também acho que eu desejava ouvir sinos e rojões. E isso não aconteceu.

— Será que já lhe disse que gosto *muito* do vestido que você está usando? Quando você anda, ele *serpenteia*.

Cady riu novamente, franzindo as sobrancelhas numa expressão divertida e o fazendo rir.

O gelo estava quebrado. Cady relaxou. Boomer fez o mesmo, recostando-se no banco com mais tranqüilidade, quase como se ambos agissem de modo sincronizado. Ela olhou o relógio. Sete e meia. A noite prometia ser adorável. Podia sentir isso na própria pele.

Ao saírem do Domingo's, duas horas depois, Boomer lamentou-se:

— Comi demais. Como você está, Cady?

— Estou estufada. Acho que comi quatro fatias de pão de alho. Fatias grandes.

— O que você acha de irmos a pé para fazermos a digestão? Tenho uma idéia. A igreja de São José está realizando sua quermesse anual de primavera. Sabe como é. Comida, carrinhos bate-bate, jogos de azar, essas coisas. É uma bela caminhada, já que fica no outro lado da cidade, mas estou disposto a fazê-la, se você me acompanhar.

— Então vamos — respondeu ela, alegre. Prendeu o braço no dele. — Promete que ganha um prêmio e me dá?

— Uma daquelas bonecas plásticas baratas?

— De jeito nenhum. Falo do grande prêmio, daqueles ursos gigantes que sempre estão nessas feiras e ninguém consegue ganhar. Eles não ganham porque os jogos já são programados. Se você é delegado e tudo o mais, fica fácil controlar essas coisas. Acho que pode pendurar seu distintivo na lapela, algo assim, não?

— É, algo assim — assentiu, fazendo uma careta divertida.

A mão que segurava o braço de Boomer deslizou até segurar a mão dele. Caminharam assim, com os braços balançando, rindo e conversando sobre tudo e sobre nada ao mesmo tempo.

— Sua roupa está elegante demais para uma feira, mas que tal competirmos na corrida de sacos? O padre Cyril marcou-a para as nove e meia. Se você quiser participar, precisaremos nos apressar para chegarmos na hora. A inscrição custa vinte dólares, mas acho que você vale isso, Cady Jordan.

— Ah, é? — Cady tirou as sandálias, levantou a saia bem alto e saiu correndo pela rua onde árvores alinhadas lançavam sombras na calçada. Boomer, embora em boa forma, acabara de comer, de modo que a seguia resfolegante. Alcançou-a quando Cady cruzava o portão na parte de trás da paróquia, no auge da animação da feira.

— Corra — disse Boomer, sem fôlego. — Estão fazendo fila. A corrida é o ponto alto da festa, a prova que dá mais dinheiro à igreja, porque todos querem participar. Rápido, pegue uma corda e nos amarre.

— Qual é o prêmio para os ganhadores?

— Não faço idéia, Cady. Publicam fotos dos vencedores no jornal. Talvez ganhemos um jantar com tudo o que quisermos. Um dos caras da delegacia me disse, ontem, que eles deram uma nota falsa de um dólar onde está escrito VENCEDOR, no ano passado. É uma corrida de uns oitocentos metros, em torno do presbitério. Fique na fila, ande. — Cady abriu um enorme sorriso pela animação na voz de Boomer. Ela mesma sentia-se animada. — Sam McInerney dá um tiro com seu velho mosquete, sinalizando a largada. Ele renovou seu porte de armas ontem. Além disso, também é o juiz da competição.

— Qual é sua estratégia? — indagou Cady, enfiando sua perna no saco, junto à de Boomer.

— Hã?

— Como venceremos a prova? Começaremos devagar, guardando forças para os metros finais? Será que devemos começar a toda a velocidade ou o quê?

Boomer olhou-a e viu que Cady não sorria. Começou a rir.

— Sei lá, nunca fiz isso antes. Vamos nos divertir apenas.

Sam McInerney segurou seu mosquete e o mostrou a todos.

— Vou disparar na contagem de três. Se vocês caírem, estão fora da corrida. Um... Dois... Três!

Ouviram-se gritos e exclamações ruidosas de entusiasmo enquanto crianças, avós e os colaboradores da quermesse chamavam seus favoritos. Cães latiram e uivaram enquanto seus donos passavam pelas bandeirolas coloridas ao longo do caminho em torno da casa paroquial.

— Isso é difícil! — disse Cady, alto.

— Não me diga — brincou Boomer, quase sem fôlego. — Quer desistir?

— Não. Vá em frente, Boomer! Vamos lá!

— Estou indo, estou indo.

— Você disse que isso seria divertido — disse Cady.

— E é! É muito divertido! Paguei vinte dólares para que nos divertíssemos. Diga-me que está gostando!

— Estou! — disse Cady, ofegante. — Não vamos ganhar, vamos?

— Não! Há pelo menos sessenta e dois casais à nossa frente e outros sessenta e dois atrás de nós. Quer desistir?

— Você quer?

— Perguntei primeiro — disse Boomer, entre dentes. — Você parece cansada, Cady.

— E você parece sentir *dor*, Boomer. — Ela mal reconhecia sua própria voz. Sua boca estava seca. — Você tem de terminar, Boomer. É o delegado. O que pensarão se você desistir?

— Ah, meu Deus, você precisava dizer isso? Ei, cuidado, tem gente caída ali na frente.

Cady esforçava-se para respirar. Moveu-se para o lado, para evitar os casais caídos no chão, que também rolavam para o lado, a fim de desimpedirem o caminho.

— Amanhã poderemos rir disso — disse Boomer.

— Hã-hã. Quanto falta?

— Estamos quase lá. Não desista agora. Há mais um monte de gente no chão, logo ali. Se ficarmos de pé, poderemos terminar entre os dez primeiros.

Quando cruzaram a linha de chegada, Boomer tropeçou em algo e ambos foram ao chão, rolando pela grama. Esforçando-se para respirar, permaneceram abraçados um ao outro.

— Ano que vem não entraremos nessa fria — disse Cady.

Ele a beijou então, seus lábios comprimindo os dela antes de sua língua penetrar-lhe na boca. Ela agarrou-se a ele, com o corpo todo em chamas, sentindo as mãos de Boomer em seus cabelos, sua garganta, seus seios. Pressionou o corpo contra o dele, ouviu-o gemer de prazer e nesse momento percebeu que alguém os olhava de cima.

— Delegado, padre Cyril deseja falar-lhe por um minuto. Eu o avisei de que o senhor parecia ocupado, mas ele disse que deseja vê-lo mesmo assim, para lhe dar um prêmio de consolação. Desculpe.

— Quem era esse? — perguntou Cady, enquanto desatava as pernas de ambos e tentava ajeitar seu vestido e levantar-se, ao mesmo tempo. — Acho que perdi meus sapatos...

— Esse era o padre Bernard. Tente dar a impressão de que não estávamos fazendo o que estávamos fazendo, está bom?

— Tudo bem.

O padre Bernard, com um sorriso malicioso, fez um gesto para que Boomer e Cady assumissem seus lugares na linha de chegada, onde o padre Cyril entregava os prêmios. Uma grande multidão cercava a área enquanto Tom Sanders e sua esposa, Cissy, entregavam o primeiro prêmio. Os nove outros colocados receberam fitas roxas com um selo dourado grampeado no meio.

— Quero vê-lo vencedor ano que vem, delegado — disse-lhe padre Cyril, sorridente. — É tudo uma questão de prática e movimentos coordenados.

Boomer assentiu.

— Ouviu isso, Cady? Ele disse que precisamos praticar e coordenar nossos movimentos.

— Pensei que já estávamos em perfeita sintonia — disse Cady, desafiando-o. — Acho que gostaria de ir para casa agora.

— Mas nem andamos em nenhum dos brinquedos. Queria levá-la na roda-gigante para ajudá-la a superar seu medo de altura.

— Ano que vem. Vamos comprar algodão-doce e ir embora. Não, não, não podemos ir ainda. Você precisa conquistar aquele panda gigante para mim. Ainda precisamos caminhar até a cidade e estou sem sapatos.

A mente de Boomer trabalhou rápido, tentando encontrar um modo de ganhar o urso para ela. Cady não lhe dissera que ele precisaria *conquistar* o urso.

— Lá está ele. Ah, é um dos grandes. Tudo o que você precisa fazer é jogar a bola na boca do palhaço cinco vezes e ganhar o prêmio. Você pode fazer isso, não pode?

— Claro que sim — disse-lhe, com ar de superioridade. — Primeiro, tenho de garantir que as bolas não estão viciadas e que os palhaços estejam bem calibrados para não penderem para um dos lados. Fique aqui enquanto converso com o proprietário da barraquinha de jogos. Já volto.

Boomer foi até o cantinho da barraca e puxou o responsável para fora.

— Olhe, quero propor um negócio a você. Sou o delegado de Indigo Valley. Minha *namorada* quer aquele panda grandão. Que tal cem dólares para evitar que eu inspecione as bolas e as posições dos palhaços? — Ele abanou cinco notas de vinte dólares sob o nariz do homem.

— Negócio fechado, senhor delegado. Jogue suas bolas e a mocinha levará o panda para casa.

— Parece que está tudo certo — disse Boomer, voltando a Cady. — Vejamos, tudo o que tenho de fazer é jogar cinco bolas. Se acertar todas na boca do palhaço, ganho o panda.

— Cinco bolas por um dólar — disse Cady. — Ah, tomara que você consiga. Lola levou-me a uma quermesse uma vez, mas não ganhamos nada. Estou com os dedos cruzados, Boomer.

Boomer pegou as bolas e, com cinco movimentos rápidos, conseguiu acertar todas as cinco bolas na boca do palhaço. Cady deu gritinhos de alegria ao receber seu enorme panda.

Fizeram uma última parada para comprar algodão-doce antes de deixarem o local. Seus rostos estavam vermelhos e melecados com o açúcar quando desabaram de cansaço no carro de Boomer.

— Ah, Boomer, foi tudo tão perfeito hoje. Acho que poucas vezes na vida me diverti tanto.

— Eu também — disse ele, exausto. Esperava poder manter os olhos abertos o suficiente para chegar em casa. Tomou a mão quente e macia de Cady na sua, sentindo o encaixe perfeito.

Myrna fechou o carro e insistiu para que Larry fizesse o mesmo.

— Tem certeza de que estamos no bairro certo? Acho que eu não gostaria de estar aqui depois que escurecer — disse ela, fingindo um calafrio para salientar seu temor.

— Esta é a rua mesmo, mas é um bairro bem decadente. Fico surpreso por Lola Jor Dan permitir que o filho e a esposa vivam em um local como este. Olhe, faremos um breve reconhecimento da situação e voltaremos de manhã cedo. Logo estará escuro e não estou gostando do olhar daqueles motoqueiros na esquina. Podemos jantar e talvez até pegar um cineminha, se você quiser.

— Quer dizer, como um encontro?

— Não, não como um encontro. Estamos aqui a trabalho. O jornal está pagando nossas despesas. Não tenho certeza sobre a parte do filme, mas o hotelzinho e o jantar são por conta deles. Precisamos bolar algum plano, caso os Jordan finjam que não estão em casa. Pessoas que moram em áreas assim tendem a não responder quando ouvem a campainha. Se ligarmos antes, perdemos o elemento surpresa. Quando atacamos de surpresa, as pessoas são pegas desprevenidas e, *bum!*, conseguimos que nos digam coisas que não diriam normalmente.

— Isso é muito esperto, Larry. Que bom que vim também. Tenho a sensação de que aprenderei muito com você nesta missão. Só espero contribuir com algo. Quero ser tão boa quanto você, um dia.

Larry inflou o peito e admitiu, contra a vontade, que estava contente por ter companhia e que, além disso, gostava dessa ossuda sardenta com seus cabelos encaracolados. Gostava de seu senso de humor meio pervertido.

— Olhe, Larry, lá está a casa, aquela marrom, com um degrau faltando na escada. Tem uma rampa ao lado. Imagino como é por dentro. Às vezes, não devemos confiar nas aparências. Ele era um pastor, não era? Talvez ache que precisam viver em um lugar assim, ou talvez tenha feito voto de pobreza.

— Ele era um trambiqueiro talentoso, Myrna. Do tipo que proclama que o fim do mundo está chegando e que todos vão para o inferno se não puserem dinheiro no cestinho, durante o culto. Ele se mudou várias vezes, depois que saíram de Indigo Valley, provavelmente sempre um passo à frente da lei. A história que ouvi é que tinha vergonha da mãe, porque Lola se casou seis ou sete vezes. Mas, poxa, Elizabeth Taylor também, e mesmo assim os filhos a adoram. Quando entrevistei Lola, tudo o que ela disse foi que ela e o filho sentiam-se desapontados um com o outro, de modo que acho que não se suportam. Não consegui descobrir nada sobre a mãe de Cady. Ela é como uma figurante, se é que você me entende.

— Como eles se sustentam? Pastores recebem aposentadoria, pensão ou algo assim?

— Essa é uma ótima pergunta, Myrna. Precisamos descobrir a resposta. Talvez a sra. Jordan trabalhe. Saberemos pela manhã, de qualquer maneira. Então, o que acha de jantarmos agora?

— Teremos de economizar?

— É melhor, ou Stanley nos chutará o traseiro. Tive de suplicar para que me desse cem dólares.

— Eu sou bom-garfo, mas ninguém diria, porque sou magra. É meu metabolismo. Acho que poderíamos ir a um restaurante chinês, já que nesses é possível comer bastante e pagar pouco. Pago as balas e pipocas no cinema, se você comprar os ingressos.

— Negócio fechado — disse Larry, batendo a palma de sua mão contra a palma dela.

Eram exatamente seis e meia da manhã seguinte quando Larry bateu na porta da frente de Asa e Agnes Jordan, e não se sentiu desapontado por não obter resposta.

— Vamos até os fundos. Vou bater até abrirem a porta. Ninguém deste bairro dará a mínima atenção. Duvido que chamem a polícia. Mas talvez eu esteja enganado. Que merda, começou a chover.

A porta dos fundos era metade madeira e metade vidro. A persiana estava totalmente levantada. Ele viu um homem em cadeira de rodas junto a uma mesa, com uma xícara de café e jornal à sua frente. Junto ao fogão havia uma mulher alta, de aparência austera. Já que ali não havia campainha, Larry bateu no vidro. Os moradores viraram-se e o viram. Ele bateu no vidro novamente e levantou suas credenciais de jornalista.

— Vá embora — disse a mulher, baixando a persiana.

— Desculpe-me, sra. Jordan, não posso fazer isso. Vim de Indigo Valley até aqui porque preciso conversar com vocês. Não vou embora. Por favor, abra a porta.

— Chame a polícia, Agnes — ordenou Asa Jordan.

— Eles sabem que estou aqui — gritou Larry. — Não adianta nada chamá-los. Tudo o que desejamos é conversar com vocês por alguns minutos. Que mal pode haver em conversar comigo, a menos que estejam escondendo algo.

— Não estamos escondendo nada — berrou o homem. — Deixe-nos em paz. Não estamos incomodando ninguém. Quando falar com a mulher que se diz minha mãe, diga-lhe que não tenho nada a declarar.

— Sua mãe não me mandou aqui, sr. Jordan. Vim por conta do jornal.

— Deixe-me tentar, Larry — sussurrou Myrna.

— Sr. Jordan, meu nome é Myrna. Também trabalho no jornal. Queremos publicar um artigo de interesse humano sobre o senhor e sua mãe. Pelo que ouvi, o senhor poderia ter sido o próximo Jerry Falwell. Parece que ela não aceitou essa idéia e arruinou suas chances de ir em frente com sua... sua vocação. Outros dizem que o acidente com sua filha teve algo a ver com isso. Só queremos conversar.

Larry olhou para a garota ao seu lado, perplexo. Quase pulou, assustado, quando a porta abriu-se de repente.

— Dez minutos — anunciou a sra. Jordan.

— Precisamos de meia hora, mais ou menos — disse Myrna, espremendo-se junto a Larry para entrar na casa. — Falar com jornalistas é uma coisa bem interessante. O tempo passa rapidamente e depois as pessoas vêem publicado aquilo que disseram. Enviaremos a vocês um exemplar do jornal quando o artigo for publicado — tagarelou ela.

Agnes Jordan fez-lhes um sinal para sentarem, perguntando se aceitavam um café. Ambos assentiram. Asa Jordan fez uma carranca para a mulher.

— Comecemos do início...

Myrna deixou seus pensamentos fluírem livremente, olhando de Asa Jordan para sua esposa. *Tiranizada* e *desgastada* foram as palavras que lhe vieram à mente com relação a Agnes. Asa, em sua opinião, parecia amargurado e rancoroso. Talvez sua atitude tivesse algo a ver com estar confinado à cadeira de rodas. Por outro lado, pela aparência de Agnes, quase podia apostar seu próximo pagamento que Asa sempre fora daquele jeito mesmo.

Ela escutou parcialmente, enquanto Larry questionava o pai de Cady. Decidiu engajar Agnes na conversa, na esperança de que ela lhes desse algo útil.

— Estudei com sua filha, sra. Jordan. Sempre gostei dela. Senti muita tristeza quando o acidente aconteceu. Além disso, a perda de memória de Cady deve ter sido terrível para todos vocês. Pelo menos ela começou a recuperar a memória. Isso é maravilhoso, não é?

Agnes simplesmente assentiu. A mulher não cederia tão facilmente.

— Nunca gostei de Jeff King. Era metido a valentão e aterrorizava todo mundo na escola, especialmente as meninas, e detestava Cady. Vocês alguma vez chegaram a conversar com os pais do menino sobre as provocações dele a Cady?

— Não. As crianças precisam aprender a se defenderem sozinhas. Cady nunca se queixou.

Agnes Jordan cruzou os braços na altura do peito.

— Provavelmente não teria adiantado nada se queixar. Toda a cidade está em polvorosa porque pretendem fazer um filme sobre a vida de sua sogra, bem agora que Cady voltou a morar em Indigo Valley. A tragédia está incluída no roteiro. A senhora sabe quem representará vocês dois?

— Não sei nada sobre isso.

— Seu marido terá destaque na história, por causa das brigas que teve com a mãe, sabe? Pelo fato de Lola ser famosa e de terem se afastado um do outro. — Ao perceber o olhar zangado de Agnes, Myrna acrescentou: — Eles abordarão o estilo de vida decadente de Lola Jor Dan e a vocação religiosa de seu marido. Onde é que a senhora entra em tudo isso? É claro que Cady, ou a pessoa que a representar, terá uma grande participação, devido a tantos anos de sofrimento quando era tão jovem. Vocês devem ter ficado arrasados. Foi difícil deixá-la ao se mudarem? Acho que as pessoas não entenderam por que fizeram isso.

Agnes encolheu os ombros, com os olhos grudados no marido. *Aposto que ela era bonita quando jovem.* Mesmo agora, sob as roupas sem graça, Myrna tinha certeza de que a mulher ainda mantinha suas formas. Com maquiagem e um novo corte de cabelos, aquela seria uma mulher atraente. *Ela sente medo de nós,* Myrna deu-se conta, com surpresa. *Há um segredo aqui, e ela tem medo que possamos descobri-lo.*

Seu cérebro começou a juntar os fragmentos do que já sabia. Agnes estava em casa com os homens da mudança na época do acidente. Asa estava em seu templo ou onde quer que pregasse, e havia testemunhas disso. Assim, se havia um segredo, nada tinha a ver com o acidente.

Talvez tivesse algo a ver com Lola Jor Dan.

— Você e seu marido são fãs de Lola?

A cadeira de Asa Jordan virou-se com tanta rapidez que Myrna achou que ele pretendia atropelar a esposa.

— Não, não somos seus fãs. Minha mulher e eu não aprovamos o estilo de vida de minha mãe. Seis casamentos é uma ofensa a Deus. Um homem toma uma mulher como esposa para o melhor e para o pior, e vive com ela o resto da vida — o ex-pastor pregou.

Ah... aí estava o gancho...

— Mas, sr. Jordan, sua mãe não se divorciou dos seis maridos. Eles morreram de causas naturais. Certamente isso faz diferença.

— Uma mulher assume um só homem para o resto de sua vida. Os dois devem envelhecer juntos e perdoar os pecados um do outro. Não é assim, Agnes?

Em vez de falar, Agnes assentiu com a cabeça. Um segundo depois ela estava de pé, despejando café em sua xícara e evitando de todas as maneiras olhar para o marido.

— Acho que isso significa que o senhor considera sua mãe a maior pecadora entre todos os pecadores. Podemos mencionar isso?

— Não — respondeu Agnes.

— Sim — disse Asa.

Com os cantos dos olhos, Myrna viu Larry encolher os ombros.

— Se o senhor tivesse sido um sucesso, como alguns pastores que se apresentam na televisão, será que isso não o faria mudar de idéia? Será que, nesse caso, seu relacionamento com sua mãe não teria sido diferente? — indagou Larry, com astúcia.

— Minha mãe não partilhava de minha fé — disse Asa, com rancor. — Ela poderia ter-me ajudado, mas preferiu ignorar a mim e a Deus.

— E quanto a Cady? Ela partilhava de sua fé?

— Sim, até o momento que minha mãe a seduziu. Quando voltou para nós já não era a mesma. Tinha idéias, planos e queria fazer coisas que não aprovávamos. Precisávamos mantê-la com rédea curta. Era uma semente ruim, como...

— Como quem, sr. Jordan? — perguntou Myrna, insistindo em que ele completasse a sentença.

— Como todas as pecadoras. — A cadeira de rodas girou novamente, até colocar o pastor de frente para Larry.

Myrna olhou para Agnes Jordan e surpreendeu-se ao ver lágrimas em seus olhos. A mulher tremia da cabeça aos pés quando levantou a cabeça e berrou:

— Conte, Asa! Vá em frente, fale tudo! Conte a essas pessoas nosso segredinho nojento! Não suporto mais isso. Estou indo embora. Cady ligou-me ontem e me convidou para morar com ela. Eu o odeio! Você me ouviu, eu o odeio! Sempre odiei você!

— Cale a boca, Agnes. Arrependa-se. Ajoelhe-se e se arrependa. Faça isso agora, mulher, ou queimará no inferno como todos os outros pecadores! — vociferou Asa enquanto se voltava na cadeira para poder fitá-la.

— Tenho vivido no inferno desde o dia em que o conheci — gritou ela, com as veias do pescoço inchando-se com sua fúria.

Myrna e Larry observavam, petrificados, enquanto Agnes Jordan liberava todo o veneno armazenado em seu corpo. Ao mesmo tempo que amaldiçoava o marido, ela quebrava tudo o que via pela frente. Quando finalmente cansou-se, voltou-se para os dois jornalistas.

— Desculpem-me por fazê-los presenciar isso. Acho que é melhor irem, agora que têm bastante material para sua reportagem. Eu mesma estarei partindo daqui a pouco.

Myrna saiu de seu estupor. O instinto feminino levou-a ao lado da mulher e a fez passar o braço ossudo por sobre seus ombros.

— Será que podemos ajudá-la? Podemos levá-la a algum lugar?

Agnes respondeu-lhe, endireitando os ombros curvados.

— Tenho um carro velho que servirá para me levar até Indigo Valley. Eu já deveria ter ido embora muito tempo atrás. Por favor, retirem-se agora.

Os dois jornalistas saíram e, quando a porta da cozinha fechou-se às suas costas, ouviram a mãe de Cady gritando:

— Não me arrependo! Está ouvindo, Asa? Sei que há um lugar reservado para você no inferno, porque lá é seu lugar! Escute isto, Asa Jordan: se houvesse como, eu mesma o mandaria para lá!

O silêncio convenceu-os a ir embora.

— Jesus, Maria, José! O que foi aquilo?! — indagou Larry, caminhando depressa até seu carro, com Myrna em seus calcanhares.

— É só um palpite meu e não tem nada a ver com minhas incríveis habilidades como repórter, mas eu diria que Asa Jordan vê a esposa e a filha como pecadoras. Talvez ainda mais do que Lola. O homem é doido, Larry. Venha, vamos sair daqui.

— E quanto a ela? E se ele lhe fizer algum mal?

— Não fará, é um covarde. Só gosta de intimidar, como Jeff King fazia. Aquela mulher viveu com medo a vida inteira, você percebeu? Nós lhe fizemos o maior favor de sua vida. Ela voltará para Indigo Valley e procurará a filha. Isso é maravilhoso, na minha opinião. Isso entrará na matéria, Larry?

— Eu sei lá. Não sou um desses jornalistas de tablóides que atacam na jugular e arruínam as vidas das pessoas. Quero ver o que acontecerá agora. Não vou cobrar esta viagem, porque, se o fizer, serei obrigado a relatar sobre o que aconteceu, por força do dever.

— Dividirei as despesas com você. Ei, que tal pegarmos um cineminha hoje ainda? Como se fôssemos namorados? Podemos rachar as despesas.

Larry riu.

— Tudo bem. Você é uma verdadeira atriz, sabia? Eu a ouvi falando com a sra. Jordan. Mandou bem.

— Se não houvesse este console entre os assentos, eu me aproximaria mais para lhe dar um abraço. Essa foi uma das coisas mais gentis que alguém já me disse.

Larry sorriu, achando que talvez tivesse encontrado uma namorada.

Dezesseis

Cady abriu os olhos, sonolenta, e olhou para o homem adormecido ao seu lado, no sofá. Podia sentir o calor dele naquele lado de seu corpo. Seis da manhã. Haviam conversado durante a noite inteira, sobre tudo e sobre nada específico. Aonde tinham ido parar as horas? Ela sorriu na luz do amanhecer, enquanto observava seu antigo protetor da infância. Algo agitou-se em seu íntimo. Algo que nunca sentira antes, e que lhe agradava imensamente.

Sacudiu-o com gentileza.

— Boomer, acorde. São seis horas e preciso ir para casa. Acho que caímos no sono.

Boomer sentou-se imediatamente.

— Seis da manhã! — exclamou, incrédulo.

— Sim, passamos a noite juntos — disse-lhe, sorrindo de orelha a orelha e sem certeza sobre o motivo. — Posso chamar um táxi. É melhor você ir direto para o chuveiro ou se atrasará para o trabalho.

— Estou de folga hoje, mas tenho uma reunião que posso cancelar. Por que você não pega meu carro? Posso usar a caminhonete. Eu a guardo para pescarias e acampamentos, e porque é mais espaçosa para Ozzie. Pode trazê-la mais tarde, depois que tomar um banho e trocar de roupa. Podemos passar o dia juntos, se você quiser. — Boomer correu os dedos pelos cabelos e, depois, também sorriu amplamente. — Passamos mesmo a noite juntos, não?

— Parece que sim. Ei, antes que eu me esqueça, eu nunca soube que o lago era local de encontros de namorados. Eu queria lhe perguntar ontem como você soube disso, mas seu pager tocou e acabei esquecendo.

— Na padaria, onde mais? Aquele lugar é o berço de todas as fofocas. Contam-se todos os tipos de histórias sobre a olaia, sobre o lago e toda aquela área. Quando éramos pequenos, contavam um tipo de história e, durante a adolescência, outro. O incrível é que eu estacionava por lá regularmente com Cassie Denvers, quando estava concluindo o ensino médio. Alguém começou a espalhar uma história sobre aquela olaia e a lenda aumentou, enquanto passava de boca em boca. Existem outras olaias na área, mas nenhuma tão grande ou bonita quanto aquela. Parece que todas florescem na mesma época, no fim da primavera, com exceção daquela junto ao lago. Por algum motivo, suas flores desabrocham mais tarde. Talvez os carvalhos ou bordos lhe façam sombra demais, algo assim. O fato de desabrochar tardiamente só aumentou o misticismo em torno da árvore e do lugar.

— Isso é tão interessante. Sim, eu gostaria muito de passar o dia com você. Faremos um piquenique junto ao lago. Pagarei a multa e até levarei a comida.

— Este me parece um plano bom. Você é bonita, quando acorda — disse ele.

— Você também — devolveu o elogio, sorrindo.

— Todos vão pensar...

— Sim, eu sei o que pensarão. — Cady sorriu. — A que horas devo estar pronta?

— Às dez, está bom? — Boomer entregou-lhe as chaves de seu Toyota.

Percebendo suas intenções, Cady disse:

— Acho que você não deve me beijar.

— É, concordo. — Ele trocou os pés, ruborizado. — Acho que a amei durante a vida inteira. Talvez fosse melhor não lhe fazer essa confissão. Você deve pensar que sou maluco.

— Não. Eu gostaria de ter sabido disso antes. Não sei se faria diferença em minha vida ou não, mas faz agora. Nunca me apaixonei — confessou, com sinceridade. — Fico imaginando... Bom, acho que é melhor irmos agora.

— Também acho. Vejo-a às dez. Sem cães, pode ser?

— Certo, só nós dois — respondeu Cady, piscando-lhe o olho.

Boomer gemeu enquanto abria a porta para ela. Gemeu novamente quando Cady soprou-lhe um beijo. Um banho frio era exatamente do que precisava naquele momento.

— Estou ouvindo o motor de um carro — disse Anthony, em tom animado.

— Graças a Deus. Eu costumava chegar em casa mais ou menos a esta hora, quando era mais jovem — disse Lola, com o olhar fixo no relógio. — Lembrem-se, agora, nós *não* ficamos a noite inteira sentados aqui esperando por ela. Anthony, bata com panelas, faça algum barulho na cozinha. Mandy, arrume a mesa — ordenou Lola. — Não aconteceu nada de extraordinário. Isto é... é... bom, é o que tiver de ser.

— Cady, doçura, você foi à padaria para nos fazer uma surpresa? — indagou Lola, examinando a neta no momento em que ela cruzou a porta da cozinha. — Que carro é esse que estou vendo no jardim?

Cady olhou-os. Um sorriso estendeu-se por seu rosto.

— Vocês ficaram acordados a noite inteira à minha espera. — Ela piscou para Anthony, cujo rosto adquiriu um tom rosado forte.

— Claro que não. Você sabe que somos madrugadores. Anthony prometeu fazer ovos recheados e Mandy e eu mal podíamos esperar. Por que tenho a sensação de que você não acredita em mim? — reclamou Lola.

— Porque já os conheço e são transparentes para mim. Estão usando as mesmas roupas que usavam quando saí e parecem tão cansados quanto eu. Ovos recheados, hein!

— Sim, senhora — disse Anthony, batendo com uma frigideira para dar ênfase ao que dizia.

— É preciso algum ingrediente para fazer ovos recheados, Anthony. Acho que vocês querem saber como foi minha noite — provocou-os. Sentou-se e estendeu as pernas à sua frente. — Eu adoraria um café agora.

— Queremos saber apenas se você quiser contar — disse Lola, olhando à sua volta como se não ardesse de curiosidade.

— Não aconteceu nada — contou Cady, diante do olhar interessado dos três.

Viu a surpresa estampada em seus rostos.

— *Nada?!* — exclamou o trio em uníssono.

— Como "nada" se lhe demos instruções detalhadas? Só faltou fazermos um mapa de procedimentos para ser seguido.

Cady desviou o olhar enquanto aceitava a xícara de café que Anthony lhe estendia.

— Conversamos a noite inteira e adormecemos no sofá. Ele... beija de um modo estupendo, no caso de estarem interessados. Podem acreditar se lhes digo que Boomer conseguiu ferver meu sangue.

Lola bateu palmas, deliciada.

— Eu sabia. Ele tem *aquele* tipo de olhar especial. Ah, eu explico outra hora — disse ela a Anthony e a Mandy, que piscaram de surpresa diante da declaração. — Além disso, sabe controlar-se. Acho que já gostamos dele. — Mandy e Anthony assentiram em concordância.

— Ele disse que sempre me amou. O que vocês acham disso? — Ela esperava que se satisfizessem com essa novidade. Detestava desapontá-los.

Anthony torceu o nariz enquanto despejava óleo na frigideira.

— Homens dizem isso o tempo todo, para desarmar uma mulher e fazê-la sentir-se vulnerável para baixar a guarda e então *atacar.* Sou homem — disse, como se esta fosse toda a explicação necessária.

— Anthony, não seja estraga-prazeres. Ele quer que eu conheça seus pais. Bem, não agora, mas logo.

— Esse é outro tipo de isca que os homens gostam de lançar — disse Anthony, novamente torcendo o nariz. — Homens não são confiáveis. Certamente espero que você não tenha retribuído com o que tinha para dar.

— Anthonyyyy — gemeu Cady. — Bem, não fizemos sexo, se é isso o que você quer dizer. Eu até estava preparada, mas ele parecia um pouco nervoso. — Ela lançou as mãos no ar. — Vamos a um piquenique hoje. Levarei um cobertor. Um cobertor, Anthony. Você poderia preparar os comes e bebes para nós? Vou pegá-lo às dez. Será que fiz tudo errado?

— Querida, você fez tudo certo. Ele está suspirando por você. Quando homens agem assim, coisas acontecem. Anthony não sabe o que diz, não é, Mandy?

A cabeça de Mandy moveu-se para cima e para baixo.

— Anthony é apenas um homem. Ele sabe como as coisas funcionam, mas não entende como as mulheres funcionam. Você agiu bem, Cady. Temos o cobertor mais delicioso, macio, aconchegante, maravilhoso, suave e fofinho guardado no armário de roupas de cama. Vocês serão acariciados por ele, abraçados por suas fibras e engolfados em sensações agradáveis e ternas.

— Já chega! — gritou Lola. — Ela não precisa de conselhos. Bem, talvez só um pouquinho. Faça algo sensacional, Anthony. Homens são fisgados pelo estômago, não pelo sexo, como todos acreditam. Nada de galinha frita e ovos duros. Eles causam *gases*! Faça algo saboroso e com aparência apetitosa. Um bom vinho. Taças de cristal, é claro. Use aquela incrível cesta de piquenique que temos. Guardanapos de linho, é claro, combinando com o forro da cesta. Aceito torradas e frutas agora, Anthony.

— É melhor eu subir e me aprontar. Se tiverem mais sugestões, façam uma lista, mas acho que está tudo certo. Ah, meu Deus, esqueci de lhes contar ou já contei? — titubeou Cady. — Lembrei mais alguma coisa. Eu usava uma camiseta amarela naquele dia. Estavam todos lá, todos eles. Sei até que Amy usava uma roupa cor-de-rosa. Pete segurava um saco de papel. Eu lembrei. Tudo está voltando. Eu os ouvi falando, mas não conseguia ver nada. Acho que a razão é que eu estava na tirolesa e mantinha os olhos bem fechados, mas não tenho certeza. Estou tão feliz por lembrar, sinto-me tão... *tão viva*! Talvez hoje eu recorde o resto. Faremos o piquenique no lago, e tenho altas expectativas para o dia. — Cady correu até a avó e a abraçou com tanta força que Lola pediu-lhe para soltá-la, com voz débil.

— Meu anjo, eu sabia! Eu sabia! Agora vá. Lembre-se, primeiro o sabonete perfumado, depois a loção e o talco com o mesmo aroma e, finalmente, o perfume. Corra, não é bom fazê-lo esperar. Teremos tudo pronto para seu piquenique quando você descer.

Anthony serviu duas torradas e uma banana para Lola, que olhou para seu prato, decepcionada, e perguntou:

— Agora, o que poderíamos preparar para levar o sr. Boomer à loucura?

Os três discutiram com bom humor e animação enquanto sugeriam, rejeitavam e finalmente chegavam a um acordo. O cardápio do piquenique consistiria em alcachofras recheadas, cogumelos shiitake cobertos com queijo de cabra, tomates-cereja recheados com salmão defumado e requeijão, pontas de aspargos embrulhadas em presunto italiano defumado, patê de pato com biscoitos salgados e, para sobremesa, morangos cobertos de chocolate. Anthony escolheria o vinho.

— Ah, trabalhamos tão bem em equipe — disse Lola, contente.

A cozinha assumiu um ar de conspiração enquanto os três punham-se a trabalhar.

Cabeças voltaram-se quando Boomer Ward entrou no Cantinho da Eva. Ele não percebeu, enquanto rumava para a mesa nos fundos, que havia reservado. Era o primeiro a chegar. Uma garçonete apressada com uniforme amarelo e avental xadrez marrom aproximou-se e lhe serviu café.

— Traga-me uma jarra de suco de laranja, uma tigela com frutas e alguns *croissants*. Um bule grande de café. Espero três pessoas — disse ele.

O Cantinho da Eva era um lugarzinho típico de cidades do interior, o preferido por praticamente todos em Indigo Valley, assim como ocorria com a padaria. Ele adorava o aroma de café fresco e dos biscoitos e pães assados ali mesmo. Quando criança, seus pais o traziam todos os sábados para tomarem café da manhã ali. Seu pai sempre pedia uma grande pilha de panquecas de coalho, ovos mexidos e seis fatias de bacon. Sua mãe comia frutas e bolinhos de amora. Ele quase riu alto ao lembrar-se de quando, aos doze anos, pediu o mesmo que o pai a Helen, a garçonete. Ela piscara um olho para mostrar-lhe que percebia o quanto já crescera. Ele comera tudo, até a última migalha, para assombro dos pais.

Recordar era maravilhoso, especialmente quando se tinha lembranças lindas. Ele serviu-se de uma segunda xícara de café. Seus pensamentos não estavam no encontro que logo teria com os outros, mas em Cady e na noite que haviam passado juntos. Hoje poderia ser a última vez que ela desejaria vê-lo, depois que soubesse o que realmente acontecera naquele dia. Estava contente por já ter confessado seus sentimentos. Também se sentia feliz por finalmente ter conseguido dizer aquelas palavras em voz alta.

Primeiro amor. Descobriu-se sorrindo a esse pensamento. Ao levantar os olhos, viu Pete Danson, que vinha em sua direção.

— Como vão as coisas, Boomer? — indagou Pete, sentando-se e pegando o bule de café.

— Acho que tão bem quanto se poderia esperar. E você, como vai?

Pete encolheu os ombros.

— Sinto-me como se estivesse prestes a cair de um abismo e me espatifar nas rochas lá embaixo. Andy disse que estaria aqui, mas pode ser que se atrase um pouco. Conseguiu falar com Amy?

— Deixei recado na secretária. Tenho certeza de que ela o ouviu, mas não sei se aparecerá.

— Eu não conto com isso. Como estão as coisas, na delegacia?

— Bem calmas. Um dos meus homens prendeu Jeb Wooster por atear fogo em sua garagem sábado à noite. Sua esposa disse que foi de propósito, mas ele afirma que foi um acidente. Parece que ela é viciada no canal de vendas e guarda tudo o que compra na garagem até imaginar o que fará com os objetos. Ele encontrou a resposta. Dan

McGruder arrancou a cerca de madeira de Henry Lanson domingo à tarde, porque ele pintou-a de azul-claro e Dan afirma que não suporta essa cor. Acho que isso é tudo, em termos de delitos nesta comunidade. E quais são as novidades na sua área?

— Nada de novo. Na verdade, está tudo muito parado. A primavera geralmente é uma época em que ocorrem muitos divórcios, de acordo com meus colegas, mas já que não trato mais desses casos, nada de novo tem acontecido. Você sabe, estou fazendo trabalhos maiores e melhores, mas está tudo calmo no *front*, por enquanto. Acho que Andy e Jill acabarão se reconciliando. Tenho um caso de mordida de cachorro em andamento e um com Harriet Barclay, que diz que foi intoxicada por vagens que comprou no Gigante da Economia. Talvez eu devesse escrever um livro, com o tempo livre que tenho.

— Larry Denville foi a Vermont ontem, para ver os pais de Cady — disse Boomer, baixinho.

— Está brincando! Por quê?

— Disse que precisava partir do começo. Suponho que pensa que os pais de Cady são o começo. Em minha opinião, nós quatro somos o começo, mas ele não sabe, é claro. Pelo menos acho que não sabe. Pode suspeitar, mas não tem certeza.

— É um jornalista honesto. Gosto dele — afirmou Pete. — Não consigo imaginar o que ele pensa descobrir que já não tenha sido publicado nos jornais. Os dois prestaram depoimento e seus álibis eram válidos, segundo as testemunhas. Se têm segredos, com certeza não os revelarão a um repórter. Lembro-me de que formavam um casal bem fechado. O pai só abria a boca para cuspir aquele discurso sobre o fogo do inferno. A mãe tinha medo da própria sombra e simplesmente não se manifestava.

— Aí está Andy — disse Boomer. — O café está quente. Sirva-se. Sabe se Amy virá?

— Sim. Estava estacionando o carro quando eu saía do meu.

Era óbvio que Amy tivera grande cuidado ao maquiar-se e pentear-se para aquele encontro. Sua aparência era quase como a de qualquer outra mulher no restaurante, rechonchuda e maternal. A sensação desaparecia quando se olhava em seus olhos. Boomer sentiu uma fisgada de apreensão. Ela sentou-se ao seu lado, cheirando a talco e a doces. Com os cantos dos olhos, observou-a enquanto Amy recostava-se e cruzava as mãos.

Pete serviu-lhe uma xícara de café. Ela agradeceu-lhe com um meneio de cabeça.

— Agora que estamos todos aqui, vamos ao ponto — disse Boomer. Olhou à sua volta como se esperasse uma voz em contrário ou que alguém se levantasse para ir embora, mas ninguém falou e, então, respirando fundo, ele recomeçou: — Ontem recebi um chamado de um de meus homens. Ele dizia que Cady Jordan estava em uma árvore junto ao lago. Aquela onde vocês construíram uma casinha. Tenho certeza de que vocês já sabem que alguém cortou o capim alto e retirou os avisos proibindo invasão. Eles já foram recolocados.

— Deram-lhe uma multa por invadir o local? — perguntou Amy, irritada.

— Para falar a verdade, sim. Fui eu mesmo ao lago e a encontrei na árvore. Ela recordou partes daquele dia. Sabe que vocês estavam todos lá. Chegou a recordar o que todos vestiam, até mesmo o que ela mesma usava, e lembrou-se de que estavam jogando pedras, aos gritos.

Andy escondeu a cabeça entre as mãos. Seus ombros começaram a tremer. Pete suspirou enquanto estendia a mão para pousá-la no ombro do amigo. Amy permaneceu impassível, bebericando seu café.

— Cady acha que o motivo para poder ouvir os gritos de vocês três sem conseguir vê-los é porque estava na tirolesa, com os olhos fechados.

— Ah, isso é *ótimo*! — Amy tornou a exclamar, com irritação.

— Mas que inferno, qual é seu problema, Amy? — perguntou Pete, agressivo. A cabeça de Andy levantou-se de repente, pela linguagem e o tom de voz de Pete.

— Você sabe, estou cansada dessa coisa toda. Tudo girava em torno da pequena Cady Jordan. Agora, tudo gira em torno da Cady Jordan adulta. Se todos quiserem admitir que estavam lá, vão em frente. Eu não estava lá. Ponto final — disse, quase cuspindo em sua fúria.

— Cady acabará recordando tudo. Ela sabe que vocês estavam lá. Nós sabemos que você estava lá. Somos quatro contra um, Amy. Por que você quer mentir? Isso só piorará a situação, especialmente para você mesma — disse Boomer.

— Você estava lá, Amy, então pare de mentir — disse-lhe Andy. — Jurarei no tribunal que você estava lá, assim como Pete e Boomer. Se mentir, só piorará tudo para você e sua família.

Amy começou a suar frio.

— Malditos. Se eu contar, Arnie me abandonará.

— É preciso arriscar-se. Nós também colocamos nossas reputações e carreiras em risco. Por que você seria diferente? Além disso, você era a melhor lançadora em Indigo Valley na época. Todos sabiam disso, e começarão a lembrar. Você *nunca* perdia um arremesso — disse Andy. — Sempre atingia o alvo! Ah, meu Deus, você não... Amy, me diga que você não... — Incapaz de terminar o que pretendia dizer, o rosto do gêmeo empalideceu.

— O que foi? — perguntou Boomer, alto. — Não deixe algo assim no ar, Andy.

— Acho que ele ia dizer que Amy atingiu Cady de propósito. Andy está certo, Amy tinha o melhor arremesso. Aos dez anos não havia ninguém que a superasse.

Amy bateu as palmas das mãos na mesa.

— Isso é mentira! Eu jamais faria algo assim! Como podem pensar que sim, e ainda dizer tal coisa em voz alta? Andy, meu próprio irmão!

— Porque é verdade — disse Andy, com tristeza. — E você sabe que é verdade, Amy.

A calma que substituiu sua fúria assustou-a, ao afirmar:

— Isso simplesmente não é verdade. Tudo ocorreu vinte anos atrás. Vocês estão correndo como galinhas medrosas. A memória de vocês não é melhor do que a minha. Recuso-me a admitir qualquer coisa. Andy, você só quer vingar-se de mim por causa de Jill, nós dois sabemos. Além disso, não dou a mínima se você é o novo delegado, Boomer. Não será por muito tempo, depois de contar esse conto da carochinha. E, por falar nisso, o que *você* estava fazendo enquanto seu melhor amigo tentava machucar a pequena Cady?

— Tentava descobrir se a tirolesa agüentaria o peso dos dois. Além disso, Amy, na época eu era o único que sabia nadar de nós todos. Eu estava preocupado, pensando em qual dos dois precisaria salvar. Para um menino de treze anos, uma preocupação assim é um fardo pesado. Sim, fui eu quem puxou Cady até a beira do lago. Puxei Jeff também, mas ele já estava morto. Também tive o bom senso de ligar para a polícia. Se não tivesse feito isso, Cady estaria morta.

— Quem você teria salvo, Boomer? — perguntou Pete, em tom sereno.

— Cady. Eu odiava Jeff King. Eu teria salvo Cady primeiro e só depois tentaria salvá-lo. Pelo menos, acho que é isso que teria feito. Todos vocês simplesmente enfiaram o rabo entre as pernas e fugiram. Nem mesmo pararam para ver se Cady estava viva ou morta.

— Jesus, Boomer, tínhamos dez anos! Pensamos que os dois estavam mortos. Juro por Deus que pensei isso — disse Andy, angustiado.

— Isso vale para mim também — disse Pete. — Eu morri de medo. Todos sentimos pavor com aquilo. Você era três anos mais velho, Boomer. Ei, você também mentiu. Para nós, *quase* existe desculpa, mas qual é a sua desculpa? Aqueles três anos fazem muita diferença.

— Eu contei, à minha maneira. Liguei para a polícia. Tirei a tirolesa e a joguei no lago. Não me perguntei por quê — disse Boomer.

— Bem, também é culpado de algo — exclamou Amy, quase contente.

— Espere aí um momento. Você disse que odiava Jeff King, mas era praticamente sua sombra. Odiá-lo e andar sempre com ele eram duas coisas diferentes. Acho que precisamos de uma explicação — completou Pete.

— Sim, eu estava *sempre* com ele, mas será que vocês algum dia me viram fazer *uma* coisinha sequer ou ajudá-lo de algum modo? Não, porque eu estava sempre lá, mas não fazia maldades. Na verdade, com maior freqüência eu tentava impedir suas maldades. Eu gostava de vocês naquela época. Mais do que qualquer coisa, eu desejaria brincar com vocês, mas... ganhei de Natal um par de patins para o gelo, e minha mãe me disse que o lago não estava congelado o suficiente para patinar. Eu mal podia esperar para experimentá-los, de modo que fui até lá e caí na água quando o gelo rachou. Jeff puxou-me. Ele salvou minha vida, mas disse que eu lhe devia isso e precisava pagar minha dívida. Por isso eu andava em sua companhia. Não gostava dele. Na verdade, comecei a odiá-lo, porque ele passou a me atormentar, contando-me seu segredo nojento. Isso não é de sua conta. Então não me perguntem qual era o segredo. Agora, digam-me, o que faremos?

— Eu já menti. — Pete contou-lhes, com sofrimento na voz. — Cady perguntou-me diretamente sobre isso e lhe menti que não estava no lago naquele dia. Agora, sou a favor de contarmos a verdade.

— Ela também me perguntou, quando foi a meu escritório, ontem de manhã. Pedi-lhe que não me fizesse essa pergunta. Isso significa que posso dizer qualquer coisa, mas também acho que devemos contar a verdade — disse Andy.

— Concordo. Acho que devemos contar-lhe antes que recupere plenamente a memória. Que tal hoje ainda? Eu ligarei e lhes darei os detalhes. Tive uma idéia. Que tal fazermos uma reconstituição daquele dia? Se nos reunirmos e estivermos lá para ajudá-la, tudo pode vir à tona. Todos os detalhes. Ela merece saber. Estamos de acordo?

— Sim — concordou Pete.

— Sim — foi a resposta sincera de Andy.

— Acho que vou para casa agora. Preciso limpar meus banheiros — disse Amy.

— Não vai a lugar algum, Amy — contestou Andy, depressa, agarrando o braço da irmã. — Você está no mesmo barco. Se cair fora, terei de contar a Arnie toda a história. Agora, o que me diz?

— Amy, podemos conversar com Arnie. Podemos fazê-lo ver que foi um acidente e que não deve culpá-la. Acho que você está menosprezando seu marido. Se ele a ama, perdoará quando souber toda a história. Dê-lhe uma chance e, pelo amor de Deus, faça a coisa certa — disse Boomer.

A resposta de Amy foi jogar uma nota de cinco dólares sobre a mesa e sair dali.

Os três homens entreolharam-se. Os ombros de Andy começaram a tremer novamente.

Boomer olhou para o outro lado da mesa, com o olhar fixo no gêmeo.

— Até que ponto você tem certeza de que Amy jogou pedras em Cady de propósito?

— Estou tão certo disso quanto de que me chamo Andy Hollister. Jesus, estou ficando enjoado — disse ele, saindo depressa dali em busca do banheiro masculino.

Boomer e Pete fitaram-se.

— Juro por Deus que não vi as coisas assim, Boomer. Estávamos apenas jogando pedras para fazer com que Jeff saísse da tirolesa. Não tinha nem idéia de que Andy pensava de outra maneira.

Boomer balançou a cabeça, dizendo-lhe:

— Vi todos vocês jogando pedras, mas estava tão ocupado com o cabo da tirolesa que não sei quem jogava o quê. Imagine carregar algo assim por vinte anos. — Ele sacudiu a cabeça novamente, tentando eliminar aqueles pensamentos horríveis.

— Agora somos nós contra Amy — disse Pete. — Tudo bem, Andy? — perguntou, quando o amigo voltou. — Ainda acha que devemos contar tudo a Cady?

— Sim. Então, a que horas faremos a reconstituição?

— À mesma hora do acidente real. Cinco e meia. Por falar nisso, algum de vocês raspou as iniciais de Cady da olaia?

— Ah, eu havia esquecido daquelas iniciais. Fizeram isso, é? — indagou Andy debilmente enquanto secava a testa suada. — Não fui eu.

— Nem eu — disse Pete.

— Bem, também não fiz isso — afirmou Boomer. — Sobram, então, Amy ou talvez o senhor ou a senhora King, mas acho que seria demais incluí-los nisso.

— Ela está doente — disse Andy. — Olhem, não sei o que fazer. Ajudem-me. Será que eu deveria conversar com Arnie? Alguma sugestão?

— Acho que essa é uma daquelas coisas em que devemos deixar que nossa consciência dite o rumo a seguir. Se você precisar da companhia de um de nós, conte comigo.

— Comigo também — disse Boomer.

— Preciso pensar bem antes de tomar uma decisão. Então, os vejo às cinco e meia.

— Quando eu era garoto, achava aqueles gêmeos a melhor coisa do mundo. Queria tanto ser como eles que me sentia mal na maior parte do tempo. Os dois eram tão livres. Eu tinha regras, horários e todas aquelas coisas impostas pelos pais. Minha mãe podia até ser esquisita, mas ditava limites. Aqueles dois criaram-se sozinhos. Talvez você e eu fôssemos os mais afortunados dentre nós. Parece que está tudo invertido — murmurou Pete, aflito.

— Entendo o que você quer dizer — respondeu-lhe Boomer, com olhar triste.

— Se você me der um dólar agora, posso ser seu advogado. Isso significa que, mesmo simbolicamente, você me contratou e eu não poderei divulgar o que você me disser. Conte-me o segredo para livrar-se dele de uma vez por todas.

Boomer tirou um dólar de seu bolso, arrastou a nota até o outro lado da mesa e, então, contou o segredo de Jeff King a Pete, que empalideceu antes de, como Andy, partir depressa, rumo ao banheiro.

Quando voltou, os dois homens mal podiam olhar um para o outro.

— Vejo-o no lago depois, está bem?

— Sim — murmurou Pete, já saindo.

Boomer sentia-se como se tivesse cem anos de idade, com o peso do mundo todo sobre os ombros, quando seguiu Pete até o estacionamento.

O sol brilhante e a perspectiva de um piquenique com Cady trouxeram um sorriso súbito a seu rosto. Tudo o que tinha de fazer era dar uma passadinha na delegacia, tomar algumas providências breves e esperar por Cady em seu apartamento.

A caminho do carro, imaginou como o período de apenas duas semanas como delegado de Indigo Valley pareceria quando atualizasse seu currículo.

Cady entrou desfilando na cozinha e fez um rodopio gracioso para medir a aprovação de seus três queridos.

— Pareço deliciosa e apetitosa?

— Ah, garota, nem eu, em meus melhores dias, estive tão bem quanto você agora. Por algum motivo, vejo-me repetindo isso sem parar. Considero-a capaz de partir o coração de um homem sem sequer tentar — disse Lola.

— Seu perfume é divino — observou Mandy.

— Se eu fosse trinta anos mais jovem, daria um chute no traseiro daquele jovem e tomaria seu lugar — disse Anthony, olhando-a de soslaio.

— E eu o faria cumprir sua palavra, Anthony. Ah, tudo isso parece maravilhoso. Será que poderei impressionar Boomer?

— Aqui está o cobertor — Mandy passou-lhe um cobertor amarelo dobrado, que parecia tão macio quanto uma pilha de plumas.

Cady tocou-o.

— Oh! — disse, com um grande sorriso. — Que sensação gostosa.

— Sabia que você gostaria. *Madame* — disse Mandy, referindo-se a Lola — sempre viajava com um cobertor amarelo igual a este. Não me pergunte por quê. É um de seus segredos mais profundos e obscuros.

Lola parecia embaraçada.

— Adoro amarelo. É uma cor alegre e quente, sem mencionar convidativa, e é da mesma cor que *ouro,* e adoro ouro. Isso é o máximo de explicação que pretendo oferecer.

— Já serve — respondeu Cady, sorrindo. — E então, minha roupa está apropriada? — indagou, referindo-se a seu vestido de corpete com a saia ampla. — Estou usando roupa de banho por baixo. Sabem, para o caso de cair no lago. Espero que ele não esteja frio demais. Não se preocupem, Boomer sabe nadar. Ele me resgatará se eu afundar.

— Alguém deveria tirar fotos — observou Mandy.

— Você está absolutamente certa. Deveríamos tirar fotos. Darei uma passada na cidade e comprarei uma daquelas câmeras descartáveis. Se isso é para ser uma reconstituição, precisa ser exatamente como naquele dia. *Amy clicava fotos como louca...* Ah, meu Deus, acabei de me lembrar disso. Ouviram o que eu disse? Amy estava tirando fotos. Ela costumava mandar os filmes para outra cidade, para ganhar um rolo de graça quando as fotos fossem reveladas. Ela tirou fotos. Imagino se os outros lembram disso. Está voltando, estou lembrando mesmo. Faltam apenas mais algumas peças do quebra-cabeça. Acho que não parará por aí, não é, Lola? — indagou Cady, ansiosamente.

— Não, minha querida, tudo voltará. Cada pedacinho da memória. E então você será a perfeita Cady Jordan, sem partes ausentes. Estará completa novamente.

Cady deixou-se cair em uma das cadeiras da cozinha, cheia de interrogações no olhar ao fitar a avó.

— Lola, e se eu me lembrar de algo... ruim? E se eu recordar que fiz algo a Jeff King? Como poderei lidar com isso?

— É melhor não nos preocuparmos com possibilidades dessa espécie. Se algo assim aconteceu, teremos de enfrentar. Você tem três aliados agora. Nunca se esqueça disso. Boomer é seu quarto aliado, se o contarmos. Suspeito que ele estava lá com os outros naquele dia, embora você não lembre dessa parte. Ainda não. Acho que ele não a cortejaria se escondesse algum segredo horrível sobre o acidente. Não quero que você se preocupe com esse aspecto das coisas, porque isso pode impedir que recorde o resto. Está bem?

— Está bem. Não sei nem como dizer o quanto amo vocês três. É como ter duas mães e um pai bonzinho que realmente se preocupam comigo. Nada disso estaria acontecendo se não fossem vocês três.

— Aqui está sua cesta de piquenique. Diga-me depois se o sr. Boomer gostou do que preparei. São coisas para comer sem talheres, como deve ser em um piquenique, e não há nada que cause *gases*, conforme as instruções de sua avó.

— Sinto um grande alívio em saber que você me ouve às vezes, Anthony — replicou Lola, provocando-o.

— Então, estou indo. Não sei a que horas volto. Vocês não vão me esperar acordados, vão?

— Ah, meu Deus, claro que não — disse Lola, indignada.

— Vão sim, mas tudo bem. Isso faz com que eu me sinta amada. — Ela abraçou e beijou cada um antes de sair.

Atlas uivou, demonstrando seu desprazer, até que Lola ofereceu-lhe um de seus lanches favoritos.

— Brincaremos de bola com você depois — disse a velha senhora, preparando o cão para sua brincadeira de jogar uma bola de tênis pelo chão para ser trazida de volta.

— Acho que estamos nos tornando muito importantes para Cady, senhoras e senhores. Agora, o que temos para o café da manhã? — indagou Lola, com vivacidade.

Dezessete

Amy Chambers destrancou a porta de sua casa com mão firme, cantarolando de boca fechada enquanto olhava o vestíbulo e a sala de estar desarrumados. Ao mover-se rumo à cozinha, foi recolhendo brinquedos, uma meia perdida no chão, o jornal do dia anterior e duas garrafas vazias de cerveja da mesa pequena na sala. Continuou cantarolando uma melodia sem sentido enquanto depositava o lixo no triturador. A meia sem par foi para a lavadora.

Precisava limpar.

Escovar.

Desinfetar.

Deixar tudo impecável.

A lavanderia continha uma imensidão de produtos e utensílios de limpeza, todos usados apenas raramente. Balde, escovão, alvejante, esponjas de aço e uma faca afiada para retirar gordura e sujeiras de cantos estavam amontoados dentro de uma caixa plástica. Ela procurou um par de luvas de borracha, mas não encontrou. Sacudiu os ombros e continuou cantarolando. O saco de trapos estava cheio. Em alguns segundos, um pano de pratos em frangalhos estava amarrado em torno de sua cabeça para evitar que os cabelos rebeldes atrapalhassem sua visão. Fez um grande laço no avental que encontrou pendurado atrás da porta da lavanderia e franziu a testa. De onde tirara aquele avental? Não tinha a mínima idéia, e isso não importava, de modo que deu de ombros novamente.

A água estava escaldante, mas mal percebeu. Conseguiu levar o balde, um punhado de esfregões e, com o cotovelo, ligar o rádio da cozinha. Bon Jovi encheu a casa de som.

Por onde começar? De cima para baixo. E o que realmente significava aquilo de partir do começo? Será que significava começar desde o momento em que se nasce? Será que significava o início de um acontecimento especial? Fosse o que fosse, isso era a maior asneira. Começar pelo alto. Isso significava os banheiros, todos os três. Depois, ela teria de esfregar e polir os móveis, trocar todas as roupas de cama, levar a roupa suja para baixo ou simplesmente jogá-la pela rampa até a lavanderia, na esperança de ficar presa ali, como às vezes acontecia, e eliminar a necessidade de ligar a máquina de lavar.

A água borbulhou na banheira enquanto ela adicionava detergente. As cortinas foram retiradas e mergulhadas na banheira. Os vasos sanitários espumavam com cristais azuis e brancos. Ela piscou ao ver as manchas de ferrugem. Era preciso esfregá-las. Os espaços entre os ladrilhos do piso fizeram-na erguer as sobrancelhas. Tirou a tampa do alvejante e derramou o conteúdo do frasco no chão. Prendendo a respiração para não inalar o produto tóxico, abriu a janela e ligou o exaustor, antes de fechar a porta e começar a esfregar e dar brilho aos móveis do quarto que dividia com Arnie.

Sua próxima tarefa era mudar os lençóis já acinzentados pelo uso. Ela tentou recordar quando os trocara pela última vez, mas desistiu.

Olhou para as cortinas, que estavam tão encardidas quanto os lençóis da cama. Subiu na banqueta do toucador e as retirou. Parecia-lhe que a máquina de lavar teria trabalho para o dia inteiro, hoje.

Bon Jovi fora substituído por sucessos do passado, e Elvis agora berrava algo sobre "sapatos azuis de camurça"* enquanto ela se arrastava escadas abaixo para colocar as cortinas empoeiradas, ensebadas e escuras na lavadora.

---

* "Blue Suede Shoes", nome da canção. (N.T.)

Amy olhou para o relógio. Eram quase nove horas.

Andou a esmo pela cozinha. O que deveria fazer primeiro?

Abriu a geladeira. Obviamente, teria de jogar fora tudo o que havia ali. Em alguns minutos, a lata do lixo estava transbordando e ela fez o curto trajeto da porta da cozinha até os fundos do quintal, onde havia três imensos recipientes para o lixo.

Às dez e meia, o refrigerador estava limpo e continha apenas uma garrafa de leite. Brilhava tanto que Amy pensou em colocar seus óculos escuros. O fogão também brilhava, e o forno autolimpante estava ligado para remover os resquícios queimados de sua chapa. O balcão estava limpo e todas as porcarias de recipientes vazios ou quase vazios também haviam ido para o lixo. O balcão brilhava, assim como as palavras de Elvis, que gemia sobre sua tristeza. *Deve ser Elvis*, pensou. Tudo bem, adorava Elvis.

Às onze e meia, já aspirara a sala de estar, polira os móveis, limpara as janelas e passara o aspirador nas cortinas. Fez uma descoberta surpreendente ao tirar o pó da tela do televisor: não precisava usar óculos. Um pano úmido poupara cento e cinqüenta dólares por um par de óculos. Sentiu-se tão feliz com sua descoberta que foi dançando até os quartos das meninas, no segundo piso.

Às três horas, Amy removeu o pano que lhe cobria os cabelos e o avental. Era hora de pegar as meninas na escola e levá-las até a aula de dança. Joellen Rubolotto pegaria as meninas após a aula de dança e lhes daria o jantar, já que era a sua vez. Só chegariam em casa às sete ou sete e meia da noite. Arnie só retornaria às oito ou oito e meia.

Ao voltar, depois de deixar as meninas na aula de dança, Amy torceu o nariz. A casa cheirava a pinho e a cloro. Detestava aquele cheiro. Olhou para suas mãos avermelhadas e para as unhas curtas e roídas. A pele em torno dos dedos começava a rachar, e as mãos pareciam em carne viva por causa do alvejante. Ela enfiou-as nos bolsos enquanto ia de um a outro cômodo.

— Ainda não está bom — resmungou para si várias vezes. — Precisa brilhar de tão limpa. Preciso lavar tudo. Preciso me lavar também — murmurou também várias vezes.

Ela despiu-se e ligou o chuveiro. O vapor saía do boxe e enchia o banheiro. Entrou sem pestanejar, deixando que a água muito quente formasse cascatas em seu corpo. Chorou e suas lágrimas quentes misturaram-se à água que caía.

Vinte minutos depois, com a água agora apenas morna, Amy olhou para seus braços e pernas. Ainda não estava limpa. Precisava continuar esfregando-se, mas doía muito. Tentou entender por que seu corpo estava cheio de bolhas. Continuou chorando enquanto a água esfriava rapidamente. Ela abraçou o próprio corpo, mas não saiu dali. Só sairia quando se sentisse novamente limpa. Limpa e inocente como havia sido antes daquele dia.

A voz de Lola Jor Dan soou preocupada quando olhou para os dois amigos no terraço. Eram quase quatro e meia da tarde. Faltava uma hora para a reconstituição.

— Será que dará certo? Se não funcionar, acho que os outros terão de contar a verdade. Pelo menos é o que espero que façam. O que vocês acham?

Mandy abaixou-se para arrancar uma folha amarela de um gerânio muito robusto próximo à sua cadeira.

— Não sei... Cady é corajosa, preciso admitir, mas tem um pavor monstruoso de água. Ela me disse que seria capaz de fazer um desvio de quilômetros para não precisar passar por uma ponte. O fato de se dispor a participar já é sinal de que tudo dará certo. Não tenho certeza se os outros confessariam sua participação. Com ou sem boas intenções, coisas assim às vezes dão errado.

"Parece que vai chover. As nuvens estão vindo do oeste. Espero que consigam pelo menos fazer a encenação. Não seria bom adiá-la. Acho que gosto daquele Boomer Ward. Acho que gosto muito."

— Ué, mudou de idéia? — indagou Lola.

— Eu também gosto dele — disse Anthony, para não ficar para trás. — É um bom homem.

— Como você dirigiria a reconstituição do acidente, Anthony?

— Dirigiria exatamente como fizemos quando fomos ao lago. Eles estavam lá, e ela acabará por lembrar. O único problema que vejo é quem fará o papel de Jeff King na simulação? Cady não nos disse. Nem sei se algum deles pensou nesse detalhe. São todos adultos agora. Pesam mais hoje do que naquela época. Quando a polícia faz uma reconstituição, ela é o mais aproximado possível do acontecimento real. Espero que o sr. Boomer esteja planejando colocar bonecos cujo peso seria o mesmo das crianças, mas — ele levantou a mão, pedindo silêncio — Cady disse que estava com traje de banho sob o vestido. Isso significa, pelo menos para mim, que ela planeja usar a tirolesa. Gostaria de ter feito mais perguntas, de manhã.

— Poderíamos ir até lá de carro — disse Lola. — Sem interferir, apenas para observar. O que acham? Estou muito nervosa, só parada aqui à espera de notícias... E se algo der errado?

— Pare com essas idéias negativas, Lola. Vai chover, meus joelhos estão começando a doer e a temperatura está caindo. O que você acha, Anthony?

— Acho que precisamos cuidar de nossas próprias vidas. Demos o primeiro pontapé para Cady, de modo que agora só precisamos deitar nos louros. Se somos incapazes de alterar o resultado, de que adianta perturbar Cady e os outros aparecendo por lá? Além disso, se estivermos lá, não será exatamente como no passado — afirmou Anthony, usando a lógica.

— Há alguém no portão — disse Mandy, quando um assovio agudo soou no monitor da câmera de segurança no quarto de Lola.

— Provavelmente é algum vendedor ou pedinte. Nem se dê ao trabalho de ver quem é. Não estamos esperando ninguém. Isso é uma ordem, Mandy.

Mandy saiu e voltou ao terraço com o máximo de rapidez que seus joelhos artríticos lhe permitiam.

— Lola, não tenho certeza, mas acho que é a mãe de Cady, num caco de carro. Há muitos anos eu não a via, mas parece com sua nora. O que faço?

— Meu bom Deus! Vá! Pergunte quem é. Coisas assim sempre acontecem nos filmes, não na vida real. E então? — gritou, após alguns instantes.

— Disse que seu nome é Agnes Jordan, sua nora. Seu filho não está no carro, caso você queira saber. Abro o portão?

— O que acha? — respondeu Lola, azeda. — Bela hora para Agnes vir até aqui. Isso não serve como material sequer para um filme ruim. Precisamos descer. Anthony, abra o elevador e vejamos o que ela deseja. Claro que deseja algo, não é?

— Lola — pediu Mandy, pousando a mão sobre o ombro da amiga. — Tente ser gentil. Não perca o controle. Lembre-se, ela é a mãe de Cady.

— Acha que eu posso me esquecer disso? Não sou um monstro. Sei exatamente em quem colocar a culpa por tudo... em meu filho, Asa. Abra a porta para ela. Anthony, prepare café. Ela não bebe álcool. Pelo menos acho que não.

Agnes Jordan estava parada junto à porta aberta, parecendo um cervo pego de surpresa por um par de faróis.

— Agnes, que prazer em vê-la — disse Lola, em tom agradável. — Por favor, entre. Íamos tomar um café agorinha mesmo. Quer juntar-se a nós?

— Obrigada, Lola, mas em vez de café eu gostaria de uma dose dupla de uísque, sem gelo.

— Acho que podemos dar um jeito nisso, não é, Anthony? — *Mas o que temos aqui?*, cogitou Lola, surpresa.

— Certamente, madame — disse Anthony. — Deseja que eu leve até o solário?

— Sim, por favor.

No solário, todos sentaram-se, tensos, em suas cadeiras. Lola, Mandy e Anthony entreolharam-se, perplexos, enquanto Agnes Jordan engolia o uísque em três goles apressados. Seus olhos encheram-se de lágrimas e ela tossiu enquanto estendia o copo para ser reabastecido.

— Eu precisava tomar algo. Acho que vocês estão imaginando por que estou aqui.

— O pensamento ocorre-me — disse-lhe Lola, em tom seco. — Você é bem-vinda, é claro — emendou, lembrando-se do pedido de Mandy para que fosse gentil.

— Lola, eu estava imaginando se você poderia ajudar-me como... é claro que lhe pagarei, quando puder. Deixei Asa. Não poderia suportar aquilo por nem mais um minuto. Só posso explicar o que fiz dizendo-lhe que cheguei ao meu limite. Um jornalista foi visitar-nos e começou a fazer perguntas. A jovem que estava com ele era muito atenciosa e foi colega de Cady na escola. Acho que isso teve algo a ver com o que aconteceu. — Ela engoliu o uísque recém-servido. Desta vez seus olhos não lacrimejaram, mas começavam a parecer vidrados.

— Eu o odeio, Lola. O ódio é tão puro e profundo que não posso sequer descrever-lhe. Será que eu poderia ficar aqui até encontrar um lugar para morar e um emprego? Cady pediu-me para vir. Mesmo se não tivesse pedido, eu teria vindo de qualquer jeito. Tenho vontade de fazer tantas coisas, Lola... Meu Deus, você nem imagina quanta coisa eu gostaria de fazer.

— Eu sei, Agnes, eu sei. Você é bem-vinda para permanecer aqui o tempo que quiser. Eu lhe darei o que precisar. Por que não veio antes? Desisti de tentar convencê-la a vir, anos atrás. Por que suportou Asa durante tanto tempo? Por quê?

— Eu gostaria de saber. A culpa é algo horrível. Eu preciso pedir-lhe outro favor, Lola. Não quero que Cady me veja assim, parecendo com uma mendiga. Tem uma roupa para emprestar-me?

— Não vestimos o mesmo manequim, mas cuidarei disso. Mandy, ligue para a Rutherby e peça-lhes que mandem uma seleção de modelos. Será que restou um pouco da tintura de cabelos que Danielle e Mona usaram em Cady? Se sim, faremos uma mágica com Agnes. Aliás, esses seus óculos saíram de moda vinte anos atrás, querida.

— Eu sei, Lola. Pagarei seus favores quando puder.

— Isso não é necessário. Você tem um coração tão generoso quanto o meu, de certo modo, e sabemos disso. Termine sua bebida e suba comigo. Tenho um quarto adorável, perfeito para você. É muito feminino, como você também era antes de meu filho estragá-la.

— Não quer saber como ele está?

— Não, não quero.

— Achei que não, mas precisava perguntar. Esta casa é muito bonita, Lola. Imagino que Cady seja muito feliz aqui. A que horas ela chega?

— À noite, tenho certeza. Venha, vamos acomodá-la. Está com fome?

— Tenho sentido fome a vida inteira. Gostaria de comer carne. Há anos não como carne. Mas não agora. No horário do jantar será ótimo. Sou boa em esperar e ter paciência. Acho que toda a minha vida estive esperando por este momento.

Lola sentiu lágrimas queimando os seus olhos, mas piscou para evitá-las. Estendeu a mão e segurou o braço de Agnes.

— Diga-me que você não está apenas fazendo uma experiência ou algo semelhante. Diga-me que ficará. Não viverei para sempre, e quero saber que Cady tem alguém com quem contar. Espere até ver como sua menina desabrochou. Quero sua palavra, Agnes, de que não voltará para Asa.

— Vim para ficar, Lola, desde que você e Cady me aceitem. Preciso pensar no divórcio. Quero fazer isso o quanto antes.

Lola inclinou-se e sussurrou em seu ouvido:

— Você sabe o que precisa fazer, não é?

— Sim. Estou pronta. Jamais pensei que este dia chegaria. Acha que irei para o inferno, Lola?

— Bem, se você for, certamente terá muita companhia.

Cady virou-se de bruços, com os cotovelos apoiados no cobertor amarelo aconchegante.

— Foi um dia incrível, Boomer. Você percebeu que, depois que montou a tirolesa, não fizemos nada, exceto conversarmos durante — ela olhou para o relógio de pulso — quase seis horas?

Boomer também se virou e disse:

— O tempo voa quando nos divertimos. Olhe, há um pato no lago.

Cady riu.

— Só um? Veja, ele tem uma companheira. Aposto que você não sabe que patos são monogâmicos.

— Eu sabia sim — respondeu Boomer, rindo. — Você não vai contar à sua avó que rejeitamos as iguarias que preparou em favor do lanche para viagem, não é?

— Claro que não.

Ela apontou para o local no outro lado do lago, onde haviam jogado fora as criações finas de Anthony em favor de galinha frita gordurosa, ovos cozidos, picles enormes, e maçãs brilhantes e frescas.

— Veja, os esquilos e os pássaros já devoraram a maior parte. Direi que foi tudo devorado. Não é preciso dizer por quem...

Boomer pôs-se de lado, apoiando-se no cotovelo. Olhou para cima e, depois, para as copas balouçantes das árvores.

— A temperatura está caindo. Acho que vai chover. Quando conseguimos ver o lado de baixo das folhas, significa que vai chover. Minha mãe me dizia isso quando eu era criança e queria ir a algum lugar, quando ela achava que ia chover. Você está tremendo... Fique aqui, vou pegar uma jaqueta em meu carro.

Cady sorriu enquanto Boomer subia o barranco e voltava com um agasalho leve, ajudando-a a vesti-lo. Seu coração disparava ao sabor de seus sentimentos por ele. Boomer olhava-a como se pudesse ler a sua mente.

— O que foi?

— Eu estava pensando no quanto você mudou e, no entanto, ainda é a mesma menina de antigamente. Minha paixonite por você naquele tempo era tão forte que, como já lhe disse, chegava a *doer.* Acho que minha mãe sabia disso, porque começou a me explicar sobre coisas da vida, naquele jeito das mães, e, quando parou, meu pai assumiu seu lugar. Eles eram as pessoas mais rígidas do mundo, no que se referia a demonstrar respeito por meninas e mulheres. Sabe de uma coisa? Nunca lhes contei que caí no gelo e fui salvo por Jeff King. Até hoje não sei por que não contei para eles.

— Seus pais parecem ótimos. Você teve mais sorte do que nós. — Cady abraçou os joelhos, trazendo-os para junto de seu corpo, com o olhar fixo em um trio de gaios azuis que competiam por um pedaço de aspargo. — Os pais de Amy e Andy nunca se preocuparam com o que os filhos faziam. Eles podiam ir e vir à hora que bem entendessem. Não tinham horários e acho que nunca precisaram obedecer a uma regra sequer. Na época, eu achava isso o máximo. Amy roubava dinheiro da bolsa de sua mãe, o que me aborrecia bastante. Andy não era nada parecido com a irmã. Embora fossem gêmeos, eram bem diferentes. Amy era a chefe, e não nos permitia esquecer disso. Pete era diferente. Sua mãe já era maluca naquele tempo, mas ele dava o melhor de si. E havia você. Ninguém conseguia entendê-lo. Acho que éramos todos desajustados. — Ela riu. — Olhe para nós agora.

— Você não disse uma palavra sobre Jeff King hoje. Por que, Cady?

Ela olhou para as nuvens cinzentas que se juntavam.

— Eu tinha medo dele. Acho que nunca falamos sobre nossos medos mais secretos porque tememos, ao pronunciar as palavras, torná-los mais reais, de algum modo. Eu vivia com pavor dele. Bastava vê-lo para começar a tremer. Um dia, Pete e Andy tentaram me ajudar e perguntaram qual era, em minha opinião, a pior coisa que Jeff poderia fazer para mim. Eu não lhes disse. Talvez, em nossas mentes infantis, todos pensamos que deveríamos deixá-lo fazer o que quisesse, porque mais cedo ou mais tarde se cansaria e nos deixaria em paz. Acreditava, aos dez anos, que ele desejava me matar. Com um pai como o que tive, eu sabia tudo sobre o inferno e todas as outras bobagens que ele vivia pregando. Acho que tinha mais medo de Jeff King do que do demônio.

Boomer sentiu-se mal, recordando o segredo que Jeff lhe contara.

— Está começando a chover. Corra para o carro enquanto eu recolho nossas coisas. Pode ser apenas uma chuvinha passageira. São quase cinco horas, de modo que os outros devem chegar logo.

Cady levantou-se e subia pelo barranco no momento em que os céus despejaram uma chuva torrencial. O vento ganhou força, assoviando por entre as árvores. Ela tremeu. Isso parecia um mau agouro.

Dentro do carro, Boomer olhou para Cady e ambos começaram a rir.

— Sabe o que dizem sobre os melhores planos de ratos e de homens.* Talvez não devêssemos mesmo fazer a reconstituição — disse-lhe Cady em voz trêmula. — Além disso, acho que esta não é apenas uma chuvinha de primavera.

— Concordo. Teremos de remarcar a reconstituição — disse Boomer. — Podemos esperar que os outros cheguem. Talvez pudéssemos jantar juntos, algo assim.

— Parece boa idéia. Todos nós, juntos, para um encontro social agradável.

— O que você acha de passar a noite com o delegado da cidade? — perguntou Boomer.

— Poderia ser mais específico? — perguntou Cady, em tom casual, enquanto seu coração disparava.

— Ah, dormir, passar a noite, essas coisas. — Seu rosto tornou-se rubro como uma maçã. — Você não vai me forçar a dizer com todas as letras, vai?

— Claro que sim.

— Bem, o que quero dizer é... Bom, você... Eu...

— Tipo, ficar juntos, como um casal? — indagou ela, provocando-o.

— Acho que sim... é... mais ou menos.

— E...?

Boomer enxugou a testa suada, no carro quente, e conseguiu dizer, em voz estrangulada:

— Cama.

— Cama. Foi isso o que ouvi, cama? Camas são móveis bons. Tenho uma em minha casa. Durmo nela — brincou, adorando seu poder súbito sobre ele. — Vamos, diga com todas as palavras.

---

* Expressão criada pelo poeta escocês Robert Burns, que prediz que desastres sempre podem perturbar os melhores planos tecidos por homens e ratos. (N.T.)

Boomer sussurrou algo que mal podia ser ouvido. Cady franziu a testa, dizendo-lhe:

— Deixe-me ver se compreendi direito, para que não haja mal-entendidos depois. Você quer que eu volte a seu apartamento, onde há uma cama. Tiraremos as nossas roupas e faremos coisas malucas, selvagens e maravilhosas. Você tem uma lata de tinta feita com chocolate que pode ser lambida, que ganhou de seus companheiros ao deixar o último emprego e nunca usou e, além de chocolate, ela tem aroma de amêndoas. Você quer que eu lamba o chocolate de seu corpo ou pretende lambê-lo do meu? Depois, lambuzaremos sua cama inteira e faremos mais coisas malucas, deliciosas e selvagens. Será que entendi direito?

Boomer conseguiu parecer indignado e embaraçado ao mesmo tempo.

— Não disse bem isso, mas é, pode ser, é mais ou menos isso o que proponho. Acho que você quer ir para casa agora, não é?

— Boomer Ward, você está *aceso*! — exclamou Cady.

Os olhos de Boomer arregalaram-se, surpresos.

— Acho que podemos riscar o jantar com os outros, não?

— Ah, sim — respondeu Boomer em voz débil, parecendo repentinamente nervoso. Cady escondeu a cabeça em seu ombro, para que ele não a visse sorrindo de orelha a orelha.

Às dez para as cinco, Andy Hollister despediu-se de sua secretária com um aceno.

— Vejo-a pela manhã — disse, esperando que isso fosse verdade e que estivesse em condições de abrir o escritório na manhã seguinte.

Sua idéia era passar na casa da irmã e lhe oferecer uma carona até o lago. Talvez pudesse convencê-la, no último instante, a fazer o que era melhor e mais correto. Amy era teimosa, de modo que ele não contava realmente com sua companhia. Mas que droga. Conhecendo-a tão bem, provavelmente levaria um chute no traseiro que o mandaria direto ao lago e não teria de se preocupar em dirigir até lá.

Dez minutos depois, ele chegava à frente da casa. Pelo menos a irmã não havia saído. Seu carro estava estacionado na entrada da garagem, e mesmo sentado em seu carro ele conseguia ver a porta da frente aberta. Amy sempre deixava as portas abertas, para desespero de Arnie.

Ele desceu e cruzou o pequeno alpendre. Torceu o nariz, tentando identificar o odor desagradável que sentia. Talvez Amy tivesse solicitado uma dedetização. Abriu a porta de tela e entrou, mas parou logo depois e chegou a recuar um passo para certificar-se do número da casa no pilar branco do alpendre. Será que estava na casa certa?

O odor vinha de todos os lados e era sufocante. Em toda a sua vida, jamais vira a casa de Amy tão limpa. Nunca. Chamou seu nome enquanto atravessava a sala de estar, a sala de jantar e entrava na cozinha. O que viu o deixou perplexo. Abriu a geladeira, sem saber por quê. Havia só uma garrafa de leite ali.

Chamou-a outra vez. Onde estavam as crianças? Por que estava tudo tão silencioso? Amy geralmente escutava rádio. Às vezes o deixava ligado a noite inteira, por preguiça de ir até a cozinha e desligá-lo antes de ir para a cama.

Refez seus passos até a sala de estar e subiu as escadas, gritando pelo nome da irmã. O odor era mais forte no segundo piso. Sentiu-se sufocando e tentou respirar pela boca, enquanto olhava à sua volta. Mal podia acreditar ao constatar que o segundo piso estava ainda mais limpo do que o primeiro.

Pareceu-lhe ouvir o ruído de água correndo. Prendeu o fôlego, escutando. Amy devia estar no chuveiro. Ele sentiu os pêlos do pescoço eriçarem-se enquanto ia até o quarto dela. Chamou-a uma segunda e, depois, uma terceira vez. Seu coração acelerou, quando não obteve resposta. O ruído que ouvira vinha do chuveiro.

Andy enfiou a cabeça pela porta do banheiro.

— Sou eu, Andy... Quanto tempo você levará para sair do banho? Preciso conversar com você.

Franziu o rosto ao perceber que não havia vapor saindo do boxe.

— Por favor, fale comigo. Se não responder, entrarei aí. Você precisa crescer e começar a agir como a adulta responsável que é. Muito bem, se é assim que você quer...

Marchou pelo piso de ladrilhos e abriu um pouco a porta do boxe.

— Amy! — gritou, em voz rouca. — Amy, o que houve?! Ah, meu Deus!

Desligou rapidamente a água e agarrou algumas toalhas em uma prateleira.

— Amy, o que aconteceu? Fale comigo!

Ele embrulhou a irmã em duas toalhas e a levou até o quarto. Acendeu a luz e exclamou, assustado.

— Ai, meu Deus, Amy!

Rolou pela cama e agarrou o telefone. Discou o número de emergência e aguardou, berrando ao ser atendido:

— Agora! Quero uma ambulância agora! Aconteceu alguma coisa com minha irmã! Está coberta de bolhas da cabeça aos pés, parece que se queimou com a água do chuveiro. Sim, deve ter sido no banho. Entrei e a encontrei assim. A água já havia esfriado. Acho que está em choque.

Ele forneceu o endereço, desligou e ligou para o cunhado. As lágrimas rolavam por seu rosto quando aconchegou a irmã junto ao seu corpo.

— Ah, Amy, por que você fez isso? Por quê?

Ele chorava quando o serviço de emergência levou Amy na maca. Depois, ficou ali, sentindo-se impotente, enquanto esperava pelo cunhado.

Nesse meio tempo, retirou seu telefone celular do bolso e ligou para o celular de Pete. Explicou-lhe a situação, em voz trêmula, e ouviu quando Pete lhe disse que a reconstituição havia sido cancelada por causa do mau tempo.

Andy olhou para a rua e surpreendeu-se com a chuva pesada. *Será que chovia quando eu cheguei?* Ele não conseguia lembrar-se. *Mas onde está Arnie? Talvez tenha ido direto para o hospital. Será que lhe falei para ir até lá ou para vir em casa?* Também não conseguia lembrar.

Será que deveria ligar para os pais? Amy lhe diria que não. Ele diria que sim; portanto, ligou. A mãe atendeu após três toques.

— Mãe, é Andy. Estou ligando para dizer-lhe que Amy foi levada para o hospital. Ela escaldou o corpo inteiro no chuveiro. Acho que está em choque.

— Uma pessoa precisa ser muito burra para queimar-se no chuveiro. Por que ela simplesmente não saiu de baixo da água? Dê-me notícias depois.

— Você não vai até o hospital para vê-la? — perguntou Andy, com a voz tão agitada que mal podia pronunciar as palavras.

— De que adiantaria ir ao hospital? É para isso que existem médicos e enfermeiras. Não vá me dizer que ela não tem plano de saúde, porque, se não, aviso logo que seu pai e eu não temos um tostão sobrando. Não podemos ajudar.

Andy nem se deu ao trabalho de responder. Em vez disso, desligou e sentou-se no degrau mais alto do alpendre. A chuva caía sobre seu corpo e ele baixou a cabeça, escondeu-a entre as mãos e chorou. Quando não conseguia mais chorar, puxou o celular novamente e ligou para o número de sua mulher.

— Jill, é Andy. Estou na casa de Amy. Você pode vir me pegar? Preciso de você. Por favor.

Dezoito

Atlas latiu no instante em que a campainha soou no portão eletrônico. Mandy correu até o monitor e viu Larry Denville esperando pacientemente para entrar. Ela pressionou o botão que abria o portão. Atlas continuou latindo, mas não tão alto quanto de início.

— Lola, o jornalista está aqui e há alguém com ele. Estão vindo — disse Mandy, em tom agudo, de modo que tanto Anthony quanto Lola pudessem ouvir.

— Agora teremos outro ponto de vista sobre o que aconteceu em Vermont. Por falar nisso, Anthony acabou de dar uma espiada e Aggie está dormindo, toda encolhida na cama. Acredito que aquelas nove doses de uísque têm algo a ver com isso. Espero que ela durma a noite inteira, sabendo que está segura — disse Lola, ouvindo nesse momento a campainha que tocava na porta da cozinha.

— Esta é minha colega, Myrna Davis — disse Denville, e prosseguiu com as apresentações. — Precisamos agradecer a Myrna por ter feito com que a sra. Jordan finalmente visse a luz, com relação a seu marido. Demos uma paradinha aqui para ver se ela chegou bem. E para dizer-lhe que não sei se continuarei com o artigo e com a investigação sobre o passado. Meus instintos jornalísticos me dizem que há sérios assuntos particulares em jogo e não quero virar um repórter sensacionalista. Assim, se não houver problema para a senhora, darei um tempo nesse assunto, até ordem em contrário de sua parte.

A mão magra de Lola deu um tapinha nas costas do jornalista.

— Eu sabia que havia um motivo para gostar de você. Está certo sobre tudo. Agnes está dormindo lá em cima, com toda a segurança. Cuidaremos dela. Agora, como posso agradecer-lhe por todo o trabalho que teve?

— Eu quero o autógrafo da Madonna, se for possível, e Myrna agradeceria se conseguisse o autógrafo do Brad Pitt.

Lola riu.

— Isso é bem difícil, mas ainda conheço algumas pessoas da ala mais jovem em Hollywood que podem providenciar os autógrafos. Por que você e Myrna não vêm jantar aqui no domingo?

— Ah, eu adoraria, sra. Jor Dan. Já assisti a todos os seus filmes. Mas gosto mais das versões em preto e branco do que daquelas que foram colorizadas depois — disse Myrna, num ímpeto.

— Você é das minhas — disse-lhe Lola, com a mesma espontaneidade.

— A sra. Jordan é muito distinta. Larry e eu esperamos perto de sua casa, para nos certificarmos de que ela realmente deixaria o marido. Nós a seguimos até Indigo Valley para o caso de seu carro quebrar ou ocorrer algum outro imprevisto. Espero que tudo dê certo para todos. Se a senhora precisar de Larry ou de mim, ligue para o jornal e viremos.

— Adoro quando tenho com quem contar — disse Lola, acompanhando o casal até a porta. — Manteremos contato.

— Nossa, a moça é tão comum que chega a doer nos olhos — disse Anthony.

— Não, Anthony, ela é bela. Tem um coração e, neste momento, parece que o entregou ao sr. Denville. Vi um certo brilho nos olhos dele quando olhou para a garota. Como sabemos, a beleza está nos olhos de quem vê. Essa jovem tem caráter. Acho que a apresentarei a Cady. Talvez se dêem bem. Além disso, ela certamente tem cérebro e faz bom uso dele. Gostei muito dela.

— Ainda assim é um tipinho comum — reafirmou Anthony.

— Não para mim — replicou Lola.

— Concordo — disse Mandy.

— Está bem, está bem — resmungou Anthony. — Vamos ficar aqui sentados girando nossos polegares ou faremos algo?

— O que você gostaria de fazer, Anthony? — perguntou Lola, pacientemente.

— Dêem-me cinco minutos e pensarei em algo — respondeu o mordomo.

Lola olhou deliberadamente para seu relógio enquanto Anthony e Mandy se entreolhavam.

— Devia ter uns dezesseis anos na última vez em que transei com uma garota no banco traseiro do carro — disse Boomer, com um sorriso. — Agora que estou mais velho, acho que prefiro uma cama. E você? A respiração pesada com certeza embaçara os vidros. — Ele limpou uma das janelas com a palma da mão. — Parece que finalmente parou de chover.

Cady sorriu, dizendo apenas: *Hummm*. Não viu razão para lhe dizer que *nunca* transara no assento traseiro de um carro. Aproximou-se, para ser beijada novamente, mas então o celular de Boomer tocou.

— Droga! — exclamou ele, retirando o celular do bolso de sua calça. Falou um "Sim!" rude, mas logo depois suas sobrancelhas ergueram-se, enquanto lhe dizia, sem som: "É Pete." Ouviu e sua expressão tornou-se pétrea. — Certo, Pete, estou a caminho. Diga a Andy para acalmar-se, por favor.

— O que foi? — perguntou Cady.

— Não tenho bem certeza. Pete disse que Andy ligou para contar-lhe que passou na casa de Amy para lhe dar uma carona até o lago e a encontrou no chuveiro. Disse que ela estava coberta de bolhas, da cabeça aos pés, mas a água que vinha do chuveiro estava gelada. Então, Andy a tirou do banheiro e ligou para a emergência, e isso significa que terei de ir até o hospital. Quando alguém liga para a emergência, a polícia precisa conferir o que ocorreu.

Ele inclinou-se e abriu a porta do lado de Cady, para que ela pudesse sair e voltar ao banco da frente. Fez o mesmo com a própria porta.

— Foi um... acidente?

Boomer enviou-lhe um olhar agudo.

— Não sei, Cady. Às vezes... a água simplesmente... sei lá. Não entendo por que ela ficou sob o chuveiro.

Cady começou a sentir um tremor interno. Olhou para a paisagem cinzenta e lembrou-se do quanto ansiara por esse dia.

— Quer vir comigo ou deseja que eu a deixe em sua casa?

— Quero ir com você. Amy precisará de todo o apoio. Ainda me lembro como é estar hospitalizada. Se você permite, quero ir.

— Tudo bem. Por que você nunca fala sobre o período de sua internação?

Cady continuou olhando para fora da janela.

— Porque foi horrível. Detesto lembrar-me da dor. Sempre havia alguém me furando, apalpando, esticando meu corpo até eu chorar. Então Lola vinha e fazia sua mágica, contando-me histórias improvisadas e me dizendo o que faríamos quando eu estivesse melhor. Ela me levaria para patinar no gelo no Rockefeller Center, em Nova York. Iríamos à Disney. Ela chegou a prometer que acamparíamos e faríamos canoagem! Disse que me levaria para uma volta ao mundo se eu quisesse, mas eu precisaria cooperar e fazer o que os terapeutas mandassem. Fiz tudo direitinho, mas todas aquelas coisas maravilhosas nunca aconteceram. No dia em que disseram que eu já podia viajar, meus pais me levaram embora. Não sei quem berrou mais, Lola ou eu. Isso serve, como resposta?

— Como Jeff King machucou-a na tirolesa? Não consigo me lembrar direito disso.

— As pedras me atingiram. Atingiram Jeff também. Senti algo quente no meu rosto e nos braços. Acho que era o sangue de Jeff. Ele estava lá, pendurado, tentando balançar o cabo para que eu soltasse minhas mãos. Sussurrava algo em meu ouvido, e eu não queria escutar aquilo. Isso foi antes de ser atingido pela pedra.

— Cady... — disse Boomer, devagar — ...você ouviu o que acabou de dizer?

— Eu disse que Jeff e eu fomos atingidos pelas pedras. *Jeff estava me dizendo algo que eu não queria ouvir. As pedras bateram nele e em mim.* Lembro que senti muita dor. Acho que ambos caímos ao mesmo tempo. Ainda assim, não me lembro da queda.

— O que Jeff sussurrou em seu ouvido? — indagou Boomer, com a voz falhando.

— Não sei. Não consigo lembrar, assim como não me lembro da queda. Não sei se você estava lá naquele dia. Estava, Boomer?

— Sim, eu estava lá. Tentava manter a tirolesa firme. Eu estava lá, atrás de você.

— Por que todos mentiram? *Você também mentiu* — disse Cady, encolhendo-se na direção da porta, tão longe dele quanto podia. Sentiu falta de Atlas, de repente. — Sabe de uma coisa? Acho que não quero ir ao hospital, afinal. Deixe-me na esquina, perto daquela loja. Ligarei para casa e Anthony virá me pegar. Todos vocês mentiram para mim. Até você, Boomer. E pensar que eu estava quase indo para a cama com você. Nunca mais, seu... seu... policial de merda!

Um segundo depois, Cady abriu a porta e já estava na rua, mesmo antes de Boomer parar de vez.

— Que inferno! — exclamou Boomer, agitado, enquanto ouvia buzinas de carros atrás do seu. Inclinou-se, procurando pela sirene portátil, e a fixou no teto do carro. Isso cuidaria das buzinas. O silêncio veio imediatamente.

Ele zuniu pela cidade com a sirene ligada, até chegar ao hospital. Estacionou e caminhou, apressado, até o saguão e o balcão de informações. Girou ao sentir uma mão em seu ombro. Pete Danson. Sacudiu a cabeça para limpar seus pensamentos.

— Venha até a cantina — disse-lhe Pete. — Andy e a esposa estão lá. Não sabemos ainda para onde levaram Amy. O marido está com ela, pelo menos. Há alguns policiais na Unidade de Emergência.

Boomer seguiu-o às cegas, consciente de estar sendo apresentado à esposa de Andy. Cumprimentaram-se e alguém pediu mais uma xícara de café. Ele sentou-se e olhou de Pete para Andy.

— Cady lembrou-se, quando estávamos vindo para cá. Ela saiu do carro perto do empório e começou a correr. Agora lembra-se da maior parte do que ocorreu naquele dia. Chamou todos nós de mentirosos. Deveriam ter visto o olhar que me deu.

— Talvez eu devesse conversar com ela — disse Jill, levantando-se. — Nos demos bem quando nos conhecemos. Acho que ela está precisando de uma amiga agora. Para que lado ela foi?

— Dobrou a esquina, na direção da padaria e do escritório de Andy. Acho que você tem razão, ela precisa de uma amiga, mas provavelmente já está a meio caminho de casa agora.

Três pares de olhos observaram enquanto Jill saía apressada do hospital e descia a entrada em curva, que levava ao centro da cidade.

— Por que será que ela não pegou o carro? — indagou Boomer.

Andy e Pete olharam para ele e, depois, encolheram os ombros.

— Então, ela já sabe — disse Pete.

— Sim — confirmou Boomer, olhando para um expositor de romances de bolso próximo. Lembrou-se de outra lojinha de presentes e de outra cantina de hospital. Seus pais o haviam levado ao hospital quando o avô adoecera, enchendo-o de balas de alcaçuz, pipocas e refrigerantes, e o mandando ficar quietinho ali, até aparecerem novamente para ir embora. Isso foi rotina por um longo tempo. Então, um dia, sua mãe lhe disse que não precisavam mais ir ao hospital e ele ficara na casa dos vizinhos por alguns dias, depois disso.

— As pessoas morrem em lugares como este — disse, sombrio.

— As pessoas também ficam boas, em lugares como este — comentou Andy. — Jesus, por que ela fez isso?!

Sua voz soou tão torturada que Pete sentiu pena dele e lhe disse:

— Olhe, meu palpite é que ela estava tentando eliminar seus pecados com o banho. Não sou psiquiatra, mas tenho um pouco de experiência com eles, por causa de minha mãe, mas... isso está fora dos meus conhecimentos. Acho que deveríamos dizer algo para o marido de Amy. O pobre está enfrentando um problema e tanto. Vocês concordam?

Andy e Boomer assentiram.

— E o que faremos agora? — perguntou Andy.

— Tenho de falar com meus subordinados. Já volto — disse Boomer, terminando seu café. — Esperem por mim.

— Como se tivéssemos outro lugar para ir ou algo a dizer — murmurou Andy. Pete assentiu levemente, para mostrar que concordava.

Alguém vestindo um avental cor-de-rosa e uma touca combinando tornou a encher seus copos. Nenhum deles tocou no café.

— Estou cansado de tudo isso — desabafou Andy. — Parece que estou no meio de um pesadelo.

Tudo o que Pete conseguiu fazer foi balançar a cabeça de um lado para outro.

— Eu gostaria de saber mais sobre queimaduras. Não acredito que Amy fizesse algo assim a si mesma deliberadamente. Será que poderia ter feito isso para que nos sentíssemos culpados e não contasse sobre sua participação no acidente? Meu Deus, o que estou dizendo?

— Você não acha que ela vai morrer, acha, Pete? Não temos nos dado bem ultimamente. Eu disse coisas horríveis a ela, que também me ofendeu. Sinto-me como se tudo isso fosse minha culpa.

— Não é sua culpa. Amy é... Amy tem uma mente estranha. Somente ela mesma sabe por que faria algo assim. Se está tão mal quanto você disse, deve ter feito de propósito. Quando a água de um chuveiro torna-se quente demais, como às vezes acontece, a gente sai de baixo ou de dentro do boxe. Pelo menos é o que eu faria. Ela deve ter usado toda a água quente do reservatório, se estava fria quando você chegou lá. Ainda bem. Lembro-me de ter lido em algum lugar que se usa água fria ou gelo para queimaduras. Ela é jovem e saudável, de modo que pode se recuperar logo.

Pete imaginou se Andy perceberia o quanto suas palavras de consolo pareciam tolas.

— Estão levando Amy para uma unidade especializada em queimados em Pittsburgh — disse Boomer, sentando-se na cadeira de onde se levantara antes. — Não vi o marido, mas está com ela. A chefe das enfermeiras disse que a condição de Amy é crítica.

Andy baixou a cabeça e a bateu duas vezes no tampo da mesa.

— Só por curiosidade, Andy, de que vai adiantar bater com a cabeça na mesa? Você não é responsável pelo que Amy faz. Ela tem um marido que tem o dever de cuidar dela. Não havia como saber que ela faria algo assim; então, pare de culpar a si mesmo — disse Boomer, em tom gentil.

— Somos gêmeos. Sempre fomos muito ligados um ao outro. Por isso fui até lá. Eu sabia que Amy não iria ao lago, a menos que eu me esforçasse para fazer as pazes. Eu deveria ter ido antes. Mas que droga, por que esperei até o último minuto?

— Tudo bem, culpe a si mesmo, se é o que deseja fazer — disse Boomer, e desta vez sua voz era firme e prática.

— E quanto a Cady? — indagou Pete, hesitante. Ele dispensou a funcionária que trazia mais café.

— Acho que podemos dizer que ela encheu-se de nós, e de mim em particular. Lembrou-se de praticamente tudo. Só mais um detalhe e tudo estará acabado — disse Boomer, enquanto passava a mão para afastar os cabelos da testa, impaciente.

— Então não adianta mais confessarmos tudo? — indagou Pete.

— Faça o que bem entender. Você também, Andy. Ela já sabe que todos nós mentimos. De que adiantaria procurá-la?

— Talvez pudéssemos nos explicar. Dizer-lhe que sentimos muito — disse Andy. — Poderíamos tentar fazê-la entender que estávamos com muito medo. Não sei quanto a vocês dois, mas quero fitar os olhos de Cady quando lhe contar o que fiz. Quero ver seu rosto e que ela veja o meu, para que saiba o quanto lamento. E eu lamento. Quero que saiba que sofri também. Não como a dor pela qual ela passou, mas um sofrimento psicológico muito grande. Preciso fazer isso.

— E quanto ao papel de Amy? — indagou Pete.

— Não posso falar por Amy, e vocês também não. Aceitarei as conseqüências do que fiz e não tentarei encobrir a culpa de Amy, se é isso o que você quer dizer. Só quero que tudo termine, antes que eu faça algo estúpido, como minha irmã fez. E então? O que faremos?

Pete levantou-se e levou a conta até o caixa. Pagou-a, voltou e deixou uma gorjeta sobre a mesa, dizendo:

— Então vamos até Cady. Agora mesmo.

Boomer levantou-se, assim como Andy. Os dois seguiram Pete até o saguão principal, onde Andy pediu-lhes para esperar enquanto obtinha as últimas informações sobre o estado da irmã.

— Sua aparência está péssima, Boomer. Você e Cady estão...

— *Estávamos* é a palavra, porque neste momento ela me odeia. Ela sentiu-se transtornada, sem entender por que *todos* nós mentimos. Eu mesmo não entendo por que fizemos isso. Vamos até lá para dar um fim nisso de uma vez por todas — disse ele, com tristeza.

Andy alcançou-os no estacionamento.

— Amy está a caminho do centro de queimados. Temem que esteja com pneumonia. Ela não está respondendo a nada, mas ainda é cedo demais. Espero que Arnie esteja com ela. Ele disse à enfermeira que ligaria para mim quando tivesse novidades. Seus pais levarão as meninas para a casa deles.

— Você não deveria ligar para seus pais, Andy? — perguntou Boomer.

— Já liguei para minha mãe — respondeu Andy, com o rosto franzido. — Ela disse que é melhor não ligar para pedir dinheiro, porque não tem nada para dar. Também disse que não vem ao hospital e que cuidar de doentes é função de médicos e enfermeiros. Meus pais jamais serviriam como modelos para ninguém. Vamos.

Eles formaram uma caravana de três carros que continham pessoas em profundo sofrimento, enquanto cruzavam a cidade para confessar seus pecados a Cady Jordan.

Cady levantou o olhar ao perceber que alguém entrava no reservado em que estava sentada.

— Jill, o que faz aqui?

Em vez de responder, Jill olhou para a espelunca em que estavam, chamada Ponto de Lançamento, e disse:

— Sempre imaginei como seria um bar assim. Clientela interessante... — disse, apontando para o bar com seus freqüentadores tatuados e com rabos-de-cavalo. Cady ofereceu-lhe um fraco sorriso, enquanto ela sentava-se em sua companhia no reservado e pedia ao garçom uma cerveja.

— Você não respondeu, Jill. O que faz aqui?

— Vim à sua procura — disse-lhe. De jeito nenhum mentiria para essa mulher sofrida com quem desejava fazer amizade. — O delegado, aquele a quem chamam Boomer, foi ao hospital e nos contou o que aconteceu. A iniciativa de vir à sua procura foi minha, não deles. Andy ligou para mim da casa de Amy e pediu que o pegasse lá. Está maluco com o que aconteceu, assim como os outros. Se lhe serve de consolo, seu amigo Boomer parece arrasado e mal consegue falar e se comportar normalmente.

— Que bom — replicou Cady. — Cheguei a pensar em ir para a cama com ele hoje à noite. Boomer mentiu para mim. Todos mentiram sobre mim e para mim. Se há algo que não suporto é alguém que mente para obter vantagens. Não sou boa companhia hoje. Talvez devêssemos nos ver outro dia. Pretendo apenas ficar aqui um pouco, bebendo e pensando. Pedirei que Anthony me pegue aqui mais tarde, quando me sentir disposta a ir embora.

— Eu também não era boa companhia quando nos conhecemos no cemitério, mas você ficou ao meu lado. Esperava que pudéssemos ser amigas. Isso significa que amigas suportam os maus momentos uma da outra. Também significa que se você planejou um porre, farei o mesmo. Pode ser?

Cady pensou no assunto, antes de responder.

— Já tomei duas cervejas. Esta é minha terceira.

— Bem, tentarei alcançá-la. Hoje em dia bebo apenas socialmente, mas, nos tempos da faculdade, eu era um bom copo. Se você estiver buscando uma legítima beberrona, deve ver Amy. Quanto a Andy, pouco falta para ganhar o campeonato de levantamento de copos.

— Não sabia disso. Sempre gostei de Andy. Gostava de Pete também. Queria gostar de Amy, mas era difícil. Acho que tinha a ver com o fato de serem gêmeos. Se a gente não tem irmão gêmeo, não entende a proximidade que há entre eles e o modo como excluem outros amigos.

As duas mulheres ficaram em silêncio, olhando os homens no bar enquanto bebiam suas respectivas cervejas. Finalmente, Jill disse:

— Eu também pensava assim sobre gêmeos.

Ela levantou sua garrafa, para que o garçom lhe trouxesse outra.

Cady moveu a garrafa de lá para cá sobre a mesa, criando círculos úmidos que se interceptavam.

— Soube mais alguma coisa sobre o estado de Amy?

— Está sendo transferida para uma unidade especial de queimados em Pittsburgh. Não está nada bem. Parece que não está respondendo ao que quer que seja que estejam tentando. Não sei nada além disso.

Ela tem um sorriso lindo, pensou Cady, enquanto olhava para a mulher no outro lado da mesa. Nos últimos dias, Jill cortara os cabelos e seu visual parecia muito moderno. Hoje, vestia uma blusinha de um amarelo pálido com shorts combinando e sandálias de tiras.

— Então, quando parou de acreditar nessa mística envolvendo gêmeos?

— Quando isso começou a interferir em meu casamento. Fico surpresa por ter suportado durante tanto tempo. Amy deixava-me tão louca que comecei a descontar em Andy, e ele nunca, nunca se colocava do meu lado. Era como se ela tivesse feito lavagem cerebral no irmão. Olhe para mim, Cady, porque quero lhe dizer uma coisa antes que nos embriaguemos e eu esqueça. Andy contou-me sobre aquele acidente no lago logo no início de nosso casamento. Isso o corroía. E quero dizer que *corroía* mesmo. Quando você voltou à cidade, ele quis contar-lhe. Tentou conversar com os outros, mas eles o convenceram a esperar. Ele já estava decidido. Teve pesadelos durante toda a nossa vida de casados. Posso imaginar como era antes de nos casarmos. Ele faria as malas e iria embora, depois de confessar, porque imaginou que sua vida estaria arruinada. Isso é o que todos pensaram, porque achavam que você desejaria vingar-se e arruiná-los. Se isso é o que você tiver de fazer para superar o passado, então é o que deve ser feito.

"Amy era a única disposta a mentir — continuou Jill. — Ela disse que não admitiria nada. Andy contou que ela sentia ciúme de você na infância. Eu desconhecia certos detalhes até hoje, quando fui pegar Andy. Você precisa ouvir-me, Cady. Vou contar-lhe o que Andy me disse. É como ele se lembra. Andy é o único que se lembra disso, e por essa razão sente-se tão atormentado há tanto tempo. Amy jogou as pedras *em você*. Ela acertou-a nas costas, quando você se voltou na tirolesa, tentando afastar Jeff. Ela tentou acertar Jeff também, mas onde não lhe causasse danos. Andy falou que a pedra que atingiu Jeff na cabeça foi jogada para atingir a *sua* cabeça."

Cady começou a chorar e Jill estendeu-lhe um guardanapo de papel.

— Andy nunca revelou a Amy que sabia disso, até hoje. Ela, é claro, negou tudo. Todos concordavam, Pete, Boomer e Andy, que o melhor a fazer era contar-lhe a verdade antes que você lembrasse sozinha. A reconstituição deveria ser útil para esse fim. Amy não quis participar. Ela saiu e foi para casa. O que aconteceu é resultado disso.

Cady digeriu aquelas palavras enquanto terminava sua cerveja. Deitou a garrafa na mesa e levantou a mão.

— Acho que é isso que se faz em um lugar assim — disse. — Eles iriam realmente me contar?

— Sim, iam. Diga-me o que está pensando.

— Não sei o que estou pensando — disse Cady, com as palavras arrastadas. — Acho que me sinto traída, um pouco zangada e, ainda assim, *quase* entendo o medo que devem ter sentido. O que tenho dificuldade para entender é por que *eles me abandonaram lá para morrer.*

— Como você sabe disso? Todos disseram que achavam que você já estava morta. Exceto por Boomer. Foi ele quem chamou a polícia — disse Jill, terminando sua terceira garrafa de cerveja. Fez o mesmo que Cady e bateu com a mão na mesa, levantando a outra.

— Como sei que eles me deixaram lá para morrer? Acabei de lembrar, simplesmente. Ah, outra peça que se encaixa nesse quebra-cabeça. Precisamos beber a isso, Jill.

— Não, não, não. Você não ouviu o que eu disse? Eles achavam que você estava morta. Pelo menos Andy disse-me que sim, quando me contou, anos atrás. Se a consideravam morta, isso faz uma grande diferença, Cady.

As duas mulheres olharam uma para a outra, cada uma ocupada com seus pensamentos. Continuaram assim, bebendo outra cerveja.

— O que devo fazer agora? — perguntou Cady, finalmente. Seu tom era tão hostil que Jill assustou-se, mas indagou:

— Até que ponto você se importa com tudo isso?

— Até que ponto me importo com o fato de não terem me contado? Não sei. Eu lhe disse, detesto mentirosos. Não acabei de lhe dizer? Tudo o que quero é recuperar minhas lembranças. Recordar tudo. Cada pequeno pedacinho. Eles me roubaram isso. Acho que não posso tomar nenhuma decisão sobre nada até que isso aconteça.

— Sim, você me disse. O que acontecerá se você não recordar tudo, Cady?

— Eu gostaria de saber. Sinto-me como se estivesse sempre em suspenso, na espera. Ah, preciso ir ao toalete. Espere por mim, está bem?

— Claro. Não tenho para onde ir mesmo... Talvez fosse melhor sairmos para tomar ar fresco. O que acha?

— Parece boa idéia. Já volto.

O garçom com avental sujo aproximou-se e praticamente jogou a conta por sobre a mesa. Jill olhou-a e se lembrou, subitamente, que saíra correndo do hospital, deixando sua bolsa com Andy. Esperava que Cady tivesse algum dinheiro.

Minutos depois, Cady voltou e quase caiu, trôpega. Olhou para as garrafas vazias por sobre a mesa e, depois, para a conta.

— Ele está nos mandando embora?

— Acho que quer que paguemos. Detesto dizer isso, mas deixei minha bolsa com Andy no hospital. Você tem dinheiro, não tem?

— Não... Deixei minha bolsa no carro de Boomer quando fugi às pressas. O que vamos fazer? — perguntou, curvando um dedo levantado para chamar o garçom.

— Parece que temos um problema, senhor. Não temos dinheiro. Podemos trazer amanhã? A que horas este elegante estabelecimento abre suas portas? — perguntou Cady, piscando de modo sedutor para o garçom, que a ignorou.

— Abrimos às dez da manhã. Há um telefone no bar. Pode usá-lo. Eu me sustento com o que ganho neste bar. Ligue para alguém e peça para trazer dinheiro.

Ele afastou-se, deixando Cady embaraçada com sua expressão de buldogue zangado.

— Acho que é melhor ligar para minha avó. Ela mandará Anthony trazer dinheiro. Detestaria que ele me visse assim... Hoje era para ter sido um dia maravilhoso e aqui estou, neste bar imundo, de porre, sem dinheiro.

— Posso ligar para Andy — ofereceu Jill.

— Andy já tem problemas suficientes, não acrescente este à lista. Isso nos deixa Boomer e Pete. Ah, meu Deus, não quero chamar nenhum deles — gemeu. — Você tem amigos? Sua mãe, talvez?

Jill sacudiu a cabeça.

— Minha mãe está em Pittsburgh, visitando sua irmã, e minha amiga está em uma viagem de negócios. Não tenho muitas amigas, desculpe.

— Então temos de pensar em algo... E se corrêssemos até o bar e fingíssemos que vamos ligar para alguém e simplesmente déssemos no pé? O cara é meio gordo. Acho que podemos escapar. Prometo voltar amanhã e pagar a conta.

— Você me pareceu meio grogue quando voltou do banheiro. — Jill olhou as garrafas vazias por sobre a mesa. — Acho que também não estou muito firme. Ei, se você acha que dará certo, podemos tentar. Olhe para ele, flexionando seu braço com aquela tatuagem de serpente... Parece que a serpente está se arrastando. Ele está tentando nos intimidar.

— Bem, parece que está tendo sucesso — disse Cady, com raiva. — Tudo bem, *agora*!

No momento em que viu as duas aproximando-se, o garçom pegou o telefone, tão sujo quanto seu avental, e o empurrou pelo balcão. Cady olhou para o aparelho, sabendo que não o tocaria de jeito nenhum, abaixou-se e tirou as sandálias. Jill fez o mesmo.

— Quando eu contar até três — sussurrou Cady. — Agora!

As duas mulheres dispararam pela porta de vaivém imunda e continuaram correndo pela rua, com o homem tatuado e diversos clientes em seu encalço enquanto gritavam exigindo pagamento. No cruzamento da avenida, um carro de patrulha freou bruscamente. Cady deixou cair as sandálias e correu o máximo que podia, com Jill logo atrás.

Ao virar a rua, colidiu com uma caixa de correio, mas continuou correndo, deixando metade de seu vestido para trás em um parquímetro próximo à caixa de correio. A outra metade caiu enquanto ela continuava correndo.

— Você perdeu seu vestido. Caras bonzinhos, hein, Cady? Mais rápido, estão chegando mais perto — disse Jill, rindo histericamente.

— Como isso aconteceu? — perguntou Cady, olhando para suas pernas nuas.

— O parquímetro perto da caixa de correio estava quebrado e a faixa de seu vestido ficou presa nele — disse Jill, sem fôlego. — Não consigo mais correr. Estou com dor nas costelas.

— Ah, meu Deeeuss, o jornalista que viajou para falar com minha mãe. Olhe, está tirando fotos!

— Que merda! — disse Jill, sentando-se no meio da calçada ao perceber que não poderia correr mais do que o policial que saíra do carro de patrulha. — Não abra a boca, Cady. Não diga nada. Eles permitem um telefonema quando levam alguém para a cadeia. Nossa, mas que calcinhas lindas! Gostei do conjuntinho que usava naquela foto que saiu no jornal, um dia desses.

— Isto é um biquíni. Vesti sob meu vestido porque achei que poderia cair no lago.

— Bem, era uma boa idéia — disse Jill, estirando suas pernas à sua frente, com as palmas no concreto para manter-se ereta.

— Muito bem, senhoras, de pé e mãos ao alto — ordenou o policial.

— E se não obedecermos? — perguntou Cady, desafiando-o.

— Eu terei de acrescentar também "resistência à prisão" às outras acusações.

— E quais seriam essas acusações?

— Sair sem pagar toda a cerveja que beberam! — o homem do bar rosnou. A serpente em seu braço retorcia-se tão furiosamente que a cabeça de Cady começou a rodar.

— Aaahh, estou com tanto medo — disse Cady, com audácia, imaginando se iria vomitar. O policial parecia cogitar o mesmo.

— Será que poderia declarar algo para meu jornal, srta. Jordan? — perguntou o repórter.

— Ah, mas claro que sim, sr. Denville. O que devo dizer, Jill?

As sobrancelhas de Jill uniram-se no esforço de pensar.

— Diga-lhe... Bem, diga o que bem entender.

A cabeça de Cady ergueu-se subitamente.

— Acho que nos reservaremos o direito de falar apenas quando tivermos algo a dizer.

— Isso foi bom — exclamou Jill, retorcendo os dedos dos pés.

— Entrem no carro! — vociferou o policial. — Não me façam chamar reforço.

— Minha mãe sempre me disse para não entrar em carros de estranhos.

— A minha deu-me o mesmo conselho — disse Jill, imitando Cady.

— Estou chamando reforço.

— Ele está chamando reforço, Jill.

— Reforço, esforço, tanto faz — disse Jill, rindo.

— O que aconteceu com meu vestido?

— Um pedaço dele está pendurado no parquímetro — disse a amiga, esticando o pescoço para ver se o vestido ainda estava lá.

Cinco minutos depois, o reforço chegava, na pessoa do policial Conroy, que estudou a cena e fez uma careta.

— Essa ali não bate bem — disse, apontando para Cady. — Adora desfilar por aí e subir em árvores só com roupas íntimas. Levantem as duas e as levem para dormir na cadeia até passar o porre.

— Ouvi isso! Não sou uma *ex-ibici...* — desistiu da palavra e corrigiu: — Não gosto de aparecer, é o que quero dizer. Nem minha amiga aqui.

— Ela não fez de propósito — disse Jill, defendendo-a.

— Jogue as duas na cela onde está Carlyle Richards. Depois de três dias bebendo, ele não lembra sequer seu nome. Os três poderão fazer companhia uns aos outros — disse o policial.

— Ligue para minha avó, sr. Denville — gritou Cady para o jornalista, enquanto os dois policiais as levantavam e carregavam para o camburão.

— Vocês duas são uma ameaça à ordem — disse-lhes o policial. — No momento em que deram direito de voto às mulheres, o mundo virou uma bagunça.

Cady levantou os pés e os bateu contra a proteção de tela que separava os prisioneiros do motorista. Jill fez o mesmo.

— Façam isso de novo, e incluirei "violência" às outras acusações.

O dedo médio de Cady ergueu-se para ele. Jill imitou-a, para não ficar para trás.

Na delegacia, com seus companheiros olhando embasbacados para as duas, o policial empurrou-as para dentro, entregando-as a um companheiro exatamente quando Boomer Ward entrava no saguão. O queixo dele caiu ao ver Cady e Jill, que passavam ao seu lado como se nunca o tivessem visto antes.

— Mas o que... É melhor alguém me explicar o que está acontecendo. Por que essas duas estão aqui? O que quer dizer com trancafiá-las? O que fizeram? — Ele escutou as denúncias, com os olhos quase saltando fora das órbitas.

Larry Denville entrou na delegacia, dizendo:

— Preciso de um depoimento. Também quero ver a ocorrência, quando estiver pronta.

Pete Danson, espantadíssimo, entrou correndo na delegacia como um pé-de-vento, com Andy Hollister atrás.

— Quero ver as minhas clientes, quero vê-las *agora*. De que são acusadas?

Boomer recitou as acusações, e Pete murchou.

— Diga-me que você está inventando isso.

— Estão na cela especial para bêbados e ficarão lá. Veja com seus próprios olhos.

— Acho que não podem ser mantidas aqui. Tudo isso é um grande mal-entendido. Precisamos conversar, Boomer.

Boomer dirigiu-se ao policial que efetuara a prisão, dizendo:

— Confirme isso, Carpenter, ou o colocarei montando guarda aqui até você cair de cansaço.

— Conroy, traga as detentas. Agora!

— Mas, delegado...

— *Agora* significa agora, Conroy, ou você montará guarda com Carpenter.

Boomer tentou manter a dignidade do cargo que ocupava, mas ao ver Cady de biquíni, desfilando pelo saguão, piscou de surpresa e perdeu a pose, assim como todos os policiais presentes. Um momento depois, estava frente a frente com ela.

— É agora que começa o interrogatório?

— Não, agora eu a mando para casa, para curar a bebedeira — disse Boomer, tão baixinho que Cady teve dificuldade para entender suas palavras.

— Estamos liberadas?

— Estão — disse Pete. — Cuidarei da parte burocrática.

— Muito bem, faça isso, mas depois você está despedido. Detesto mentirosos.

Com o máximo de dignidade que conseguiu reunir, Cady marchou para fora da delegacia, com Jill e Andy atrás.

— Nós lhe daremos uma carona, Cady.

— Obrigada, mas prefiro caminhar.

— Acho que não é uma boa idéia, considerando seus trajes.

Cady olhou para seu biquíni florido e minúsculo e concordou:

— Acho que vocês têm razão.

Cady chorou durante todo o trajeto, até a mansão de Lola.

Em casa, pediu para ser deixada no portão.

— Irei a pé o resto do caminho. Obrigada pela carona. Penso que perdi meus sapatos também.

Ela abraçou Jill e tentou não olhar para o rosto abalado de Andy, dizendo-lhe:

— Espero que sua irmã fique bem, Andy. Se eu puder fazer algo por ela, por favor, me diga.

Com os olhos arregalados, seus três velhinhos amados a olhavam perplexos. Cady respirou fundo.

— Aqui está um resumo do meu dia: lembrei mais coisas. A chuva cancelou a reconstituição do acidente. Amy Chambers escaldou-se no chuveiro e foi levada para uma unidade de queimados em Pittsburgh. Jill e eu fomos presas por um monte de motivos, embriaguez e arruaça, consumo sem pagamento da conta em um bar, perturbação da paz, resistência à prisão, agressão a um policial e outras coisinhas. Acho que saí porque Pete pagou fiança. Ah, eu o demiti. Agora vou para a cama. Vejo-os de manhã. Antes que eu me esqueça: planejava ir para a cama com Boomer. Pretendíamos usar uma tinta feita de chocolate e que se pode lamber. Obviamente, jamais a experimentaremos. Boa-noite a todos.

— Essa garota é carne de pescoço — disse Anthony.

— Imagino se tudo isso chegará aos jornais — murmurou Mandy.

— Tinta comestível de chocolate, hein? Humm...

No andar de cima, Cady banhou-se no banheiro da suíte Ginger Rogers. Depois, encolheu-se na cama e chorou. Atlas lambeu suas lágrimas e se esticou ao lado da dona.

Dezenove

Pela primeira vez, cada um dos três velhinhos sentiu-se sem palavras ao passar os olhos na capa do *Sentinela de Indigo Valley*.

— Aqui está dizendo que sua neta é uma arruaceira. Arruaceira bêbada — disse Anthony, em tom baixo e escandalizado.

— Uma arruaceira quase desnuda. Isso me lembra uma ou duas de suas escapadas mais famosas, Lola — esclareceu Mandy, maliciosa.

— A mim também. Essa menina é incrivelmente fotogênica. É quase impossível acreditar que é a mesma Cady — disse Lola, com orgulho.

— Foram direto para o xadrez. As denúncias são... impressionantes. Pelo que dizem aqui, parece pior do que a parceira de Clyde, Bonnie. Pensei que Denville estava do *nosso* lado — disse Anthony, hesitante.

— E está. Isso é de interesse humano — retrucou Lola, enquanto lia o artigo pela segunda vez, para ter certeza de que não perdera nada. — Ele não está especulando, está relatando fatos. Há uma diferença. Se há algo que sei é como a mídia impressa funciona. Olhem, ele chegou a tirar uma foto do vestido de Cady, pendurado no parquímetro, e diz que ela usava trajes de banho, não calcinha e sutiã. Fatos. Não se pode argumentar contra fatos.

— Deveríamos ter contado a Cady que seus amigos vieram aqui ontem — disse Mandy, esperando desviar a atenção de Lola do artigo.

— Francamente, meus amigos, acho que isso não importa. Ela estava... qual é a expressão que os jovens usam hoje em dia... ah, sim, *pê da vida*? Estava definitivamente *pê da vida* quando chegou. Não, não teria importado. Talvez seja hora de nós...

— Nos metermos? — indagou Mandy, com ar de repulsa. — Acho que deveríamos cuidar de nossas próprias vidas, Lola. Não somos alcoviteiros. Poderíamos piorar ainda mais as coisas.

— O caminho para o verdadeiro amor nunca foi fácil e, se for, então não é amor verdadeiro — disse Lola, em tom casual. — Essa criança está apaixonada. Reconheço os sinais. O que poderia haver de errado se fôssemos até a delegacia para... consertar o estrago? Cady disse que demitiu Pete Danson, de modo que isso seria uma razão para irmos. Agora, se simplesmente déssemos de cara com o delegado, o que poderíamos fazer? Sei de uma ou duas coisinhas sobre amor, como vocês já imaginam, e o coração de nossa Cady partiu-se, ontem à noite. Precisamos consertá-lo.

— Não precisamos. Quando acordar, Cady verá... bem, terá outra perspectiva sobre o que aconteceu — disse Mandy, enquanto coava o café. — Você está muito lento esta manhã, Anthony. O desjejum está uma hora atrasado.

Anthony olhou o forno, para verificar seus pãezinhos de canela. Depois, deixou-se cair em uma das cadeiras.

— Desisto! Voltarei para a Califórnia, onde as pessoas são apenas malucas. Quando vim para cá, você me disse que teríamos uma aposentadoria calma, tranqüila e livre de perturbações.

— Isso foi dez anos atrás, Anthony. Durante dez anos, nós nos atrofiamos. Agora é hora de vivermos um pouquinho. Olhe para nós. Parecemos três *cadáveres*. Além disso, eu o demiti semana passada, de modo que não faz sentido pedir demissão, faz? — indagou Lola. — Isso não nos levará a nada. Além de tudo, agora temos Agnes, e eu tenho de tomar algumas decisões no que se refere àquele inútil do meu filho. Ainda temos aquele terreno em Oregon, deixado por um dos meus maridos?

Mandy jogou as mãos para o ar.

— Eu não sei, Lola. Pergunte a seu novo advogado. Aquele demitido por Cady. Deixe-o trabalhar para ganhar um pouco do que ganha com você todos os anos. Por quê?

— Preciso... O que preciso fazer, de algum modo, é cuidar para que Asa tenha um sustento. Não posso deixar que continue aceitando assistência pública, como se precisasse. Lembre-me de perguntar a Agnes o que ele fez com todo o dinheiro que lhe mandei ao longo dos anos. Não havia razão para viverem na miséria em que viviam. Não consigo acreditar, por exemplo, que durante anos ela não comeu carne. Não há razão para algo assim. Nenhuma razão. Anthony, marque uma visita ao escritório de Pete Danson. Nós o encarregaremos disso. Asa não precisará saber quem está por trás de sua sobrevivência. Advogados sabem ser criativos.

— Cady demitiu seu advogado — lembrou-a Mandy, com um torcer de nariz.

— Nós o contratamos de novo — replicou Lola, no mesmo tom de pouco caso. — Ultimamente o café da manhã transformou-se numa bagunça, Anthony. Estou com muita fome e, além disso, temos visita, de modo que deveríamos apresentar nossos melhores quitutes.

— Eu me demiti, lembra?

— Demita-se depois do desjejum. Seja específico; o que você quer desta vez?

— Nada. Só estava exercitando minhas cordas vocais. O que acha de bacon e ovos?

— Parece maravilhoso — respondeu Lola, sorrindo. Ela deu-lhe tapinhas na mão, de um modo tão íntimo que as bochechas de Anthony tornaram-se imediatamente vermelhas.

— Sei que não lhe digo isso tanto quanto deveria, mas eu o amo, de coração. Vocês dois, além de Cady, são o ar que eu respiro. Essas últimas semanas foram as mais incríveis de toda a minha vida. Só quero que vocês saibam disso e que lamento se às vezes sou muito chata.

O pequeno discurso teve o efeito desejado. Os dois velhos amigos passaram seus braços em torno de seus ombros ossudos.

— Qualquer coisa que você deseje está bem para mim, Lola.

— Marcarei a visita com o advogado — ofereceu Mandy.

— Maravilhoso. A vida é excitante, não acham? — perguntou Lola, com ardor na voz.

No andar de cima, Atlas estremeceu e esfregou o focinho contra o braço de sua dona, para despertá-la. Cady debateu-se, enquanto tentava acordar totalmente.

— Ah, meu Deus, já clareou — disse ela, virando-se para olhar para o teto. — Se eu lhe contasse, você não acreditaria no que me aconteceu na noite passada, Atlas. Minha cabeça parece prestes a voar do meu pescoço a qualquer momento. Isso se chama ressaca. Tudo bem, sei que você quer sair. Só preciso de mais um minutinho...

O cão aguardou pacientemente, até que sua dona voltou do banheiro, vestindo o roupão de flanela. Juntos, os dois desceram até a cozinha, onde ela abriu a porta para ele. Cady olhou para os três, que também a olhavam fixamente. Seu olhar baixou para o jornal aberto sobre a mesa. Gemeu.

— Não quero ler. Dêem-me apenas os pontos principais. Há fotos? — Quando assentiram, ela gemeu de novo. — Sinto-me como se estivesse em uma esteira acelerada da qual não consigo sair. Sei que preciso fazer algo, tomar algumas decisões, mas não sei como...

— Permita que a ajudemos, querida — sugeriu Lola, piscando quando Mandy chutou sua perna, sob a mesa. — Pelo menos deixe-nos oferecer alguns conselhos. Por falar nisso, querida, sua mãe está lá em cima. Deixou seu pai e disse que pedirá o divórcio.

Cady piscou, depois levou as mãos à cabeça para cessar a dor latejante nas têmporas.

— Assim, do nada? Depois de tantos anos, ela simplesmente o deixa? Está aqui? Não acredito nisso! O que aconteceu? Não me digam, não quero saber. Ela está bem?

— Está sim. Deixarei que Agnes lhe conte o que aconteceu.

— E quanto a meu pai? Quem tomará conta dele?

— Estou providenciando isso, Cady. Tudo aconteceu muito depressa. A assistência social cuidará dele até que eu decida alguma coisa. O importante é que ele está como sempre, desagradável e rude.

— Foi aquele jornalista, não foi?

Ninguém respondeu. Cady pegou a xícara de café que Anthony estendia, sorvendo-o rapidamente. Olhou para o prato com pãezinhos de canela no meio da mesa. Embora desejasse um, sabia que seu estômago não estava preparado para lidar com coisas grudentas e doces logo de manhã cedo.

— Agora, querida, diga-nos o que podemos fazer para ajudá-la hoje — disse Lola.

— Assim que me livrar dessa dor de cabeça, irei ao lago e andarei na tirolesa. Boomer montou-a ontem, de modo que ainda está lá. Vocês podem ir comigo para olhar. Já que não sei nadar, comprarei uma bóia na loja de artigos esportivos, a caminho de lá. Vou andar naquela maldita tirolesa até recordar tudo. Não me importo se isso levar o dia todo e não me importo se cair na água e murchar como uma ameixa. Vou fazer isso, custe o que custar.

— Essa é minha garota! Claro que iremos com você. Não temos nada planejado para hoje, temos? — perguntou Lola, olhando para Anthony e Mandy como se os desafiando a contradizê-la.

— Absolutamente nada — responderam os dois ao mesmo tempo.

Cady não sabia por quê, mas achou que os três estavam mentindo com a maior cara-de-pau. Ela assentiu.

— Torradas bem secas com suco de tomate e uma pitada de pimenta poderiam ajudá-la — sugeriu Anthony.

Ela assentiu novamente.

— Ah, querida, seus amigos passaram por aqui ontem. Vieram em carros separados, Boomer, Peter e Andy. Tivemos de lhes dizer que você não estava. Poderíamos tê-los encaminhado ao Ponto de Lançamento, se soubéssemos que você estava lá com a esposa de Andy. Não nos preocupamos, porque você já é bem grandinha para cuidar de si mesma — disse Lola.

— Os três vieram até aqui? Disseram o que desejavam?

— Não disseram. Mandy não abriu o portão, só falou com eles pelo interfone. Eles deram ré e foram embora. Isso foi antes de sua... detenção — disse Lola, com malícia.

— Acho que não agüento passar por isso.

— Ficará bem, quando você escrever suas memórias um dia — disse-lhe Anthony, sorrindo.

— Ah, meu Deus! Minha mãe está bem mesmo, Lola? Jogue fora o jornal. Não quero que ela veja essa matéria. Jamais entenderá coisas assim.

Lola riu.

— Querida menina, se você soubesse como está errada. Além disso, você se preocupa demais. Mas, respondendo à sua pergunta, sua mãe está bem. Provavelmente está melhor do que sempre esteve desde que se casou com meu filho. Está ansiosa para vê-la.

Cady fez uma careta enquanto engolia o suco de tomate gelado. Aguardou um momento, para ver como cairia em seu estômago. Satisfeita por estar a caminho da recuperação de sua ressaca, levantou-se, acenou para os três e rumou para o segundo piso. Olhou para trás e disse:

— Lembrem-se, não a deixem ver o jornal.

O delegado Mac Ward, ou Boomer, remexia em papéis sobre sua mesa enquanto dava alguns telefonemas. Não tinha idéia do que eram aqueles papéis, nem do que fazer ou o que aquele dia lhe traria. Gostaria de ser criança novamente, para poder berrar à vontade. Chegou a pensar em ligar para seus pais, em busca de conselhos, mas sentiu-se envergonhado demais para isso. Era homem feito, afinal de contas. Além disso, era o delegado. Isso significava que tinha alguma inteligência. Aos olhos de Cady Jordan, ele não era o delegado, e certamente não era um homem. Aos olhos dela, era apenas um mentiroso. Precisava corrigir esse engano, e tinha de ser *imediatamente*. Bem, talvez não naquele exato minuto, já que o relógio lhe dizia que eram sete e cinqüenta. Dez da manhã seria um horário decente para aparecer na mansão de Lola Jor Dan.

Se precisasse rebaixar-se, faria isso. Se tivesse de plantar bananeira, que fosse. Faria o que fosse preciso para que Cady entendesse que fizera o possível por ela naquele dia horrível.

Pensou em sua noite insone e de como vagara por seu apartamento até achar que perderia o juízo. Comera dois sacos de pipoca e bebera toda uma garrafa de vinho, esperando que isso o levasse ao sono. Tudo o que conseguira fora sentir-se ainda mais nervoso.

Andy. Precisava ligar para Andy Hollister e ver como Amy estava. Digitou seu nome no computador e descobriu o número de telefone da casa de Andy, o número de seu novo apartamento e o de seu escritório. Discou o número de casa em seu celular. Andy respondeu no primeiro toque.

— É Boomer, Andy. Alguma notícia sobre Amy? — perguntou, prendendo o fôlego enquanto esperava a resposta.

— Arnie ligou-me por volta das quatro da madrugada. Eu estava acordado. Ele disse... disse... Amy piorou, lá pelas duas da madrugada. Eu queria ir até lá, mas Arnie aconselhou-me a ficar por aqui. Não quer que eu vá. Não sei por quê. Você tem alguma idéia da razão, Boomer?

— Lamento saber disso, Andy. Por que você não vai, mesmo assim? Vai se sentir melhor se fosse. Leve sua esposa com você. É o que eu faria se estivesse em seu lugar.

— Acho que irei mesmo. — O alívio era perceptível em sua voz, por deixar que outra pessoa decidisse o que era melhor. — Teve notícias de Cady?

— Cuidarei desse assunto hoje. Não se preocupe. Farei o melhor para que tudo termine bem.

— Obrigado, Boomer.

— Amigos são para isso, Andy.

Ele falava a verdade. Quando tudo isso terminasse, trataria de reforçar sua amizade tanto com Pete quanto com Andy. Seu pai sempre lhe dissera que amigos nunca eram demais. Agora entendia o significado disso. Disse, depressa:

— Andy?

— Sim.

— Se eu puder ser útil, ligue-me, está bem? — Deu o número de seu celular e completou: — Pode ligar-me a qualquer hora. Não se preocupe com Cady e me dê notícias de Amy.

— Tudo bem, Boomer.

Uma piora no estado da gêmea podia significar muitas coisas. Talvez não quisesse dizer que ela podia morrer, como as palavras implicavam. Percebeu, de repente, que tinha a sensação de que Amy não sairia dessa.

Discou outro número. Pete cruzava o quintal para abrir o escritório.

— Acabei de falar com Andy, que me contou que Amy piorou hoje de madrugada. O marido não quer que Andy vá ao hospital, mas eu lhe disse para ir mesmo assim. Acha que fiz bem, Pete? Agora que já o aconselhei a ir, não tenho certeza se tinha o direito de lhe dizer o que deveria fazer.

— Mas claro que sim. Você agiu bem. Sabe de uma coisa? Acho que cancelarei todos os meus compromissos para hoje e também irei até Pittsburgh. Se quer saber por quê, a melhor resposta que posso lhe dar é que tenho maus pressentimentos sobre Amy.

Boomer prendeu o fôlego. Era tudo o que precisava ouvir.

— Quer companhia?

— Sim. Sim. Gostaria que você fosse junto. E quanto a Cady?

— Não vá até lá, Pete.

— Tudo bem, não irei. Eu o pego em quinze minutos.

— Estarei esperando.

Cady parou de repente, ao entrar na cozinha, com olhos arregalados e pasma de surpresa.

— Mãe, é você? Nossa, você está... está ótima. Está bem mesmo? Onde ficará? Saiu de casa para sempre ou isso é apenas uma experiência?

— Calma, Cady. Estou bem, como você pode ver. Ficarei enquanto Lola me aceitar aqui. Acho que acabarei encontrando um emprego e um apartamento. Precisarei fazer isso para me sentir eu mesma novamente. Deixei-o para sempre, e isto não é uma experiência. Seu pai ficará bem. Um assistente social irá até lá todos os dias para ajudá-lo, e sei que seu pai é capaz de fazer sozinho o que esperava que eu fizesse para ele. Consegue virar-se muito bem. Pode até sair com sua cadeira de rodas para a rua, já que temos uma rampa que dá para o quintal. Não quero preocupá-la com esse assunto.

— Por que, mãe? Pedi-lhe que viesse, no outro dia, e você me disse que não. Então, de repente, está aqui. O que mudou em uma questão de dias?

— As circunstâncias. Percebi que não precisava suportar abusos por nem mais um minuto. Talvez eu tenha finalmente explodido. Seja qual for a razão, aqui estou. Não cheguei tarde demais, não é, Cady?

— Não, mãe — respondeu Cady, sacudindo a cabeça. — Nossa, você está bonita! Gostei muito de seu corte de cabelos e desses reflexos. Parece dez anos mais jovem. Não ficaria surpresa se os homens ainda virassem a cabeça ao vê-la passar aqui em Indigo Valley.

Agnes Jordan corou, sorriu e piscou para Lola.

Ela tem fibra, pensou Cady. *Nunca imaginei que minha mãe, sempre no papel de vítima, pudesse mostrar-se assim.*

— Alguém ligou? — perguntou Cady, com a voz cheia de esperança.

— Não, querida, o telefone não tocou. Está pronta para ir ao lago?

— Sim, mas, antes, quero ligar para o hospital, para saber de Amy. Farei isso na biblioteca. Terminem seu café da manhã. — Ela abraçou sua mãe. — Estou feliz por vê-la aqui, mãe.

— Eu também, Cady. Gostaria de ter feito isso há muito tempo.

Quando a porta da cozinha fechou-se atrás de Cady, Agnes inclinou-se por sobre a mesa.

— O que você quer que eu faça, Lola? Acho que sei, mas sou daquelas pessoas que precisam ouvir as palavras em voz alta. Primeiro, porém, quero dizer-lhe que não queria tirar Cady de você depois que se recuperou do acidente. Eu teria sido uma idiota se não visse como minha filha estava bem com você e o quanto a amava. Pedi que

Asa a deixasse ficar, embora eu sofresse com isso. Acredite em mim, por favor.

— Eu sei, Aggie. Deveríamos ter chutado o traseiro de Asa naquela época. Por que não fizemos isso?

— Porque você estava me protegendo e sabia que ele pioraria tudo para Cady e para mim se eu não lhe obedecesse. Cady vivia uma vida miserável conosco. Eu fiz o que pude, mas jamais poderia substituí-la. Eu a ouvia orar à noite, pedindo que Deus a fizesse voltar para levá-la. Ela recusava-se absolutamente a aceitar aquele lixo que Asa pregava como sua fé. Na maior parte das vezes, era punida sete dias por semana, mas nem assim se dava por vencida.

— O que aconteceu com todo o dinheiro que eu mandei, Aggie?

Agnes retraiu-se e olhou para fora da janela, com os olhos se enchendo de lágrimas.

— Ele o doou todinho. Dizia que era dinheiro de prostituição... Sentia-se bem ao dar seu dinheiro para os outros. Não se importava se passávamos a pão e água ou macarrão instantâneo sete dias por semana. O mesmo ocorria com todos aqueles presentes maravilhosos que você enviava a Cady. Ele também os doava. Deixou que Cady mantivesse consigo apenas a bicicleta e alguns livros. Eu não a culparia se você me odiasse...

— Eu não a odeio. Nunca odiei. Eu entendia sua situação. Acho que você pagou pelos seus pecados, e é hora de viver novamente, assim como Cady está aprendendo a viver. Tudo dará certo. Você precisa fazer sua parte, e não será fácil.

— Eu sei.

Cady entrou na cozinha e olhou de uma para outra.

— Liguei para o hospital em Pittsburgh. Amy está em estado crítico. Disseram que teve uma piora. O marido está com ela. Sinto-me tão mal — disse, com os olhos turvos de lágrimas. — Se eu pudesse fazer algo, faria agora mesmo. Houve um tempo em que a considerei minha melhor amiga. Liguei para Boomer e alguém me disse que ele foi a Pittsburgh. Liguei para o escritório de Pete e para o de Andy, mas suas secretárias também disseram que eles foram para lá. Presumo que foram todos. Todos, menos eu. Por que não me chamaram e não me contaram? Eu teria ido junto.

Ninguém lhe respondeu.

— O que devo fazer? Será que devo ficar parada aqui, apenas esperando? — Novamente não houve resposta daqueles sentados à mesa. Sua voz e sua expressão tornaram-se duras. — Grandes amigos eu tenho. Num piscar de olhos, me deixam de fora. Estou pronta para ir ao lago. Precisamos fazer duas paradas. Quero pagar minha conta no Ponto de Lançamento e comprar uma bóia salva-vidas. Você vem junto, mãe?

— Só se você quiser.

— Quanto mais, melhor. Certo, turma, vamos lá.

— Ela está soltando faíscas agora — exclamou Lola, lançando um punho fechado no ar.

— Detesto hospitais — disse Pete Danson enquanto caminhavam por um longo corredor que cheirava a álcool e desinfetante. Ele olhou para as enfermeiras, apressadas, e os médicos ocupados, todos carregando pranchetas, estetoscópios pendurados aos pescoços ou projetando-se de seus bolsos. Carrinhos barulhentos rolavam pelo corredor, e o alto-falante berrava de vez em quando.

— Sempre achei que hospitais eram locais silenciosos, como bibliotecas. Não se pode nem pensar em lugares como este, com tanto barulho. Os enfermeiros não *sussurram* mais. Também não usam mais aqueles gorros — continuou, aborrecido. — No começo, eu visitava muito minha mãe — disse, como se precisasse explicar sua opinião.

— Também não gosto de hospitais — completou Boomer. — Acho que a unidade de queimados é aqui. Deixe-me ver ali no balcão.

Pete sentiu um calafrio. Onde estava Andy? Viu-o um momento depois, e lhe parecia que seu amigo fora ao inferno e voltara. Cumprimentou-o com tapinhas nas costas.

— Obrigado por vir, Pete — disse Andy, com surpresa e gratidão.

— Boomer também está aqui. Já vem. Soube de alguma novidade?

— Apenas que Arnie me mandou ficar bem longe daqui. Diz que sou culpado pelo que Amy fez. Ele acha... acha que o relacionamento que tenho com minha irmã levou-a a fazer isso. Não tive coragem para contradizê-lo. Ele é a pessoa mais próxima de Amy e deu ordens para que eu não a veja. Posso olhar pelo vidro só porque sou seu irmão, mas nada além disso. Talvez fosse melhor voltar para casa.

— Você deve fazer o que achar melhor. É irmão de Amy. Minha opinião é que tem todo o direito de estar aqui.

Boomer voltou, com seu distintivo na mão.

— Tive de usar minha influência — disse, prendendo o distintivo novamente em seu cinto. — As coisas não estão nada boas, Andy. Nada boas mesmo. O marido não o quer aqui, de acordo com a enfermeira, mas eu a convenci a fechar os olhos para as ordens de Arnie. Você pode ficar o quanto quiser. Pete e eu lhe faremos companhia.

— Não precisam fazer isso. Agradeço muito por terem vindo. Apenas amigos fariam isso. Gostaria que houvesse um meio de comunicar minha presença a Amy. Arnie não me deixa nem chegar perto do quarto. Está todo vestido com roupas de hospital e usa uma máscara para evitar contaminá-la. Liguei para minha mãe e ela me disse para deixar de ser alarmista.

Ele lançou as mãos para o ar, em desamparo, e Jill o guiou até uma cadeira na pequena sala de espera.

— Alguém ligou para Cady? — indagou ela.

Os três homens entreolharam-se, depois sacudiram as cabeças.

— Bem, não acham que ela tem o direito de saber? Chegou a lhes ocorrer que talvez quisesse vir também? Não, acho que não — disse, desgostosa.

— Considerando as circunstâncias, eu acho que não... — Foi só o que Boomer conseguiu dizer, antes de ser interrompido por Jill.

— Vou ligar para ela. Quem deve tomar a decisão de vir ou não é Cady, não vocês. Que tipo de amigos vocês são, por falar nisso? — A raiva em sua voz era tão forte que os três homens deram um passo para trás enquanto tentavam entender o que ela lhes dizia. Jill deu-lhes as costas, em busca de um telefone público.

— As mulheres têm essa capacidade de nos reduzir a pó. Ela tem razão. Não sabemos nada sobre as mulheres. Acho que ainda não nasceu um só homem capaz de entendê-las — disse Boomer, devagar.

Jill voltou alguns minutos depois.

— Não houve resposta. Deixei uma mensagem detalhada. Ligarei novamente mais tarde. Andy e eu saímos com tanta pressa que esquecemos nossos celulares.

— Posso deixar-lhes o meu quando formos embora — ofereceu Pete, vendo-a concordar.

Boomer olhou em torno de si e imaginou quantas pessoas, em média, sentavam-se naquela sala todos os dias. Quantas choravam de tristeza e quantas derramavam lágrimas de alegria? Os móveis eram duros e desconfortáveis, as mesas mais utilitárias do que decorativas. Os quadros nas paredes eram reproduções baratas que podiam ser compradas em lojas populares. As poltronas deveriam ser macias e confortáveis, as mesas deveriam estar cheias de revistas e jornais recentes. Brinquedos novos também seriam úteis para entreter as crianças. Pessoas que esperavam para ouvir notícias de vida ou morte deveriam sentir-se confortáveis. Uma máquina de café ou refrigerantes faria uma diferença enorme.

Ele sentiu alguém aproximando-se. Levantou o olhar. Aquele tinha de ser Arnie Chambers, pelo modo como se dirigiu furiosamente na direção de Andy. Boomer preparou-se para o que viria.

— Eu lhe disse para dar o fora daqui, Andy. Falei sério e estou repetindo. Se não fosse por você Amy não estaria aqui, lutando por sua vida. Ela cuidou de você a vida inteira, às vezes esquecendo-se até de sua própria família, de mim e das meninas. Eu nunca a recriminei, porque sabia o quanto sua irmã o amava. Eram gêmeos e, segundo ela, isso tornava o relacionamento entre os dois especial. Depois você a chutou, por causa desse seu casamento mal resolvido, quando Amy estava apenas tentando ajudá-lo. Quando tentava ligar-lhe, você desligava o telefone na sua cara e a deixava chorando a noite inteira. Ela não conseguia mais comer nem dormir. Disse que fracassou com você. Considerava-o mais importante em sua vida do que eu e as crianças. É tudo sua culpa!

Boomer levantou-se de um salto.

— Espere um instante aí, sr. Chambers. Não há necessidade de agredir Andy dessa maneira. Amy é irmã dele, e Andy tem todo o direito de estar aqui.

— E quem é você? — perguntou Chambers, irritado.

— Sou um amigo — respondeu Boomer, aproximando-se mais de Andy. — Também sou o delegado de Indigo Valley.

— E isso deveria me intimidar? Pois não intimida. Se minha esposa morrer, é culpa dele — disse Arnie, apontando o dedo para Andy. — Ele terá de viver com sua culpa para o resto da vida, assim como terei de viver sem uma esposa e minhas filhas terão de aprender a viver sem sua mãe.

— Em primeiro lugar, sr. Chambers, Amy ainda não morreu. Acho que o senhor está se precipitando. E não será culpa de Andy se ela morrer. A culpa será dela mesma. Amy tomou a decisão de se escaldar no chuveiro. Foi um ato premeditado. Não pode considerar seu cunhado responsável por algo que ela decidiu fazer por conta própria. Eu li a ocorrência e também consultei seu prontuário aqui no hospital. Além disso, todos nós tomamos café com Amy ontem de manhã, e ao sair ela disse que iria para casa limpar os banheiros. Não parecia capaz de fazer algo como o que fez naquele momento. Se algo ocorreu a caminho de casa ou quando chegou lá para fazê-la agir assim, não chegou ao conhecimento de nenhum de nós. O fato de ser casado com ela não significa que o senhor conheça cada pequeno segredo de sua esposa, e vice-versa.

— Aí é que o senhor se engana, delegado. Amy e eu não tínhamos segredos. Sabíamos tudo um sobre o outro. É culpa *dele* — disse, novamente apontando para o cunhado. — Ele é o responsável por isso. Viva com essa culpa, filho-da-puta!

Boomer teve a impressão de que Andy se levantaria para correr atrás de Arnie pedindo perdão. Pete também teve essa sensação e o puxou para uma das cadeiras desconfortáveis.

— Alguém deveria ter-lhe contado — murmurou Jill.

— Não é a hora certa. Talvez nunca seja — replicou Boomer, agachando-se na frente de Andy para dizer-lhe: — Olhe para mim. Esse homem não está em seu juízo perfeito, porque está sofrendo demais.

Ele olha para o futuro e não vê a esposa ao seu lado. Assim, precisa responsabilizar alguém. Quando uma tragédia acontece, as pessoas tendem a procurar um culpado. É como enfrentam um momento particularmente difícil. Arnie está usando essa defesa. Não é sua culpa, Andy. Embora seja triste dizer isso, a culpa é de Amy. Você deveria ser cumprimentado por tentar fazer com que sua irmã agisse corretamente. A escolha foi dela. Está ouvindo? Jesus Cristo, como foi que chegamos a esse ponto?

— Sim, Boomer. Estou ouvindo e compreendo tudo o que você disse. Sei que Arnie está passando por um momento difícil. Chegamos a esse ponto por causa de nossa culpa. Amy pagará com a vida por nossa culpa.

— *Culpa dela,* Andy! — disse Pete, ríspido. — Ela fez isso. Não você, nem eu ou Boomer. Nós mentimos, mas foi só o que fizemos.

Jill tomou a mão do marido entre as suas.

— Eles têm razão, Andy. Daqui a algum tempo você entenderá. — Ela olhou para Pete e Boomer e sorriu. — Acho que vocês deveriam ir embora. Andy e eu ficaremos aqui. Muito obrigada por terem vindo. Se houver... alguma novidade, ligo para vocês.

Pete estendeu-lhe seu celular.

— Se precisar de nós, viremos correndo.

— Correndo — ecoou Boomer.

Nenhum dos dois homens falou até chegarem à rua, quando então Pete disse ao amigo:

— Nossa, foi covardia jogar toda a culpa em Andy. Homens menos dignos do que Andy Hollister teriam desmoronado sob aquele ataque. Pelo menos acredito que entendeu o que você lhe disse.

— Espero que sim. Você acha que deveríamos ter ligado para Cady?

Pete encolheu os ombros.

— Sei lá... Amy a odiava e tentou matá-la. Acho que Cady também não a aprecia muito. Será que viria até aqui? Provavelmente porque é generosa. Como Jill falou, não sabemos nada sobre as mulheres.

A viagem de uma hora de volta até Indigo Valley foi feita em silêncio total.

Vinte

O garçom do Ponto de Lançamento recuou quando Cady entrou inesperadamente no bar. Ele usava o mesmo avental sujo e a mesma camiseta Harley Davidson que usava na noite anterior. A serpente em seu braço musculoso retorcia-se e rastejava quando ele o moveu, com o olhar alerta.

— Vim para desculpar-me e para lhe dar isto — disse Cady, pousando uma nota de cem dólares sobre o balcão. — Quero compensá-lo por qualquer inconveniência que minha amiga e eu tenhamos causado. Eu apreciaria se você pudesse retirar a queixa contra nós duas na delegacia. Se não puder, compreenderei. Novamente, desculpe-nos.

— Bem, a gente recebe muitos bebuns aqui. Em geral recebo meu dinheiro no momento em que sirvo as bebidas. Vocês pareciam duas *madames* — confessou ele. — Achei que não me passariam a perna. Não há problema, retirarei a queixa. De qualquer maneira, eu nunca compareceria a uma audiência. Não posso me dar ao luxo de fechar o estabelecimento. Meus clientes dependem de mim. — A serpente parou de se mover e pareceu cair no sono quando ele pousou os braços por sobre o balcão.

— Muito obrigada, senhor.

Lá fora, no ar morno de primavera, Cady respirou fundo antes de entrar no Bentley que a aguardava.

— Ele é um daqueles tipos que faz muita pose e late alto, mas quando sente que as coisas podem esquentar, baixa a voz e a cabeça. Disse que retirará as queixas porque não pode fechar o bar para comparecer a uma audiência.

Lola franziu o rosto, assim como Anthony e Mandy.

— Eu ansiava por testemunhar em favor de seu caráter diante de um juiz — disse Lola. — Seria um depoimento digno de minha profissão.

— Acho que você superará o trauma — respondeu Cady, sorrindo.

— Então, foi aqui que a prenderam. O artigo do jornal foi muito interessante — disse Agnes, olhando através dos vidros escuros para o bar decadente.

Os olhos de Cady acusaram Lola e os outros.

— Ela arrancou o jornal de minha mão — disse Lola, com ar de santa. — Além disso, estou velha demais para brigar por causa de um jornal que acabará no lixo.

— Achei que você o guardaria para minhas memórias — retrucou Cady.

— O jornal iria para o lixo depois que recortássemos o artigo, querida. Sua mãe não tem nenhum problema com a reportagem. Será que podemos seguir em frente? — perguntou.

Assim, o Bentley deslizou em meio ao tráfego, com Anthony guiando o grande carro com destreza rumo ao entroncamento que levaria ao lago.

— Será que deveríamos apostar se receberemos voz de prisão ou não? — provocou-as Anthony, virando-se levemente para trás.

— Voz de prisão? — indagou Agnes Jordan, alarmada.

— Ah, você sabe, Agnes. Roupas de cor laranja, algemas, a leitura de seus direitos, essas coisas. Não se estresse, já fizemos isso antes. Apenas siga com a maré. Soltura sob fiança é uma ótima coisa, e, além de tudo, nossas fotos saem no jornal — disse Lola.

— Tudo bem, senhoras, chegamos. Se isto fosse um filme sob a minha direção, esta seria a cena em que a personagem principal, você,

Cady, inflaria o peito e diria com toda a propriedade: "Vamos arrepiar, minha gente!"

— Isso é o mesmo que se preparar para confusão, mãe, ou como Lola diz, soltar faíscas, ir com todo o gás.

— Entendo — disse Agnes, quando era claro que não entendia nada. — Bem, estou pronta. O que vocês querem que eu faça?

— Precisamos juntar algumas pedras de bom tamanho. Vamos encenar direitinho. Anthony será Pete. Mãe, você será Andy. Mandy será Amy. Lola será Boomer. Se Lola fizer o papel de Boomer, não terá de descer o barranco, apenas ficará perto da árvore, verificando o cabo da tirolesa. Você consegue atirar pedras, mãe?

— Faço o que tiver de ser feito, Cady. Não acredito que vocês andavam mesmo nessa coisa improvisada.

Agnes olhou para a olaia lá em cima e começou a tremer. Lola pousou a mão de modo reconfortante em seu braço e sussurrou algo em seu ouvido que apenas a mulher ouviu. Ela acalmou-se quase que imediatamente. Cady desejou ter ouvido as palavras mágicas ditas pela avó a sua mãe.

— Anthony, Pete tinha um saco de papel na mão naquele dia. Andy queria saber o que havia nele, e Pete lhe disse para cuidar de sua própria vida. Provavelmente era sua vez de trazer biscoitos. Você precisa de um saco. Pegue o saco plástico para lixo que está no carro. Todos assumam seus lugares e façamos um ensaio. Vou colocar a bóia e subir na árvore. Eu lhes ditarei suas posições quando estiver lá em cima, se puder lembrar o lugar de todos naquela ocasião. Lola, fique na base da árvore. Sei que o cabo está seguro porque Boomer o fixou ontem. Ele verificou duas vezes. Era para ter atado uma corda em torno de minha cintura para puxar-me até a areia, se eu caísse na água, mas acho que a bóia é melhor. Dêem-me tempo para subir na árvore.

Os pés de Cady buscaram e encontraram pontos de apoio na árvore antiga e em um instante já estava sentada no amplo V do galho mais baixo. Precisava subir mais e se surpreendeu com a mudança que a antiga árvore sofrera em vinte anos.

— Muito bem, pelo que me lembro, era a vez de Pete trazer refrigerantes e biscoitos, de modo que acho que era isso o que trazia no saco de papel. Amy pegou meu braço e me disse para não ter medo. Disse-me que o máximo que acontecia era sentirmos o coração disparando. Eu só queria terminar com tudo aquilo antes de Jeff e Boomer chegarem. Andy falou que Jeff e Boomer haviam estado aqui antes, de modo que fingiram ir embora mas voltaram, para me esperar. Ele disse que Amy trouxera sua câmera fotográfica e que depois enviaria as fotos para nosso novo endereço. Ele me avisou para não fechar os olhos.

"Eu deveria ir quando contassem até cinco. Subi aqui e então comecei a percorrer este mesmo galho. Não era tão grosso na época quanto é agora. Eu também não pesava tanto. — Ela rastejou de barriga pelo galho grosso. — Ouvi um som sibilante e me virei. Pete gritou para alertar-me sobre a presença de Boomer e Jeff ali. Tentei voltar. Eles continuavam gritando, mandando-me descer, mas meu macacão havia prendido em alguma coisa."

— Você está bem, Cady? — perguntou Lola, alto, da base da árvore. — Quero dizer, está bem *mesmo*?

— Meu coração está disparado, como naquele dia, mas estou bem. Juro, Lola, estou bem.

"Certo, escute — gritou Cady. — Neste ponto, Jeff pulou daquela árvore. — Apontou para a árvore próxima àquela em que estava. — Então ele deu um daqueles gritos de Tarzan para me assustar, e conseguiu."

— Onde estava Boomer? — perguntou-lhe Anthony.

— Eu não podia vê-lo. Acho que estava mexendo no cabo. Eu podia ouvi-lo, mas não o via. Jeff estava rastejando pelo galho e eu estava com tanto medo que não conseguia ir em frente. Eles gritaram para que eu saltasse para a tirolesa antes que Jeff pudesse me empurrar. Foi aí que começaram a jogar pedras. Joguem as pedras! — ordenou Cady.

Não era mais uma encenação. Ela tinha dez anos e o medo a consumia a ponto de paralisá-la no galho. As risadas de Jeff soavam às suas costas. As risadas e o ódio na voz do menino, que finalmente a impulsionaram para a frente. De longe, podia ouvir Boomer, que gritava que o cabo poderia partir-se se Jeff também se pendurasse nele. Ela ouviu-o berrar: "Não faça isso, Jeff!"

Cady estendeu a mão para pegar a alça de madeira que lhe permitiria deslizar até a base do barranco, onde seus amigos a esperavam. Respirou fundo, viu as pedras voando em sua direção e, então, fechou os olhos. Ao mover-se, sentiu a mão de Jeff King agarrando sua camiseta, enquanto a outra puxava seus cabelos. Ele gritou em seus ouvidos exatamente quando ela pegava a alça da tirolesa, e, com uma dor súbita que a envolveu totalmente, Cady soltou a mão e caiu na água.

— Solte, Jeff, solte! — gritou Boomer.

Seu mundo transformou-se num poço negro.

Cady desceu pela tirolesa e aterrissou de quatro. Imaginou se parecia tão perplexa quanto se sentia.

— Consegui! Eu consegui!

Foi abraçada pelos três ao mesmo tempo.

— Você lembra de tudo agora? — indagou Anthony, com ansiedade.

— Sim. Sim, eu lembrei. Eles acharam que eu estava morta. Amy lhes disse que eu havia morrido. Pete queria buscar ajuda, assim como Andy, mas Amy disse que eu estava morta. Eles foram à praça porque acharam que seriam responsabilizados pelo que havia acontecido e mandados para alguma instituição para menores. Deixaram-me lá, mas eu não conseguia mexer nem um dedo.

"Boomer voltou e me tirou da água. Colocou sua mão em meu peito para ver se eu estava respirando. Eu ouvi sua voz, com toda a clareza. Ele disse que iria buscar ajuda. Disse-me para não me mexer e que não havia feito nada com o cabo, que estava apenas tentando apertar o nó na árvore para que a tirolesa não rebentasse. Pediu-me para não chorar e apertou minha mão. Acordei no hospital. Tudo estava confuso, e me faziam perguntas que eu não conseguia responder. Finalmente, desistiram." Cady deixou de fora apenas as palavras que Jeff gritara em seu ouvido.

Estavam na base da árvore agora, junto de Lola. Cady teve a impressão de que a avó encolhia-se enquanto tomava entre as suas a mão trêmula de Agnes Jordan. Cady olhou-as por um minuto, antes de dar um passo à frente e dizer, em voz baixa:

— Quero ir a pé para casa. Preciso pensar.

— Querida, são quase dez quilômetros até lá — protestou Anthony.

— Como você mesmo diz, Anthony, é agora que as coisas realmente começam a pegar fogo. Deixe-a — respondeu Lola, com uma voz que mal passava de um sussurro.

Cady pôs-se a caminhar, mal percebendo quando o grande Bentley ultrapassou-a. Sentia-se tão enjoada que imaginou se teria de se abaixar junto aos arbustos para vomitar. Engoliu com força, esforçando-se para manter no estômago o suco de tomate e o café que consumira mais cedo.

Ela andava, lenta e penosamente. Carros buzinavam. Ignorou-os enquanto seguia em frente. Precisava ir a algum lugar tranqüilo para poder pensar. Talvez o Ponto de Lançamento e seu novo amigo, o garçom com a serpente rastejante no braço. Provavelmente poderia sentar-se lá durante o dia inteiro e até comer algo, se quisesse ovos cozidos em conserva que vira na jarra de aparência pegajosa sobre o balcão. Seu estômago revirou-se diante da simples idéia.

Olhou por sobre o ombro ao ouvir uma buzinada breve às suas costas e afastou-se para o acostamento. Ao olhar para o carro, quando estacionou, gemeu. Pete Danson estava ao volante, com Boomer Ward no assento ao seu lado.

— O que foi? Não acredito que é ilegal caminhar pelo acostamento. Se for, mande a multa pelo correio.

— Entre no carro — ordenou Boomer.

— Não me dê ordens. Nunca mais me dê ordens.

— Desculpe-me. Quer, por favor, sentar o traseiro em meu carro? Se não, terei de sair e prendê-la. O que prefere?

— O que prefere? — perguntou Cady, imitando-o. — O que você acha que prefiro?

Boomer abriu a porta, saiu e levantou Cady no colo, depositando-a no banco de trás.

— Agora você tem duas multas. Esteve no lago novamente. Instalamos câmeras.

— Mentiroso. Vocês são dois mentirosos. Considero isto um caso de rapto, de modo que estou me lixando para você. Deixe-me no Ponto de Lançamento...

Pete levantou as sobrancelhas e se esforçou para reprimir o riso que teimava em subir por sua garganta. Arriscou um olhar para seu carona. Boomer parecia desnorteado, e Pete sentiu-se alegre, por algum motivo.

— Você é a mulher mais tinhosa, cabeça-dura e birrenta que já conheci. O que estava fazendo no lago?

— Não é de sua conta, mas eu andei na tirolesa. Boomer Ward, Pete Danson, ouçam isso: lembrei de tudo. *Tudo!*

— Tudo? — indagou Boomer.

Os ombros de Pete pareceram afundar.

— Além de todos os seus outros problemas, parece que você também é surdo. Eu disse *tudo.* Tudo significa tudo. Ali está o Ponto de Lançamento. Pare o carro. Tenho amigos aqui. Posso até colocar minhas despesas na conta, porque tenho crédito. Outra coisa: não teria sido gentileza, mas um ato de decência humana, comunicar-me sobre a piora de Amy. Tive de ligar para o hospital para saber de seu estado.

Cady saltou do carro e se pôs a caminho da porta suja de cocô de moscas do Ponto de Lançamento, sem olhar para trás.

Pete não resistiu e disse a Boomer:

— Acho que você acabou de levar um fora...

Boomer franziu a testa.

— Se Cady está falando a verdade e recorda *tudo,* como disse, com certeza está aceitando bem.

Pete torceu o nariz, falando alto para ser ouvido acima da música alta do bar.

— Jill tem razão. Você não sabe nada sobre as mulheres. Ela está em estado de choque e não foi ao lago sozinha. Acho que mandou aquela turma de velhinhos para casa, porque queria pensar.

— Vou descer aqui, Pete. Ligue-me se tiver novidades sobre Amy.

Pete esticou a cabeça para fora.

— Se eu fosse você, não iria atrás dela no bar, Boomer. Vocês dois são como água e azeite.

— Obrigado pelo conselho. Ligue-me.

— Está bem — respondeu Pete, ligando o carro. Ao sair dali, olhou pelo espelho retrovisor. Boomer estava parado na esquina, como se não soubesse o que fazer.

Às vezes, viver era muito difícil.

Dentro do Ponto de Lançamento, o garçom perguntou a Cady, em tom nada agradável:

— Esqueceu alguma coisa?

— Não, não esqueci nada. Eu estava pensando se você se importaria se eu ficasse ali — disse, apontando para o reservado no qual sentara-se na noite anterior com Jill — e tomasse alguma coisa. Acho que preciso avisá-lo de que não trouxe dinheiro. Voltarei mais tarde ou amanhã para pagar. Pode ser?

Ele olhou-a dos pés à cabeça e decidiu, finalmente, que ela poderia servir como ótima propaganda para o bar.

— Está bem — grunhiu em resposta.

— Ótimo. Começarei com... uma xícara de chá e um daqueles ovos em conserva. — Seu estômago revirou-se à simples menção de *ovos em conserva.*

A serpente moveu-se enquanto o homem coçava o queixo.

— Chá?

A cabeça de Cady baixou e levantou.

— Chá. Quatro envelopes de açúcar, sem creme. Você vende cigarros?

— Isso aqui não é um mercadinho, madame. E fumar não faz bem à saúde.

— Sei disso. Preciso pensar. As pessoas fumam quando estão pensando. Quero ver se isso funciona para mim. Quer dizer, preciso pensar intensamente. Vou precisar de uns guardanapos também, para o caso de chorar.

— Nossa, madame. Talvez este não seja o melhor lugar para isso. Acho que deveria procurar uma daquelas instituições para gente com problemas de cabeça.

— Não tenho problemas de cabeça. Meu problema é do coração.

— Não conheço nenhuma técnica de ressuscitação, sabe? Ninguém aqui conhece. Por que simplesmente não vai até o Cantinho da Eva e senta lá?

— Dê-me o chá com o ovo, apenas — respondeu Cady. — E não se esqueça dos guardanapos.

Quarenta minutos depois, ela ainda estava sentada no reservado. Guardara três ovos cozidos embrulhados em guardanapos de papel em seu bolso. Derramara o chá no piso rústico, quando o garçom desviara a atenção. Não se sentia nem um pouco melhor do que no instante em que entrara ali. Obviamente, já era hora de ir para casa. Seus olhos encheram-se de lágrimas. Assoou o nariz em um guardanapo, lançou-o em uma pilha úmida sobre a mesa e levantou o olhar quando percebeu uma sombra no outro lado da mesa.

— Vá embora, Boomer. Não quero falar com você. Não quero falar com nenhum de vocês. Detesto o que você fez. O que todos fizeram.

— Eu estava sentado no outro canto, observando-a. Quero que você me escute. Você não sabe de tudo, Cady. Há mais coisas que você não sabe. Não é que não se lembre. Apenas não sabe. Vou lhe contar e quero que me escute. Quando eu tiver terminado, sairei e nunca mais a incomodarei. Pode ser?

Ele estava dizendo que nunca mais a incomodaria, e Cady sentia-se confusa. Seus olhos encheram-se de lágrimas novamente enquanto esperava.

— Pete e eu não sabíamos disso até outro dia, quando Andy nos contou que Amy jogou as pedras deliberadamente em você. Ela as jogou para machucá-la, Cady. Foi ela quem matou Jeff. Amy queria acertá-la, mas você se desviou e Jeff foi atingido na têmpora com tal força que o golpe foi fatal. Eu vi o cérebro dele. A pedra era para você.

Andy disse que Amy a detestava. Andy guardou consigo esse segredo, durante todos esses anos. Deve ter conseguido suprimi-lo por algum tempo, mas ainda estava lá. Acho que o pobre está com os nervos em frangalhos. Quando disse a Amy que não suportava mais aquilo e iria procurá-la para contar a verdade, ela virou uma fera e lhe disse que mentiria quantas vezes fosse preciso. Não queria que seu marido soubesse, mas eu não queria me envolver com isso. Planejamos nos reunir para procurá-la e contar a verdade. Na realidade, chegamos a ir até sua casa, mas disseram que você havia saído. Agora sei que você estava aqui.

"Sua turma achou que você estava morta naquele dia, Cady. Por isso fugiram. Estavam com medo de serem responsabilizados. Amy nunca disse uma palavra, na época ou depois, sobre ter jogado a pedra que matou Jeff. Mal posso acreditar que uma criança de dez anos, como Amy na época, possa ferir alguém a sangue-frio e ainda encobrir isso e mentir sobre o que fez. Esperei até irem embora, naquele dia, depois puxei-a para a margem do lago. Eu sabia que você estava viva."

— Você me disse que iria buscar ajuda e me pediu para não chorar — disse Cady. — Você apertou minha mão.

— Você lembrou mesmo — disse Boomer, perplexo.

— Você também disse que estava verificando o cabo da tirolesa. Lembro-me que você gritava para Jeff não se pendurar no cabo. Sei que os outros acharam que eu estava morta quando caí. Eu pude ouvi-los. Não sei por que não consegui falar.

— Será que estava chocada demais com o que Jeff lhe disse?

A cabeça de Cady subiu e desceu, assentindo.

— Aquilo durou apenas um breve instante, e mesmo agora eu penso que ele me disse o pior que podia ter me dito. Acho que por isso bloqueei suas palavras e o resto de minha memória foi de carona. Você sabia, então...

Agora foi a vez de Boomer assentir.

— Senti vontade de matá-lo no dia em que me contou seu segredinho. Meu Deus, você não tem idéia do quanto eu odiava aquele fedelho. Tudo o que senti foi alívio quando ele morreu. Jamais negarei esse alívio.

Lágrimas rolavam pelo rosto de Cady.

— Metade desta cidade acredita que matei Jeff King. Se vocês todos tivessem dito a verdade, teriam corrigido essa situação. Mas que droga, Boomer! Jeff King disse-me que eu era sua *meia-irmã*. Você tem idéia do que isso me causou? Eu o odiava por causa do modo como me tratava. Ele me odiava porque seu pai também era meu pai. Por isso bloqueei tudo. Eu era apenas uma criança e não poderia lidar com algo assim.

— Cady, apenas os King acreditavam que você havia matado Jeff, e agora você já sabe a razão.

— Não sei o que fazer, Boomer — disse Cady, esquecendo-se do quanto estava zangada com ele. — Só quero deixar tudo isso para trás. Quero ser capaz de aceitar o que houve e ir em frente com minha vida.

— Então faça isso.

— Assim... sem mais nem menos? — perguntou Cady, assoando o nariz novamente. O guardanapo foi para a pilha.

— Sim, sem mais nem menos.

— E quanto a Amy? O que faço com ela?

— Isso é com você. Lembre-se, você terá de viver com sua decisão para o resto da vida. Que bem fará contarmos a verdade aos King? Se você decidir ir a público, Andy, Pete e eu estamos preparados para assumir tudo e dizer a verdade. Como eu lhe disse, é com você.

— Será que alguém mais na cidade sabe que Jeff King era meu... *meio-irmão*? — Pronto. Dissera a palavra em voz alta de novo, e o mundo não desabara sobre a sua cabeça.

Boomer hesitou diante daquela indagação casual.

— Nunca ouvi uma palavra sobre isso, mesmo quando era pequeno. Meus pais teriam dito algo. Você sabe como são as cidades pequenas. Acho que seu segredo está seguro.

— Quando lembrei, lá na tirolesa, sabe qual foi meu primeiro pensamento? — Ao ver a negativa de Boomer, disse: — Meu primeiro pensamento foi de que Lola não é minha avó, na verdade. Essa constatação foi como uma facada em meu coração. Como você, eu senti apenas alívio quando percebi que o homem que pensei ser meu pai não é, realmente. Não quero acreditar que Cyrus King, meu pai biológico, acreditou em qualquer dessas histórias sobre eu ter matado Jeff. Acho que quem começou esses boatos foi sua esposa. Ela deve ter descoberto sobre o caso do marido com minha mãe, ou então King confessou-o. Jeff era o *único* filho dela. Perdê-lo daquela maneira deve ter sido uma dor terrível. Quando uma tragédia assim ocorre, é natural procurar alguém em quem pôr a culpa. Foi fácil culpar-me, considerando que eu era filha ilegítima de seu marido. Isso também explica a atitude do homem que sempre considerei meu pai. Ele fazia minha mãe orar por seu erro a cada dia de sua vida. Eu paguei por isso com ela. Tudo faz sentido agora.

— Está em condições de ir para casa agora, Cady?

Ela olhou à sua volta. O garçom piscou-lhe. Apesar de tudo, Cady sorriu-lhe. Virou-se novamente para Boomer.

— Não tenho certeza de meu lugar no mundo, Boomer. Onde é minha casa?

— Sabe o que minha mãe sempre me dizia? Ela dizia que nossa casa é onde nossas coisas estão. Acho que ela tem razão. Não sei o quanto você tem, mas eu não tenho muitas coisas. Estou disposto a dividir meu espaço com você. O que pretende fazer, Cady?

Ela o fitou.

— Nada. Tudo o que eu queria era recordar aquela época de minha vida para poder ir em frente. O passado acabou. Não sei quanto a você, mas eu não gostaria de voltar no tempo. Vocês todos estão seguros. Nunca houve nada a temer, no que dizia respeito a mim. Poderíamos ter poupado muito sofrimento a todos nós se tivéssemos nos reunido para conversar. Espero que Amy se recupere. Quero que você me prometa, e não dou a mínima se é o delegado, que nunca contará a ninguém o que Amy fez. Quero que Andy e Pete prometam também.

— Tem minha palavra, Cady, e acho que nem preciso lhe dizer que os outros concordarão.

— E você tem a minha, Boomer. Acho que agora posso ir embora.

— Teremos de andar até a delegacia para que eu possa pegar meu carro.

— Vejo-o amanhã, Henry — disse ela ao homem do bar. A serpente retorceu-se e rastejou quando ele acenou em despedida.

Boomer parou o carro no portão da mansão de Lola.

— Se você não me odeia, será que poderíamos jantar juntos hoje?

— Eu gostaria. Você se importaria se eu levasse minha mãe? Eu queria que você a encontrasse.

— Ótimo. Eu a pego às sete. Será que isso significa que voltamos, Cady?

Será que haviam voltado? Ela sorriu e fez que sim.

— Lembro-me da sensação boa quando você segurou minha mão, vinte anos atrás.

Boomer olhou-a enquanto Cady entrava, sentindo as lágrimas aflorando.

Cady entrou na cozinha e olhou à sua volta. Nada havia mudado, exceto pelo fato de que agora havia quatro pessoas sentadas à mesa, em vez de três. Seus olhos fixaram-se em Lola. Lágrimas escorriam por sua face.

— Nada disso importa. O que importa é saber que não sou realmente sua neta. Achei que tínhamos o mesmo sangue, já que a amo tanto. Será que ainda posso vir visitá-la? Podemos ser amigas?

Soluços altos vinham de sua garganta enquanto ajoelhava-se para deitar a cabeça no colo de Lola.

— Querida criança, você *é* minha neta. A biologia não pode mudar isso. Essa besteira genealógica sempre foi excessivamente valorizada, em minha opinião. Olhe para mim, Cady. Eu a amei desde o dia em que você nasceu. Amei-a a cada dia desde então e a amarei até o dia em que eu morrer. Continuarei amando-a na eternidade. Será que estamos acertadas sobre isso? Nada mudou, exceto que você recuperou sua memória. Com a exceção de sua amiga Amy, apenas coisas boas surgiram de tudo isso. Sua mãe está aqui. Meu filho terá a vida que sempre desejou, graças a um "generoso benfeitor anônimo". Você fez as pazes com seus amigos e, no processo, fez novos amigos. Você iluminou nossas vidas e todos nós a amamos. Amamos seu cachorro também.

— Assoe seu nariz — disse Anthony, estendendo-lhe um lenço-de-papel. Cady percebeu que os olhos de Anthony estavam úmidos, assim como os de Mandy. Os de Lola, por outro lado, brilhavam de felicidade. Percebeu, além disso, que sua mãe sorria.

— Acho que é hora de você se encontrar com seu pai, Cady. Façamos isso de uma vez. Lola, gostaria que você viesse conosco. — Agnes virou-se para a filha: — Podemos falar sobre isso agora ou no futuro, ou talvez nunca. O resumo é que eu sabia que havia cometido um erro quando casei com seu... com Asa. Ele não me amava, e eu também não o amava. Apesar disso, Asa era carismático. Eu era jovem o bastante para querer... excitação, alguém que me dissesse palavras de amor. Cyrus e eu nos encontrávamos sob a olaia sempre que podíamos. Na época, o lugar era uma espécie de refúgio para namorados. Ele era casado e eu também. E então eu engravidei.

— Mamãe, está tudo bem. Sinto-me bem. Não vamos mais falar sobre isso. Este é o primeiro dia de nossas novas vidas. É melhor não olharmos para trás. Já tive o suficiente de passado para o resto de meus dias, e acho que você também. Agora, será que você nos acompanharia à casa do sr. Cyrus King, *vovozinha*?

— Será um prazer — respondeu Lola, com olhos úmidos que faiscavam de satisfação.

Cyrus King abriu a porta. Lola tomou a iniciativa e lhe disse:

— Cyrus, trouxe sua filha para vê-lo. Temos uma história para lhe contar, e quero que você escute. Espero que possamos agir como pessoas civilizadas. Convide-nos a entrar, por favor. Esse é outro modo de dizer que não aceitarei um não como resposta.

O homem respirou fundo, com os olhos fixos em Agnes Jordan. Deu um passo para o lado, enquanto sua esposa espiava as visitantes inesperadas em um canto da porta.

— O que *elas* estão fazendo aqui? — disse Maxine King, cuspindo as palavras com raiva.

— Estamos aqui para conversar, sra. King. Não estou no clima para fingimentos e hipocrisia. Assim, cale-se ou deixe-nos a sós. Cyrus? — A voz imperiosa e treinada de Lola pareceu percorrer a casa inteira.

— Sente-se — disse Cyrus, fazendo um gesto na direção de um sofá de brocado dourado que parecia jamais ter sido usado.

Lola começou, dizendo-lhe:

— Sei que você conhece Agnes. Esta jovem adorável é Cady, sua filha. Como talvez você saiba, ou não, Cady perdeu a memória no dia do acidente, mas recuperou-a por completo e está aqui para contar-lhe o que realmente aconteceu naquele dia. Os outros, que estavam em sua companhia no lago no dia do acidente, confirmarão tudo, de modo que é melhor irmos direto ao ponto. Cady, conte o que aconteceu.

Cady umedeceu os lábios e começou a falar com alguma hesitação, mas suas palavras ganharam velocidade enquanto recitava os acontecimentos daquela tarde infeliz.

— Não matei seu filho, Jeff... meu meio-irmão. Não sei ao certo, mas tenho a impressão de que vocês não tinham conhecimento de que ele sabia que eu era sua meia-irmã. Presumo que ele ouviu alguma conversa entre vocês, quando discutiam a situação. Ele contou a Boomer Ward o que sabia sobre mim e o fez jurar segredo. Seu filho era uma peste. Desculpem-me, mas é verdade. Ele tornou minha vida insuportável. Eu vivia com medo dele, e meus amigos também. Minha família e eu não pretendemos sair por aí gritando essa novidade para todo mundo ouvir. A única razão para estarmos aqui é para lhe dizer que eu não matei seu filho. — Ela levantou-se e olhou para seu pai. — Lamento por nunca tê-lo conhecido. E isso não mudará de uma hora para outra. Você e sua esposa não têm nada a temer.

Será que estava cometendo um erro por não dizer aos King que Amy jogara a pedra que matara Jeff? Se lhes contasse, será que acreditariam? A única coisa importante, neste ponto, era saber que não havia matado seu meio-irmão. No que lhe dizia respeito, os King podiam acreditar no que bem entendessem. Desejou que Amy pudesse superar tudo o que acontecera quando se recuperasse. A vida seguiria para todos.

Maxine King chorava, com o rosto escondido em um lencinho rendado. Seu marido ignorou-a.

— Acho que já podemos ir — disse Lola.

Cyrus King olhou para a filha. Cady julgou ver aprovação em seu olhar.

No carro, Lola virou-se para a neta.

— E então?

— Ele é só um homem, Lola. A palavra *pai* não está gravada em sua testa. É só um homem. Mãe, você está bem?

— Estou sim. Sinto-me como se tivesse tirado meus dois pés da areia movediça. Se eu soubesse cantar, faria isso agora.

— E quanto a você, minha querida? — perguntou Lola.

— Sinto-me... bem. Hoje foi... o clímax desses anos todos. Posso lidar com tudo o que aconteceu. Não se preocupem comigo. Vou deixá-las em casa e depois irei ao hospital para ver Amy.

— Ah, querida, acho que não é uma boa idéia — comentou Agnes.

— Mãe, tenho de ir. Preciso dizer-lhe que está tudo bem e que entendo. Provavelmente jamais saberei ou entenderei como ela podia detestar-me tanto, mas, se não for, estarei agindo como Amy agiu. Não quero ser como Amy Hollister Chambers. Farei isso tanto por mim mesma quanto por ela. Amo vocês duas mais do que qualquer coisa no mundo.

Agnes retorceu as mãos. Lola pegou-as entre as suas e as apertou. Ela sorriu.

Em casa, Cady trocou-se e uma hora depois já estava pronta para sair.

— Espere um minuto, Cady. Há alguém no portão. Acho que são seus amigos. Estão em três carros.

O coração de Cady disparou.

— Mãe, esqueci de lhe contar. Boomer convidou-nos para jantar hoje à noite. Algo deve ter acontecido. — Ela correu para a porta e, depois, até o portão da entrada.

Ninguém precisou contar-lhe nada. A notícia estava estampada em seus rostos.

Cady correu para seus amigos com lágrimas escorrendo pelo rosto. Boomer tomou-a em um abraço apertado, mantendo-a junto a si enquanto ela soluçava.

Os três velhos, bem como sua mãe, olhavam para os jovens da janela da cozinha.

— Eles não precisam mais de nós. Têm uns aos outros e é assim que deve ser. Alguma coisa boa veio disso tudo, afinal, e serei sempre grata por isso — disse Lola. — Anthony, prepare café e leve ao solário.

Epílogo

Os amigos observavam tudo do alto da colina, porque não haviam sido convidados para o enterro de Amy Hollister Chambers.

— Gostaria de ouvir o que o padre está dizendo — resmungou Andy, baixinho.

— Está dizendo as palavras de conforto de sempre: que ela foi uma esposa e mãe maravilhosa, que amava todos os seres humanos... esse tipo de coisa — disse Pete.

— Quando saírem, poderemos descer e colocar nossas flores sobre o túmulo — disse Jill. — Assim poderemos dar nosso adeus.

Cady olhou à sua volta. Estava horrivelmente quente para o fim de maio. Acima, podia ouvir pássaros em sua cantoria matinal. Talvez estivessem cantando para Amy. Esperava que sim. Imaginou se voltaria ali algum dia, depois de hoje. Será que algum dia visitaria o túmulo de seu meio-irmão novamente? Será que sentiria necessidade de vir aqui e conversar com a mulher que um dia considerara sua amiga?

Boomer aproximou-se discretamente, buscando sua mão, e a segurou. Ela olhou-o e sorriu. Seus três amigos de infância eram lindos, pensou. Tão adultos, tão valorosos. Tão cheios de pesar.

— Não deveria terminar assim — disse Cady com voz trêmula.

— Talvez fosse o único modo de terminar — comentou Andy, com a voz falhando. Olhou para Boomer e seus ombros endireitaram-se um pouquinho.

— Parece que metade da população veio dar adeus a Amy. Acredito que ela teria gostado disso — disse Pete. — Um de meus clientes contou-me, hoje cedo, que Arnie está mudando sua empresa para Squirrel Hill. Passei pela casa, a caminho daqui, e há uma placa de *Vende-se* no gramado da frente. Pessoalmente, acho que não se deve tomar decisões tão importantes durante um período de tanta comoção. Amy acabou de morrer.

— Estou certo de que Arnie acha que isso é o melhor a fazer — disse Boomer.

— Acabou. As pessoas estão indo embora — disse Andy, com alívio. — Meus pais não parecem estar arrasados com a perda. Acho que nunca mais falarei com eles.

— Andy, não vá lá — pediu Jill.

— Está certo. Só devemos descer até lá quando todos forem embora, principalmente Arnie. Não quero uma confrontação logo hoje. Boomer, ele pode me impedir de ficar aqui?

— Não. Você pode vir sempre que desejar, com a freqüência que desejar.

— Jill sempre vem. Foi assim que conheceu Cady. Agora podemos vir juntos.

— Acho que já podemos descer — disse Pete. — O último carro está saindo pelo portão.

Caminharam segurando as mãos uns dos outros, como faziam quando eram pequenos.

— O quê... o que devemos fazer, Jill? Você já passou por algo assim, mas nós não — disse Boomer.

— Ponha as flores sobre o caixão e depois ore. Reflita por um momento e recorde algo agradável. Pode até chorar, se quiser. Não existem regras.

Não havia um só olho sem lágrimas quando a pequena procissão passou pelo caixão de Amy.

Cady respirou fundo quando encaminharam-se para seus carros.

— Escutem, não sei se não parecerei um doido varrido, mas tive uma idéia — disse Pete. — Acho que deveríamos fazer um piquenique no lago, todos nós. Eu gostaria de ir lá e brincar como quando éramos crianças. Pedi que minha governanta preparasse algumas coisas para comermos antes de vir. Podemos andar na tirolesa e fazer tudo o que fazíamos antes. Depois, esqueceremos isso para sempre. Não sei por quê, mas acho que Amy gostaria que fizéssemos isso. É nossa despedida. Será que estou maluco ou faz sentido para vocês?

— Acho que deveríamos experimentar — respondeu Boomer.

— Boa idéia, Pete — concordou Cady.

— Super, superidéia. Gostaria de ter sugerido o piquenique — comentou Andy.

— Vamos. Já ouvi falar tanto sobre as brincadeiras gostosas de vocês na infância que também quero participar — disse Jill.

— Espere, há mais uma coisa — acrescentou Pete. — Esperei uma loja abrir hoje de manhã e comprei cinco bicicletas, do mesmo tipo que tínhamos quando éramos crianças. Eu as escondi no meio do mato antes de vir até aqui. Precisamos das bicicletas para andar por aí.

— Então, o que estamos esperando? — indagou Boomer.

Trinta minutos depois, Cady perguntou:

— Quantas multas receberemos por isso?

— Ih, um bocado — respondeu Boomer, sorridente.

— Valerá a pena — disse Pete, tirando o paletó e enrolando as mangas de sua camisa branca. Depois, puxou a gravata e a jogou no meio dos arbustos. Boomer e Andy fizeram o mesmo.

Cady e Jill tiraram os sapatos de salto e, depois, a parte de cima de seus trajes formais.

Pete puxou as bicicletas para fora dos arbustos.

— Podemos deixá-las como doação à Associação de Moços, depois, para que entreguem às crianças. Cady, a cor-de-rosa é para você. Jill, a sua é a lilás. Boomer fica com a azul, Andy com a verde e eu com a vermelha. O último a chegar à base da colina vai primeiro na tirolesa. Lembrem-se do impacto ao chegar lá. Quando eu contar até três.

Eram crianças novamente ao alinharem suas bicicletas, de cabeças baixas e mãos firmes nos guidões, esperando pela contagem de Pete.

— Um, dois, três!

Eles gritaram, assoviaram e deram risadas enquanto zuniam barranco abaixo e paravam em um meio-círculo ao chegarem à base. Respiravam ofegantes, aguardando que Pete anunciasse o vencedor e o perdedor.

— Cheguei primeiro! — exclamou ele, rindo. — Jill perdeu. Ela vai na tirolesa primeiro. E o último a subir na árvore é mulher do padre. Agarrem-se no galho, depois saltem para o solo, montem na bicicleta e subam na olaia. Quando eu contar até três!

Sem ar, alinharam-se novamente, com o suor pingando de seus rostos. Cady levantou a saia até onde podia, sendo imitada por Jill.

— Três!

Eram como um bando de macacos ágeis, enquanto trepavam na árvore, depois pulavam para o chão e pedalavam até o alto do barranco e subiam na olaia. Boomer venceu, com Pete chegando por último.

Exaustos e arfantes, com sorrisos amplos, eles atiraram-se no chão sob a olaia que, finalmente desabrochada, não parecia mais assustadora — apenas protetora daquele lugar e da infância deles.

— Acho que estamos velhos demais para isso — disse Andy, respirando penosamente.

— Fale apenas por si mesmo — gemeu Boomer.

— Como nos sentiremos amanhã? — perguntou Jill ofegante.

— Como um bando de bobos — respondeu Pete, com uma risada, sendo acompanhado pelos outros.

— Muito bem, é hora de escolher a brincadeira — disse Cady. — Quero brincar de Robin Hood.

— Ah, não, de soldado! — exclamou Andy.

— Polícia e ladrão — disse Boomer.

No fim, todos entraram em um acordo. Brincariam de Robin Hood.

Horas e horas depois, quando já não tinham mais forças, Pete anunciou que chegara o momento de andarem na tirolesa. Fizeram fila e seguraram a alça, deslizando pelo cabo como se tivessem feito isso durante cada dia de suas vidas.

Quando Boomer, o último a fazer isso, chegou à base, todos bateram as mãos uns dos outros no ar, beijando-se e rindo até caírem no chão.

— Hora de comer. Lembram-se de como gostávamos de manteiga de amendoim, biscoito água-e-sal e refrigerante naquela época? — perguntou Pete. Todos assentiram. — Bem, dêem uma olhada aqui. Annie colocou tudo nesses recipientes térmicos, de modo que ainda está tudo quentinho. Temos até uma toalha de mesa. Sirvam-se.

Quando não restava nada da galinha frita, das costeletas e da salada, Pete abriu duas garrafas de vinho e serviu generosamente os amigos.

— Precisamos fazer dois brindes hoje. Se concordarem, eu gostaria de fazê-los. — Ao ver que os amigos aprovaram a idéia, disse: — O primeiro é para Amy e por todos os bons momentos!

Todos tocaram seus copos no brinde e beberam um gole, com os olhos úmidos.

— O segundo é... — Os outros aguardaram, em suspense, imaginando o motivo para brindarem. — O segundo brinde é aos bons amigos!

— Saúde, saúde! — disseram, em uma só voz, enquanto tomavam o vinho restante.

Ao terminarem de beber e recolherem o lixo, já anoitecia. Andy levantou a mão, pedindo-lhes atenção.

— Gostaria de agradecer a todos vocês. Eu não teria suportado o dia de hoje sem seu apoio. — Sua voz soou estrangulada ao erguer os olhos e dizer: — Adeus, Amy.

Todos acenaram e disseram adeus a Amy enquanto pedalavam as bicicletas até o alto do barranco.

Cady enxugou os olhos na manga da blusa. Depois, tomou a mão de Boomer e apertou-a.

— Isso foi maravilhoso, mas acho que o melhor ainda está por vir. O que você me diz?

— Concordo totalmente. Que tal provar tinta comestível de chocolate?

— Humm, este foi o melhor convite que recebi hoje, delegado.

— Então, prepare-se. Tenho mais um milhão de convites para você.

— Espero que isso seja uma promessa.

— E é, Cady. É uma promessa.